二月河 大河歷史小說
帝王三部曲

절대군주 건륭황제

【일러두기】
· 번역 원본은 1999년 4월 중국 하남문예출판사가 펴낸 제2판 1쇄본을 사용하였습니다.
· 본문에 나오는 인명과 지명 중 만주어를 제외한 모든 한자는 한글발음대로 표기하였으며, 독특한 관직명은 이해하기 쉽도록 의역한 부분도 있습니다. 그리고 소설 진행상 불필요한 부분은 축역하였습니다.

(절대군주)건륭황제. 7 / 이월하 저 ; 한미화 옮김. -- 서울 : 산수야, 2006
320p. ;22.4cm.

판권기관칭: 二月河 大河歷史小說
원서명: 乾隆皇帝
ISBN 89-8097-131-1 04820 ₩ 8,000
ISBN 89-8097-124-9(세트)

823.7-KDC4
895.1352-DDC21   CIP2005001243

小說[乾隆皇帝]根據與作家二月河的契約屬於山水野. 嚴禁無斷轉載複製.

[건륭황제]의 한국어판 저작권은 작가 이월하와의 독점계약으로 산수야에 있습니다.
신저작권법에 의해 국내에서 보호받는 저작물이므로 출판사의 사전 허락 없는 무단전재와 복제를 금합니다.

二月河 大河歷史小說
帝王三部曲

絶代君主
건륭황제
乾隆皇帝

7

산수야

二月河 大河歷史小說
절대군주 건륭황제 ⑦

초판 1쇄 발행　2005년 11월 20일
초판 2쇄 발행　2011년 1월 10일

　　지은이　이월하
　　옮긴이　한미화
　　발행인　권윤삼
　　발행처　도서출판 산수야

　　등록번호　제1-1515호
　　등록일자　1993년 4월 30일
　　　　주소　서울시 마포구 망원동 472-19호
　　우편번호　121-826
　　　　전화　02-332-9655
　　　　팩스　02-335-0674

　　　　　값　8,000원

　　　　　　　ISBN 89-8097-131-1　04820
　　　　　　　ISBN 89-8097-124-9(세트)

　　　　　　이 책의 모든 법적 권리는 도서출판 산수야에 있습니다.
　　　　　　저작권법에 의해 보호받는 저작물이므로
　　　　　　본사의 허락 없이 무단 전재, 복제, 전자출판 등을 금합니다.

　　　　　　산수야의 책은 독자가 만듭니다.
　　　　　　독자 여러분들의 소중한 의견을 기다립니다.

7 乾隆皇帝

제3부 일락장하(日落長河) | 1권

금천(金川)의 안개 · 7
붉게 물든 초원 · 37
거짓보고 · 67
건륭의 꿈 · 91
명신(名臣)과 명노(名奴) · 116
40년 재상의 과욕 · 144
침석지환(枕席之歡) · 174
태평성대의 그늘 · 203
될성부른 나무 · 220
도망자 · 242
황당친왕(荒唐親王) · 270
의로운 살인 · 297

1. 금천(金川)의 안개

　중원대지는 벌써 만물이 태동하는 춘삼월이었으나 사천성(四川省) 서북쪽 간즈아빠 일대는 아직 춥고 황량한 긴긴 겨울의 연장선에 있었다. 옥문관(玉門關) 밖에서 광활한 사막을 가로질러 무섭게 내리 꽂히는 삭풍의 회오리에 군데군데 누런 흙탕물이 드러난 개펄이 딱지 앉은 환부처럼 딱딱하게 굳어 있었다. 자줏빛 구름이 넓은 하늘에서 머물러 있듯이 굼뜨게 움직이며 때론 빙수 같은 겨울비를, 때론 가는 소금 같은 싸라기눈을 흩뿌리고 지나갔다.
　거침없이 휘몰아치는 삭풍의 서슬에 메마른 갈대와 잡초들이 누런 흙탕물이 진물처럼 고인 게딱지같은 개펄에 엎드려 신음하고 있었다. 설령 바람이 없고 눈이 없는 날일지라도 이곳은 맑게 개인 날을 거의 찾아볼 수 없었다. 동남쪽의 대금천(大金川)에서 번지는 습한 열기와 사천성 북쪽의 한풍(寒風)이 만나면서 하루종일 희뿌연 안개가 장막처럼 드리워져 있어 끝간데 없는 개펄을 덮고 있었다. 새도 날기 싫어하는 다습한 환경에서 한 시간만 행군하다 보면 의복은 빗물에 찌든 듯 흠뻑 젖기 일쑤였고, 뼛속까지 스며드는 추위에 머리끝부터 발끝까지 어디 아프지 않은 구석이 없었다.

대, 소금천(大小金川)의 전사(戰事)가 장장 20여 년에 걸쳐 띄엄띄엄 이어지면서 사천 서부와 북부에 주둔하고 있는 관군과 금천 지역의 사뤄번 토사(土司)들간에는 수백 리 개펄을 사이에 둔 교전이 끊이지 않았다. 그래서 이제는 인근에서 염량차마(鹽糧車馬)교역으로 생계를 꾸려가던 한인(漢人)과 회족(回族), 장족(藏族)들도 대부분 도망가고 이주하여 거의 찾아볼 수가 없었다. 관군의 대본영이 있는 쇄경사(刷經寺)에서 동서로 3백리 길에는 오직 끝없이 늘어선 병영뿐이었다. 곧 쓰러질 듯 아슬아슬한 시골집마다 어디라 할 것 없이 땔감과 진흙 투성이인 식량과 마차들이 어지럽게 널려 있었고, 질척질척한 황톳길엔 가축들의 분비물과 가죽장화에 짓이겨진 오물이 사방에 넘쳐 비가 새는 축사(畜舍)를 방불케 했다. 사마하(梭磨河)엔 양곡을 실어 나르는 수백 척의 선박이 갈수기를 맞아 오도가도 못하고 꽁꽁 묶여 있었는지라 수천 명의 선원들과 인부들까지 함께 발목이 잡혀 길가에 천막을 치고 있었다. 길을 사이에 두고 대영(大營)과 마주한 이 '천막촌'에서만이 여느 시골 마을의 풍경을 닮은 일상이 피어나 오로지 살기(殺氣)로 충만된 대군의 군영에 일말의 생기를 불어 넣어주고 있었다.

하루 중 안개가 잠깐 걷히는 정오 무렵, 약 50명의 말을 탄 관병들이 서쪽에서 달려오고 있었다. 온몸에 누런 흙탕물을 얼룩무늬처럼 뒤집어쓴 말들이 똑같이 지저분한 지친 병사들을 싣고 4척(四尺) 넓이의 '역도(驛道)'에서 쫓기듯 달리고 있었다. 길 양옆의 우피(牛皮) 천막마다 흙탕물이 우박처럼 튀었고, 멀리 병사들이 내다 말리는 이불도 예외는 아니었다. 말을 탄 관병들이 지나간 자리에 병사들의 욕설이 빗발쳤다.

"씨팔놈들이 에미, 애비가 뒈졌나, 왜 저리 미친 듯이 달려? 마른 이불이라곤 이거 하나밖에 없는데!"

이불을 널고 있던 중 튄 흙탕물이 대머리에까지 시커먼 반점을 남기고 가자 사내가 악을 쓰며 저만치 멀어진 관병들에게 삿대질을 해댔다.

"저 새끼들이 허구한 날 식량창고에 붙어있더니, 생쌀을 얼마나 퍼 처먹었기에 저리 똥줄을 갈기고 지랄이야! 야야, 빨랫줄 넘어간다! 뭘 해? 어서 받쳐주지 않고!"

천막 안에서 웃고 떠들던 병사들이 급히 뛰쳐나와 돌을 주워 비틀대는 빨랫줄을 받쳤다. 고개가 삐딱한 땅딸막한 사내가 싯누런 이를 드러내며 낄낄거렸다.

"어이, 대머리! 양고(糧庫)에 있는 술을 쭉 마시고 싶었는데, 말오줌부터 마신 느낌이 어떠오?"

대머리 사내가 코방귀를 뀌며 대답했다.

"내가 못 먹으면 나친 그 자식도 못 먹어! 사뤄번한테 창고째로 빼앗기지나 않나 봐라! 참말로 이상하단 말이지, 눈을 감고도 군사(軍事)를 다루는 장광사(張廣泗) 군문은 제쳐두고 구린 먹물냄새나 풍기는 나친에게 군사를 맡기다니, 그 자식이야 주둥아리 나불대는 것 빼고 나면 할 줄 아는 게 뭐야?"

대머리 사내의 말이 떨어지기 바쁘게 주위는 박수갈채로 요란했다. 크게 공감한다는 듯 너나없이 한마디씩 던졌다.
 "대머리가 어쩌다 말 한번 제대로 했네!"
 "중군(中軍)에 있을 때도 허구한 날 똥물 튄 상관 닦는 게 일이더니, 북로군으로 옮겨왔어도 씨팔 개선된 게 하나도 없으니……. 푹신푹신한 이불 한번 덮고 자봤으면 소원이 없겠네!"
 "아마 몇백 리 개펄에서 싸우다 죽은 것보다 빠져죽고 병들어 죽은 사람이 열 배는 더 될 거다!"
 "장 군문이 전처럼 힘이 있었다면 우린 이 몰골이 되지 않았을 게 아니야? 장 군문께서 묘강(苗疆) 지역을 평정할 때 칠십 두 개 동굴에서 반군들이 벌떼처럼 뛰쳐나왔어도 우린 승승장구했었잖아……."
 누군가의 말이 떨어지기도 전에 대머리가 나뭇가지를 힘껏 걷어차며 냉소를 터트렸다.
 "호랑이 담배 피울 적 얘기하지 마! 고양이도 늙으면 쥐를 피해 도망가게 돼 있는 거야! 장광사가 그 옛날의 장광사였다면 어찌 소금천에서 뒈지게 얻어맞았겠어? 사뤄번이 인심을 쓰지 않았더라면 내가 보기엔 장광사도 붙잡혀 갔을 거야!"
 그러자 땅딸보가 째지는 듯한 목소리로 누가 끼어들세라 고함을 쳤다.
 "그게 다 나친의 수작이야. 나친이 군무에 끼어들지만 않았더라면 장 군문이 전처럼 살림을 도맡아 했을 거고, 그랬다면 소금천에서 그 정도로 죽을 쑤진 않았을 거야!"
 그러자 이번에는 구레나룻이 검불 같은 사내가 차갑게 받아쳤다.
 "그 밴댕이 소갈머리로 장 군문은 절대 큰 방귀는 못 뀌어! 자기네들이 소금천에서 사뤄번과 강화조약을 맺고는 아계(阿桂) 군문이 저들의 기군(欺君) 행각을 폭로할까봐 아계 군문을 죽여 없애려 했던 위인이야. 토사구팽(兎死狗烹)의 달인이지! 그러니 누가 제물이 되고 싶지 않고서야 그자를 따를 사람이 있겠어?"

천막 밖으로 고개를 내밀어 두리번거리던 구레나룻이 목소리를 낮춰 말했다.

"기(祁) 대장놈이 순시를 다니는 것 같아. 저게 장광사의 앞잡이 노릇 몇 년에 출세했네, 조용히 해!"

병사들은 아무 일도 없었던 양 천막 여기저기에 흩어져 발을 닦는 체 하며 흥얼거리거나 질편한 농담을 해대며 대장이 지나가기를 기다렸다.

한편 사방에 흙탕물을 튀기며 질주했던 기병들은 어느덧 쇄경사의 범탑(梵塔) 앞에 당도했다. 앞장선 두 군관은 산문(山門) 앞에서 말에서 내려 채찍과 고삐를 수행해온 친병에게 던져주었다. 중군(中軍)의 문관(門官)이 정중히 맞아주었다.

"나친 어른과 장광사 군문께서 회의중이십니다. 하이란차, 조후이 두 분 군문께선 대기실에서 대령하라는 지시가 있었습니다!"

"알겠소!"

하이란차라고 불리는 젊은 군관이 군례를 행하며 대답했다. 그리고는 뒤돌아서 다른 군관을 향해 말했다.

"화포(和甫, 조후이의 호), 보나마나 대기실엔 벌써 골초들이 꽉 찼을 거요. 난 담배연기를 맡으면 머리가 아파서 참을 수가 없소. 들어가려면 혼자 가오. 난 밖에서 옷 좀 말리고 있을까 하오."

그러자 조후이가 말을 받았다.

"나도 골초들이 지긋지긋하오. 밖에 있다 부르면 들어가지!"

금천(金川)의 안개 11

둘은 마주보며 웃었다.

이들 두 사람은 나이도 서른 초반으로 젊어 보였고, 어깨가 서로 닿을 만큼 키도 비슷했다. 홍포(紅袍)에 검은 갑옷을 즐겨 입는 것도 같았다. 설핏 보기에 쌍둥이 같은 두 사람이었다.

전쟁터에 나갈 때나 차사로 출타를 할 때나 워낙 그림자처럼 붙어 다니는 막역한 사이였는지라 군중에서는 '홍포 쌍둥이 장령'이라고 불렸다. 둘 다 부장(副將) 직급에 양고(糧庫) 관리 임무를 맡았고, 병사들에 대한 애정도 남달랐다. 그러나 사실 둘은 출신이나 성정, 외모는 크게 달랐다. 핏기 없고 수척한 긴 얼굴에 다소 꺼진 눈동자, 그리고 늘 무표정해 보이면서도 깊은 눈동자가 보석처럼 살아 움직이는 조후이와는 달리 하이란차는 둥글고 넓적한 대춧빛의 혈색 좋은 얼굴에 독수리 날개 같은 짙은 눈썹이 날렵하게 치켜 올라간 강한 인상이었다. 전혀 귀엽지 않은 주먹코가 돼지의 그것을 따 붙인 것처럼 이상했지만 외모와는 무관하게 마냥 즐겁게만 보이는 하이란차였다. 모처럼 정수리 따뜻해지는 정오의 햇살을 만끽하듯 조후이는 스르르 잠이 밀려오는 두 눈을 감고 태양을 향해 돌아섰다. 잠시도 가만히 있지 못하는 하이란차는 제자리에서 뜀박질을 하더니 장화를 벗어 흔들어 털고 신발 바닥에 무겁게 붙은 진흙을 떼어내며 한순간도 가만히 있질 못했다. 나뭇가지로 한참 진흙과 싸움을 하던 하이란차가 다시 장화를 신으며 쇄경사 앞의 돌비석을 가리켰다.

"저게 글씨요, 오리발이오? 죽으라는 건지 살라는 건지 통 모르겠네? 조형은 몽고에 가보았으니 알 거 아니오, 무슨 뜻이오?"

"저건 몽고문(蒙古文)이 아니라 장문(藏文, 장족들이 사용하는 글씨)인데, 육대명왕(六大名王)의 진언(眞言)이오."

조후이의 볼이 가볍게 움찔거렸다. 마치 깊고 깊은 겨울잠에서 깨어나듯 머리를 흔들어 사색을 날려보내며 한 자, 한 자씩 떼어 읽어 주었다.

"암(唵), 마(嘛), 니(呢), 팔(叭), 미(彌), 훙(吽)……."

조후이는 읽다 말고 입에 힘을 주어 꼭 다물고 실눈을 떠 햇살이 눈부신 파란하늘을 바라보며 잠시 말이 없었다. 그 시선을 따라가 보니 소나무 숲으로 뒤덮인 울울창창한 산등성이가 누렇게 메마른 산에 한 점 생기를 불어넣어 주고 있었다. 쇄경사를 마주보고 한눈에 띄는 곳에 아침에 내린 안개비에 젖어 아직은 채 마르지 않은 듯 후줄근하게 처진 노란 테두리의 남색 깃발이 보였다. 긴 낮잠을 자고 일어나 나른하게 기지개를 켜는 사람처럼 가끔 바람에 무겁게 펄럭이는 장군기(將軍旗)에는 여섯 개의 주먹만한 큰 글씨가 적혀 있었다.

  撫遠招討使訥
  무원초토사 나친

나친의 장군기였다. 워낙 황량하고 적막한 공산(空山)은 그래서 더욱 쓸쓸해 보이는 것 같았다. 한참동안 그 깃발을 바라보던 하이란차가 가까이 다가가 짓궂게 손가락으로 조후이의 겨드랑이를 찔렀다.

"또 왜 그러시오. 부처님 전에 오니 저절로 마음이 숙연해지오? 있잖소. 방금 전에 읽었던 육대진언 말이오. '우(吽)'자를 어찌 엉뚱하게 '훙'이라고 읽는 거요? 그건 누가 봐도 '우'자잖소!"

조후이가 그제야 고개를 돌려 한심하다는 듯 피식 실소를 터트렸다.

"그러니 '손가감(孫嘉淦)'을 '손가금'이라 읽어서 웃음거리를 만들지…… '우(牛)'자가 들어갔다고 전부 '우'라고 읽는다는 건 또 무슨 발상이오?"

"헤헤!"

무안함을 달래려는 듯 하이란차가 혜식은 웃음을 흘렸다. 코를 킁킁대고 익살스런 표정을 만들어내며 말했다.

"무슨 생각을 그리 깊게 하오? 축 처진 낡은 깃발이 뭐가 볼 게 있다고 눈길을 떼지 못하는 거지?"

"양고(糧庫)가 걱정돼서 그러오."

조후이가 길게 숨을 들이마시며 덧붙였다.

"아무리 생각해도 우리의 양고가 소금천에서 너무 가깝단 말이오. 백리 초원길이오. 사뤄번이 맘만 먹으면 얼마든지 덮칠 수 있소."

조후이는 핏기 없는 긴 손가락을 한데 끼어 꼭 움켜잡으며 불안스레 비벼댔다. 꾹꾹 누를 때마다 딱딱 관절 꺾이는 소리가 들려왔다. 음울하고 심각해 보이는 창백한 얼굴은 하이란차를 긴장시키기에 충분했다. 웃음기를 거두고 발끝을 내려다보며 한참을 생각하던 하이란차가 말했다.

"아계(阿桂)가 있을 때는 이런 걱정까지는 안 했었는데, 훌쩍 떠나가 버리니 빈자리가 얼마나 큰지 알 것 같소. 건아장군(建牙將軍)으로 고북구(古北口)에 들어갔으니 이 꼴 저 꼴 안 보고 속이 다 시원하겠지?"

새소리 하나 들리지 않고 인기척도 나지 않는 적막한 쇄경사 산문을 턱짓으로 가리키며 하이란차가 욕설을 퍼부었다.

"……저 인간들은 하루종일 처박혀 대가리 맞대고 뭘 하는지 원!"

 하이란차가 말하는 '저 인간들'이란 바로 나친과 장광사였다. 장광사는 원래 옹정황제 때의 무원대장군(撫遠大將軍)이었던 연갱요(年羹堯) 휘하의 대장이었다. 전횡과 아집과 포악한 성정 때문에 주장(主將)과의 불화가 잦았고, 결국엔 사천총독 악종기의 휘하로 옮기게 되었다. 청해 전투에서 연갱요가 섬멸하지 못한 뤄부짱단쩡의 주력을 악종기 휘하에 있던 장광사가 2천 인마로 3만 적군을 생포한 개가를 올리게 되면서부터 장광사는 서서히 조정의 주목을 받게 되었고, 얼마 후에는 운귀제독(雲貴提督)으로 제수받게 되었던 것이다.
 옹정 원년, 운귀(雲貴, 운남과 귀주) 지역의 개토귀류(改土歸流)를 추진하면서 조정의 정책에 반발한 두 개 성의 묘족들의 반란으로 인해 묘강(苗疆) 지역은 곳곳에 산불이 일어나고 눈먼 화살에 관원들이 맞아죽는 등 심각한 국면을 초래하고 말았다. 반란에 시기 적절하게 대응하지 못했다는 책임을 물어 군기대신 겸 운귀총독이었던 어얼타이는 옹정에 의해 직급을 박탈당하는 불운을 겪어야 했고, 그 자리엔 대신 장광사가 총독으로 부임하게 되었다. 그곳에서 장광사는 무인지경이 따로 없는 승승장구를 거듭했고, 호랑이 날개 돋친 위력으로 5천 명밖에 안 되는 군사력으로 불과 3개월만에 70개의 묘채(苗寨)를 들어내는 개가를 올렸다. 일 년 반도 채 안 되어 기세등등하게 타오르던 두 개 성 묘족들의 반란은 그들이 스스로 옹립한 묘왕(苗王)을 생포하고 조정에 무릎꿇어 신하임을 인정하는 것으로 끝이 났다. 혁혁한 군공을 이룩해낸 장광사는 만인이 우러러보는 대장군이 되었고, 옹정의 성총이 각별한 신하로 어딜 가나 주목을 받으며 후작(侯爵)의 반열에까지 오르게 되었던 것이다. 이처럼 단기간에 크게 성장하여 운남, 귀주, 광동, 광서, 사천, 호북 여섯 개 성의 주둔군을 휘하에 거느린 경우는 대청 개국 이래 연갱요 외에는 아무도 없었다. 사적인 자리에서 사람들은 장광사를 '천하병마 대원수(天下兵馬大元帥)'라며 우러러 부르기도 했다.

평생 전쟁터에서 패배를 모르고 종횡무진 누벼왔던 대장군이 사천 서부에서 한줌도 안 되는 강족(羌族, 지금의 장족)에게 속수무책으로 당하고만 있으니 대장군의 체면이 말이 아니었다. 건륭은 즉위 초에 서장(西藏) 지역으로 통하는 도로를 확보하기 위해 그 당시 대학사(大學士)였던 경복(慶復)을 파견하여 그 길목에 있는 상, 하첨대(上下瞻對)의 반곤(斑滾) 부락을 통제하게끔 했었다. 상, 하첨대는 합쳐보았자 내지(內地)의 웬만한 촌락보다도 작았지만 경복은 장장 2년에 걸쳐 수백만 냥의 은자를 탕진했어도 결국엔 '빈집'을 덮친 격이 되고 말았다. 반곤은 금천으로 잠입해버린 뒤였고, 그곳에서 장족 백성들을 종용하여 반란을 일으키게 함으로써 전화(戰火)는 사천성 전체에 만연되었고, 하마터면 청해성(靑海省)까지 옮겨 붙을 뻔했었다. 진노한 건륭은 경복의 조부(祖父)인 어삐룽의 보도(寶刀)를 회수해버렸고, 경복에겐 자살명령을 내리는 동시에 장광사더러 현지에서 경복의 지휘봉을 이어받게 했다.

하지만 장광사는 15만 정예병을 이끌고 충분한 작전도 없이 무리하게 삼면협공을 했지만 사뤄번의 털끝 하나 건드리지 못한 채 그 교묘한 유인작전에 넘어가 자칫했으면 전군이 섬멸되는 대패를 불러올 뻔했다. 워낙 무모했던 장광사의 '유아독존'식 전술은 건륭으로 하여금 고민 끝에 가볍다면 가볍고 무겁다면 무거운 '대죄입공(戴罪立功)'의 처벌을 내리게 했고, 대영(大營)에서 '군무를 도와주게끔' 했던 것이다.

한편 건륭의 '수석보정재상(首席輔政宰相)'이자 군기처(軍機處)의 '제일선력대신(第一宣力大臣)'인 나친은 강희 연간 효성황후(孝誠皇后)의 적친질손(嫡親姪孫)이었다. 그 권세는 한창 잘 나가는 국구(國舅)인 푸헝보다 우위에 있었다. 태평재상으로 권세가도를 달리고 있던 그가 갑자기 봉후(封侯)에 눈독을 들여 군공(軍功)에 집착한 나머지 자천(自薦)하여 금천에 오게 되자 '군무를 돕고' 있던 장광사는 '병(病)'을 핑계로 멀찌감치 사천성 성도(成都)로 물러났던 것이다. 하지만 부하 장령들은 모두 장광사가 수십 년 동안 키워온 교병맹장(驕兵猛將)들인지라 총대 하나 멜 줄도 모르는 백면서생(白面書生)을 얕잡아 볼 수밖에 없었다.

쇄경사 대영에서 여러 차례에 걸쳐 군무회의를 소집했으나 번번이 나친 혼자 북치고 장구치는 독무대였다. 예의는 깍듯이 갖추면서도 하품하고 수군대고 낄낄대며 나친의 말은 전혀 귀담아 듣지 않았다. 회의가 끝날 때 대답은 우레같이 해도 정작 양초(糧草)나 군향(軍餉)의 배송을 비롯한 중대한 군무는 서로 책임을 회피하여 떠넘기며 움직여주질 않았다. 장광사의 전횡과 발호가 꼴도 보기 싫은 나친이었지만 어쩔 수 없이 성도로 간 '원수(元帥)'님을 대영으로 '모셔' 오는 수밖에 없었다. 웅심은 하늘을 찌르나 술책이 바닥인 나친과 그 옛날의 무용담으로 억지 제갈공명 행세를 하는 장광사는 무릎은 맞대고 앉았지만 속셈은 서로가 십만팔천리였다.

하이란차의 당돌한 말에 조후이가 웃음을 머금었다.

"소리 좀 낮추오! 어딘지 깜빡했소? 괜히 긁어 부스럼을 만들 건 없지 않소? 지난번 회의 때 자네가 한 욕설이 귀에 들어갔는지 마광조(馬光祖)를 시켜 몇 번이고 나한테 자네에 대해 물어 오더라고. 좋은 게 좋은 거요."

"흑룡강(黑龍江)으로 가더니, 겁쟁이가 다 됐구먼!"

하이란차가 조소하듯 입을 비죽거리며 말을 이었다.

"둘 다 꼴이 하도 우스워서 하는 말인데, 말도 맘대로 못하오? 마광조란 자도 웃기는군! 나한테 와선 조형에 대해 쿡쿡 찔러 보더니 거기 가선 또 날 찔러봐? 군사를 이끄는 장군은 뭐니뭐니해도 의리가 있어야 하고 은혜를 갚을 줄 알아야 하오. 저 두 사람은 은의(恩義)를 모르는 사람들이오. 자기네들의 지휘불능으로 전사(戰事)를 망쳐 놓고는 밑에서 그 흑막을 걷어낼까 봐 염탐꾼을 두어 우리를 도둑처럼 감시하고 있는 걸 보오!"

"하늘이 높으면 황제가 멀다고, 저들은 지금 작은 황제노릇을 하고 있다고 해도 과언이 아니지. 우리 같은 사람은 쥐도 새도 모르게 죽여 없앨 수 있는 막강한 권력을 행사하고 있단 말이오. 자기네들이 궁지에 몰리면 우리 부하들에게 책임을 떠넘길 수 있으니 꼬투리 잡힐 일은 하지 말아야지."

"빼앗길 마누라도 없고 내어줄 첩도 없소. 해볼 테면 해보라지!"

하이란차가 돌멩이를 힘껏 걷어차며 덧붙였다.

"엊그제 막료 채경(蔡京)이 그러던데, 양고를 이쪽으로 옮긴다는구먼. 현재 양고의 위치가 사뤄번의 진영에서 너무 가깝다는 아계의 주청을 폐하께서 수렴하셨다고 들었소. 이쪽으로 옮기는 건 더할 나위 없이 바람직하지만 저 둘이 경쟁하듯 간섭을 해올 테니 그것도 골치 아플 것 같소. 에잇, 징그러워!"

그러자 조후이가 말을 받았다.

"우리를 회의에 부르는 것도 그때문인 것 같소. 자네는 우리야수타이에서, 나는 흑룡강에서 불려왔소. 의붓어미 품에서 애교 부려보았자 별 소용이 없을 테니 조심하는 게 좋을 것 같소!"

두 사람이 이야기를 주고받으며 기다리고 있노라니 산문 쪽에서 중군 병사 하나가 달려오며 소리를 질렀다.

"나상과 장 군문께서 벌써 의사청으로 들어가시어 자리하셨는데, 여태 안 들어가시고 여기서 뭘 하십니까?"

두 사람은 응답과 함께 서둘러 산문으로 들어갔다. 서쪽으로 몇 발짝 거리의 대기실 앞에 친병들이 기러기 진영으로 산문 양측에 정렬해 있었다. 의사청 문 앞에 당도한 조후이와 하이란차는 목소리를 가다듬어 큰소리로 아뢰었다.

"무원초토사 휘하의 관량대장(管糧大將) 조후이, 하이란차가 대령하였습니다!"

방안에는 잠시 아무런 기척이 없었다. 둘이 어리둥절한 표정으로 마주 보고 있을 때에야 나친의 쉰 듯한 차갑게 깔린 목소리가 들려왔다.

"들어오시게!"

"예!"

두 사람은 대답과 함께 거의 동시에 방안으로 들어섰다. 여기는 쇄경사의 라마승이 평일에 만과(晚課) 공부를 하는 곳이었다. 네 칸짜리 방이 보통의 대여섯 칸보다 더 넓어 보였다. 가운데 붉은 칠을 한 기둥이 든든해 보였고, 바닥은 습한 기운을 막느라 내수성(耐水性) 청마루를 깔고 있었다. 창문이 작아 방안은 어둡고 음침

해 보였다. 햇살이 눈부신 밖에서 들어선 두 사람은 잠시 캄캄한 땅굴로 기어든 느낌이었다.

한참 후에야 서서히 방안의 모습이 보이기 시작했다. 동서 양측의 경궤(經櫃) 앞에는 긴 의자가 놓여있었고, 장좌(將佐)들이 두 줄로 숙연히 앉아있었다. 요도(腰刀)에 손을 얹은 채 눈 하나 깜짝하지 않고 있는 모습이 마치 목각 같았다. 부처를 모신 불상 앞에는 커다란 공대(供臺)가 있었고, 크기가 한아름은 될 것 같은 모래판이 놓여 있었다.

그 앞에 구망오조(九蟒五爪)의 관포(官袍)와 색깔이 화려한 선학보복(仙鶴補服)을 받쳐입은 나친이 그린 듯 앉아 있었다. 목에 건 밀랍조주(蜜蠟朝珠)가 유유히 빛을 발했고, 산호정자(珊瑚頂子) 뒤에 꽂은 공작화령(孔雀花翎)에 위엄이 잔뜩 서려있었다. 등뒤에 똑바로 서 있는 5품 교위(校尉)의 두 손에는 샛노란 술을 단 구룡보검(九龍寶劍)이 받쳐져 있었고, 수를 놓은 노란 보자기가 살짝 덮여 있었다. 바로 지고무상한 권위의 상징물인 '천자검(天子劍)'이었다.

조후이와 하이란차가 예를 올렸지만 나친은 선뜻 둘에게 자리를 권하지 않았다. 혈색이 없어 창백해 보이는 긴 얼굴엔 표정 하나 없었고, 올챙이처럼 생긴 눈썹 밑에 깔려 있는 작은 삼각눈은 말라버린 우물 같았다. 꼿꼿한 눈길로 지각한 두 사람을 노려보던 나친이 마침내 입을 열었다.

"늦었구만, 앉게!"

사람들의 시선을 한 몸에 받으며 둘은 나친이 가리키는 빈자리에 가서 앉았다. 정중히 예를 갖춰 자리에 앉는 조후이와는 달리 하이란차는 고개를 돌려 평소에 잘 알고 지내던 사람들에게 혀를 내밀며 광대짓을 해 보였다. 그리고 돌아앉던 하이란차는 나친의 오른쪽에 자리해 있던 장광사와 시선이 부딪치고 말았다. 그러나 누가 먼저라 할 것도 없이 둘은 슬며시 서로를 피했다. 대군의 군량을 전담하는 참의도(參議道)인 러민은 나친의 왼쪽에 자리해 있었다. 멍하니 생각에 잠겨 있는 모습이었다. 그런 러민의 옆자리에 작고 왜소해 보이는 세 명의 문관(文官)이 콩 같은 작은 눈을 반짝이고 있었다. 그들의 모양이 예사롭지 않아 보였지만 아는 얼굴들은 아니었다.

"여러분!"

나친이 다소 휜 허리를 펴며 천천히 입을 열었다.

"금천 전역(戰役)은 반곤이 상, 하첨대에서 잠입할 때부터 시작하여 지금까지 13년 동안 이어지고 있소. 지금까지 적들과 우리는 치열한 대치국면에 처해 있소. 구중(九重)에 높이 계시며 천하를 조감하시기에 불철주야 다망하신 폐하께오서는 이 사람을 경략대신(經略大臣)으로 이곳에 파견하신 이후로 거의 2, 3일에 한 번씩 조서를 내리시고 군사동향을 하문(下問)하신다네. 하지만 우리 군은 이제 겨우 대, 소금천에 대해 포위망을 쳐놓은 수준에 불과하지. 수 차례 접전이 있었지만 천길 개펄이 늘어진 백리 초원을 사이에 두고 있어 별 재미를 못 봤네. 이 사람은 경략대신이라는 높은 자리에 있으면서도 여태 티끌 만한 공적 하나 이룩하지 못했으니 한밤중에 베개를 밀고 일어나 생각하면 생각할수록 창피하기 이를 데 없다네! 거룩하신 폐하의 크나큰 기대에 부응하지 못하는 것이 안타깝고 삼군장사(三軍將士)들의 목숨을 건 사투가 빛을 보지 못해 속이 상하네. 이대로는 조정에서도 우릴 곱게 봐줄 수 없을 뿐더러 우리 자신도 군부(君父)와 백성들을 대할 면목이 없을 게 아니오?"

여기까지 말한 나친은 가볍게 한숨을 내쉬었다. 그리고는 러민의 옆에 있는 관원을 향해 말했다.

"이 분은 북경에서 지의를 전달하기 위해 내려온 이시요(李侍堯) 어른이오. 65만 냥의 군향과 삼군을 위로하는 차원에서 30만 근에 달하는 말린 쇠고기를 가져다 주셨소. 군사회의를 주최하기에 앞서 이 어른께서 훈시말씀을 한마디 해주시죠!"

그 말을 들은 장령들은 모두들 의외라는 눈치였다. 참석한 장수들은 아무리 못해도 3품 참장(參將) 이상인데, 볼품없는 관원이 무슨 자격으로 이런 자리에서 훈시를 한단 말인가?

"난 폐하를 대신하여 훈시말씀을 올릴까 하오!"

이시요가 자리에 앉은 그대로 입을 열었다. 천연두를 앓았던 흔적이 아직 얼굴에 딱지처럼 남아있었다. 맑고 쟁쟁한 목소리엔 가는 쇳소리가 묻어났다.

"원래 난 지의를 받고 운남 동정사(雲南 銅政司)로 가려던 참이었소. 그런데 떠나기에 앞서 작별 문후를 여쭈러 건청궁으로 갔다가 노군(勞軍)을 하고 가라는 준엄한 천어(天語)의 당부를 받게 되었소. 하지만 '군사들을 위로하는 것'이 빈손으로 와서 말로만 해서 되는 것은 아니지 않소? 그래서 호부(戶部)의 전도(錢度)와 상의하여 은자 65만 냥을 조달하게 되었소. 호광(湖廣)의 번고(藩庫)에서 금천(金川)까지 오면서 경유하는 지역 중에 어느 아문(衙門)의 도움도 없이 나 혼자 운반해 왔소. 아문의 도움을 받을 수도 있었지만 속이 시커먼 서리(胥吏)들이 내리막길에 밀어주고 돈 뜯어갈까 봐 그게 걱정이었소. 내가 북경에서 데리고 온 세 명의 막료는 여기까지 오니 한 명밖에 남지 않았소……"

여기까지 말하자 장수들은 여기저기서 수군거리기 시작했다.
"저건 또 뭐야! 자기 자랑만 거지발싸개처럼 늘어놓고……."
"어이…… 왕형, 전에 병부에서 저자에 대해서 들은 바 있소?"
"……왜들 그래? 저래 보여도 푸상(푸헝)의 천거를 받은 사람이야!"
"어쩐지!"
"흥! 호가호위(狐假虎威)하는 주제에……."
장수들의 수군거리는 말소리는 그러나 곧 이시요에 의해 진압되고 말았다.
"나머지 두 사람은 한양(漢陽) 부두에서 호광순무(湖廣巡撫)의 왕명기패(王命旗牌)를 청하여 군중들 앞에서 법에 따라 처리해버리고 말았소……. 은자를 꼭꼭 눌러 담은 상자 하나를 빼돌리려 한 죄였소!"
이시요의 눈에서 독사의 그것을 연상케 하는 무서운 빛이 흘러나왔다. 그러나 목소리는 전혀 변함이 없었다.
"폐하께오선 사뤄번의 남녀노소를 다 합쳐보았자 겨우 7만 명 남짓한데, 두 차례 공격에 우리 군이 정예병 3만 명을 잃었다는 사실을 믿을 수가 없다고 하셨소. 폐하의 상심과 굴욕감은 대단히 크시오! 주군의 굴욕은 곧 신하의 죽음이라고 했소. 폐하께서 낙루하시는 모습에 난 피눈물로 화답하며 폐하의 지우지은(知遇之恩)을 반드시 갚겠노라고 맹세한 사람이오! 은자 65만 냥을 한 냥의 오차도 없이 혼자 힘으로 운반해오기까지 죽기 아니면 까무러치기의 각오로 임했소. 말린 쇠고기 30만 근은 내가 동정사의 재정에서 일부를 떼어 여러분들을 위로하는 정성이라고 보면 되겠소. 하지만 이같이 아무런 뒷걱정이 없게끔 지원해주었음에도 불구하고 대, 소금천을 갈아엎지 못하고 사뤄번을 생포하지 못한다면 그때 가서 이 사람은 여기 있는 모두에게 관 하나씩을 선물할 거요!"

말을 마친 이시요는 여전히 평온한 얼굴이었다. 의사청(議事廳)은 침을 삼키는 소리가 들릴 만큼 죽은 듯한 정적에 사로잡혔다.

"으음……, 이시요 어른이 방금 얘기한 것은 전부 폐하의 뜻이네. 나와 나상은 이미 유지(諭旨)를 받았지."

장광사가 목소리를 가다듬더니 미간을 좁혀가며 말을 이어나갔다.

"명색이 몇십 년을 이 바닥에서 굴러온 장군인데, 나도 여태 뒤집기 한번 못하는 자신이 못내 원망스럽고 참을 수 없는 수치심에 크게 앓았던 적도 있소. 문신(文臣)은 간언(諫言)에 죽고, 무신은 전쟁터에서 죽는 것이 신하된 도리이지. 여러분! 손바닥만한 금천에서 적들의 몇 배에 달하는 정예병으로 적들을 독 안에 가두려고 나갔다가 도리어 얻어맞기만 하고 줄행랑 놓기에 급급한 우리는 입이 백 개라도 할말이 없지 않겠나? 이건 고래가 새우한테 얻어맞아 코피가 터지는 웃지 못할 경우라고! 더 이상 우리는 물러갈 데가 없어! 여러분들은 나랑 비오는 듯한 화살세례를 뚫고 전화(戰火)에 나뒹굴어가며 여기까지 온 용맹한 전사들이네. 마지막이라고 생각하고 늙어 부스러질 이 늙은이의 한을 좀 풀어주길 바라네……."

애원에 가까운 간절한 눈빛으로 부하 장령들을 쓸어보는 장광사는 일순 한없이 초라해 보였다.

그 자리에 있는 장수들 대부분은 20년도 넘게 장광사를 따라 전쟁터를 누볐던 사람들이었다. 장광사는 청해의 만리 고비사막에서, 운남과 귀주의 험산악수(險山惡水)에서 강적들에 맞서 추호의 주저함도 없이 명민하고 결단성 있는 통솔력으로 강인한 모습을 보여주어 삼군(三軍)의 기세를 드높여주었던 이네들 마음속의 영원한 장군이었다. 그런 장광사가 전례 없는 자상한 말투로 부하들에게 애원에 가까운 간곡한 당부를 하자 부하들은 적이 놀랐다! 벌써 반백이 된 짧은 앞머리를 보며 장군들은 마음이 가라앉았다. 잠시 무거운 침묵이 흘렀고, 나친이 이번에는 러민에게 물었다.

"러 어른, 하실 말씀이 있으시면 하시죠."

"아, 아닙니다!"

러민이 의자에 앉은 그대로 몸을 숙이며 덧붙였다.

"군무에 대해선 문외한이온지라 감히 왈가왈부할 수가 없습니다. 그저 폐하의 조명(詔命)을 받들어 대군의 군량을 충실히 책임지면 그것으로 하관의 차사는 끝나는 걸로 알고 있을 뿐입니다. 멋지게 한판 승부를 끝내고 삼군장병들을 위로하는 잔치를 벌이고자 양강총독(兩江總督) 윤계선(尹繼善)에게 특선 정미(精米) 3천 석을 화급히 금천으로 보내라는 문서를 발송해 놓은 상태입니다. 대금천에서의 일전은 순조롭지 못했지만 필승을 다지는 계기가 되어 춘한(春旱, 봄가뭄)에 도로사정이 좋아 행군에 유리할 때 한번 속 시원히 때려주어 굴욕을 갚을 수 있었으면 하는 바람뿐입니다!"

말을 마친 러민은 자리에서 일어나 미소를 지으며 좌중을 향해 두 손을 맞잡아 읍해 보였다. 그리고는 어깨 앞으로 내려온 머리채를 살짝 등뒤로 넘기며 다시 자리에 앉았다. 몰락한 기인(旗人)의 후예로 거처도 없이 경사(京師, 북경)를 전전하다가 일약 전시(殿試) 장원에 급제한 그가 평보청운(平步靑雲)의 전정(前程)이 보장된 문관(文官)의 길을 걷지 않고 군전효력(軍前效力)을 자청한 용기와 의지를 건륭은 높이 샀다. 성총이 나날이 두터워지면서 그는 몇 년 사이에 승진을 거듭하여 벌써 우부도어사(右副道御使)의 자리에까지 오르게 되었던 것이다. 게다가 그는 무원초토사 대영의 관할범위 밖에 있는 사람이었기에 경복을 비롯하여 나친, 장광사에 이르기까지 그에 대한 예의는 깍듯했다.

러민을 향해 온화한 표정으로 머리를 끄덕여 보이던 나친이 장광사에게 말했다.

"어제 밤을 새워 상의한 내용을 들려주어 보시오. 여러 장군들이 무슨 고견이 있을는지……"

그러자 장광사가 웃으며 답했다.

"이번 회의는 나상이 주최하기로 했지 않소! 우린 귀를 기울여 경청하고 나상의 명령에 따르면 되니까!"

"그럼, 좋소."

나친이 고개를 약간 틀어 목청을 돋우었다.

"우리가 따져본 바로 소금천 패배의 원인은 서부 특유의 험악한 지세를 무시한 무모한 고군분전(孤軍奮戰)에 후속 지원병들이 제때에 맥을 이어주지 못했기 때문이오. 소금천 전투에 투입됐던 남로군이 도처에 함정이 도사리고 있는 3백리 개펄에서 행군하며 빠져죽은 이만 해도 8백 명을 넘었소. 미리 위험한 개펄 지역은 대나무를 꽂아 표시를 해두었다고는 하지만 야밤을 틈타 적들이 위험지역으로 옮겨서 꽂아놓았던 것이 치명적이었지. 사뤄번의 군사들은 전부 험악하기 이를 데 없는 현지 지리에는 도사나 다름

없는 토박이들이네. 체질상 웬만한 전염병에도 거뜬히 싸워 이기는 철인들이란 말이오. 지형과 기후 때문에 우린 큰 낭패를 봤었지."

 나친이 자리에서 일어나 친병에게서 막대기 하나를 받아들었다. "철좌(撤座)"를 명하자 모두가 일어선 가운데 막대기로 모래판을 가리키며 나친이 말했다.

 "여러분, 여길 좀 보게!"

 "예!"

 몇십 명의 장수들이 우르르 모여들었다. 패검과 허리띠 부딪치는 소리가 한바탕 소란스러웠다.

 "이 목도(木圖)를 보게!"

 모래판 앞에 빙 둘러선 장수들을 보자 흥분하여 안면에 홍조가 그득한 나친이 눈빛을 반짝이며 말을 이어나갔다.

 "여기가 쇄경사, 여기가 우리의 송강(松崗)이고, 이쪽이 대금천이네. 이미 남로군에게는 허이챠로 진군하라는 장군령을 내렸네. 강정(康定)에 있는 조국정(曺國禎)의 부대도 단파(丹巴)를 점령했다네. 이렇게 되면 적들은 서쪽 간즈아빠로 도주할 수 없을 뿐더러 운귀(雲貴)로 잠입할 수도 없을 테지."

 잠시 말을 멈추었던 나친이 다시 입을 열었다.

 "대금천을 공략하는 데 있어 가장 큰 걸림돌은 양도(糧道)가 확보되지 않아 군량을 제때에 공급할 수 없다는 거네. 대금천과 송강 사이엔 백리도 넘는 개펄이 천연장벽처럼 둘러쳐져 있네. 문제는 우리가 아직 하채(下寨)를 점령하지 못했다는 거네. 대금천과 송강 사이에 있는 하채만 점령하면 우리에겐 개펄을 건널 수 있는 다리를 놓은 셈이지. 그래서 이번엔 남로군과 서로군은 가만히 있고 용맹하기로 이름난 후영(侯英)의 2만 인마를 투입시켜 하채 공략에 나서기로 했네. 이렇게 되면 사뤄번은 틀림없이 괄이애(刮耳崖) 쪽으로 도주로를 택하겠지. 내가 몇 번이고 정탐을 파견하여 조사해본 결과 괄이애는 비록 지세는 험난하지만 사뤄번의 유일한 식수원인 단계(丹溪)만 막아버리면 사뤄번은 백리 근방에서 줄 끊어진 연처럼 붕 떠다니게 되어 있네. 이 방책이 어떻겠나?"

물론 흠잡을 데 없는 책략이라는 데는 모두가 공감하는 눈치였다. 그러나 번번이 사전배치는 그럴 듯했으나 일단 교전에 돌입하면 생각지도 못했던 이변으로 낭패를 보곤 했었기에 장수들은 잠시 아무 말도 없었다. 남로군과 북로군은 중군과의 거리가 백리 안팎에 있었다. 그 사이에 산과 하천이 종횡으로 교차해 있어 미로 같은 험산악수의 전형인 금천 지세가 꼬불꼬불 미로처럼 펼쳐져 있었다. 장족(藏族)이지만 한어(漢語)에 능하여 일찌감치 한인(漢人)들의 병법을 익힌 사뤄번은 안목이 뛰어나고 전략에 치밀하여 갈수록 대처하기 어려운 존재가 되었다. 나친과 장광사가 하룻밤을 새워가며 생각해낸 전술에 대해 장수들은 모두 자신이 없었다. 여전히 묵묵부답인 장수들을 쓸어보며 나친이 말했다.

"달리 의견이 없다면 나랑 장 군문은 곧 행동개시를 명하겠네!"

말이 떨어지기 바쁘게 누군가가 입을 열었다.

"제가 몇 마디 우견(愚見)의 말씀을 올리겠습니다!"

사람들이 일제히 고개를 돌려보니 장광사와 나친이 가장 아끼는 심복이자 우군통령으로 있는 마광조였다. 울퉁불퉁한 곰보 얼굴의 마광조는 서른 살이 채 안 될 것 같았다. 약간 튀어나온 광대뼈에 매섭게 모난 눈에 흰자위가 다소 많아 보였고, 코 왼쪽에

까만 점이 있었다. 말할 때 코밑의 수염이 달싹거렸다.
"우리 대영의 북로에 주둔하고 있는 병력은 고작 4만 명입니다. 그 중에서 2만 명이 하채를 공략하러 나선다면 나머지 병력으로 식량창고와 대영을 수비한다고 봤을 때, 사뤄번이 후영(後營)을 공격하고 양도(糧道)를 차단시키는 날엔 앞뒤로 응수한다는 것이 무리가 따르지 않겠습니까?"
그러자 장광사가 내뱉듯 물었다.
"그자들이 어느 길로 와서 우리의 후영을 친단 말인가?"
그러자 마광조가 고개를 떨구며 대답했다.
"그건 잘 모르겠습니다. 불현듯 그런 생각이 들어서 말씀을 올렸을 뿐입니다."
이에 나친이 말했다.
"다양한 의견을 들어보는 게 좋을 터이니, 생각나는 대로 말해보게! 또 누가 말해보겠나?"
"그런 전략이라면 우린 반밖에 승산이 없을 것입니다."
조후이가 조심스레 입을 열었다.
"전략 자체에는 문제가 없어 보입니다. 하지만 이는 단지 우리의 계산일 따름입니다. 사뤄번이 대체 어디로 튈지는 아무도 모릅니다. 한마디로 백전백승(百戰百勝)의 전제조건이 되는 지피지기(知彼知己)가 보장되어 있지 않은 현실입니다."
"자네의 말대로라면 우리가 사뤄번에게 그 속마음을 물어보아야 한다는 얘긴가?"
나친이 비웃는 듯한 어투로 받아쳤다.
"물어볼 것까지는 없습니다. 대금천 성(城) 안에, 하채에 각각 얼마나 주둔하고 있는지, 소금천과 괄이애의 병력배치는 어떤 식으로 되어 있는지, 여기저기 복병을 묻어둔 곳은 없는지를 사전에 확실히 정탐을 해두어야 합니다."

"시간이 엄청 걸릴 텐데?"

"얼마가 걸리든지 간에 적정(敵情)을 제대로 파악하지 못한 채 무모하게 작전개시를 한다는 것은 절반의 승산밖에 없다고 〈손자병법〉에서 분명히 밝히고 있습니다! 내키지 않지만 인정해야 할 게 있습니다. 사뤄번은 영걸(英傑)이지 허수아비가 아니라는 것입니다."

나친의 말문이 막혀버리자 장광사가 나섰다.

"금천의 전사(戰事)는 더 이상 시간을 끌 수가 없네. 폐하께오서 즉각 공격개시를 하라고 누누이 엄지(嚴旨)를 내리셨는데, 군주의 명에 태만하다는 죄를 어찌하려고 그런 방책을 내놓는 건가?"

말을 마친 장광사는 독수리 같은 눈빛으로 조후이를 무섭게 노려보았다.

조후이는 침을 꿀꺽 삼켰다. 위엄에 찬 장광사의 눈길에 다소 주저하는 듯했으나 조후이는 곧 마음을 다잡았다.

"그 죄명이 두려운 건 사실입니다. 그러나 방금 대장군께서 역설하셨듯이 우리 군은 더 이상 패배가 용납되지 않는 막다른 지경에 와 있습니다. 장군은 전쟁터에서 더러 군부(君父)의 명령을 어기는 수도 있다고 했습니다. 하관의 우견으로 말씀드릴 것 같으면 우린 병력의 우세를 적극 활용해야 합니다. 남로군과 서로군더러 소금천으로 천천히 이동하게끔 하고 중군은 북에서 남으로 밭갈이하듯 쓸어나가는 겁니다. 사뤄번이 아무리 신출귀몰할지라도 병력의 한계를 극복하긴 어려울 겁니다. 시일이 다소 늦어지더라도 안전한 승부를 걸어야 하지 않겠습니까!"

그 말이 떨어지기가 바쁘게 장수들은 의논이 분분했다.

"맞는 말이오! 삼로군 13만 인마가 한꺼번에 금천으로 쳐들어가면 사뤄번이 퇴로가 차단 당한 상태에서 지원병도 없이 우리와 대적한다는 것이 웃기지 않겠소?"

"내 생각엔 간첩을 많이 풀어 적지로 잠입하여 정보를 캐내게끔 하는 게 좋을 것 같소!"

"그건 안돼! 그쪽에서 우리한테 간첩을 보내는 건 쉬울지 모르지만 우리가 장족처럼 차려입으면 금방 표가 난단 말이오. 안 그래도 지난번에 내가 스무 명을 보냈다가 둘밖에 돌아오지 못했잖소. 그것도 귀때기 다 쥐어뜯긴 채로 말이오!"

"됐네, 그만 떠들게!"

갈수록 소란스러워지자 머리가 어지러워진 나친이 고함을 질렀다.

"할말이 있으면 한 사람씩 해보게, 대책도 없이 떠들지만 말고!"

"하관이 한 말씀 올리겠습니다!"

잠자코 있던 하이란차가 입을 열었다.

"말해보게!"

"뭐니뭐니해도 군량만 잘 지켜내면 우린 결코 패하지 않을 것입니다."

하이란차가 말을 이어나갔다.

"양도(糧道)와 식량만 철저히 지켜내면 우린 지구전에 돌입해도 사뤄번을 굶겨 죽일 수가 있습니다. 남로군과 서로군의 7, 8만명을 쑤셔 박아두고 중로군만 이쪽에서 사뤄번과 소꿉놀이를 한다는 건 큰 재미 못 볼 발상입니다."
"자네, 지금……."
나친의 얼굴이 후끈 달아올랐다.
"우리가 지금 군기(軍機)를 두고 장난이라도 친다는 얘긴가?"
"물론 그런 건 아닙니다. 전 조후이의 말에 일리가 있다는 뜻을 뒷받침하려는 것뿐입니다!"

나친이 말없이 한숨을 토해냈다. 조후이와 하이란차의 태도를 문제 삼을 정도로 속이 좁은 나친은 아니었는지라 꾹 참는 수밖에 없었다. 이 둘은 자신과 장광사가 밤새워 짜낸 책략에 전면적인 부정을 해왔던 것이다. 부하들에게 뒤집힘을 당하는 재상의 체면도 체면이려니와 이미 약속한 공격 개시일이 늦어진 이유를 설득력 있게 건륭에게 설명할 자신이 없었다! 순간적으로 그의 머리 속에는 건륭이 자신에게 보내온 밀유(密諭)의 내용이 떠올랐다.

경은 경복의 전철을 밟는 건가? 사천으로 들어간 지가 벌써 1년하고도 4개월 13일이 지났는데, 여태 촌척(寸尺)의 공로도 없이 엎드려 무얼 했단 말인가? 군향 재촉은 성화같고, 상방보검(尙方寶劍)까지 청한 것도 부족해 장광사의 힘을 빌려 군기를 바로잡게 해달라고 아우성을 쳐 짐이 전부 들어주었거늘 대체 공격소식은 어찌하여 아직 감감한가? 조정의 일각에선 경이 적을 두려워하여 오국(誤國)의 죄를 저지르고 있다는 목소리가 날로 커져가고 있다네. 온갖 비난의 목소리를 잠재우느라 짐은 오늘도 밤잠을 설치고 있네! 어서 공격을 개시하게. 더 이상은 짐도 경의 장벽이 되어줄 수가 없네. 설령 짐이 경의 처지를 헤아려준다고 해도 국법과 군법이 용서치 않을 것이네!

주사(朱砂)를 듬뿍 찍어 눌러쓴 밀유는 피 같은 섬뜩함으로 등골 시린 긴장과 불안을 안겨주기에 충분했다……. 다시 떠올리는 것만으로도 나친은 안색이 창백하여 흠칫 떨며 장광사를 바라보았다.

얼굴이 게딱지처럼 굳어진 장광사는 흐릿한 눈빛으로 러민과 이시요를 곁눈질하고 있었다. 전량(錢糧)이 충분하게 확보되었고, 군무(軍務)에 간섭할 수 있는 것도 아니건만 임무가 끝난 뒤에도 성도(成都)로 돌아가지 않고 있는 걸 보면 뭔가 밀지(密旨)를 받고 군정(軍情)을 지켜보고 있는 게 분명했다. 장광사 역시 주비밀유(朱批密諭)를 받았었다. 그 내용은 이러했다.

경의 수급(首級)이 아직 목에 붙어있는 데는 짐이 경의 과거 공적을 떠올려 조야 대신들의 분분한 설왕설래를 힘껏 누르고 있기 때문이네. 아집과 거만함을 거두고 최선을 다해 나친을 보좌하여 승리를 이끌어낸다면 전죄(前罪)를 용서받고 새롭게 거듭날 수 있는 기회가 마련될 것이네. 하지만 그렇지 못할 시엔 경의 상상에 맡기겠네. 부디 자중자애하기를 바라네.

애초에 이 성지(聖旨)가 있었기에 그는 군중으로 돌아와 나친의 명령을 받아가며 군무에 협조해왔던 것이다. 이제 장수들의 의견을 들어보니 만전지책(萬全之策)임은 사실이었다. 그러나 서로군, 남로군 두 부대의 군마를 다시 배치하고 그에 따른 군량 공급 계획을 변경한다는 것은 보기에 간단하지만 번잡하고 시일이 걸리는 일이었다. 만약 장마 전에 끝내지 못한다면 또다시 흉다길소(凶多吉少)의 지경에 내몰리게 될 것임은 자명했다. 게다가

성지(聖旨)를 어겼다는 죄명까지……. 입을 꾹 다문 채 말이 없는 나친을 힐끗 일별하며 장광사는 마음을 굳혔다.
"칼잡이는 나친 당신이고, 난 충분히 도왔소. 이젠 죽이 되든 밥이 되든 당신이 용단을 내릴 일이오!"
"조정과 폐하를 향한 여러분들의 충정을 읽을 수 있는 자리였소. 그러나, 옥천산수(玉泉山水)가 아무리 좋아도 눈앞의 갈증을 풀기는 어려운 법이네."
나친은 이리저리 고개를 갸웃거리며 생각에 잠겼다. 아무리 생각해보아도 자신의 배치가 천의무봉(天衣無縫)이라 생각한 나친이 윗니로 아랫입술을 깨문 다음 입을 열었다.
"봄 가뭄이 지나면 우리한테는 더 불리해질 거네. 처음에 계획했던 그대로 당장 밀어붙이지!"
장군들의 시선이 일제히 나친에게로 쏠렸다.
"내가 친히 마광조와 채영의 2만 인마를 거느리고 3일 내에 송강에 집결하여 공격을 개시하겠네. 3일 내에 송강 양고(糧庫)에 있는 의복과 군수품, 식량과 채소, 기름 등을 전부 쇄경사 대영으로 옮기게. 이 일은 여전히 조후이와 하이란차가 책임지도록 하게. 황하 입구에 주둔하고 있는 2천 녹영병은 대금천으로 움직이는 듯한 착각을 주어 사뤄번의 병력을 그쪽으로 분산시켜야겠네……."
자신에 찬 모습으로 좌중을 훑어보며 다시 입을 열려고 할 때 조후이가 먼저 말했다.
"송강 양고엔 군복을 비롯한 군수품을 제외하고도 식량만 5천석이 넘게 있습니다. 4천 명도 안 되는 인마로 사흘 내에 전부 쇄경사로 옮겨놓는다는 것은 무리입니다!"

그러자 하이란차가 말을 받았다.
"저도 나상을 따라 하채를 점령하러 가고 싶습니다!"
나친의 얼굴에 불쾌한 기색이 스쳤다.
"그럼 군복이니 채소니 따위는 제쳐두고 전부 달려들어 식량만이라도 옮겨놓게!"
그러자 조후이가 즉각 다그치듯 물었다.
"운반을 한다고 해도 도중에 안전을 보장할 수호대가 있어야 하지 않겠습니까?"
그러자 장광사가 말했다.
"중군 대영을 호위하는 기병(騎兵) 5백을 투입시키면 되겠네!"
조후이는 그래도 물러서려 하지 않았다.
"하관도 나상을 따라 적을 무찌르러 나가고 싶습니다!"
나친이 찰거머리 대하듯 혐오스레 두 젊은이를 흘겨보았다. 잠시 생각 끝에 짜증스레 손사래를 쳤다.
"알았네. 대군을 따라나서게. 중군 대영과 송강 양고는 요화청(廖化淸)이 맡고 장광사 군문의 명령에 따르도록 하게!"
"예!"
대답과 동시에 장수들이 일제히 물러가고 나친과 장광사, 러민과 이시요만 남아 있었다. 두 사람이 아직 논의할 군무가 남아 있을지도 모른다는 생각에 러민과 이시요는 자리를 털고 일어났다. 이시요가 말했다.
"우리 둘은 군사에 대해 간섭할 권한이 없습니다. 이는 폐하의 특별지시입니다. 그만 일어나니 이해해 주십시오. 내일 전량(錢糧)이 도착하면 전 귀주(貴州)로, 러민 형은 성도(成都)로 돌아가게 될 것입니다. 조후이와 하이란차가 아직 젊고 혈기왕성한 나이인지라 약간 언사에 신경을 덜 쓰는 면은 있었으나 군향과 군량이 충족하게 보장되는 한 우리 군은 패망하지 않을 거라는 말은 대단히 공감이 갑니다. 이 점을 두 분께서도 유의하셨으면 합니다. 돈이 더 필요하면 운남 동정사로 서찰을 보내십시오. 능력이 닿는 데까지 도와드리겠습니다!"

말을 마친 두 사람은 곧 자리를 떴다. 장광사의 낯빛이 불안해 보이자 나친이 물었다.

"평호(平湖, 장광사의 호), 어째 심사가 대단히 무거워 보이오?"

"조후이와 하이란차 그자들이 대단히 명민한 걸! 5백 기병으로 군량 운송을 호위한다는 것이 쉽진 않거든. 자칫 잘못하여 큰 낭패를 볼 수도 있다는 걸 염두에 두고 대군을 따라나서겠다며 떼를 쓴 것 같소!"

"그런 걱정이라면 거두시오."

나친이 웃으며 덧붙였다.

"사뤄번은 우리의 군량 운송을 노릴 만큼 여유가 있는 게 아니오. 신선이 아닌 이상 우리의 비밀을 알고 있을 리도 없고!"

2. 붉게 물든 초원

　청병(清兵)은 전력을 다하여 나흘에 걸쳐 2만 인마를 송강에 집결시켰다. 하루를 쉬며 풍성한 음식을 만들어 포식한 다음 대부대는 세 갈래로 나뉘어 움직이기 시작했다. 마광조는 5천 인마를 거느리고 하채 서북쪽 간즈아빠로 통하는 길목을 차단하러 내려갔고, 채영의 8천 인마는 대금천에서 하채 사이를 통제하여 적들의 지원병을 중도에서 습격한다는 전략 하에 출발했다. 나친은 나머지 7천여 명의 중군을 친히 인솔하여 정면돌파를 시도했다. 일명 '무적대장군포(無敵大將軍炮)'라 불리는 네 문의 대포는 사뢰번 토채(土寨)의 정문을 향해 반시간 넘게 내리 포격을 퍼부었다. 성문은 끝끝내 폐허로 변해버렸고, 중군 병사들은 때이른 승리의 함성을 지르며 성으로 돌진해 들어갔다.
　순조로운 출발에 나친은 한껏 들떠 있었다. 당장 요화청에게 2천 군사를 이끌고 뻥 뚫린 성문으로 진격하라는 명령을 내렸다.

그러나 나친의 기쁨은 너무 일렀다. 대포로 포격을 가할 때는 아무런 동정도 없이 쥐 죽은 듯이 고요하던 성안이었다. 하지만 2천 병사들이 쳐들어가자 성벽 곳곳에 깃발이 일제히 걸리기 시작하더니 사뤄번의 장군기가 가운데서 높이 펄럭였다. 그와 동시에 땅에서 솟은 듯 난데없이 나타난 활을 잡은 수많은 장족 병사들이 폭풍취우나 다름없는 화살세례를 퍼붓기 시작했다. 당황함도 잠시, 요화청은 갑옷을 벗어 던지고 한 손에는 방패를, 다른 한 손엔 날이 넓은 장검을 휘두르며 악에 받쳐 외쳤다.

"어떤 놈의 새끼든 감히 한 발짝이라도 물러났다간 단칼에 맞아 죽을 줄 알아! 어서 돌격하지 못해?"

"죽여라!"

투지가 끓어오른 2천 군사들이 일제히 무서운 함성을 지르며 달려갔다. 높다란 성벽 뒤에 숨은 사뤄번의 부대를 쫓아 1천 중군 병사들은 빗발치는 화살을 무릅쓰고 사다리를 받쳐 올렸고, 2백여 명의 선두부대가 칼을 휘두르며 나무 사다리를 기어올랐다.

그러나 곧 성벽에 다다를 무렵 갑자기 성안 도처에서 "펑, 펑, 펑" 화총 소리가 진동을 했다. 사다리를 타고 올라가던 병사들도 위에서 서슬 푸른 장검을 휘두르는 통에 장작처럼 패여 툭툭 나가떨어졌다. 성안으로 쳐들어갔던 청병들도 난데없는 화총 세례에 속수무책으로 뒷걸음쳐 정신없이 허둥대며 후퇴했다.

"돌격! 돌격!"

요화청의 악에 받친 고함소리에도 불구하고 병사들은 썰물처럼 쫓겨왔다. 분노한 요화청이 칼을 휘둘러 군령을 어긴 병사들을 치려할 때 어디선가 눈먼 총알들이 날아들었다. 왼쪽 가슴과 왼팔에 벌집처럼 화총을 맞은 요화청은 쿵하고 쓰러지고 말았다. 불과

반시간만에 선두부대 2백 명 중 간신히 살아남은 병사는 스무 명도 되나마나했다. 이들은 팔이며 몸에 화살이 꽂힌 채로 허겁지겁 본영으로 달려와 나친에게 보고했다.

"나나나…… 상! 큰, 큰일났습니다. 적들의 수작에 놀아났습니다!"

"오늘은 철수하고 내일 다시 보세!"

문득 소름이 끼치는 두려움을 느끼며 애써 당황한 기색을 감춘 나친이 명령했다.

"부상자들은 모두 쇄경사로 보내도록 하라. 요화청도 보내되 부상 정도가 심하면 성도(成都)로 보내도록!"

하이란차와 조후이가 쭈그리고 앉아 요화청의 환부를 어루만지며 유심히 살피고 있자 마땅치 않은 시선으로 굽어보고 있던 나친이 말했다.

"요화청이 부상을 당했으니, 그 부대 병정들은 자네 두 사람이 인솔하도록!"

두 사람의 반응 따윈 관심 없다는 듯 나친은 침을 뱉듯 내뱉고는 횡하니 자리를 떴다.

숨이 간들간들 붙어 있는 요화청을 껴안고 조후이와 하이란차는 피와 흙으로 범벅이 된 환부를 소금물로 조심스레 닦아주었다. 갈수록 정신을 잃어가는 요화청이 들릴 듯 말 듯한 희미한 소리로 힘겹게 입을 열었다.

"씨팔, 총 한 번 쏴보지 못하고…… 이게 뭐야? 나상, 전술을 바꿔야겠습니다……."

두어 발짝 걸음을 옮기던 나친이 뒤돌아 서더니 나머지 말을 잇지 못하고 기절해버린 요화청을 차가운 표정으로 쏘아보고는 다시 뒤돌아 서서 저벅저벅 제 갈길을 가버렸다. 입술을 꾹 다문 채 말이 없는 조후이의 얼굴에 경련이 일었다. 하이란차가 나친의 잔등을 매섭게 노려보며 욕설을 퍼부었다.

"저것도 인간이야? 돌이지! 개새끼가 병들어도 들여다보는데!"

"하이란차, 자네 방금 뭐라고 그랬나?"

저만치 걸어가던 나친은 설핏 하이란차의 욕설을 들었지만 확신할 수 없었는지라 발걸음을 멈추고 고개를 돌려 물었다. 그러자 하이란차가 고개를 요리조리 꼬아가며 대답했다.

"제 말은 피가 벌써 굳어서 돌 같다고요……."

하이란차가 멸시 어린 표정을 감추지 못하며 말머리를 돌렸다.

"그리고 우리가 꼭 성문(城門)부터 공격해야 하나…… 뭐 이런 말 좀 해봤습니다!"

'어쩔 테냐'는 식으로 조롱 어린 미소를 지은 채 그는 나친을 똑바로 쳐다보았다.

"저녁에 다시 의논해보지!"

하이란차가 거짓말을 하고 있다는 걸 짐작하면서도 달리 혼내줄 수 없는 나친이 이같이 말하고는 화난 걸음을 재촉했다. 조후이가 나직이 속삭였다.

"우리 둘은 이미 밉보였어. 보복할라 조심해야지……."

"퉤!"

하이란차가 입을 오물거려 멀리 침을 내뱉으며 말했다.

"세상일은 한 치 앞도 모르는 거요. 지금은 아직 우리가 필요하니까 벙어리 냉가슴 앓는 수밖엔 대책이 없을 거요!"

어느새 어둠이 찾아왔다. 달은 마치 아무렇게나 구운 호떡처럼 서서히 움직이는 검은 구름 사이에서 반쯤 고개를 내밀고 흙탕물이 군데군데 고인 넓은 초원을 스산하게 비추었다. 미풍이 실어 나르는 저녁 이슬 같은 안개에 풀뿌리 썩는 고약한 냄새가 섞여있었다. 검은 구름과 이지러지는 달빛, 그리고 옅은 안개가 찬별처럼 군데군데 켜진 촛불이 밝혀주고 있는 청병의 군영을 지켜보고 있었다. 원래 황량하고 쓸쓸한 초원의 밤은 순찰을 도는 야경꾼들의 딱따기 소리에 더욱 차갑게 느껴졌다.

나친의 중군대영 군막이 있는 곳에서 남쪽으로 1리쯤 되는 거리에 말없이 걸어가는 십여 명의 장족 사람들이 있었다. 땟물이 줄줄 흐르는 남루한 옷차림에 물에 불은 양가죽 장화는 빗물 고인 땅바닥을 밟을 때마다 개가 트림하는 듯한 이상한 소리를 냈다. 이들은 가끔씩 멈춰 섰다가 잠시 후 다시 길을 걷곤 했다.

맨 앞에 선 장족은 체구가 대단히 건장해 보였다. 옷자락이 건뜻 들리고 품이 작아 보이는 가죽옷이 황소 같은 몸을 간신히 덮고 있었다. 장족은 대다수가 낯빛이 대추처럼 검붉었다. 그러나 몽롱한 달빛 아래에서 낯빛은 전혀 알 수가 없고, 다만 낮고 곧은 코와 넙죽하고 큰 입의 윤곽만이 어렴풋이 보일 뿐이었다. 이 사람이 바로 7만 장민(藏民)을 통솔하여 공공연히 관군과 대적하는 금천 토사(金川土司)의 지휘자 사뤄번이었다. 그 뒤에 숙부인 상착과 라마활불(喇嘛活佛)인 인착이 바짝 따라가고 있었다. 둘 다 환갑을 넘긴 나이였지만 걸음새는 여전히 날렵하고 힘이 있어 보였다. 활불의 뒤에는 아담한 체격의 중년부인이 품이 터무니없이 넓은 가죽옷을 입고 서 있었다. 사뤄번과 죽마고우의 사이였으나 운명의 장난으로 그의 형 서뤄번에게 시집을 갔고, 한차례 돌이키기도 두려운 무서운 결투에서 사뤄번이 형을 죽이면서 다시 사뤄번의 아내가 된 타운(朵雲)이었다. 몸을 동그랗게 움츠려 잰걸음으로 남정네의 곁으로 다가간 여인을 보며 사뤄번이 걸음을 멈추고 물었다.

"타운, 안색이 별로 안 좋은데 어디 아프오?"

"장군."

타운이 달빛 아래에서 유난히 창백해 보이는 얼굴을 들어 귀신불처럼 명멸하는 청병 병영의 촛불을 바라보며 겁에 질려 말했다.

"적들이 너무 많아요……. 무서워요!"

사뤄번이 투박한 두 손으로 여인의 작은 어깨를 잡고 한참 후에야 깊은 한숨을 앞세우며 말했다.

"호랑이에게 물려가도 정신만 차리면 산다고 했소. 야수 앞에서 두려워하는 건 금물이오. 우리 아버지가 늘 이렇게 가르침을 주셨소."

이같이 말하며 사뤄번은 인착과 여러 호위대들에게 말했다.

"더 가지 말고 그냥 여기서 쉬면서 책략을 짜보세."

"장군."

숙부 상착이 연신 기침을 하며 말했다.

"부인더러 애들 데리고 금천을 떠나게 함이 어떻겠습니까? 어디 숨어있어도 여기보단 나을 게 아닙니까?"

그러나, 사뤄번은 상착의 간절한 권고에도 불구하고 고개를 저었다.

"적들은 결코 호락호락한 상대가 아니오. 천시(天時)가 저들에게 유리하다면 우린 지리적인 우세와 똘똘 뭉친 인화(人和)가 장점인 셈이오. 내 자식들과 마누라가 소중하다고 빼돌리면 난 우리 장족 형제들의 믿음과 존경을 잃게 될 거요. 내 마누라와 아이들은 반드시 끝까지 전장을 고수해야 할 의무가 있소! 안 그렇소, 타운?"

 타운이 떨리는 가슴을 한 손으로 움켜잡고 고개를 떨구었다. 그리고는 가늘게 떨리는 목소리로 대답했다.

 "지당하신 말씀입니다, 장군! 방금 그 말을 우리의 분신인 두 꼬마독수리에게 전해주겠습니다."

 말을 마친 타운은 곧 고개를 돌려 눈물을 닦아냈다.

 거대한 촌락처럼 군데군데 들어앉아 있는 청병 대영을 바라보며 사뤄번도 올라오는 눈물을 애써 눌렀다. 아내의 눈물 앞에서 순간적으로 느슨해지는 마음의 고삐를 무섭게 낚아채며 어느새 살기 번뜩이는 눈빛을 보이며 사뤄번이 단호하게 말했다.

 "우리에겐 오로지 전진하는 길밖에 없소. 우리의 지혜를 모아 일치단결된 병력으로 나친의 정면을 공격해 물리치는 것만이 살길이오. 저들이 하채를 공략하려 함은 대금천을 오래도록 점령하기 위한 발판을 만들기 위함이오. 그런 다음에 남로군과 서로군을 대거 투입해 괄이애와 소금천을 점령하고, 나아가서는 우리를 함정이 있는 동쪽으로 내몰거나 몇 백리 포위망을 좁혀 우릴 일망타진하려는 수작이오. 물론 저들의 병력이 우리 남녀노소 전체인구의 삼분의 일을 넘어가니 부담스럽지 않은 건 아니오······."

 "장군!"

 인착이 손으로 법주를 돌리며 말했다.

 "달라이 라마가 편지를 보내와 악밖에 남지 않은 무식한 청병들과 붙어 예측불허의 경지에 내몰리느니, 저들에게 5백리 초원을 떼어주고 우리더러 라싸(拉薩) 장지(藏地)로 이주하는 것이 어떻겠냐고 물어왔습니다."

"그건 아니 될 말이오."

사뤄번이 대번에 말을 잘라버렸다.

"적들이 이곳 지리에 어두우니 우리가 금천에서 탈출하는 건 어렵지 않을 거요. 그러나 라싸까지 가려면 금천을 탈출하여 건녕산(乾寧山)을 돌아가야 하고 협금산(夾金山)을 넘어야 하오. 그뿐이오? 상, 하첨대를 무사히 통과할지도 의문이고, 설령 통과했다고 할지라도 몇 천 리 산길을 더 가야 하는데, 남녀노소 다 끌고 그 먼길을 강행할 때 얼마나 큰 희생이 따르는지 알기나 하오? 청해성(靑海省)에서 라싸까지는 여기서 가기보다 훨씬 가깝지. 그런데도 청해의 어느 부락이 무리하게 라싸행을 시도했다가 8만 명 중에서 겨우 4천 명만 살아 남았다고 하지 않소. 길에서 맥없이 죽어갈 거면 적들과 목숨 내건 일전을 치르는 게 백번 낫지."

사람들이 침묵을 지키고 있자 사뤄번이 강경한 어조로 덧붙였다.

"어떤 경우에도 비겁하게 도망갈 순 없소. 투항하거나 두 손 들고 제 발로 찾아가 개가 되고 말이 될 터이니 목숨만 살려달라고 손이 발이 되게 비는 것이 건륭황제가 원하는 바일 테지만 그것도 안 돼! 그렇게 굴욕적으로 살아남은 목숨은 산송장과 다를 바 없소……. 아니, 바위에 머리를 찧어 죽느니보다 못하지……. 우리가 어떤 길을 택하느냐는 곧 우리 자손들의 미래를 결정짓는 일이오! 소금천 전투를 앞두고 말했듯이 우린 반드시 싸워서 이겨야 하오. 조정과 화해를 할 때 하더라도 싸워서 이긴 후에 해야 한다 이 말이오!"

사뤄번의 절절한 호소가 이어지고 있을 때 멀리서 누군가의 급박한 발소리가 가까워지고 있었다. 흙탕물에서 달리는 것 같았다. 사람들이 경계하는 시선으로 잠시 숨죽이고 지켜보고 있노라니 어느새 그 사람이 눈앞에 모습을 드러냈다. 서찰을 전담하는 가바라는 노예였다. 숨이 턱에 차 한참 그 자리에서 헐떡이던 가바가 겨우 말했다.

"사 장군, 인착 활불! 소금천에서 보내온 서찰에 의하면 한인들이 단파와 허이챠로 쳐들어 와서 눌러 앉았다고 합니다. 벌써 목채(木寨)를 만들고 있다고 합니다. 그리고, 황하(黃河) 입구로 간 2천 명은 군막까지 쳐놓고 웬일인지 다시 쇄경사로 돌아가고 있다고 합니다."

서신내용을 전하고 난 가바는 곧 사뤄번과 여러 사람들을 향해 절을 하고는 쏜살같이 오던 방향으로 달려갔다.

"장군!"

상착이 무겁게 입을 열었다.

"저들의 동향으로 볼 때 우리는 소금천으로 돌아가야 마땅합니다. 하채와 대금천은 불을 질러 이곳의 청병들에게 내어주고 말입니다. 먼저 서로군을 습격하여 식량을 빼앗는 데까지 빼앗고, 다시 금천에서 북로군과 숨바꼭질을 하며 청병들더러 지쳐 제풀에 주저앉게 만드는 것이 바람직할 것 같습니다. 우리의 노인과 여인네들, 아이들이 굶주리고 있습니다……."

그러나 인착의 의견은 달랐다.

"그것은 임시변통의 방법에 불과하오. 하채와 대금천이 나친의 수중에 들어가 버리는 날엔 우린 더 큰 곤경에 처해질 거요. 우리의 전군을 한데 모아 바로 이곳에서 나친과 목숨을 건 일전에 돌입하는 것이 바람직하오. 뱀을 잡으려면 칠촌(七寸) 부위를 강타하라고 했소."

 조용히 귀기울인 채 듣고만 있던 사뤄번이 수행원에게 말했다.

 "내 명령을 전하라. 하채에 주둔하고 있는 수비군들은 4경(四更) 이전에 전부 이쪽 요청채(遼淸寨)로 철수하라고 이르거라. 대금천의 7천 군사도 철수하여 요청채와 나위채(羅渭寨)로 4천, 3천씩 나뉘어 들어가 있으라고 하라. 난……"

 사뤄번이 소름끼치는 웃음을 지으며 말을 이었다.

 "저들의 양도(糧道)를 차단하고 쇄경사를 포위해버릴 거야. 하채로 내려갔던 군사가 되돌아와 지원하지 않고는 못 배기게 만들어버릴 거야."

 사람들이 공감을 하며 희색을 보이는 가운데 인착이 말했다.

 "정말 고명한 전술입니다, 장군! 나친이 병력의 대부분을 하채 공략에 투입시킨 걸 보면 요청채와 나위채에서 쇄경사로 이르는 구간이 전부 키를 넘는 늪지대이니 우리가 등뒤에서 자신의 대본영을 치러올 가능성이 거의 없다고 판단했던 것 같습니다. 저들은 우리가 아무리 위험한 늪지대라도 용케 골라 넘는 재주가 있는 장족 터줏대감들이라는 점을 간과했던 거죠! 이대로라면 쇄경사 본영을 탈환하는 것도 그리 어려운 일은 아닐 것 같습니다."

 그러자 상착이 신이 나서 껄껄 웃으며 말했다.

 "우리가 식량이 없어 쫄쫄 굶는 걸 못 봐주겠는가 보네? 뒤통수를 얻어맞게 생겼는데도 모르고 쇄경사로 식량을 운반하느라 저 야단법석을 떠는 걸 보니!"

 "쇄경사를 포위하되 공략은 천천히 해야겠소."

 사뤄번이 자신에 찬 음성으로 말했다.

 "기다렸다가 식량을 운반하여 본영으로 돌아오는 나친의 부대를 요청채에 있는 우리 4천 용사들이 중간허리를 뭉텅 잘라내게 해야지. 그러면 지원병들이 달려올 거고, 쇄경사에 포진해 있던 우리 병사들은 불의의 습격으로 일망타진의 쾌거를 올리게 될 테지!"

그러자 상착이 다소 아쉬운 표정을 지었다.

"그렇게 되면 우린 나친과 장광사를 붙잡을 수가 없습니다."

그러자 사뤄번이 껄껄 웃음을 터트렸다.

"그래도 명색이 재상이고 대장군인데, 내가 그 둘을 생포해버리면 건륭의 체면이 어찌되겠소."

말을 마친 사뤄번은 흥분을 주체하지 못하여 아내 타운을 번쩍 들어올리며 말했다.

"더 이상 두려워하지 마오. 애들 때문에 걱정 안 해도 되겠소. 이번에 승리하면 자넨 북경으로 가서 악종기를 만나 조정과 강화조약을 맺게끔 다리를 놓아달라고 청을 드려 보시오!"

수줍음에 발버둥치는 사랑하는 아내를 내려놓으며 어느새 웃음기가 사라진 사뤄번이 말했다.

"어서 요청채로 가시오……. 소금천에서 붙잡은 청병들은 전부 묶어 하채로 보내야겠소. 내일은 자기네들끼리 치고 박고 하겠지?"

한편 나친은 전혀 내키지 않았지만 어쩔 수 없이 하이란차의 건의를 받아들였다. 그리하여 하채 남쪽에서 지세가 조금 낮은 장벽부터 공략하기로 했다. 그러나 천근이 넘는 네 문의 '무적대장군포'를 옮기는 것이 문제였다. 깊이를 가늠할 수 없는 늪지대에서 대포를 실은 수레가 들어와 실어갈 수 있는 형편이 못 되었다.

궁여지책으로 뗏목을 만들어 동아줄을 매어 대포마다 1백 명씩 달려들어 끌어내기로 했다. 수백 명이 엉켜 붙어 죽을 둥 살 둥 매달린 끝에 정오 나절이 다 되어서야 겨우 대포를 바뀐 계획에 따라 설치할 수 있었다. 때맞춰 송강에서 이시요가 보낸 말린 쇠고기가 도착했다. 나친은 일인당 한 근씩 배불리 먹게 하고는 돌격명령을 내렸다. 공격개시를 알리는 대포소리가 하늘과 땅을 뒤흔들었다.

하채(下寨)의 담벽은 채문(寨門)보다 훨씬 얇아 고작 몇 발의 대포에 벌써 커다란 구멍이 뚫리고 말았다.

"돌격! 후퇴하는 자는 목을 칠 것이야…… 돌격!"

조후이와 하이란차가 사기충천하여 괴성을 지르는 병사들을 이끌고 장검과 화살을 꼬나들고 벌떼처럼 쳐들어갔다. 전날 성벽에서 쏟아지는 화살과 화총 세례에 2백여 명이 허깨비처럼 쓰러지는 모습을 지켜보았던 병사들은 성벽에 바짝 붙어서 달려갔다.

그러나 으레 어느 정도는 희생을 감안했던 병사들은 아무런 반응없이 잠잠하기만 한 것에 도리어 불안해졌다. 선봉에 선 십여 명은 주위를 두리번거리며 장검을 꼬나들고 적들의 동향을 예의주시했다. 영문을 모르는 뒤편의 군사들도 주춤할 수밖에 없었다.

"저것들이 어서 쳐들어가지 않고 뭘 해?"

하이란차가 이를 악문 채 목울대를 불끈거리며 고함을 지르고는 조후이와 함께 담벽으로 뛰어올랐다. 손을 이마에 얹어 유심히 살펴보니 토채(土寨) 너머로 수많은 발자국이 어지러이 찍힌 황톳길이 멀리 이어지고 있었다. 담장 안팎에 사람 그림자라곤 하나도 없었다. 채문 안에는 초가집 문짝을 뜯어 불을 피운 흔적이며 양과 낙타의 분비물, 그리고 야밤을 틈타 도망간 흔적들이 도처에 역력하게 남아있었다. 컹컹! 어디선가 늙은 개가 짖는 소리만 들려올 뿐 하채는 텅텅 비어 있었다. 조후이와 하이란차가 예기치 못했던 광경에 넋이 나가 멍하니 서 있을 때 나친이 부하를 시켜 공격을 중단한 이유를 물어왔다.

"적들이 야밤을 틈타 철수해버렸습니다!"

조후이가 중얼거리듯 말했다. 뭔가 상서롭지 못한 예감에 휩싸인 그는 안으로 들어가 샅샅이 뒤질 것을 명하고는 곧 하이란차를 데리고 나친을 만나러 중군 대영으로 향했다.

"벌써 도망쳐버렸습니다!"

하이란차의 보고를 받은 나친의 미간은 호두껍질처럼 쭈글쭈글해졌다. 하채 서남쪽에 펼쳐져 있는 함정같이 무시무시한 늪지대를 제외하고 주위에 도주로가 될만한 마른 길은 전부 관군이 철통같이 수비를 서고 있었다. 그런데, 대체 어디로 도망갔단 말인가? 하늘로 솟고 땅으로 꺼졌다면 모를까! 어제는 이 하채를 고수하고자 악전을 불사하더니 갑자기 밤중에 사라진 이유는 뭘까? 나친의 서리 내린 얼굴은 더 길어 보였다. 물이 고여 있는 개펄을 가리키며 조후이가 말했다.

"나상, 적들은 날개가 돋치지 않은 이상 분명 이곳으로 도망갔을 겁니다. 빠지면 키가 넘는 개펄에도 길은 있다고 합니다. 이곳에서 나고 자란 토박이들만 아는 길 말입니다!"

그제야 문득 뇌리를 치는 무서운 생각에 하이란차가 찬 숨을 들이마시며 외치듯 말했다.

"저 속에 길이 있단 말이지……. 그게 사실이라면 사뤄번이 혹시 우리 본영을 노리고 쇄경사로 간 건 아닐까요?"

조후이가 걱정하는 바와 일치한 하이란차의 생각이었다. 나친

붉게 물든 초원 49

이 제자리에서 두어 바퀴 돌며 냉소를 퍼부었다.

"간이 배 밖으로 나오지 않은 이상 그런 무모한 짓은 못하지. 그럴만한 식견도 없고! 대금천으로 사람을 보내어 그곳 동정을 감시하게 했으니 곧 올 거네. 잠시 이대로 지켜보세."

그러자 조후이가 나친을 향해 허리를 깊숙이 굽혀 보이며 진지하고 정중하게 말했다.

"중당 어른, 요청채는 쇄경사에서 20리밖에 떨어져 있지 않습니다. 가운데에 개펄을 끼고 있다 하여 우린 아무런 대비도 하지 않고 있습니다. 그 개펄에도 이런 식으로 적들만이 짚어갈 수 있는 길이 있다면 우리의 대본영은 대단히 위태롭습니다. 우리 군의 퇴로가 차단되고 양도가 저들의 수중에 장악된다는 것은 곧 우리의 종말을 뜻합니다."

"위기 앞에서 태연할 수 있어야 진짜 사내이지 그런 식으로 호들갑을 떨어서야 쓰겠나!"

나친이 듣기만 해도 소름이 끼치는 조후이의 말에 발작을 하는가 싶더니 애써 진정하며 질타를 했다.

"그러고도 이 바닥에서 잔뼈가 굵은 노병(老兵)이라고 으스대겠지? 지금의 급선무는 적들이 간 곳을 밝혀내는 거네!"

고개를 숙인 채 잠시 생각하던 나친이 명령했다.

"하이란차, 자네가 좌영(左營)의 3천 인마를 거느리고 속히 송강으로 돌아가게. 군량이 잘못되는 날엔 날 무정하다고 탓하지 말게!"

하이란차가 명을 받고 떠나자마자 대금천으로 갔던 탐마(探馬)가 돌아왔다. 대금천은 성 밖 2리 근처에 장병들이 깔려있어 정탐을 나선 기병들이 가까이 접근할 수 없었다고 했다. 나친이 다그쳐 물었다.

"성안에는 무슨 이상한 움직임이 없었고? 어제 한밤중에서 오늘 새벽 사이에 대부대의 장족 병사들이 입성하는 걸 못 보았나?"

탐마가 대답했다.

"어찌어찌 겨우 성안으로 잠입한 탐마들이 하나도 나오지 못하고 있는 걸 보면 안에서도 순찰을 강화하고 있는 모양입니다. 4경(四更)을 전후하여 성안에 낙타소리와 사람소리로 잠깐 소란스러웠던 적은 있습니다. 워낙 경계가 삼엄하여 감히 다가가지 못했습니다……."

"역시 내 추측이 맞았어! 대금천으로 기어들어간 것이 분명하네."

나친이 천근 무게의 바위가 내려앉는 듯이 안도의 한숨을 토해 냈다. 그리고는 비웃듯 말했다.

"저들이 잔머리를 굴려봤자 뻔하지. 그래, 우린 하채에 눌러 앉는 거야. 저들이 대금천에 둥지를 트는 대로 내가 서로군과 남로군을 불러 물샐틈없이 포위해버릴 거야. 사뤄번이 지네가 아닌 이상 땅을 파고 들어가기야 하겠어?"

그 사이 하채 안으로 수색을 하러 갔던 병사가 돌아와 아뢰었다.

"장인(藏人, 장족 사람)은 하나도 발견하지 못했습니다. 다 죽어가는 백여 명을 발견하긴 했으나 어제 붙잡혀 손이 뒤로 묶인 우리의 청병들이었습니다. 검정색 천으로 눈을 가려버리는 바람에 적들이 어느 방향으로 도주했는지 모른다고 했습니다."

그러자 나친이 껄껄 웃음을 터뜨렸다.

"사뤄번 저 자식이 머리는 비상한 놈이야. 폐하께서 제대로 보셨어. 애들을 죽이지 않고 내버려둔 걸 봐. 언젠가는 조정과 강화조약을 맺고 싶다 이거지!"

이같이 말하던 나친이 큰소리로 하명했다.

"좌우익의 군사들은 채(寨) 밖에 목책(木柵, 나무 울타리)을 세우고 나머지는 채 안으로 들어가 주둔하도록!"

나친이 다시 하이란차를 불러오라고 명하려 할 때 송강 방향에서 몇몇 병사들이 물웅덩이에 걸려 나뒹굴었는지 흙투성이가 된 채로 허겁지겁 달려오고 있었다. 두 손을 허우적대며 그들은 죽어라 고함을 질러댔다.

"중…… 중당…… 사뤄번이…… 쇄, 쇄경사를 포위했습니다……."

순간 "쿵!" 하는 소리와 함께 나친은 머리가 풍선처럼 위태롭게 팽창하는 느낌에 사로잡히고 말았다. 하늘과 땅이 한 덩어리가 되어 빙글빙글 돌아갔고, 물이며 풀들이 전부 허공에 매달려 있었다. 예상치 못한 충격에 비틀거리며 주저앉은 나친은 심장이 멎을 것만 같았다.

"쇄경사를 포위한 병력은 얼마나 되나?"

종잡을 수 없는 전쟁의 풍운을 많이 겪었지만 조후이 역시 순식간에 낯빛이 창백해졌다. 탐마를 붙잡고 다급히 물었다.

"어느 방향에서 쳐들어간 거야?"

"어르신, 그것들이, 그것들이……."

탐마가 끊어질 듯 거친 숨을 간신히 몰아쉬며 대답했다.

"어느 길로 들어왔는지는 장 군문께서 언급이 없었습니다. 하이…… 란차 어르신께서 그러시는데, 요청채 쪽에서 개펄을 건넜을 거라고 하셨습니다. ……쇄경사를 포위한 적들의 병력이 얼마나 되는지는 잘 모르겠으나 1만 명이 넘는다고 들었습니다!"

"하이란차는 지금 어디 있어?"

조후이가 물었다.

"양도가 사뤄번에 의해 허리가 뭉텅 잘렸다고 합니다. 그래서 하이란차 어른께선 식량을 운반하던 병사들을 송강에 집결시키고 있다 합니다. 몇백 마차 분량의 식량을 빼앗기고 운송에 나섰던 형제들이 몇십 명이나 잘못됐다고 합니다……."

더 이상 묻지 않아도 상황은 불을 보듯 뻔했다. 성동격서(聲東擊西)하는 사뤄번의 책략에 놀아난 것이었다. 아무리 생각해도 부락 전체가 쥐도 새도 모르게 야밤을 틈타 깨끗하게 빠져나갔다는 사실이 믿어지지가 않았다. 겨우 정신을 차린 나친은 뱅글뱅글 돌며 연신 중얼거렸다.

"이를 어쩌나…… 이제 어떡해야 하나……."

잠시 생각하던 조후이가 입을 열었다.

"중당 어른, 진정하세요. 대책을 마련해 봅시다!"

"대책? 자네가 묘안을 생각해냈나?"

나친의 눈길이 간절했다.

"여기서 화급히 3천 병사를 파견하여 하이란차와 함께 쇄경사를 탈환해야 합니다. 하채에는 1천 명의 주둔군만 남겨두고 나머지 1만여 명을 이끌고 대금천으로 쳐들어갑시다……. 사뤄번이 우리의 뒤통수를 쳤으니 우린 그 둥지를 들어내어버리는 겁니다!"

"그래 봤자 6천 명밖에 안될 텐데, 1만 명이 넘는 적들을 무슨 수로 물리치겠나? 대본영을 빼앗기고 장광사까지 죽는 날엔 입이 백 개라도 할 말이 없을 텐데, 이를 어쩌면 좋아……."

"그럼 중당 어른의 뜻은……."

붉게 물든 초원

"하채에 3천 명을 주둔시키고 대금천은 잠시 방치해 두는 게 바람직할 것 같네."

점차 안정을 찾아가며 나친이 말을 이었다.

"1천 명을 요청채로 파견하여 사뤄번의 퇴로를 차단하고 나머지는 전부 쇄경사로 쳐들어가야 하네. 장광사가 위급한 상황에 노출되어 있는데, 우리가 구출해내지 못하면 누구도 그 죄를 감당하기 어려울 거네!"

그 시각, 쇄경사(刷經寺)에는 장광사를 포함한 30여 명밖에 남아 있지 않았다. 나머지 3백 명의 친병들과 2천 군사들은 전부 '순국(殉國)'을 하고 말았다. 겨우 살아남은 병사들도 화살과 장검에 찢기고 뚫린 부상병들이었다. 이들은 장광사를 호위하여 쇄경사 뒤편에 있는 대불전에 숨겨놓고 피가 흐르는 몸으로 최후의 육박전에 대비하여 처마 밑으로 나와 겁을 집어먹은 채 적들의 동향을 살피고 있었다.

머리가 검불처럼 된 초췌한 모습의 장광사는 실성한 사람처럼 불당 모퉁이의 의자에 앉아 있었다. 꼿꼿한 눈길은 대청마루에서 뭔가를 찾고 있는 듯 초점을 잃고 헤맸다. 밖에서 겨우 살아남은 장병들이 비장한 최후의 각오를 다지며 힘차게 충성을 외치는 소리가 또렷이 들려왔지만 그는 아무 것도 들리지 않는 표정이었다.

그는 천천히 허리춤의 보검을 반쯤 뽑아 치켜들었다. 칼날이 번쩍번쩍 눈이 부셨다. 여전히 예리하고 날카로운 보검이었다. 청해 전투에서의 화려한 전공(戰功)을 높이 평가하여 옹정(雍正)이 건청문에서 문무백관들을 전부 집결시킨 가운데 하사했던 보검이었다. 얼마나 많은 부러움의 시선을 받게 했고, 부적처럼 수년동안

몸에서 떨어져본 적이 없었던 권력과 명예의 상징이었다. 그런데 지금은······. 그는 공훈과 애환이 묻어있는 보검을 뽑아 흰 손수건으로 조심스레 닦고 또 닦았다. 그리고는 천천히 일어나 벌써 눈앞까지 쳐들어와 대오를 정비하고 있는 사뤄번의 병사들을 향해 섬뜩한 웃음을 지어 보였다.

"하하하하······! 뿌린 대로 거둔다더니, 옛말이 하나도 그른 데 없구나! 그 동안 수없이 많이 죽였으니 수많은 칼날에 난도질당하는 게 뭐가 대수이겠나? 이런 말로는 예견치 못했다만 여한은 없다······."

짐승처럼 울부짖으며 장광사는 거울처럼 번쩍이는 칼을 들어 목으로 가져갔다.

"대장군!"

바로 그 순간, 옆에서 아슬아슬하게 지켜보던 막료 오웅홍(吳雄鴻)이 새된 소리를 지르며 달려들어 장광사의 팔목을 움켜잡았다. 그리고는 털썩 무릎을 꿇어 피를 토할 듯이 흐느꼈다.

"대장군, 어찌 천하의 대장군께서 이리 비참한 최후를 마치려 하십니까! 청산이 그대로입니다······. 땔감이 없겠습니까? ······송강(松崗)이 여기서 멀지 않습니다. 우리에겐 기병(騎兵)들이 많습니다. 이 불전(佛殿)은 적들이 감히 불을 싸지를 수도 없사오니······ 조금만 더 버티고 있으면 지원병이 도착할 것입니다······."

"아아······!"

장광사가 고통스런 신음을 토하며 보검을 떨구었다. 긴긴 탄식과 함께 눈물이 비오듯 흘러내렸다.

선 채로, 엎드린 채로 두 사람이 주체할 수 없는 비감에 사로잡혀 있을 때 밖에서 친병 하나가 들어와 큰소리로 아뢰었다.

붉게 물든 초원　55

"대장군, 사뤄번이 안뜰에 들어왔습니다. 대장군께 드릴 말씀이 있다며 밖으로 나오시라고 합니다!"

"할말이 있으면 쳐들어오라고 해!"

"심기가 많이 불편하신가 보군요."

불전과 문 하나를 사이에 둔 천정(天井)까지 다가온 사뤄번이 미소를 지은 채 말을 이었다.

"나랑 장 군문은 알고 지낸 세월이 하루 이틀이 아닌데, 지인을 이런 식으로 문전박대를 하는 건 예의가 아니잖소?"

장광사는 헝클어진 머리를 쓸어 넘기고 조관(朝冠)을 썼다. 조주(朝珠)는 목에 걸었으나 보검은 내려둔 채 천천히 불전 밖으로 나갔다. 처마 밑에 멈춰서니 사뤄번의 얼굴이 눈앞에 있었다.

"놀라게 해드려 죄송합니다!"

사뤄번이 여전히 미소를 머금은 채로 장광사를 대하며 장족의 방식대로 두 손을 앞으로 길게 뻗어 예를 갖추었다. 그리고는 말했다.

"무례했던 점이 있었다면 용서를 구합니다. 아울러 어쩔 수 없이 이 길로 내몰렸음을 분명히 밝힙니다. 우리가 이런 데서 이렇게 만나게 된 것은 내가 원하는 바가 아니었습니다. 군문께서는 전보다 좀 늙어 보이긴 하나 혈색도 더 좋아 보이시고 살도 오른 것 같습니다."

죽음을 도외시하고 보니 장광사는 오히려 태연하고 침착해 보였다. 자신의 키를 훨씬 넘는 거구의 사뤄번을 올려다보며 장광사가 이윽고 입을 열었다.

"불전 안으로 들어오시지!"

이에 사뤄번이 대답했다.

"금천의 10만 부모형제를 챙겨야 하는 사람입니다. 무모하게 험지로 발을 들여놓을 순 없습니다."

그러자 장광사가 냉소를 터트렸다.

"이런 처지가 되긴 했지만 그래도 명색이 조정의 극품대원(極品大員)이오. 내가 그리 치졸하게 굴 것 같소?"

"그 동안 장 군문을 상대하며 똑똑해졌을 뿐이오."

사뤄번의 한어 수준은 유창한 정도가 아니라 어휘 구사력이 대단했다. 다시금 깍듯이 예를 갖추고 난 사뤄번이 옷 속에서 종이 한 장을 꺼내어 펴 보였다.

"이것은 대금천에서 경복, 장 군문, 그리고 정문환(鄭文煥) 군문과 함께 체결한 합의서입니다. 군문께선 그 당시 두 번 다시 이유 없는 금천 정벌을 하지 않겠노라고 친필서명을 하셨습니다, 이렇게! 그런데, 불과 2년도 안 되는 사이에 합의서를 까맣게 잊으시고 이렇게 식언을 하시다니 어찌된 일입니까?"

장광사는 그만 말문이 막혀버렸다. 난감하기 그지없었다. 마른 웃음을 지어 보이며 장광사가 대답했다.

"다 알면서 왜 묻나! 그걸 따지려고 날 보자고 했소? 역시 웃기는 천노(賤奴)구먼! 난 이미 목숨을 초개같이 버릴 각오가 돼 있는 사람이야. 그런 위협에 넘어갈 줄 알아?"

장광사가 두 눈을 부라리고는 힘껏 발을 구르며 불전 안으로 들어가려 했다.

"장 군문!"

순간적으로 이마에 붉은 근육이 일어서던 사뤄번이 멈춰 서서 고개를 돌리는 장광사를 보는 순간 목소리를 낮춰 웃음을 지으며 말했다.

붉게 물든 초원 57

"안으로 들어가나 여기 있으나 다를 바가 있습니까? 밖에는 저마다의 가슴속에 바다와 같은 한을 품은 1만 장병(藏兵)들이 있습니다. 장 군문만 보면 맷돌에 갈아 죽이고 싶다고 합니다. 내 손짓 하나에 장 군문은 고깃덩어리가 되어버릴 것입니다!"

사뤄번은 그쯤에서 말투를 좀더 부드럽게 했다.

"장 군문이 목숨을 초개같이 여기는 줄은 잘 압니다. 그러나 버거다칸(황제)에게 충성하는 신하라면 죽는 것만이 능사는 아닙니다. 당당한 대국의 삼군(三軍)이 소수 부족에 의해 패망하고 주장(主將)마저 생포당해 가축처럼 사육당하다 죽어가는 그 꼴을 군부(君父)에게 보여주겠다는 겁니까? 건륭황제(乾隆皇帝)의 체통이 그토록 무참히 짓이겨져도 괜찮다고 생각합니까?"

왼눈에도 넣지 않았던 자그마한 선위사(宣慰使)가 이와 같은 심모원려(深謀遠慮)의 흉회(胸懷)를 간직하고 있을 줄은 미처 몰랐다. 차근차근 타이르듯 꼬집어 비트는 말솜씨 또한 2년 전과는 비할 바가 아니었다. 여차하면 목을 쳐버릴 의사를 분명히 내비치는 사뤄번의 말에 장광사가 마침내 돌아섰다.

"그래, 하고 싶다는 말이 뭔가? 말해보게!"

그물에 걸린 물고기 신세임에도 위엄을 부리며 명령조로 나오는 장광사를 보며 사뤄번은 웃음을 듬뿍 머금고 있었다. 터져 나오려는 웃음을 가까스로 참으며 사뤄번이 정색을 했다.

"병사들은 즉각 쇄경사에서 몇백 보 떨어진 곳으로 물러가게 할 수 있습니다. 그러나 압수한 식량은 돌려줄 수 없습니다······. 노하지 마세요. 그대들의 신의를 구겨버린 무책임하고 무도덕한 위약행위 때문에 우리 장족들은 모두가 뱃가죽이 등에 가서 붙었습니다. 이것이 첫 번째 논의하고자 하는 것이오. 둘째는 장 군문과 호위대들 수중에 있는 무기를 전부 압수하고, 이곳 쇄경사를 조금도 벗어나선 안 된다는 것이오!"

"흥!"

장광사는 코웃음을 쳤다.

"무기를 내려놓으라는 말씀이오? 솔직하게 나 장광사를 생포하겠다고 말하지 그래?"

"그렇다면…… 좋습니다! 오랜 지기의 옛정을 봐서라도 무기는 압수하지 않겠습니다!"

사뤄번이 크게 웃었다. 그리고는 손을 내저었다.

"식량을 전부 절 밖으로 옮겨 요청채에 있는 장민(藏民)들더러 전부 출동하여 운반해가라고 하라! 우린 쇄경사에서 철수할 것이야!"

말을 마친 사뤄번은 끝까지 예를 갖추며 자신의 호위대를 거느리고 떠나갔다.

사뤄번이 쇄경사를 나서면서 보니 절 안에는 어디라 할 것 없이 쌀을 메고 다니는 병사들이 깔려 있었다. 좋아라 싱글벙글하며 저마다 어깨엔 쌀자루, 손엔 건육(乾肉)을 들고 청수담(淸水潭) 쪽으로 가고 있었다. 병사들의 무질서한 모습에 미간이 구겨지던 사뤄번이 병사 하나를 불러 지시했다.

"지금부터 모든 장병(藏兵)들은 쌀자루를 땅에 내려놓으라는 내 명령을 전하라……. 그리고 예단카를 불러와라!"

병사가 달려가 소리치며 대장의 명을 전했다. 잠시 후 땀에 흠뻑 젖은 중년사내가 종종걸음으로 달려왔다. 미처 중심을 잡기도 전에 사뤄번의 부삽 같은 손바닥이 예단카의 얼굴을 강타했다.

"누가 너희들까지 쌀자루를 메고 까불라고 했어?"

사뤄번이 뻘건 두 눈을 부릅뜨고 고래고래 고함을 질렀다.

"당장 대오를 정렬하여 서행(西行) 준비 못해? 한인 개새끼들의 주력이 분명히 송강을 향해 움직이고 있을 거야! 대적(大敵)들이 다가오고 있는데, 희희낙락하며 이따위 짓이나 하고 있어야겠어? 여긴 5백 명만 남아서 절을 포위한 다음 청병들의 천막과 땔감, 취사도구를 모두 없애버려!"

양 볼이 얼얼할 정도로 얻어맞은 예단카가 큰소리로 대답하고는 달려갔다. 사뤄번이 이번에는 옆에 있던 상착에게 말했다.

"식량운반은 인착 활불에게 맡기면 되겠소. 예단카의 부대는 내가 인솔하여 서쪽으로 가서 나위채에 주둔하고 있는 병사들과 합류할 거요. 숙부는 나이도 많고 하니 여기서 활불의 지휘에만 잘 따라주는 것이 날 돕는 거라 생각하면 되겠소. 명심하오, 절을 포위하는 것이 첫째고, 식량운반은 그 다음이오! 요청채에 있는 병사들은 예단카가 어떻게 버릇을 잘못 들였는지 마치 대가리 떨어져나간 양떼들 같소. 지금 적들은 우리의 기습전략에 제정신을 못 차리고 있을 뿐 병력에 큰 타격을 입은 건 아니니 저들이 완전히 갈피를 잡지 못하게 중도에서 한번 기습 공격을 해야 하오!"

그사이 원래의 씩씩한 병사로 다시 돌아온 장병들이 예단카의 구령에 맞춰 작은 보폭으로 사뤄번을 향해 달려왔다. 사뤄번이 운량관(運糧官)을 향해 큰소리로 지시했다.

"나위채에 있는 우리 병사들이 이미 나친의 쇄경사 지원병을 산지사방으로 뿔뿔이 흩어지게 만들었다네. 하채에 2천, 송강에 3천, 나친이 데리고 있는 중군이 6천인데, 그중 하나밖에 없는 기병대가 쇄경사를 향해 죽자 사자로 달려오고 있다 하네. 적들의 병력이 비록 우리보다 조금 많다고는 하지만 절대 겁낼 게 없어.

그들은 이미 우리의 책략에 넘어가 갈팡질팡하고 있어. 장군이 병사들을 찾을 수 없고, 병사들이 제멋대로 흩어져버린 형국이 되고 말았지. 우린 이 절호의 기회를 놓칠 순 없어! 여러분, 건육을 가지고 가면서 먹도록! 적들은 배를 쫄쫄 굶어가며 흙탕물에서 밤새도록 엎드려 있었으니 때리기도 전에 무릎 꿇는 건 아닌가 모르겠네!"

이때 누군가가 말을 한 필 끌고 왔다. 장광사의 대영에서 빼앗아 온 줄 알고 있는 사뤄번은 빙그레 웃으며 말 위에 올라탔다.

"출발!"

밤새도록 달려오던 나친의 부대는 송강에 다다르기도 전에 나 위채에 매복해 있던 3천 장병(藏兵)들의 기습공격을 당하고 말았다. 어둠 속에서 아무런 사전대비도 없었던 병사들은 순식간에 여왕벌을 잃은 벌떼들처럼 뿔뿔이 흩어져버렸다. 싸움터에선 그 야성이 맹수를 닮은 장족 병사들은 앞에서 막고 뒤에서 추격하여 호박 내리치듯 관군들을 토막냈다. 초원이라고는 하지만 어디에 함정이 숨어 있을지 모르는지라 마음놓고 도망갈 수도 없고, 몇 개월째 야채를 못 먹어 야맹증에 걸린 병사들은 대책도 없이 갈팡질팡하며 장족 병사들의 칼질에 잘려나가 픽픽 쓰러졌다.

나친을 호위하던 3백 명의 친병들은 부랴부랴 나친을 오던 길로 빼돌리려고 했다. 그러나 희미한 달빛 아래 어디라 할 것 없이 쫓고 쫓기는 추격전이 벌어졌고 칼맞은 병사들의 비명소리와 병기끼리 부딪치는 쇳소리가 정신을 잃게 했다. 남쪽으로 갈수록 어지럽게 널브러진 관군들의 시체는 더욱 많았고, 발치에 걸리는 사람 머리가 비바람에 떨어져 흙탕물에 나뒹구는 박 같았다…….

뚫는 곳마다 막히고 도무지 탈출구가 보이지 않았다. 어쩔 수 없이 친병들은 다시 나친을 호위하여 북으로 꺾어 들었다. 다행히 친병 하나가 이곳 지형에 익숙하여 우여곡절 끝에 겨우 나친을 회자나무숲이 우거진 조금 높은 둔덕으로 데리고 갔다.

놀란 가슴을 쓸어 내리며 혼절 일보직전에 처해 있던 나친은 한 무리의 말을 탄 병사들이 기세등등하게 자기 쪽으로 쫓아오는 어두운 그림자를 보는 순간 삽시간에 다리근육이 풀려버리고 말았다. 추풍낙엽처럼 쓰러지려 하는 나친을 두 친병이 양측에서 움켜잡았다. 말발자국 소리와 함께 가까워지는 사람의 말소리를 귀기울여 들어보니 놀랍게도 그것은 한어(漢語)였다.

"나 중당! 중당 어른, 어디 계십니까……. 저희는 조후이의 부대입니다!"

한껏 팽창되었던 긴장이 탁 풀리는 순간이었다. 나친은 사타구니가 이상하게 차가운 느낌이 들어 손으로 가만히 만져보았다. 뜨끈한 것이 흥건하게 배어있었다. 창피하기 그지없었지만 짐짓 내색하지 않고 명령했다.

"조후이더러 이리 오라고 하게!"

병사들이 일제히 불렀다.

"나 중당께서 여기 계십니다, 조후이 군문!"

잠시 후 몇몇 병사들을 거느린 조후이가 큰소리로 외치며 다가왔다.

"나 중당, 제가 왔습니다! 더 이상 염려하지 않으셔도 됩니다!"

나친이 마치 구명은인을 만나기라도 한 듯 비틀거리며 일어서서 황급히 물었다.

"자넨 아직 병사들이 얼마나 남았나? 얼마 살아있기는 한 건가?"

"7백 명 넘게 죽었습니다. 1천 명도 채 안 남았습니다."

조후이가 고개를 번쩍 쳐들었다. 마치 마음에 두고 있던 어느 별 하나를 애써 찾듯이 한참동안 검은 하늘을 올려다보고 있던 조후이가 덧붙였다.

"어서 우리의 인마를 한데 모아야 합니다……. 이대로 흩어져 있다간 날이 밝기도 전에 돌이키기 어려운 형국을 초래하고 말 것입니다……. 아직 축시(丑時)가 채 안 된 시각입니다!"

나친은 다람쥐 쳇바퀴 돌듯 뒷짐을 진 채 그 자리에서 대책없이 빙빙 돌며 중얼거리듯 말했다.

"이를 어쩐담? 하! 어찌하면 좋을까……."

근엄하고 오만하기만 하던 재상이 위기가 닥치니 한낱 종이호 랑이요, 허깨비였다. 조후이의 얼굴에 스치는 씁쓸한 미소가 어둠에 가리워 보이지 않았다. 그는 더 이상 기다릴 수 없어 명령을 내렸다.

"모든 사람은 힘을 합쳐 목청껏…… 조후이가 여기 있다. 관군은 이쪽으로 모이라…… 라고 외치도록. 자, 시…… 작!"

"조후이가 여기 있다. 관군은 이쪽으로 모여라!"

1천여 명의 병사들이 목청껏 외치는 소리에 떠나갈 듯한 전쟁터의 소란은 삽시간에 눌려버리고 말았다.

과연 효과가 있었다. 어둠 속에서 눈먼 쥐처럼 갈팡질팡하던 관군들은 몇십 명씩 떼를 지어 소리 나는 쪽으로 움직이기 시작했다. 뒤늦게나마 용기가 생긴 관군들은 집요하게 쫓아오는 장족 병사들을 향해 칼을 휘두르며 필사적으로 저항했다.

초원에는 피비린내 나는 여명이 밝아오기 시작했다. 태양은 어제도, 그제도 그랬듯이 나른한 기지개를 켜며 지평선을 차고 일어났다. 얇은 구름에 가려 마치 덜 익은 달걀 노른자처럼 초원 위의 고인 물을 빨갛게 물들이고 있었다. 4경(四更) 무렵 긴긴 호각소리가 초원에 울려 퍼졌다. 때를 같이하여 장족 병사들은 일제히 전쟁터에서 철수했다. 올 때도 그랬듯이 갈 때도 신속했다. 불과 몇십 분 사이에 어디로 가버렸는지 감쪽같이 모습을 감추었다. 하룻밤 악전고투를 치른 전장은 눈을 뜨고 볼 수가 없을 정도로 처참했다. 끝없이 널려 있는 청병들의 시체는 마치 낫질을 하여 눕힌 보릿단 같았다. 어떤 곳은 드문드문 몇 구의 시체가 보일 뿐이었지만 어떤 곳은 아예 엎친 데 덮쳐 자그마한 산을 이루고 있었다······.

"나상······."

조후이가 참혹한 주검들에서 눈길을 거둬들이며 멍하니 앉아있는 나친을 향해 말했다.

"인원수를 확인해 보았습니다. 부상병까지 합쳐 아직 2천 7백 94명이 살아 있습니다. 제 생각엔 그 와중에도 운 좋게 하채로 되돌아간 병사들이 1천 명 정도는 될 것 같고, 이곳 지리에 익숙한 병사들이 송강으로 빠져나갔을 수도 있습니다. 이제 어디로 가야 할지 하명해 주십시오!"

초점 잃은 빨간 토끼 같은 눈으로 한참 허공을 쳐다보고 있던 나친은 반나절이 지나서야 비로소 입을 열었다.

"저것들이 기습을 해오기 시작하자 난 곧 사람을 파견하여 하이란차에게 지원을 명했지. 그런데 그는 끝까지 강 건너 불 보듯 했어! 지금 이런 걸 따질 때는 아니지만······. 장광사가 어떻게 하고 있는지 그게 제일 걱정이네. 자꾸 불길한 예감이 들어서 말이네."
 벌떡 일어서며 나친이 말을 이어나갔다.
 "우리 이러고 있을 시간이 없네. 어서 강행군하여 쇄경사를 지원해줘야 해!"
 조후이는 가타부타 응답이 없었다.
 "어서 대오를 집합시키지 못하고 뭘 하나?"
 "안 됩니다."
 조후이의 철문같이 닫힌 입이 열리며 이 한마디가 튀어나왔다. 한참 후에야 손가락을 들어 여기저기 기운을 잃고 쓰러져 있는 병사들을 가리키며 덧붙였다.
 "쫄쫄 굶어가며 밤새도록 싸운 병사들입니다. 이 상태론 더 이상 움직일 수도, 싸울 수도 없습니다. 먼저 송강으로 가서 병사들부터 배불리 먹여야 합니다. 하이란차는 장 군문이 곤경에 처해 있어 그쪽부터 지원하느라 여기 못 온 걸로 추측이 됩니다. 아니면 나상의 명령이 아예 송강에 전달되지 못했든가 둘 중 하나입니다. 어젯밤 같으면 하이란차가 온다고 해도 무슨 소용이 있었겠습니까? 결코 둔한 사람은 아닙니다. 분명히 쇄경사로 지원을 갔을 것입니다!"
 조후이의 말을 듣고 나니 그제야 나친은 자신도 하루종일 아무 것도 먹지 않았다는 생각이 들었다. 그 와중에도 조후이의 마지막 한마디를 곱씹어보니 아무래도 자신을 '둔한 사람'이라고 빗대어 조롱하는 것 같았다. 재상으로서의 위상이 땅바닥에 떨어졌다는 자격지심에 나친은 울컥 분노가 치밀었다. 그렇다고 조후이의 빈자리를 채워나갈 자신도 없었다. 울며 겨자 먹기로 나친은 애써 어색한 웃음을 지어 보였다.

붉게 물든 초원

"그래, 자네 뜻에 따라보지!"

나친이 출발을 서두르려 할 때 조후이가 멀리 북쪽을 가리키며 수척한 얼굴에 웃음을 띠웠다.

"중당! 저기 보십시오! 하이란차의 병사들이 우리에게 먹을 것을 가져다주러 오는 모양입니다!"

나친이 손가락이 가리키는 방향을 보니 과연 꾸불꾸불 길게 늘어선 한 무리의 병사들이 다가오고 있었다. 말은 보이지 않고 저마다 어깨에 뭔가를 둘러메고 있었다……. 나친의 눈은 순간적으로 반짝 빛이 났다. 그러나 곧 암담해지면서 차츰 차갑게 변해갔다. 가래침을 내뱉듯 그는 한마디 던지는 걸 잊지 않았다.

"어휴……! 병사들은 낑낑 죽을 똥을 싸는데, 하이란차는 마냥 한가롭기만 하네. 저 상황에서 과연 혼자 말을 타고 올 생각이 날까?"

3. 거짓보고

 그 시각 하이란차도 자신을 바라보고 있는 나친과 조후이를 발견했다. 멀리서 말에서 내려서 말을 끌고 다가온 하이란차가 부하들에게 명령했다.
 "어서 말린 쇠고기를 이곳 형제들에게 나눠주도록……"
 그리고는 나친에게 다가와 군례를 올렸다. 그 역시 두 눈이 빨갛게 충혈되어 있었고, 얼굴이 초췌해 보였다. 왼팔엔 붕대가 두텁게 감겨있어 소매도 내리지 못하고 있었다. 나친에 대한 인사가 끝나길 기다린 조후이가 다그치듯 물었다.
 "그 팔은……"
 그러나 말을 꺼내기 바쁘게 나친이 뭉텅 잘라버렸다.
 "송강 쪽은 어떠한가? 장광사는 어디 있고? 쇄경사는 어찌 됐던가?"
 "나상!"

조후이의 얼굴이 이내 굳어졌다. 부글부글 끓어오르는 이름 모를 분노를 애써 누르며 그가 대답했다.

"하이란차가 부상당했습니다. 우리처럼 밤새도록 적들과 처절하게 싸웠고요. 상처가 어느 정도인지 전혀 궁금하지 않습니까?"

나친의 얼굴이 삽시간에 가마솥처럼 달아올랐다. 그제야 마지못해 하이란차의 붕대 감은 팔을 들여다보려 했다. 그러나 하이란차는 대수롭지 않게 웃으며 팔을 뒤로 가져가 버렸다. 조후이와는 달리 천성적으로 화난 기색이 얼굴에 드러나지 않는 하이란차였다. 나친이 멋쩍게 손을 움츠리며 침을 꿀꺽 삼켰다.

"워낙 정신이 없어 미처 관심을 보이지 못했네······. 대국(大局)이 이리 불안정하니 통 경황이 없네."

"대세는 이미 기울었습니다. 사뤄번이 이겼습니다."

하이란차가 씁쓸하게 웃으며 말을 이었다.

"쇄경사는 어젯밤에 벌써 적들의 수중에 넘어간 상태입니다. 긴급상황을 접하고 제가 1천 기병과 1천 보병들을 데리고 어둠을 무릅쓰고 지원을 나섰으나 쇄경사 서쪽 30리 밖에서 요청채의 사뤄번 군사와 접전을 벌이게 됐지 뭡니까? 치고 박고 싸워가며 탈출구를 찾으려 했으나 적들의 병력이 워낙 많아 번번이 실패하고 말았습니다. 그렇게 대치상태에서 정오가 다가오니 이미 쇄경사를 탈환했다는 사뤄번의 대(對) 장병(藏兵) 연설이 들려왔습니다. 그래도 믿어지지 않아 우여곡절 끝에 가보니 쇄경사는 정말로 장족들의 독수리 깃발로 뒤덮여 있었습니다. 병사들을 이끌고 후퇴할 때 사뤄번의 병사들은 더 이상 추격해 오지 않았습니다. 마음 놓고 송강에서 4, 5리 떨어진 곳까지 왔을 때 저희는 예상치 못한 복병을 만나 많은 사상자를 내고 말았습니다. 타고 간 말들이 전부

칼에 맞아 쓰러지고 살아남은 병사들은 걸어서 송강으로 후퇴했습니다……."

하이란차의 두 눈에 눈물이 일렁거렸다.

미간을 찌푸리며 듣고 있던 나친이 물었다.

"사뤄번이 또 뭐라고 하던가? 송강이 벌써 적들에게 점령당했는데, 자네들은 어찌 여기까지 올 수 있었는가?"

"장광사는 아직 죽지 않았고, 투항도 하지 않은 상태에서 감금돼 있다고 했습니다."

하이란차가 상심에 젖어 눈물을 닦으며 말했다.

"그리고…… 일개 대국의 재상이…… 이토록 별 볼일 없을 줄은 몰랐다고 했습니다. 원 없이 싸워보려고 했는데, 실력이 너무 기울어 재미없다며 나상더러 불쌍하다고 했습니다. 그리고……."

"그만하지!"

나친이 짜증스레 하이란차의 말을 잘랐다. 때리는 시어미보다 말리는 시누이가 더 밉다고, 사뤄번의 말을 여과없이 전하며 은근히 자신을 무시하고 약을 올리는 하이란차가 죽여주고 싶도록 미웠다. 병사들이 내미는 건육을 거칠게 밀어버리며 나친이 말했다.

"사뤄번이 보시한 건 안 먹어! 일이 이 지경에 이르렀으니 우린 이제 하채로 돌아가고, 서로군과 남로군을 금천으로 파병해야겠네!"

"나상께서 잘라버린 사뤄번의 뒷말이 뭔지 아십니까?"

하이란차가 나친을 빤히 노려보며 말을 이었다.

"사뤄번이 그랬습니다. 성도에서 쇄경사로 이어지는 6백리 양도(糧道)를 이제는 사천순무(四川巡撫)와 자기가 반씩 관할하게 됐다고 하면서, 보시 차원에서 저들이 우리에게 식량을 내어줄 수 있는 최고한도가 1인당 하루에 네 냥이라고 했습니다. 그리되면 장병(藏兵)들에게 포위당해 독 안에 든 쥐 신세가 되어버린 관군이 굶어죽어도 열두 번일 거라고 했습니다!"

하이란차가 혀를 내밀어 입술을 적시며 건육을 가리키며 덧붙였다.

"한쪽 드시죠. 이시요(李侍堯)가 보내준 것입니다······."

실은 못 견디게 배가 고팠던 나친이 못 이기는 척 고깃덩어리 하나를 집어들었다.

······나친이 채 3천 명도 남지 않은 잔병패장(殘兵敗將)들을 데리고 송강으로 돌아왔을 때는 어두운 밤중이었다. 월색은 유난히 밝아 눈길이 닿는 곳마다 시야에 훤히 들어왔다. 우중충하고 고요하여 귀신이 출몰할 것만 같은 송강에는 동채문(東寨門)에서 북쪽으로 우피 천막이 빽빽이 들어앉아 있었다. 전부 새것이었다. 은가루가 내리는 듯한 달빛 아래에서 그것은 마치 홀연 땅속에서 솟아오른 봉분(封墳) 같았다.

그리 멀지 않은 곳에서 순찰을 돌던 장족 병사는 대부대의 인마가 채문 앞으로 가까이 다가오자 대뜸 "우우!" 긴 우각(牛角)소리를 냈다. 그러자 사뤄번 병영은 즉각 사방에서 호응해왔다. 늙은 장인(藏人)이 대여섯 명의 수행원을 거느리고 장화소리를 저벅저벅 크게 내며 다가왔다. 그리고는 그다지 유창하지 못한 한어로 말을 걸어왔다.

"난 상착이라는 사람입니다. 금천(金川) 선위사(宣慰使)이신 우리 장군님의 명령을 받고 천사(天使)를 기다리고 있었습니다."

상착이 두 손을 곧게 들어올려 하다(티벳의 풍속. 경의를 표하기 위해 이마 위로 받쳐 올리는 백색, 황색, 남색의 얇은 비단)를 받쳐 올리는 듯한 예를 갖추며 깊숙이 허리를 숙였다. 오랫동안 그대로 있던 상착이 한참 후에야 비로소 천천히 허리를 펴며 말했다.

"우린 이미 장 군문을 송강으로 보내주었습니다. 염려하지 마시고 채문 안으로 드시지요. 우리는 잠시 송강을 공략하지 않고 밖에서 수주대토(守株待兎)할 것입니다."

상착은 한마디 끝날 때마다 허리를 굽실거렸다.

"우리 장군님께서는 나더러 여러분들과 화해하는 자리를 마련하라고 했습니다. 지금 마주앉을까요, 아니면 내일 볼까요?"

"당신 같은 사람은 우리랑 마주앉을 자격이 없지."

나친이 차가운 음성으로 받아쳤다.

"가서 사뤄번더러 우리를 치러오라고 전해주게, 화해는 무슨 놈의 화해야."

나친은 시덥지않다는 듯 손사래를 치며 돌아서서 가려고 했다. 그러자 상착이 목소리를 달리하며 정중히 말했다.

"잠깐만요, 중당! 내가 바로 사뤄번입니다. 물론 마주앉느냐 마느냐는 중당에게 달렸습니다. 그러나 대화를 나누는 것과 그렇게 하지 않는 것은 엄청난 차이가 있습니다. 대화를 하지 않겠다면 중당의 병사들은 오늘밤 전부 채문 밖에 주둔해야겠습니다. 내가 천막과 음식은 제공할 겁니다!"

나친이 적이 놀란 표정으로 사뤄번을 일별했다. 또다시 사뤄번의 계략에 놀아나는 건 아닌지 내심 두려웠다. 얼마 안 되는 잔병들도 들어가지 못하게 하는데, 하채의 병사들은 더 말해서 무엇하랴 싶었다. 이때 하이란차가 욕설을 퍼부었다.

"그런 게 어딨어? 방금 전까지 우릴 채문 안으로 들어가게 해준

거짓보고 71

다고 했잖아. 주둥아리가 똥구멍이야? 거짓방귀나 뀌어대게?"
그러자 사뤄번이 준엄한 표정으로 하이란차를 바라보았다.
"하이란차 군문, 그대의 용기에 탄복하오. 쇄경사에서 우리에게 첩첩이 포위 당했음에도 굴하지 않고 우리 형제들에게 칼을 휘둘러 무려 열 명도 넘게 쓰러뜨리고 가는 것을 보고 적잖이 놀랐소. 우리 장족들은 그대 같은 영웅을 흠모하오. 화해가 안 되어 치고 박고 싸우더라도 그대만은 보내주겠소. 나 중당, 하채에 있는 병사들까지 긁어모아봐도 관군은 7천 명도 되나마나합니다. 그 중에서 부상병을 빼면 당장 칼 들고 뛰쳐나갈 수 있는 병력은 4천 명 정도밖에 안 되죠. 솔직히 말씀드리겠소. 우리 군의 총병력 3만 명 가운데 2만 명이 이곳에 있습니다. 하채와 송강은 내가 마음먹기에 따라 오늘밤 안으로 내 수중에 들어올 수도 있습니다. 우리의 전령 호각(傳令號角)은 관군의 손나팔보다 백배나 더 빠르고 정확합니다. 설령 다행히 포위를 뚫고 도주할지라도 이 넓디넓은 초원을 빠져나갈 자신이 있습니까? 진심으로 화해를 청할 때 적당히 체면을 버리고 마주앉는 것이 버거다칸의 큰 체통을 지켜주는 것입니다!"
"조정과 더 이상 적이 되기 싫다고 하니 적당한 선에서 합의를 보든가!"
사뤄번의 협박 아닌 협박에 절망감을 느낀 나친이 쓴 물을 꿀꺽 삼켰다. 목젖이 널을 뛰었다. 대국재상의 마지막 자존심을 고수하느라 내심 발버둥치며 나친이 느릿느릿 입을 열었다.
"일단 그쪽 얘기부터 들어봅시다."
"진작 그렇게 통쾌하게 나오셔야 했소. 난 맺고 끊는 게 분명해야 속이 시원한 사람이오."

사뤄번이 자신에 찬 표정으로 말을 이어나갔다.

"첫째, 서로군은 귀주(貴州)로, 남로군은 광서(廣西)로 철수시키십시오. 그런 연후에 나 중당의 북로군은 이 사람이 정성껏 사천(四川)으로 모셔다 드리겠습니다. 둘째, 조정에선 이 사람이 조정의 정벌에 분연히 항거한 사실을 문제삼지 말았으면 합니다. 셋째, 조정에서는 관원을 파견하여 우리의 금천 관할구역에 분명히 선을 그어줌으로써 다시는 이런 충돌이 일어나지 말았으면 합니다. 대신 우리는 여전히 사천순무의 휘하에서 그 정령(政令)에 따라 분수껏 조용히 살아갈 것을 약속드립니다. 전례대로 해마다 조정에 식량을 공납하고 대국의 신하임을 인정하는 표(表)를 올리겠습니다. 또한 전쟁포로를 전원 귀환시키고 죽은 자를 묻어주도록 할 것이며, 사람을 파견하여 여태 본의 아니게 무례했던 점을 진심으로 사죄 드리겠습니다. 중당께서 무사히 경내를 벗어날 때까지 신변을 철저히 보호해드리고 이 사람이 직접 이별주까지 한잔 올리겠습니다."

나친이 듣기에 사뤄번이 제시한 조건은 어느 하나도 당장 거절할 수 있는 무리한 요구가 없었다. 그렇다고 자신의 선에서 결정할 수 있는 것도 없었다. 껄껄 웃으며 나친이 말했다.

"내가 상술한 조건을 수용하지 못하겠다면?"

그 말에 사뤄번은 빙그레 웃음을 지었다.

"그럼 나 중당은 기약 없는 금천 생활을 하게 되겠죠. 우리가 먹는 대로 먹고 우리 사는 방식대로 살아가야겠죠. 그렇다고 조정에서 이를 빌미로 다시 쳐들어온다면 중당과 장 군문은 여기서 옥쇄(玉碎, 최후를 맞다)하게 되겠죠."

사뤄번이 잠시 멈추었다가 다시 말을 이었다.

"⋯⋯그 뒷일은 하늘의 뜻에 맡기는 수밖에 없겠죠. 조정의 주현관(州縣官)보다도 작은 선위사(宣慰使)가 두 거물의 피를 손에 묻히고 살아있어 봤자 얼마나 더 살겠습니까? 그때 가선 웃으며 목을 떼어 내려놓을 것입니다. 내일이면 이 사람이 더 가혹한 요구를 제시할지도 모르니 오늘밤에 양자택일을 하시죠."

나친은 이미 알고 있었다. 사뤄번이야말로 칼을 뽑았으면 무라도 치는 사람이라는 걸. 잠시 생각하고 난 나친이 입을 열었다.

"내일 그쪽 대표를 들여보내시오. 하지만 내가 데려온 병사들은 나를 따라 채문 안으로 들어가야겠소."

"그⋯⋯ 러죠!"

일단 나친의 대화의사를 확인한 사뤄번은 곧 자리를 떴다. 나친은 병사들을 거느리고 채문 안으로 들어갔다. 휑뎅그렁한 식량창고에는 온통 병사들 천지였다. 창고 밖에도 풀과 담요로 대충 세워놓은 천막이 있었다. 행색이 남루하기 이를 데 없는 병사들이 선 채로 쭈그려 앉은 채로 코로 들어가는지 입으로 들어가는지 모르게 정신없이 밥그릇을 핥고 있었다. 나친이 조후이와 하이란차를 데리고 들어섰음에도 이들은 길만 비켜줄 뿐 인사를 하는 사람은 하나도 없었다. 떫고 시다고 따질 때가 아니었다. 막료 오웅홍이 다가오자 나친은 다급하게 물었다.

"장 군문은 어디 계신가?"

"양고 출납방에 계십니다. 스무 명의 유격(遊擊) 이상 장졸들이 의사청에서 중당 어른을 기다리고 있습니다⋯⋯."

"먼저 장광사를 만나봐야겠네."

"먼저 식사라도 좀⋯⋯."

"됐네!"

나친이 고개도 돌리지 않은 채 걸어가며 조후이와 하이란차에게 말했다.
"자네들은 쉬었다가 의사청으로 오게."
이같이 말하며 나친은 오웅홍을 데리고 장광사가 있는 곳으로 향했다.
장광사는 한 쪽에 우두커니 앉아있었다. 지저분하기 이를 데 없는 방안에는 흉물스럽게 찢겨나간 장부책이며 알이 여기저기 나뒹구는 주판과 깨진 벼루며 붓이 어지러이 땅바닥에 널려 있었다. 한껏 움츠러든 장광사는 대단히 의기소침하게 보였다. 허연 머리를 허벅지 사이에 박은 채 피골이 상접한 두 손으로 이마를 감싸고 있었다. 사람이 들어서는 인기척이 들렸으련만 그는 미동도 하지 않고 있었다.
"평호(平湖, 장광사의 호) 공(公)!"
조심스레 다가간 나친이 나지막이 불렀다. 아무런 응답이 없자 나친이 한숨을 내쉬며 덧붙였다.
"다들 죽을 맛인 건 마찬가지요. 난 그대를 탓하지 않소. 그대 또한 날 원망하지 말았으면 하오. 어떻게든 사태를 수습해야겠소. 조정에 보고도 올려야 하고……."
그제야 장광사는 고개를 들었다. 달빛에 비친 창호지 같은 얼굴로 마치 낯선 사람을 대하듯 나친을 바라보았다. 초점 잃은 흐릿한 눈으로 오래도록 나친을 바라보던 장광사가 이윽고 입을 열었다.
"우리는…… 둘 다…… 죄인이오. 보고 올리고 자시고 할 것도 없이 조정에서 항쇄를 씌워 끌고 가는 것만 기다리는 수밖에……."
나친이 오웅홍을 향해 말했다.

"문을 닫고 밖에 나가 지키고 서 있게. 아무도 들여보내지 말게."

나친은 다른 의자에 앉아 장광사에게로 몸을 돌리며 말했다.

"이번에 북로군이 마비상태에 빠지고 여러모로 순조롭지 못한 건 사실이오. 나도 인정하오. 그러나 손을 놓고 절망하기엔 아직 이른 것 같소. 금천에는 사뤄번의 병력이 얼마 없는 걸로 알고 있소. 어떻게 장령(將令)을 전할 수만 있다면 서로군과 남로군더러 금천으로 쳐들어가게끔 하여 충분히 반전을 시도해 볼 수도 있을 텐데……."

"그건 나도 생각해보았소."

장광사가 탄식을 내뱉었다.

"사뤄번도 거기까지 생각이 미쳤기 때문에, 그리고 금천을 사수할 자신이 있기에 날 송강으로 보내준 게 아니겠소. 대단한 인물이오! 성도(成都)를 돌아 사천성 서남쪽으로 가서 장령을 전하려면 아무런 장애물이 없더라도 한 달은 걸리오. 그리고 우리가 사면초가의 위기에 처해있는데, 그 사람들이 위험을 무릅쓰고 우릴 구출하러 와줄지도 의문이오. 틀림없이 이 핑계 저 핑계 대며 뭉그적거리겠지!"

그 말에 나친도 머리를 끄덕였다.

"하지만 한 달이 걸리고 두 달이 걸릴지라도 이렇게 앉아서 죽음을 맞을 수는 없소! 군량을 보내온 민부(民夫)를 시켜 몰래 장령을 나의 문하인 사천순무 김휘(金輝)에게 전해주라고 해서, 김휘가 두 부대에 다시 전해주게끔 해봐야겠소."

그러자 장광사가 말했다.

"사뤄번을 대처하기도 힘들지만 폐하께 면목이 없다는 것이 더 큰 문제요. 천위(天威)는 불측(不測)이라고 했소……."

나친이 천천히 엉덩이를 들며 일어났다. 반딧불 같은 등잔불이 벽에 긴 그림자를 비추었다. 느릿느릿 걸음을 떼어놓으며 깊은 생각에 잠겨있던 나친이 오랜 침묵 끝에 무거운 입을 열었다.

"쇄경사가 함락된 데 대해선 죄를 청하겠지만 북로군이 하채를 점령한 건 승리라고 봐야 하지 않겠소? 빼앗고 빼앗기고 점령하고 점령당하는 과정은 그리 중요치 않소. 결과만 좋으면 되오. 마지막에 본때 있게 싸워 이기면 우리는 여전히 무죄유공(無罪有功)의 공신들이오! 같은 말일지라도 누가 어떻게 하느냐에 따라서 그 뜻이 천양지차로 느껴지는 법이오. 폐하께 올리는 주장(奏章)도 마찬가지요. 어떻게 쓰느냐에 달렸소."

"어떻게 쓰지?"

장광사의 눈에서 어린(魚鱗)이 일었다. 그러나 이내 덧붙였다.

"하이란차와 조후이가 입을 봉하고 있지 않을 텐데……."

나친이 입술을 꾹 물며 말했다.

"이이제이(以夷制夷)라고 했소. 쇄경사가 함락된 건 하이란차가 늑장지원을 했기 때문이고, 조후이는 중군을 호위하는 장수로서 적들의 기습공격을 미리 대비하지 못하여 우리 군으로 하여금 막대한 인명피해를 입힌 장본인이므로 둘 다 목을 쳐야 마땅하다고 우리 둘은 입을 모아야 하오. 폐하께서 우리를 믿으시겠소, 그자들을 믿으시겠소?"

밖에서 망을 보고 있던 오웅홍은 두 사람이 꾸미고 있는 음모에 그만 소름이 끼치고 말았다. 머리카락이 쭈뼛쭈뼛해지고 등골이 오싹해졌다. 수년간 장광사를 보좌해오며 오웅홍은 그 발호와 전횡은 주지하는 바였지만 부하들을 소중히 여겨 상벌이 분명하다는 점은 익히 보고 느껴왔다. 한마디로 나쁜 심보를 품고 부하들을 대하는 모습은 본 적이 없었다. 그러나 과묵하고 차갑지만 그만큼 성인군자의 기질을 품었을 거라고 생각해 왔던 나친이 자신들을 대신해 칼을 맞으며 용감히 싸워온 죄밖에 없는 장수들에게 패전의 책임을 덮어씌우려는 음모를 꾸미고 있다는 사실에 그는 공포와 불안 그리고 절망을 함께 느꼈다. 안색이 파리하게 질려 두 손을 맞잡아 비비며 서성이던 오응홍은 안에서 들려오는 나친의 짤막한 기침소리에 흠칫 놀라고 말았다. 놀란 가슴을 쓸어 내리고 있을 때 장광사의 목소리가 들려왔다.

"자네, 들어오게. 상주문을 어찌 쓸지 상의해 봐야겠네."

5경(五更, 새벽 4시)이 가까워오는 시각, 시커먼 그림자 하나가 조후이, 하이란차가 잠자고 있는 천막으로 살금살금 접근했다. 담요로 만든 주렴을 걷는 경미한 기척에 두 사람은 동시에 눈을 떴다. 둘은 말없이 들어온 사람의 거동을 유심히 살폈다. 들어오자마자 잠시 가만히 서 있던 사람이 그제야 천막 안의 희끄무레한 어둠이 시야에 들어온 듯 발끝을 들고 조심조심 탁자가 놓여 있는 구석으로 걸어갔다. 그리고는 손으로 더듬거려 찻잔을 찾아 그 밑에 뭔가를 밀어 넣는 것이었다. 때를 놓칠세라 하이란차가 돌아서서 나가려는 사람의 뒤를 무섭게 덮쳤다. 목덜미를 힘껏 움켜잡아 돌려세우며 소리 낮춰 따지듯 물었다.

"뭐하는 사람이야? 겁도 없이 어딜 숨어들어!"
"나, 나…… 오응홍이오! 나…… 나쁜 짓 하러 온 게 아니오!"
"네놈이 누군지 내가 어찌 알아?"
"오오오…… 오 막료요!"

그사이 조후이가 등잔에 불을 붙였다. 하이란차도 손을 놓고 사색이 되어 있는 오 막료를 잠시 멍하니 바라보았다. 평소에 허물없이 지내왔던 그 오 막료가 틀림없었다. 하이란차가 그제야 웃으며 말했다.

"나 원 참! 지금 도둑고양이 체험을 하는 거요? 역시 책이라는 건 많이 읽어서 득이 될 게 없다니까! 난 또 우리 건육을 훔치러 들어온 도둑인 줄 알았잖아!"

오웅홍이 창백한 얼굴을 들어 턱짓으로 찻잔을 가리켰다. 조후이가 다가가 보니 찻잔 밑에 종이쪽지 하나가 끼워져 있었다. 펴보니 비뚤비뚤한 몇 글자가 적혀 있었다.

은혜를 원수로 갚으려고 하니 속히 대책 요망!

조후이가 대뜸 물었다.
"왼손으로 썼소?"
"뭔데 그리 심각하오?"
조후이의 낯빛이 변하는 걸 보며 낚아채듯 종잇장을 받아든 하이란차는 가슴이 쿵! 내려앉는 것 같았다.
"이게 대체 무슨 일이오?"
급급히 다그치는 통에 오래 머무를 수 없었던 오웅홍이 전후사연을 간략하게 말해주었다. 직접 종이에 불을 붙여 재가 되는 걸 지켜보며 오웅홍이 형언할 수 없이 이상한 눈빛으로 넋이 나간 두 사람을 바라보며 말했다.
"난 빨리 가봐야겠소. 알아서 잘 대응하시오. 믿고 안 믿고는 두 사람에게 달렸으니까!"

말을 마친 오웅홍은 곧 바람처럼 천막을 나섰다.

둘은 여전히 목석처럼 굳어있었다. 한참 후에야 긴긴 악몽에서 깨어난 듯 두 사람은 동시에 서로를 바라보았다. 자신들의 목숨이 경각에 달려있다는 것을 둘은 알고 있었다.

"어쩐지 어젯밤 의사청에서 군무회의를 할 때 우리 두 사람에 대해선 아무 언급이 없다 했소."

조후이가 처연한 미소를 지으며 말을 이었다.

"알고 보니 우릴 제물로 삼으려는 속셈이었구만!"

"당장은 우리에게 손을 대지 못할 거요."

입술을 지그시 누른 채 긴장한 기색이 역력하여 생각에 잠겨있던 하이란차가 말했다.

"송강의 병사들은 우리를 옹호하고 있소. 우리가 자기네들을 형제처럼 소중히 여기는 걸 느끼고 있소. 그네들은 우리 두 사람이 쇄경사를 지원하려고 얼마나 발버둥쳤는지 누구보다 잘 알고 있소. 우리가 잘못 됐을 시 송강의 병사들이 분연히 봉기하는 것을 두려워하지 않을 수 없을 것이오!"

조후이가 머리를 끄덕였다.

"어떤 경우라도 우린 절대 도망갈 순 없소. 그건 저자들의 음모에 빌미를 제공하는 행위일 테니까. 지금은 사뤄번과 대치상태에 있으니 감히 우릴 건드리지 못하겠지만 사뤄번이 철수하는 대로 우리를 없애려 할거요."

나친과 장광사의 '보첩주장(報捷奏章)'이 북경에 도착했을 때는 마침 5월 단오였다. 그날 군기처(軍機處)에서 당직을 서고 있던 문화전대학사(文華殿大學士)이자 형부상서(刑部尙書)인 류통훈(劉統勳)은 주장을 대충 훑어보고는 곧바로 영항(永巷)으로 달려왔다. 양심전(養心殿) 낭하에서 시중드는 태감 왕치(王恥)가 뭔가를 한아름 안고 나오는 걸 본 류통훈이 물었다.

"폐하께오선 지금 양심전에 계신가, 건청궁에 계신가?"

"폐하와 황후마마께오선 이제 막 난가(鑾駕)로 출동하셨습니다. 먼저 천단(天壇)에서 제를 지내시고 선농단(先農壇)으로 옮기시어 적경(籍耕, 천자가 제사용 쌀을 수확하기 위해 친히 경작하는 일)을 하실 거라고 하셨습니다. 정오는 되어야 돌아오실 것입니다!"

건륭의 주위에는 모두 열세 명의 대태감(大太監)들이 있었다. 가장 가까이에서 시중드는 복인(卜仁), 복의(卜義), 복례(卜禮), 복지(卜智), 복신(卜信) 다섯 태감은 내전(內殿)에서 황제의 기거(起居)를 도맡았고, 외랑(外廊)에서 시중드는 왕효(王孝), 왕제(王悌), 왕충(王忠), 왕신(王信), 왕례(王禮), 왕의(王義), 왕렴(王廉), 왕치(王恥) 등 여덟 명은 밖에 대기하여 있으면서 안팎의 온갖 심부름을 했다. 그중 왕치는 항렬은 말단이지만 싹싹해서 비위를 맞추는 데는 달인이었다. 게다가 영특하여 일을 처리함에 있어 빈틈이 없었는지라 건륭의 신임을 한몸에 받고 있었다. 류통훈의 말에 대답하고 난 왕치는 웃어서 실눈이 된 두 눈을 반짝이며 말했다.

"폐하와 황후마마께오선 단오명절에도 가족들과 함께 즐기지 못하고 군기처를 지키고 있는 연청 어른을 안쓰럽게 여기시어 여러 가지 음식을 상으로 내리셨습니다. 황후마마께오선 연청 어른이 위장이 실하지 못하시니 중즈(단오날에 먹는 대나무 잎에 싼 찹쌀떡) 대신 특별히 궁중다과를 내리셨습니다. 빈랑하포(檳榔荷包,

남자들이 허리춤에 차는 주머니)와 사향대(麝香袋), 그리고 피로회복에 좋다는 보약도 상으로 내리셨지 뭡니까? 지금 한 보따리 챙겨들고 어르신께 가려던 참입니다. 연청 어른, 이는 대단히 영광스러운 일이 아닐 수 없습니다. 장상(張相, 장정옥)께서도 40년 재상생애에 이런 영광스런 날은 없었을 것입니다."

건륭이 대궐 안에 없다는 말을 듣고 돌아서서 가려던 류통훈은 건륭과 황후가 특별히 하사한 물건이 있다는 말에 허리를 굽혀 그 자리에 멈춰 섰다. 고개를 반쯤 내리고 열심히 귀기울여 듣고 있던 류통훈의 가슴속에 따뜻한 난류가 굽이굽이 물결쳤다. 왕치의 말이 끝나자마자 그는 땅에 엎드려 절을 하며 사은을 표했다.

"부족하고 못난 류통훈이 무슨 덕이 있어 폐하와 황후마마의 분에 넘치는 은총을 받는지 모르겠사옵니다! 한줌의 늙은 뼈가 으스러지도록 군은(君恩)에 보답하겠사옵니다······."

이같이 말하며 일어선 류통훈이 말했다.

"번거롭겠지만 이 물건들을 군기처에 가져다주오. 푸샹(푸헝)의 처소에 다녀와서 폐하께 문후를 올리도록 하겠소."

류통훈은 곧 경운문(景運門)을 나섰다. 동화문(東華門)에서 출궁하여 시위에게서 말 한 필을 얻어 타고 종인(從人)도 대동하지 않은 채 말을 달려 군기대신 푸헝의 집으로 향했다.

달리는 말에 채찍질하여 당도한 류통훈이 하마석을 딛고 내려섰을 때는 사시(巳時) 정각이었다. 자주 보는 대신인지라 마름 왕씨가 달려나와 깍듯이 맞았다.

"어르신이 타고 오신 말에게 참을 먹이고 털을 쓸어주거라!"

하인들에게 이같이 명하고 난 왕씨가 류통훈을 향해 말했다.

"경하드립니다. 도련님께서 진사에 급제하셨다면서요? 어젯밤 저희 어르신께서 그러셨습니다. 조만간 조촐하게나마 축배의 잔을 들어야겠다고요…….”

 언제나 그렇듯이 끝없이 주절대는 왕씨가 부담스러운 류통훈은 어서 가자는 손시늉을 했다. 마름을 따라 서화청으로 들어서니 불같은 태양 아래 정원 가득한 녹수(綠樹)의 푸르름이 싱그러웠다. 꽃 넝쿨이 울타리 같은 좁다란 돌담길을 걸어가니 점점 숲을 이룬 나무의 그늘이 우거져 한줌의 햇볕도 들어오지 못하게 차단하고 있었다. 돌 위에는 이끼가 푸른 담요처럼 뒤덮여 있었다. 붉은 담장에 녹색 기와의 조화가 고풍스러운 커다란 건물이 만목백화(萬木百花)의 향긋한 품속에 살포시 안겨 있었다. 아침부터 기염을 토해내는 햇볕에 땀을 뻘뻘 흘리며 말을 달려온 류통훈은 한여름에 동굴로 들어선 시원한 느낌에 몸을 드르르 떨며 전율했다. 잠영국척(簪纓國戚)의 집이 다르긴 하구나. 역시 팔자는 타고나는 법이야. 류통훈이 경외와 부러움에 찬 시선으로 마땅히 눈길 둘 데를 몰라하며 걸어가던 중 총각 하인을 앞세우고 월동문을 나서던 사람이 반색을 했다.

 “연청 공, 정말 오래간만이오. 아마 얼굴 못 본 지가 한 달은 더 됐지?”

 류통훈이 그제야 월동문 쪽으로 고개를 돌렸다. 그 사람은 다름 아닌 푸헝이었다. 질감이 좋아 축 늘어진 얇은 미색 비단 두루마기에 장밋빛 자주색 비단조끼를 받쳐입고 기름칠을 한 듯 반들거리는 앞머리가 햇빛을 받아 자르르 윤기가 나는 푸헝은 서른을 훌쩍 넘긴 나이를 잊을 정도로 젊고 활력이 있어 보였다. 한번 보는 것만으로도 쉽게 잊혀지지 않을 준수한 인상이었다. 공수(拱手)를 하는 것으로 푸헝의 예에 화답하며 류통훈이 빙그레 웃으며 말했다.

"푸상은 세월을 비껴가는 비결이 있나 보오! 병부에 자질구레한 일이 워낙 많기에 바빠서 자주는 못 보지만 볼 때마다 더 젊어 보이니 말이오…… 특별한 양생법(養生法)이 있으면 혼자 젊어지려 하지 말고 나도 주름 좀 펴봅시다!"

"나의 양생법은 연청 공이 따라할 수 없을 거요!"

푸헝이 덥석 류통훈을 잡아끌고 안으로 들어가며 왕씨에게 지시했다.

"복강안(福康安)이 자네 아들이랑 놀러나갔는데, 돌아왔나 확인해보게. 돌아왔으면 화원에 가서 활쏘기와 부쿠(일종의 무예) 연습을 하고 제시간에 서재로 들어 글공부를 하라 이르게!"

말을 마친 푸헝이 그제야 류통훈을 향해 웃으며 말했다.

"연청공은 꼭 고행승(苦行僧)같이 하루종일 일밖에 모르잖소. 다람쥐 쳇바퀴 돌듯 돌아가야 직성이 풀리는 사람이고. 허구한날 고래고래 발악을 해가며 범인이나 취조하고 세상천지의 크고 작은 도둑떼들과 어울리니 뼛속에서 우러나는 나의 이 우아한 기품을 따라 배운다고 배워지겠소? 잘 왔소. 화친왕(和親王), 장친왕(莊親王)을 비롯한 여러 벗들이 한데 모였소. 단오명절이라 모처럼 술자리를 마련했으니 엎어진 김에 쉬어간다고 온 김에 즐겁게 놀다가오!"

그 말에 류통훈이 멈춰 섰다. 그리고는 입을 열었다.

"상의할 일이 있어서 왔소! 나친 중당이 보첩주장을 보내왔는데, 내가 군사(軍事)에 대해서 뭘 알아야지. 그냥 올렸다가 폐하께 오서 하문하시면 곤란할 것 같아서 말이오……"

그러자 푸헝이 웃으며 말했다.

"폐하께오선 아직 천단에 계시오. 적경까지 마치시려면 정오는 넘어야 돌아오실 걸? 점심 선(膳)까지 드시고 나면 아직 시간이 있으니 걱정하지 마오. 군정(軍情)이 다급하여 올린 주장도 아니어서 잠시 쉬었다 간다고 큰일날 일도 아니고……"

이때 서화청에서 악기소리와 함께 목줄을 쥐어뜯어 일부러 여자 목소리를 내는 남자의 노랫소리가 들려왔다.

　　황홀한 그 미소가 그리운 봄날의 밤은 짧기도 해라. 십이청루(十二青樓)에서 긴소매로 부르니 앵두나무 끝에 겨울이 가고 봄이 무르익네…….

이어 겨드랑이 간지러운 다른 남자의 어떤 가성(假聲)이 끼어들었다.

"앵두누님, 버드나무 언덕 위의 저 유랑(遊郎)이 너무 준수하지 않아요? 아이 멋져라, 확 그냥 깨물어 주고 싶네!"

닭살 돋게 몸을 배배꼬며 연기에 열을 올릴 가성의 주인공의 모습을 그려볼 수 있었다.

푸형을 따라 안으로 성큼 들어선 류통훈은 눈앞에 벌어진 광경에 입이 딱 벌어지고 말았다. 방안에는 악기를 다루는 사람, 목청을 뽑아 노래하는 이, 벌겋게 술기운이 올라 세월아 네월아 하며 박수를 쳐대는 이들로 발 디딜 틈이 없었다. 노래를 들어보니 〈자소기(紫簫記)〉의 한 단락인 것 같았다. 순군왕(恂郡王) 윤제의 큰세자 홍춘(弘春)이 육랑(六娘) 역을, 스물일곱째 패자(貝子)인 홍호(弘皓)가 소옥(小玉) 역을 맡고 있었다. 둘 다 아직 소년의 나이에 뽀얀 분대(粉黛)와 빨간 앵순(櫻脣)을 하고 치마까지 차

거짓보고　85

려입은 모습이 여자 뺨치게 고왔다.

　다시 청의홍상(靑衣紅裳)에 주옥패환(珠玉珮環)을 달랑거리며 쪼글쪼글한 호두껍질 같은 얼굴과 입술에 연지곤지를 요란하게 찍어 바른 촌스러운 '앵두누님'을 보니 놀랍게도 그는 홍호의 부친인 장친왕 윤록(允祿)이었다! 벌어진 류통훈의 입이 다물어지든 말든 배역에 푹 빠진 장친왕은 추파를 던져가며 아들의 '시녀' 노릇을 하느라 여념이 없었다. 방금 목을 비틀어 짜며 여자 목소리를 낸 사람이 바로 '앵두누님' 역의 윤록이었다는 사실에 류통훈은 도무지 눈앞의 광경이 믿어지지가 않았다. 박장대소하며 흐느적대던 전도와 아계, 기윤과 고항 등 부원대신들이 그제야 류통훈을 발견하고는 저마다 자리에서 일어나 인사를 했다. 윤록도 익숙한 동작으로 '귀고리'를 떼어내며 웃으며 물었다.

　"칼싸움하는 자리도 아닌데, 연청 공이 여긴 어쩐 일인가? 그래, 내 노래와 이 모습을 어떻게 보았나?"

　"실로 놀라웠습니다!"

　류통훈이 덧붙였다.

　"여자 목소리도 일품이었거니와 지금 이 모습은 마치 범계(汎界)로 내려온 천마(天魔)와 다르지 않습니다!"

　이같이 말하며 윤록을 뚫어지게 바라보던 류통훈이 그만 "푸우!" 하고 웃음을 터트리고 말았다.

　"친왕마마께선 전생에 열 남정네의 혼백을 빼놓는 절세의 미인이었나 봅니다! 단지, 대단히 불경스럽습니다만 눈을 깜박이실 때 조심하셔야 하겠습니다. 분가루가 날아 들어가면 괴로우실 게 아닙니까!"

　류통훈의 말에 장내에서는 떠나갈 듯한 홍소(哄笑)가 터져 나오고 말았다. 이 자리는 화친왕(和親王) 홍주(弘晝)가 마련했고, 악기를 다루는 몇 사람은 홍첨(弘瞻), 홍겸(弘謙), 홍롱(弘矓), 홍윤(弘閏)이었다. 모두 근지(近枝)의 용자봉손(龍子鳳孫)들이었다. 한바탕 떠나갈 듯한 홍소가 지나가고 청객 하나가 질문을 던졌다.

"그런데, 그렇게 절세의 미인 같다고 하면서 어찌 '천마'라 하는지 궁금하네요?"

이에 다른 청객 하나가 대답했다.

"천마가 어떻게 생겼는지 보기나 하고 그러오? 〈금강경(金剛經)〉에 묘사된 천마(天魔)는 신선이 타고 내린 기이한 꽃 같다고 했소!"

그러자 어떤 상공(相公)이 말했다.

"사람은 선의의 거짓말은 해야 한다고 보오. 우리 어르신은 〈모란정(牡丹亭)〉에 나오는 춘향(春香)이 역이라면 오금을 못 쓰시거든! 지난번에는 육궁(六宮) 분대(粉黛)가 무색할 만큼 곱게 치장을 하시고 춘향이 역에 한참 열을 올리시더니, 내게 춘향이 같으냐고 물어오시는 거요. 입이 비뚤어져도 말은 바로 하랬다고, '꿈에 나타날까봐 무섭다'고 말해버리고 말았지."

"그러고도 무사했소?"

사람들이 다그쳐 물었다. 그러자 상공이 웃으며 답했다.

"무사하긴 어떻게 무사했겠소. 돼지우리에 열흘을 갇혀 있었다는 거 아니오? 나중에는 암돼지가 같이 자자고 끌어당기더라니까!"

상공의 말에 사람들은 또다시 뒤로 넘어지고 말았다.

"이리 오시오."

거짓보고 87

윤록이 웃음에 사래가 걸려 기침까지 하며 류통훈더러 가까이 오라고 손짓을 했다. 밀가루 자루를 뒤집어쓴 듯한 얼굴에서 분가루가 날렸다. 연근(蓮根) 접시에서 손수 연근 하나를 집어 류통훈에게 주며 윤록이 말했다.

"연청, 우리 농장에서 직접 재배한 연근이네. 6백리 긴급편으로 스무 근을 보내왔는데, 사각사각하고 달콤한 것이 맛이 그만이네. 이미 폐하께 열 근을 공납해 올렸으니 나머지는 우리 다같이 맛보도록 하지! 고행승이라 기름진 음식은 안 먹을 테니 영양 좋고 맛있는 연근이라도 많이 먹게."

"황감합니다, 친왕마마!"

류통훈이 가볍게 한 입 베어 물고는 웃으며 말했다.

"참으로 맛이 좋네요! 사실 전 일부러 육식을 피하는 건 아닙니다. 위장이 부실하여 소화장애를 일으키기에 태의의 분부에 따라 술과 담배를 멀리하고 소식을 하게 된 것입니다."

류통훈이 자리에 앉으며 말을 이었다.

"방금 친왕마마께서 이 사람더러 고행승이라고 하셨는데, 곰곰이 생각해보니 그 말씀이 지당하신 것 같습니다. 여기는 아름다운 선율을 타고 노랫가락이 승평(昇平)하는데, 저는 살점이 날아다니고 피가 질펀한 살육의 현장을 쫓아다니니 그 표현이 더할 나위 없이 정확하네요. 방금 군기처에서 주장과 문서를 읽을 때는 머리가 어지럽고 가슴이 답답하더니 지금은 한결 편해진 것 같습니다. 거의 십년 동안은 연극의 '연'자도 모르고 살았습니다."

"명신(名臣)은 아무나 되나? 그런 고행을 겪었으니 명신이 됐겠지!"

홍춘이 춘흥이 만면하여 말을 이었다.

"폐하께오선 우리 황자, 황손들을 부르시어 연청 공과 비교해가면서 얼마나 따끔하게 훈계하셨는지 아오? 자네는 조정을 떠받치고 있는 기둥이고, 우린 속 빈 강정에 무지렁이, 무골충이라고까지 하셨소! 그러게 세상엔 완벽한 사람이 없고 숨쉬는 것조차 내 맘대로 안 된다고 하지 않았겠소?"

연극대사를 말하듯 홍춘은 말끝을 길게 늘였다.

"그러니 세상은 서로 더불어 사는 게 아니겠습니까? 죽군자(竹君子), 송대부(松大夫)도 한매(寒梅)와 국화(菊花) 없이는 사군자로 이름을 떨칠 수 없듯이!"

기윤이 돼지 뒷다리를 뜯어먹어서 번지르르한 입을 문질러 닦으며 말했다. 아직 연극의 여흥에 도취되어 있는 듯 무아지경에 빠져있던 윤록이 웬 심오한 얘기냐는 듯 기윤을 향해 손사래를 치고는 다시 목청을 뽑았다.

어젯밤 그 정자에서의 그 만남이 황량일몽(黃粱一夢)은 아니겠지…… 반쯤 허공에 걸린 저 누각에 어느새 노을이 젖어드네…….

진수성찬에 홍소와 가무, 화기애애하고 법석대는 사람들 틈에서 류통훈은 문득 아직도 적들과 혈전을 벌이고 있을 나친과 장광사를 떠올리며 마음이 무거워졌다. 기분에 떠밀려 마냥 앉아 있을 수가 없었다. 뭔가 마음이 통했는지 자신을 바라보는 푸헝을 향해 밖으로 나가자는 눈짓을 해 보이며 류통훈이 실례하겠다고 말하며 밖으로 나왔다. 뒤따라 나온 푸헝이 그를 서재로 안내했다.

"푸상!"

자리하자마자 소매 속에서 나친과 장광사의 보첩주장을 꺼내 푸헝에게 건네며 류통훈이 말했다.
 "좀 읽어보세요. 군사에 대해선 장담할 수 없으나 뭔가 모르게 이상한 느낌이 들었습니다. 폐하께 올려보내기 전에 먼저 가르침을 좀 받고자 왔습니다."
 웃으며 주장을 받아들고 읽어보던 푸헝의 표정이 차츰 굳어져 갔다. 고개를 갸웃갸웃하며 생각에 잠겨 있던 푸헝이 책궤(冊櫃) 위에서 지도를 내려 펴놓았다. 주장 한 번, 지도 한 번 꼼꼼히 짚어가며 확인하던 푸헝이 말없이 후유! 하고 긴 한숨을 내쉬며 창가로 돌아섰다. 긴장한 류통훈이 다그치듯 물었다.
 "문제가 있습니까?"
 한참 창 밖을 뚫어지게 바라보고 있던 푸헝이 다시 서안께로 다가와 손가락으로 지도를 가볍게 내리찍으며 자신있게 말했다.
 "가짜요! 저들은 망해도 크게 망했소! 틀림없소!"
 류통훈이 어찌된 영문인지를 자세히 물으려 하자 푸헝이 말했다.
 "몇 마디로 간단명료하게 설명할 수 있는 일이 아니오. 내가 패찰을 건넬 테니 같이 입궐하시오. 가면서 얘기를 나눕시다!"
 푸헝은 마름더러 손님들을 잘 접대하라 이르고는 곧 류통훈과 함께 빠른 걸음으로 집을 나섰다.

4. 건륭의 꿈

　푸헝은 말 위에서 손짓을 곁들여가며 보첩주장의 허위를 한 겹씩 껍질을 벗겨냈다. 마치 두 사람의 음모의 현장을 엿보고 생생한 증언을 하는 것 같았다. 듣는 류통훈은 가슴이 답답해졌다. 오월 단오의 작열하는 태양이 대지를 달구고 있었다. 안팎으로 주체할 수 없는 열기가 발산하여 둘은 헉헉 숨이 막혔다. 서화문에 다다르니 등줄기에선 벌써 땀이 비오듯 흐르고 있었다. 대궐 안으로 들어가 뵙기를 청할 때까지 류통훈은 아직 반신반의했다.
　"일리가 있는 말씀이긴 합니다만 송강과 하채를 점령한 우리 군이 그리 호락호락 당하고야 있었겠습니까?"
　"대본영에서 쫓겨났소."
　돌사자 옆에서 의관을 정제하던 푸헝이 쓴웃음을 지었다.
　"쇄경사 본영은 식량과 군사의 요충지요. 나친이 세 살짜리 어린애가 아닌 바에야 명줄이나 다름없는 쇄경사를 내주었을 때는 상황이 그만큼 급박하게 돌아갔다는 얘기가 아니겠소?"

"게다가 상주문을 쓴 종이와 먹의 상태를 좀 보시오. 장부책 같은 이런 마지(麻紙)와 구린내가 진동하는 싸구려 먹으로 상주문을 쓸 수도 있는 거요?"

"그게 무슨 뜻인지……."

"내 말은 그들이 호되게 얻어맞고 황급히 송강으로 도주하다보니 상주문 전용종이조차 챙기지 못했다는 얘기요!"

류통훈의 눈앞에 관군이 크게 패하여 송강으로 쫓겨나는 참혹한 정경이 빠르게 스치고 지나갔다. 군량과 군향 확보에 소극적이었던 호광(湖廣)의 열두 지역 주현관들을 파면시켜가면서 금천전투에 커다란 기대를 걸었고, 지금은 아침 까치소리에 서쪽을 바라보는 목이 길어지고 밤마다 촛불 춤추는 모습으로 첩보를 점치고 있는 건륭의 간곡한 염원이 담긴 용안이 떠오르자 류통훈은 가슴이 타서 잿더미가 되는 것 같았다. 이 악모(惡耗, 불길한 기별)를 접하고 나면 얼마나 상심하실까……. 아아, 이를 어쩐담. 초조하고 불안하니 심장이 바늘에 콕콕 찔리는 듯 따끔거리며 아프기 시작했다. 급히 안주머니에서 약술을 꺼내어 허겁지겁 병마개를 따고 입을 댄 채로 크게 한 모금 마셨다. 이때 태감 복지가 종종걸음으로 달려와 헐레벌떡거리며 문안인사를 올렸다.

"마침 잘 오셨습니다! 폐하께오선 지금 종수궁(鍾粹宮) 황후마마의 처소에 들어 계십니다! 풍대(豊臺) 화원(花園)에서 이렇게 큰 복숭아를 보내왔습니다. 웬만한 아기 머리보다 더 크다니깐요! 파란 이파리가 달려있는 싱싱한 복숭아가 얼마나 먹음직스러운지……."

태감이 군침을 삼키는 소리가 들렸다.

"황후마마께오서 희귀한 먹거리만 보면 류통훈이 생각난다고 하시며 군기처에서 당직을 서고 있을 류통훈에게 상으로 내리라 명하시니, 폐하께오서 그럼 푸헝도 부르라고 하셨습니다. 거기서도 복숭아 향을 맡으셨나 봅니다, 때맞춰 패찰을 건네신 걸 보니……."

푸헝이 멈출 줄 모르는 태감의 주절거림을 뒤로 하고 류통훈과 함께 영항으로 들어갔다. 종수궁 수화문 앞에 다다르니 황후 부찰씨(富察氏)의 종수궁 살림을 도맡아하는 태감 진미미(秦媚媚)가 두 사람을 안내했다.

그곳은 한창 법석대고 있었다. 황후의 정침(正寢)이 있는 북쪽 방 현관 앞에 나란히 귀비(貴妃) 뉴구루씨와 나라씨, 돈비(惇妃) 왕씨와 진씨, 혜씨, 언홍 등등의 빈비들이 앉아있었다. 낭하에서 시중들고 있는 답응(答應), 상재(常在)라 불리는 말단 궁녀들도 주환패옥을 걸친 의상이 화려했다. 그러나 자리는 배정되어 있지 않았다. 정중앙의 안락의자에 은색 머리카락이 더욱 기품이 있어 보이는 온화한 표정의 태후가 비스듬히 앉아있었다. 그 동쪽 옆자리에 황후 부찰씨가 자리해 있었고, 서쪽의 건륭황제는 서 있었다.

알고 보니 이들은 소싯적에 놀던 손수건 돌리기 놀이를 하고 있던 중이었다. 북소리가 울리는 가운데 주자 한 사람이 빙 둘러앉은 사람들의 등뒤로 달려가며 살며시 손수건을 던져놓는데, 주자가 다시 한바퀴 돌아올 때까지 모르고 있는 그 사람에게 벌을 주는 놀이였다. 놀이에서 진 건륭이 벌로 노래를 부르게 되었던 것이다. 푸헝과 류통훈이 행례(行禮)를 마치자 건륭이 일어나라는 손시늉을 했다.

"태후부처님, 이 두 사람이 들어오니 소자의 목소리는 더 잠겨

버리고 말았습니다. 노래 말고 대신 소자가 벌주 한 잔을 마시면 안되겠습니까?"

"황제를 벌한다는 것이 당치도 않습니다만……."

태후가 기분 좋게 웃으며 말을 이었다.

"황제가 정한 놀이규칙이라 따르는 수밖에 없네요! 정 노래를 못 부르겠으면 우스운 얘기나 하나 들려주던가. 늙은이 잘 웃기는 것도 효도입니다."

"그러죠, 어마마마!"

건륭이 어린아이처럼 해맑게 웃으며 말했다.

"장삼(張三), 이사(李四), 왕곰보 세 바보의 이야기를 들려드리겠습니다."

건륭이 운을 떼자마자 벌써 웃을 준비가 되어있는 태후가 소녀처럼 손뼉을 치며 좋아했다.

"그래, 그래, 난 그런 이야기가 재밌네!"

태후의 적극적인 반응에 기분이 좋아진 건륭이 두 손으로 포도주잔을 받쳐 올렸다.

"어마마마께서 즐거워하신다면 소자도 즐겁습니다. 들으시면서 조금씩 음미하시며 드세요!"

태후가 대견스레 아들을 바라보며 포도주를 조금 마셨다. 그리고는 푸헝과 류통훈에게 말했다.

"사람을 저리 멋쩍게 세워두지 말고 한 사람에 두 개씩 복숭아를 상으로 내리고 다과도 내어주거라. 바쁘지 않으면 같이 즐기다가 일보러 가지!"

태후의 분부에 부찰씨 등뒤에서 시중들던 궁녀 내낭(睞娘)이 재빨리 대답을 하고는 사환으로 부리는 꼬마 태감에게 지시를 했다.

"멍청한 세 사람이 함께 여관에 들었답니다. 자다보니 다리가 하도 가려워 장삼은 빡빡 긁었다고 합니다. 하지만 아무리 긁어도 가려움증은 가시지 않고 손이 끈적끈적한 느낌이 들어 살펴보니 손톱에 피가 낭자하더랍니다. 말 그대로 피 터지도록 긁은 거죠. 그래도 가려움은 여전하고……"

건륭이 벌써부터 함박웃음을 잔뜩 머금고 있는 태후를 바라보며 말을 이었다.

"그렇게 날 밝을 때까지 긁고 나서야 장삼은 비로소 가려움증이 해소되지 않는 이유를 알았답니다. 다리가 온통 피투성이가 된 이사(李四)가 옆에서 쿨쿨 자고 있었답니다. 밤새도록 남의 다리를 긁어댄 거죠……"

기다렸다는 듯이 태후는 앞으로 곤두박질할세라 뒤로 넘어갈세라 흐느적대며 웃었다. 손에 넣고 까먹던 해바라기씨도 전부 땅바닥에 흘려버리고 말았다. 급기야 손수건을 꺼내어 눈꼽까지 찍어내는 태후를 보며 건륭이 물었다.

"왕곰보는 어쨌는 줄 아세요? 소피가 급해 잠을 자면서 비틀비틀 밖으로 나오니 그날 밤 마침 비가 내리더랍니다. 처마 밑에서 오줌을 누었는데, 빗줄기가 주룩주룩 그칠 줄 모르니 자기가 오줌을 덜 눈 줄 알고 날이 밝을 때까지 그대로 서 있었다는 거 아닙니까……"

장내는 여인네들의 숨넘어가는 웃음소리로 떠나갈 것 같았다. 배꼽을 잡고 허리를 못 펴는 여인들을 보며 푸헝도 처음엔 따라 웃었다. 하지만 심사가 무거웠는지라 이내 웃음이 걷혔다. 류통훈을 힐끗 훔쳐보니 류통훈도 눈길을 푸헝에게로 돌리고 있었다.

말하지 않아도 둘은 어찌해야 할지를 잘 알고 있었다. 푸헝은 자신이 추천하여 들여보낸 내낭이 종수궁에서 황후의 신임을 받고 있는 기특한 모습에 흡족한 미소를 보냈다. 한편 푸헝과 류통훈이 눈길을 주고받는 모습을 포착한 태후가 푸헝을 가리키며 말했다.

"자네 둘은 같이 왔으면서도 무슨 할 말이 그리도 많아 눈으로까지 주고받는가? 그렇게 따로 놀면 따돌림당하지! 벌을 받는 셈 치고 우스운 이야기를 하나씩 해보게!"

난감해하며 뒷머리를 긁적이는 두 신하를 보며 건륭이 미소를 지었다.

"류통훈은 우리 대청(大淸)의 포청천(包靑天, 북송 때의 청백리)입니다. 얼굴이 굳어있는 걸 보세요, 어디 우스갯소리를 하게 생겼나! 대신 복숭아 두 개를 크게 베어먹게끔 벌을 내리는 것이 어떻겠습니까? 그러나 푸헝, 자넨 비켜갈 수 없네. 들은 것도 좋고 직접 본 것도 좋고 한번 말해보게!"

분부를 마친 건륭이 자리에 앉았다. 여전히 조심스러워하며 조금씩 갉아먹듯 복숭아를 먹는 류통훈을 보며 뭔가를 말하려던 건륭이 다시 말을 삼켜버렸다. 그사이 차를 내어온 내낭이 건륭의 귓전에 나지막이 속삭이듯 말했다.

"폐하, 두 분 어른께서는 뭔가 중요한 일을 속에 담고 계시는 것 같사옵니다. 황후마마께오서 그리 보셨사옵니다……."

내낭의 얇은 옷 속에서 풍기는 사향냄새 섞인 체향이 건륭의 가슴을 울렁거리게 만들었다. 그러나 곧 짤막한 기침과 함께 푸헝에게로 주의력을 돌렸다.

"신도 남을 웃기는 데 자신은 없사옵니다. 하오나 부처님, 폐하, 황후마마께오서 환희에 벅차 계시니 신은 용기를 내어 보겠사옵니다."
 푸헝이 천천히 말을 이었다.
 "희조(熙朝) 때의 명재상 소어투가 얼마나 마누라를 무서워했느냐 하면……"
 사람들이 벌써 웃을 차비를 하자 푸헝이 잠시 멈추었다 곧 말을 이어나갔다.
 "거의 매일이다시피 성조(聖祖)를 알현하던 그가 하루는 낮잠을 자고 일어나더니 무슨 일로 부인과 다투었다고 하옵니다. 부인이 먼지떨이를 들고 기세등등하여 쫓아오니 다급한 김에 우리의 재상 어른은 늘 그랬듯이 침대 밑으로 숨어들었다고 하옵니다. 벌벌 기어서 들어가는 뒤꽁무니를 발견한 뚱보 마누라가 자기는 들어갈 수도 없자 침대 앞에 엎드려 나무 막대기로 마구 쑤셔대며 고함을 질렀다 하옵니다. '나와요 어서, 못 나와요?' '못 나가!' '개구멍 같은 데 들어가 남들이 보면 어쩌려고 그래요?' 그러자 울상이 된 재상 어른이 하는 말 '차라리 개구멍이 났지, 그 구멍에 들어갔다가 내 중간다리가 기도 못 펴고 오그라들어 나왔잖소! 그래서 당신이 화났고!'"
 푸헝의 야한 우스개에 여인네들은 얼굴을 싸쥐고 키득거렸다.

 내내 화기애애한 분위기에서 즐겁게 웃는 태후에게 몇 마디 귀엣말을 속삭이고 난 건륭은 곧 푸헝과 류통훈을 데리고 종수궁을 나섰다. 수화문 앞에서 잠시 고개를 숙여 비수같이 찔러오는 햇볕을 피하며 건륭의 마음은 파도가 출렁일 때마다 떠밀려오는 부유물처럼 심정이 어지러웠다. 긴긴 겨울동안 양자강 이북의 산동, 산서, 직예 일대에는 비나 눈이 거의 한 번도 내리지 않았다. 극심한 가뭄은 해마다 효자노릇을 톡톡히 해오던 곡창지대를 풀 한 포기 나지 않는 척박한 땅으로 만들어버렸다. 설상가상으로 입춘 이후로는 황하수가 범람하여 하남성 동부지역에서 회남, 회북에 이르는 구간이 백년에 한 번 있을까 말까한 홍수피해를 입어 무호(蕪湖) 일대가 황량한 개펄로 변하고 말았던 것이다. 섬서, 감숙 일대는 그나마 서설(瑞雪)이 풍성하게 내렸으나 지난해의 흉작으로 인해 굶주리는 백성들이 고향 땅을 등지고 남녀노소 가솔 전부가 호광이나 강남으로 흘러들어 걸식으로 목숨을 부지하고 있다고 했다. 사면팔방에서 몰려든 이재민들 때문에 윤계선의 후임으로 발탁된 양강총독 김홍(金鉷)과 호광순무 하판룡은 사흘이 멀다하고 고통을 호소하는 주장을 올렸다. 이재민들을 구호하라고 강남으로 파견한 호부상서 어싼이 올린 상주문에 의하면 엎친 데 덮친다고 강남은 이재민들에 의한 때아닌 전염병으로 홍역을 치르고 있다고 했다. 이래저래 심사가 무거웠던 건륭은 정성들여 천단에 제를 지내고 오면서 한바탕 웃음으로 잠시나마 심사를 잊어보려고 자리를 마련했던 것이다.

"폐하!"

뙤약볕 아래에서 멍하니 서 있는 건륭을 부른 사람은 건륭의 수행시위로 발탁된 빠터얼이었다. 한어 실력은 여전히 신통찮은 빠터얼이 건륭의 발치에 엎드려 절을 하고는 아뢰었다.

"태양이…… 미쳤사옵니다! 몸이…… 긴장해 하옵니다!"

빠터얼은 작년 추렵(秋獵) 때 건륭이 정교한 호박(琥珀) 하나를 주고 커얼친 왕에게서 넘겨받은 몽고 노예였다. 질박하고 용맹하며 불이의 충정을 과시하여 마동(馬童)에서 일약 3등시위 자리로 껑충 뛰어 올랐었다. 그새 2등시위로 진급했으나 나이는 아직 스무 살밖에 되지 않았다. 아직 몇 개 안 되는 단어를 아무렇게나 꿰어 맞추는 빠터얼의 말에 건륭이 실소를 터트리고 말았다. 그렇게 해서라도 웃으니 조금은 숨통이 트이는 것 같았다. 표정이 한결 부드러워진 건륭이 말했다.

"그래, '미친' 태양을 피해 몸이 '긴장'해 하지 않게 서늘한 건청궁으로 가지. 양심전 왕치더러 짐이 갈아입을 의복을 챙겨 오라고 이르게."

분부를 마친 건륭은 승여(乘輿)도 부르지 않은 채 곧바로 계단을 내려갔다. '미친' 태양을 걱정하는 빠터얼을 뒤로하고 성큼성큼 뙤약볕 속을 걸어 건륭은 건청궁으로 향했다.

이미 '동궁(東宮)'이 되어버린 이곳은 역대의 천자들이 웬만해선 대신을 접견하지 않는 곳이었다. 그러나 건륭 7년 이후로 건륭은 여름과 가을철에 자주 건청궁을 이용하곤 했다. 건청궁에 처음 와 보는 류통훈은 모든 것이 신기하고 새롭기만 했다. 건륭이 어찌하여 이곳으로 자신들을 데리고 왔는지도 몰랐다. 그러나 푸헝은 그 이유를 알고 있었다. 이 궁전 안에는 얼마 전에 원명원(圓明園)에서 옮겨온 건륭이 좋아하는 두 애비(愛妃) 언홍(嫣紅)과 영영(英英)이 있었기 때문이었다. 이들에 얽힌 사연을 자신이 알고 있는 것만큼 떠올리던 푸헝이 몰래 웃었다. 그러나 곧 웃음을 거둬들이며 짐짓 아무런 내색도 하지 않았다.

북향이어서 햇볕과 더운 바람이 들어오지 못하는 데다 북풍이 들어올 수 있게끔 북쪽의 건물들이 대단히 낮았고, 자금성이 가까워 그곳의 인공호수에서 습한 바람이 불어오는 덕에 이곳 건청궁은 과연 시원하기 이를 데 없었다. 정수리가 뜨거워 경황없이 들어선 몇 사람은 정신이 번쩍 들고 이내 기분이 상쾌해졌다. 언홍과 영영은 종수궁으로 가고 없고 태감과 궁녀들만 남아 있었다. 건륭이 들어서자 이들은 일제히 무릎을 꿇어 맞았다.

"일어나 시중들라."

건륭이 손사래를 치며 명했다.

"차를 내어오고 물러섰거라. 경들은 자리에 앉게."

두 사람은 비스듬히 걸상에 엉덩이를 걸쳤다. 찻잔을 받아들었으나 감히 마실 엄두를 내지 못했다. 자주 면군(面君)하여 주청을 올렸어도 오늘은 자리에 앉으니 건륭과 높이가 비슷한지라 둘은 안절부절못하며 허리를 구부정하게 숙여 앉은키를 줄였다. 어찌 입을 열어야 할지 고민하고 있을 때 건륭이 먼저 입을 열었다.

"들어서는 사람의 영고사(榮枯事)를 묻지 말라. 그 용안(容顔)을 보면 어찌 모르랴! 옛사람의 이 한 마디가 떠오르는군. 원소절(原宵節) 이후로 윤계선이 광주(廣州)에서 올린 상주문을 제외하곤 희소식이란 없었네. 짐은 이미 뭔가 불길한 예감에 사로잡혀 있으니 걱정하지 말고 말해보게."

"나친과 장광사의 상주문이옵니다. 보첩주장이긴 하옵니다만……."

푸헝이 말끝을 흐리며 상주문을 두 손으로 받쳐 올렸다. 그리고는 덧붙여 아뢰었다.

"폐하께오서 어람을 하신 연후에 신들이 주청올릴 말씀이 있사옵니다."

"오호! 상주문을 어찌 이런 종이에 쓴단 말인가?"

건륭이 의아스러운 표정을 지으며 주장을 받았다. 그러나 짤막한 그 한 마디 외엔 아무 말도 없었다. 수천 글자에 달하는 상주문을 자세히 들여다보는 건륭의 얼굴이 서서히 굳어져갔다.

류통훈은 숨소리가 들릴 정도로 가까운 거리에서 건륭을 마주하는 건 처음이었다. 쿵쿵 심장 뛰는 소리를 가까스로 잠재우며 주장에 시선을 붙들어매고 있는 건륭을 훔쳐보듯 뜯어보았다. 한 치의 흐트러짐도 없이 반질반질하게 빗어 넘겨 길게 땋아 내린 머리채가 남색 두루마기를 입은 어깨에 멋스레 걸쳐 있었다. 옥처럼 희고 말쑥한 얼굴엔 주름 하나 없었다. 입술 위의 까맣고 무성한 콧수염과 몇 가닥 말려 올라간 수미(壽眉)만 아니었더라면 그는 영락없는 서른 살 청년이었다. 두 팔꿈치를 서안(書案)에 기둥처럼 박고 매의 발톱 같은 눈매로 주장을 뚫어지게 들여다보는 자태 또한 영무(英武)의 기질이 다분했다. 하루에 무려 7, 8만 자에 달하는 주장을 읽고 밤늦도록 대신들까지 접견해가면서도 지칠 줄 모르는 정력을 과시하는 것은 기마와 활쏘기, 무예연습을 게을리 하지 않고 간간이 음풍농월의 풍류도 즐길 줄 아는 삶의 방식에 있을 거라고 류통훈은 생각했다. 그사이 주장에서 눈길을 떼며 건륭이 물었다.

"류통훈, 멍하니 앉아 무슨 생각을 그리하는가?"

"예 ……폐하!"

류통훈이 급히 멀리 샛길로 빠져들던 사색의 실마리를 거둬들이며 난감한 표정으로 대답했다.

"잠깐 정신이 다른 데 팔렸었사옵니다. 폐하께오서 근골이 이다지도 강녕하시오니 이 또한 신하된 복이 아닌가 생각하고 있었사옵니다……."

건륭이 머리를 끄덕여 보였다. 고개를 들어 궁전 천정의 조정(藻井)에 시선을 두고 뭔가를 생각하는 듯하던 건륭이 지나가는 말처럼 물었다.

"자네 아들이 올해 진사에 합격했다고 했나? 몇 번째로 입격(入格)이 된 건가?"

"아뢰옵니다, 폐하! 2갑(二甲) 스물 네 번째이옵니다."

"이름이 류용(劉鏞)이라고 했나?"

"예, 폐하!"

"비쩍 마르고 얼굴이 시커멓고, 말할 때 이빨 사이로 말이 실실 새는 그 친구 말인가?"

류통훈은 다소 당혹한 시선으로 얼굴 가득 망연한 표정을 짓고 있는 푸헝을 바라보았다. 당연히 주장에 관해 물어올 줄 알았던 건륭이 갑자기 엉뚱한 질문을 하는 의도를 점칠 수 없었던 것이다. 당황한 류통훈이 급히 아뢰었다.

"그놈이 바로 신의 견자(犬子)이옵니다. 황송하옵니다!"

"짐은 목이 마르네!"

건륭이 가슴이 무너지는 듯 한숨을 토해냈다. 쉬고 갈린 목소리로 입을 열었다.

"붓대도 좋고, 총대도 좋고, 손오공의 마술을 가진 인재에 갈증이 나네!"

건륭이 의자의 손잡이를 잡고 천천히 일어났다. 말없이 궁전 안을 한 바퀴, 두 바퀴 뚜벅뚜벅 거닐던 건륭이 세 바퀴째 돌던 중 돌연 멈춰 서더니 홱 몸을 돌렸다.

"푸헝, 아니 그런가? 자넨 그리 느끼지 않는가?"

건륭의 꽁무니를 뚫어지게 바라보고 있던 푸헝이 느닷없이 질문을 받고는 흠칫 떨었다. 건륭이 이미 보첩 내용이 거짓임을 간파해냈다는 증거였다. 자리에서 나와 무릎을 꿇으려 하니 건륭이 곧 다시 돌아가라는 손시늉을 했다. 반쯤 걸터앉은 자리에서 허리를 깊숙이 숙여 보이며 푸헝이 대답했다.

"대대로 인재는 파도처럼 끝없이 밀려오게 돼 있사옵니다. 풍요롭지만 빈곤한 인재 기근현상은 보정대신(輔政大臣)으로서 신들의 책임이 크다고 생각하옵니다. 요즘 들어 문념무희(文恬武嬉, 문관은 무사태평하고, 무관은 놀이에 빠져 기강이 해이해짐) 현상이 버짐처럼 번지고 탐풍(貪風)이 다시 대두하는 등 문제가 많은 것도 신들이 맡은 역할에 진력하지 못했기 때문이라 사려되옵니다!"

"모든 책임을 경들이 떠 안는다는 건 어불성설이지. 누구나 자기가 책임져야 할만큼만 책임지면 되는 거네."

건륭이 천천히 걸음을 옮기며 말을 이었다.

"그러나 경의 말은 충분히 일리가 있네. 무릇 태평시일이 길어지면 군왕은 아집과 사치에 물들게 되고, 신하들은 태만과 타락에 빠지기 십상이지. 문념무희? 이미 우리에겐 이런 증세가 보이고 있다네. 하공(河工)에 소요되는 은자(銀子)는 성조 때보다 네 배나 늘었지만 홍수 피해는 여전하네. 그래도 뻔뻔스레 울상을 지으며 손을 내밀고 있지 않은가! 무장(武將)들도 갈수록 죽음을 두려워하고 싸움터에 나가는 걸 꺼려하더니 이제는 급기야 크게 패하고도 거짓 보첩을 올려 군주까지 기만하려드니 이를 어찌하면 좋단 말인가!"

손으로 힘껏 상주문을 내리치며 건륭은 더욱 흥분했다.

"경들은 틀림없이 이미 문제점을 발견했을 거네. 나친은 경복의 전철을 밟고 있네! 상주문 종이까지 사뤄번의 측간종이로 전락해 버리는 신세가 되었으니 뒷발질하여 쥐라도 잡았더라면 짐이 이처럼 분개하진 않았을 게 아닌가!"

건륭의 얼굴에 혼신의 피가 몰리는 것 같았다. 상주문을 와락 움켜잡아 좌악좌악 찢어 내치며 서안을 무섭게 내리쳤다.
"하등 쓸모 없는 자들이 나라를 말아먹으려고 환장을 하는 게로군. 쓸모 없는 자들 같으니라고!"
건륭의 서슬에 놀란 푸헝과 류통훈이 퉁기듯 일어나 쓰러지듯 엎드리고 말았다. 혼비백산한 태감들이 사색이 되어 무릎걸음으로 벌벌 기어와 어지럽게 널려있는 종이조각을 주웠다. 순간 건륭이 그중 하나를 힘껏 걷어차며 무섭게 으르렁거렸다.
"썩 물러가, 이놈들아! 필요 없어, 다 필요 없어!"
건륭은 무섭게 폭발하는 분노를 주체하지 못하여 온몸을 부들부들 떨었다. 무릎걸음으로 다가간 푸헝이 연신 머리를 조아렸다.
"폐하, 제발 고정하시옵소서…… 뇌정(雷霆)의 분노를…… 그만 삭여주시옵소서, 폐하……."
겨우 숨을 고르게 하고 난 푸헝이 말을 이었다.
"나친이 패망했다는 것은 아직 추측일 따름이옵니다. 신은 목숨을 걸고 담보할 수 있사옵니다. 나친은 절대 경복의 전철을 밟아 사뤄번과 사사로이 협약을 체결하지는 못할 것이옵니다. 우리의 수중엔 아직 송강과 군사 요충지로서 대단히 중요한 하채가 장악되어 있사옵니다. 반전을 시도할 여지조차 없었다면 나친과 장광사가 감히 이런 주장을 올렸을 리가 없사옵니다. 평정을 회복하시어 조금만 인내하여 기다려 보시옵소서, 폐하. 금명간 사천순무 김휘에게서 주장이 올라오지 않을까 사려되옵니다. 그러면 전선의 상황을 좀더 구체적으로 알 수 있지 않을까 하옵니다……."
"김휘?"
건륭이 냉소를 터뜨렸다.

"나친이 가장 아끼는 고족(高足)이라네. 건륭 12년에 현령에서 단숨에 봉강대리로 파격승진한 자가 바로 지금의 보은의 적기일 텐데 진실을 말하려 들겠는가?"

류통훈도 무릎걸음으로 다가가 머리를 조아렸다.

"신의 우견으로는, 과연 나친이 패망한 것이 사실이라면 김휘도 감히 종이로 불을 감싸는 어리석은 짓은 못할 것이옵니다. 아직 승전고를 울릴 가망이 남아있다면 조정에서도 나친의 작은 패배를 문제삼지 않는 것이 바람직할 것 같사옵니다. 경복으로 인해 손상된 조정의 체통이 두 번 다시 손상받을 수는 없사옵니다……."

이성을 잃어가던 건륭이 두 신하의 말에 귀를 기울이며 서서히 마음의 안정을 찾아가는 것 같았다. 그때서야 분신처럼 들고 다니던 부채를 소매 속에서 꺼내들고 천천히 부치며 자리로 돌아가 앉았다. 즉위하면서 하늘을 향해 '성조(聖祖)'를 본보기로 천고의 완인(完人)'이 되게 해달라고 발원을 했던 건륭이었다. 성조 강희제는 재위 61년 동안 성문신무(聖文神武)의 통치를 해오며 2품 이상 대원의 목을 친 적이 한 번도 없었다. 그에 비해 자신은 재위 20년밖에 안 되는데 벌써 대여섯 명의 봉강대리와 대학사 한 명을 공개처형했다. 종전의 기준대로라면 '제일선력대신(第一宣力大臣)' 나친도 목숨을 부지하긴 힘들 것이었다. 그러나 류통훈의 말대로 대신을 죽였다는 사필(史筆)의 오점을 남겨 후세들에게 포악한 군주로 낙인찍히는 건 용납할 수 없었다. 어렸을 적부터 동궁에서 같이 공부하고 가깝게 성장해왔는지라 다른 신하들보다 정이 남다른 나친이었다. 늘 '대신의 풍모'가 '최고'라며 치하해 왔고, '충군애국'의 본보기로 내세웠던 나친을 죽인다는 것은 군주로서의 체통에도 크게 손상이 갈 것이다……. 여기까지 생각한 건륭이 쓰고도 떫은 침을 삼키며 물었다.

"류통훈의 말에 일리가 있다고 생각하네. 푸헝, 군사를 아는 자네가 말해보게. 나친이 반전에 성공할 가능성이 얼마나 되겠나?"

쿵쿵!

푸헝이 머리를 조아렸다. 그는 나친이 다시 사뤄번에게 대적할 만한 힘이 있다는 걸 전혀 믿지 않았다. '반전의 가능성'에 대해선 추호도 논할 여지가 없다고 생각했다. 만약 나친이 사뤄번과 싸워 이길 자신이 있었다면 그는 쇄경사를 먼저 수복한 후에 죄를 청하고 전공을 올렸을 것이다. 대답하기가 곤란했지만 푸헝은 천천히, 또박또박 입을 열었다.

"그건 현재 나친의 병력이 얼마나 사기가 충만해 있는지 여부에 달린 것 같사옵니다. 명줄이나 다름없는 양도(糧道)가 이미 차단 됐는데, 나친이 아직 송강에 죽치고 있는 이유를 도무지 이해할 수가 없사옵니다. 그의 말대로 송강이 적들의 포위하에 있지 않고 하채까지 거머쥐었다면 뒷걱정이라곤 아무 것도 없을 터인데, 어찌하여 쇄경사로 쳐들어가 대본영을 탈환하지 못하고 도리어 사천 녹영병을 파견해달라고 주청을 올리는 것인지 답답할 따름이 옵니다……."

푸헝의 비관적인 발언에 건륭은 또다시 초조해지기 시작했다. 그는 다그쳐 물었다.

"그럼 경의 생각엔 어찌하는 게 바람직할 것 같은가?"

"폐하!"

푸헝이 자신 있게 큰소리로 대답했다.

"사천의 녹영병은 절대 보내줄 수 없사옵니다. 녹영병들은 사천의 동쪽과 남쪽을 수비하고 있사옵니다. 그 많은 녹영병을 지원병으로 파견한다는 것은 신속하지도 못할 뿐더러 비밀을 보장할 수가 없사옵니다. 녹영병들이 자리를 비웠을 때 사천이 사뤄번의 수중에 들어가지 말라는 법이 없사옵니다. 폐하께오선 나친과 장광사에게 조서를 내리시어 허위보고를 적당히 질책하시고 적당한 기회를 타 쇄경사를 수복하라 명하시는 것이 바람직할 것 같사옵니다. 나머지는 현실에 입각하여 결단을 내리고 일일이 주청올릴 필요는 없다고 못 박으시옵소서……. 폐하, 금천은 북경에서 수천리 밖에 있사옵니다. 폐하께오서 친히 지휘봉을 휘두르시기엔 거리가 너무 멉니다. 절대 나친과 장광사의 술수에 넘어가시어 직접 지휘하셔선 아니 되옵니다!"

자신이 생각하는 바를 진솔하게 털어놓는 푸헝의 말이 채 끝나기도 전에 건륭은 벌써 자신이 어떻게 해야 할지를 알 것 같았다. 형세는 자신이 상상하고 있는 것보다 훨씬 더 나쁠 수도 있었다. 묵묵히 생각에 잠겨 있던 건륭이 말했다.

"푸헝, 자네의 뜻에 따라봄세. 방금 말했던 내용을 골자로 지의를 작성하게. 김휘, 러민과 이시요 등이 모두 나친의 눈치를 보고 거짓말을 할 수는 없네. 그들의 밀주문이 곧 도착할거라 믿네."

푸헝은 밀유(密諭)를 작성하기 위해 궁전 한 모퉁이로 갔다. 건륭은 아직 꿇어있는 류통훈을 보며 차 한 모금을 마시고 담담하게 입을 열었다.

"일어나 앉게, 연청. 자네가 책임져야 할 부분은 전혀 없네. 경이 군기대신이 되지 못한 것은 덕과 재량이 부족해서가 아니네. 경이 없는 형부는 짐이 믿을 수가 없기 때문에 경을 형부에 붙들어 매어 둔 것이네. 아직도 하루에 두 시간 반 정도밖에 안 잔다며? 대단히 건강한 줄로만 알았지 심장이 부실한 건 미처 몰랐네. 이제부터는 적어도 세 시간씩은 자야겠네. 짐이 태감 몇 사람을 파견하여 자네 집에서 시중들게끔 하겠네."

"폐하!"

건륭의 자상한 배려에 류통훈은 가슴이 뭉클해졌다. 눈물이 핑 그르르 돌며 코끝이 찡해졌다. 코를 훌쩍거리며 가까스로 웃어 보이며 류통훈이 말했다.

"두 분 주군(主君)을 섬겨 오늘날까지 살아왔으나 아직은 여러 모로 부족한 신이옵니다. 폐하께서 변함없는 성총을 내리시니 신은 이 거룩한 은혜를 어이 보답해야 할지 모르겠사옵니다. 요즘같은 태평성세에 인구가 성조 때보다 배도 더 늘었사오니 물이 깊으면 배가 높아지듯이 사악한 무리들도 더 많아졌사옵니다. 치안에 주력하지 않을 수가 없사옵니다. 이치(吏治)도 전 같지 않사오니 억울한 누명을 뒤집어 쓴 죄수들도 많을 거라고 사려되옵니다. 나라의 형전(刑典)을 장악하고 있는 관리로서 한 순간의 실수로 악인(惡人)을 놓치고 억울한 호인(好人)을 잘못 죽여 폐하의 기대를 저버린다는 것은 상상할 수도 없는 끔찍한 일이옵니다. 신은 잠자는 시간도, 밥 먹는 시간도 아깝사옵니다. 그럼에도 차사(差使)란 아무리 해도 끝이 없는 것 같사옵니다. 웬만한 일은 부하 서리들을 믿을 수가 없어 신이 직접 뛰어다니다 보니 몸이 축나는 것 같사옵니다. 잘못된 줄 알면서도 성정이 이러하니 달리 방법이 없사옵니다."

"그러니 더더욱 인재양성에 신경을 써야 한다는 말일세! 유능하고 믿음직한 사람을 주변에 심어주어야지!"

"인재는 발견하고 기용하는 데 있다고 하옵니다."

류통훈이 긴 한숨을 지으며 말을 이었다.
"하오나 신은 이 말이 반밖에 맞추지 못했다고 생각하옵니다. 신의 우견으론 이밖에도 교화의 비중이 큰 것 같사옵니다. 인재는 교화 속에서 배출되고, 다시 대절(大節)을 지킬 줄 아는 사람으로 거듭나야 한다고 보옵니다. 전에 산서순무였던 눠민이, 그렇게도 유능한 사람이 찬란한 전정을 스스로 짓밟고 하루아침에 탐관으로 전락되었는가 하면 관성(官聲)이 좋았던 싸하량과 커얼친도 은자 몇 푼에 목숨을 걸고 말았사옵니다······."
류통훈의 말은 시대의 폐단을 정확히 꿰뚫고 있었다. 틀린 말은 한마디도 없었지만 그렇다고 건륭은 신하의 말에 연신 머리를 끄덕여가며 수긍하기는 싫었다. 오랜 침묵 끝에 건륭이 말했다.
"그 내용을 주장으로 올리게."
그사이 푸헝이 밀유문을 작성하여 다가왔다. 내용은 이러했다.

송강(松崗)에서 올린 주장(奏章)을 읽었네. 마지(麻紙)에 글을 써 어람을 청할 정도로 경들이 근검, 소박한 줄은 그 동안 미처 몰랐네! 하채(下寨) 공략에 성공했다는 첫 구절을 읽고 흐뭇하던 짐의 마음이 쇄경사(刷經寺)가 적들의 수중에 넘어갔다는 내용을 읽고는 심심한 우려와 의구심을 떨칠 수가 없네! 승패(勝敗)는 병가지상사(兵家之常事)라고 했네. 경복(慶復)은 승패를 떠나 기군죄를 지었기에 불측의 경지로 추락하고 말았다는 걸 잊지 말게. 전철이 남기고 간 혈흔이 그대로인데, 어찌 감히 이를 밟으려고 하는가? 경들의 주장에 따르면, 쇄경사에는 현재 사뤄번의 소부대가 주둔하고 있다 하니 적당한 기회를 틈타 일격을 가하도록 하게. 주청 올린 녹영병 지원 건은 그 필요성이 충분치 않아 윤허하지 않겠네. 경사(京師)는 금천(金川)에서 수

천리 길이네. 그 먼 곳에서 자질구레한 군무로 짐에게 사흘이 멀다 하고 주청을 올리는 것은 군부(君父)와 조정(朝廷)에 경들의 착오를 덮어씌우려 함은 아닌가? 나친. 그대가 짐의 막중한 은공을 한 몸에 입고 살아 왔노라며, 산을 뽑고 바다를 뒤집을 기세로 쓴 군령장(軍令狀)을 짐은 소중히 보관하고 있네. 장광사(張廣泗)는 대죄입공(戴罪立功)의 죄인이라는 점을 시시각각 명심해야 마땅할 것이네. 감히 구중묘당(九重廟堂)에서 천만리를 조감하는 군부를 기만했다간 불귀의 객으로 전락하게 될 것이니 그리 알라! 부디 빠른 시일 내에 적을 섬멸하고 금천대첩을 이끌어 내어 모든 무기를 녹여 쟁기로 만드는 그날이 오기를 기대해마지 않네.

건륭이 쓰디쓴 미소를 지으며 말했다.
"그 옛날의 불같던 성정대로라면 이런 식으로 밀유를 내리고 있진 않았을 텐데! 군기처더러 옥새를 찍어 6백리 긴급으로 발송하라 이르게!"
고개를 돌리던 건륭이 그제야 의관을 안고 궁전 모퉁이에 서 있는 왕치를 발견하고는 물었다.
"어찌하여 동작이 이리 굼뜬가? 그것도 울상이 되어 가지고. 어쩐 일인가?"
말을 마친 건륭은 곧 의복을 갈아입기 시작했다.
"소인은 진작에 도착하였사오나 폐하께오서 천노(天怒)하시니 놀란 나머지 바지에 작은 걸 싸고 말았사옵니다. 그래서 감히 들어오지 못하고 가서 바지를 갈아입고 다시 왔던 것이옵니다."
왕치는 건륭을 시중들어 조주(朝珠)를 걸어주고 허리띠를 매어 주면서 끊임없이 주절댔다.

"······하오나 이밖에 소인이 울상이 된 이유가 있긴 하옵니다. 종수궁 조명철(趙明哲) 등이 툭하면 쫓아다니며 소인의 별명을 불러 황후마마 앞에서 시중드는 궁녀들이 소인만 보면 키득키득 웃어버리옵니다······."

주먹만한 노란 얼굴을 잔뜩 찌푸려 원숭이 상통을 하고 있는 왕치의 꼬락서니를 보며 건륭이 웃음을 터트렸다.

"자네 별명도 있었나? 뭔가?"

"말씀 올리기가 거북하옵니다!"

왕치가 화가 나서 씩씩대며 대답했다.

"소인이 성이 왕씨이고, 태감들 중에 여덟째라고 어떤 빌어먹을 놈이 '왕팔(王八, 거북이라는 뜻. 중국인 최고의 욕)'이라고 별명을 지었지 뭡니까?"

"푸훗!"

건륭의 입에서 웃음이 폭발하듯 튀어나왔다.

"그렇게 억울해할 바는 아닌 것 같은데! 천한 노비인 주제에 거북이가 어때서 그러나? 그것이 보신엔 으뜸이라고 하지 않나!"

애써 웃음을 참고 있던 푸헝과 류통훈은 건륭이 크게 웃어버리는 통에 그만 소리를 내어 웃음을 터뜨리고 말았다. 덕분에 방금 전의 우울하고 숨막히던 분위기는 한결 가벼워진 것 같았다. 푸헝과 류통훈이 물러가려고 엉거주춤 일어서자 건륭이 말했다.

"짐이 화를 내고 있을 거라는 생각에 황후가 짐을 웃겨주려고 시킨 게 틀림없네. 아직 서두르지 말게. 짐이 할말이 남아있네."

"예, 폐하!"

"이치(吏治)의 문란과 관원들의 타락, 그리고 하공(河工), 조운(漕運)은 사실 떼어놓고 볼 수 없는 문제들이네."

웃고 나니 기분이 한결 맑아진 건륭이 말을 이었다.
"금천의 승패가 물론 중요하지만 전체적인 국면에 큰 영향을 미치는 건 아니네. 굳이 비교할 것 같으면 그래도 정치가 근본이 되겠지. 전부 불투명한 군사에 매달려 있지 말고 푸헝, 자네는 육부구경들을 소집하여 정무개선에 도움이 되는 의견들을 모아보게. 건의가 훌륭하여 채택이 된 관원들은 고공사(考功司)에 이름을 올리고 후한 상을 내리도록 하겠네. 호부더러 수재와 가뭄 피해를 입은 양자강 이북의 몇몇 성들에 대한 실사를 확실하게 하게 하여 재해복구대책을 면밀히 검토하라 이르게. 전염병이 돌지 않게끔 일선의 주현관(州縣官)들이 나서서 미리 예방하고 전염병이 돌기 시작한 곳은 확산되는 걸 막아야겠네. 호부더러 재해복구에 있어서는 돈을 아끼지 말고 대책마련에 최선을 다하라 이르게. 물론 불난 틈을 타 도둑질하는 격으로 일부 불량스런 관원들이 흑심을 품어 벼룩의 간을 빼먹는 일이 없도록 감시를 해야겠네."
"명심하겠사옵니다, 폐하! 돌아가자마자 착수하겠사옵니다."
푸헝이 힘차게 대답했다.
"류통훈, 자네는 좌도어사의 차사를 겸하도록 하게."
건륭이 말했다.
"경이 차사에 태만하리라는 생각은 추호도 해본 적이 없네. 다만 사소한 일에 지나치게 집착하는 건 바람직하지 않네. 음……내일 자네아들 류용을 들여보내게. 이제 막 진사에 급제했으니 형평상 파격적인 대우를 해줄 순 없네. 형부 얼옥사(讞獄司, 재판하여 형을 정하는 곳)에서 주사(主事) 직을 맡아 경의 업무를 도와주도록 하지. 부하이자 아들이니 짐이 말하지 않아도 오죽 찰떡궁합이겠나?"

류통훈이 절을 하고 일어났다. 그리고는 정색하며 아뢰었다.
"부무(部務)는 신이 거뜬히 짊어질 수 있사옵니다. 하오나 국가의 상례(常例)를 어겨가면서 류용을 곁에 끼고 있을 순 없사옵니다. 주사라면 정육품이옵니다. 2갑 진사의 관품치고는 지나치게 높다고 생각하옵니다. 신을 애중히 여기시는 폐하의 성심만 받아들이겠사옵니다……. 견자(犬子)는 비록 심흥도 드높고 재주도 있사오나 아직 경륜이 바닥이옵니다. 여느 진사들과 더불어 지방으로 내려보내어 주현관부터 시작하게끔 하는 것이 그 아이의 전정(前程)에도 유리할 것으로 사려되옵니다."
"좋은 생각이네. 그게 진정 자식을 생각하는 부모 마음이지!"
건륭은 기분이 한결 나아졌다. 천천히 자리에서 일어서며 말했다.
"정대하고 광명한 처사라 판단되어 짐은 경의 뜻에 따라주겠네! 그만 물러가고 내일 류용은 이부에서 짐을 인견(引見)할 것이네. 그때 가서 짐이 훈회를 내릴 것이네."
푸헝과 류통훈이 물러가고 난 커다란 궁전에는 건륭과 열 몇 명의 태감, 궁녀만 남아 있었다. 건륭은 앉은 자세 그대로 꼼짝도 하지 않고 있었다. 금천의 형세가 어떤 변화를 보이고 있는지 궁금했다. 새로 부임된 양강총독 김홍의 밀주문에 따르면 '일지화(一枝花)'가 강소성(江蘇省) 북쪽에서 사교(邪敎)를 퍼뜨려 민심을 피폐하게 만드니 난민들을 구제하여 교화시키는 것이 시급하다고 했다……. 어지럽게 부유하는 사색의 편린은 다시 이치(吏治)로 돌아왔다. 차사를 빙자하여 공금으로 먹고 마시는 풍조가 만연되는 추세였고, 각종 명목을 들어 국고에 손을 대는 사례가 빈발했다……. 해결해야 할 문제가 산더미 같고 아직 풀릴 실마리를 보이는 것은 하나도 없었다. 건륭은 다시 초조해지기 시작했다. 궁전도 처음에 들어설 때처럼 시원해 보이진 않았다. 벌떡 일어나 누가 부르기라도 할세라 서쪽 배전(配殿)으로 걸어갔다. 수년간 가까이에서 시중들어오며 건륭의 성격을 익히 알고 있는 왕치가 감히 따라 들어 갈 엄두를 내지 못했다. 몇몇 태감들을 불러 배전 입구에서 두 손을 앞에 모으고 허리를 굽혀 숙립(肅立)을 했다.

이곳은 어느 누구도 맘대로 드나들 수 없는 금지(禁地)였다. 원래는 옹정을 시중들던 금하(錦霞)라는 궁인(宮人)이 살던 곳이었다. 그 당시 막 황제의 보위에 오른 건륭과 '눈이 맞았다'는 이유로 태후에 의해 대들보에 목매달려 죽은 비운의 여인이었다. 세월이 흘러 궁전은 새로이 단장을 했다. 문도 북향으로 고치고 기둥이며 벽의 칠도 새로이 했으나 서쪽 배전만은 모든 소품이 그대로 있었고, 거미줄 하나 건드리지 않았다. 바로 금하가 임종할 때의 그대로였다. 매번 심사가 불안하고 심신이 피곤할 때면 건륭은 이곳을 찾아 앉았다 가곤 했다. 그때마다 신기하게도 고뇌가 가시고 마음이 홀가분해지는 건륭이었다. 이는 이미 궁전에서 시중드는 태감과 궁녀들이 다 아는 비밀이었다.

"금하, 금하야……, 짐이 널 보러 왔느니라……."

건륭이 거미줄이 그물 같은 문을 밀고 들어가며 나직이 불러 보았다. 벽에 먼지를 잔뜩 뒤집어쓴 시녀도(侍女圖)며 재주꾼 금하가 그리고 쓴 서화(書畵) 작품들이 퇴색한 채 어둠에 잠겨 있었다. 침대맡의 자그마한 서안 위에 줄이 끊어진 가야금이 놓여 있었다. 진분홍 혀를 날름대며 귀엽고 앙증맞게 굴던 생전의 모습이 건륭을 괴롭게 했다. 미닫이 문 위에 몇 줄의 글이 적혀 있었다.

다시 보니 그대는 이미 천애(天涯)로 갔는데,
이별의 한은 어찌 날로 더해만 가는지.
동풍에 꿈이 날아갈세라 이불깃을 여미니,
그대는 아직 내 옆에서 진분홍 혀를 내미네.
달은 무료하고 사람은 잠들었는데,
살짝 열린 문틈으로 만발한 배꽃가지 하나 보이네…….

이는 건륭이 기윤(紀昀)과 〈사고전서(四庫全書)〉를 논하는 자리에서 특별히 명하여 기윤더러 직접 쓰게 한 글이었다. 송지(宋紙), 송묵(宋墨), 특제 호필(湖筆)과 벼루 등등 희세(稀世)의 진귀한 물건들로 휘황찬란한 글귀를 남기라고 하니 그 당시 기윤이 놀라던 모습이 아직도 눈앞에 선했다……. 건륭의 입가에 착잡한 미소가 스쳤다.

건륭이 한참동안 넋을 놓고 앉아 있노라니 홀연 밖에서 발소리와 함께 여인네들의 웃음소리가 들려왔다. 건륭이 휘장을 걷고 창문너머로 내다보니 언홍과 영영이 뉴구루씨와 나라씨, 왕씨 그리고 그들에게 딸린 시녀들과 함께 태후를 부축하여 승여에서 내려서고 있었다.

"황제께서는 어디 계시냐?"

통로를 따라 궁전으로 들어서는 태후 특유의 가는 떨림이 매력적인 목소리가 들려왔다.

5. 명신(名臣)과 명노(名奴)

건륭이 부랴부랴 서쪽 배전에서 나오며 문 어귀에서 대기하고 있던 왕치에게 서둘러 지시했다.

"의자며 탁자에 먼지가 가득하네! 어서 청소하고 문닫아 걸고 나오게……"

서둘러 정전으로 종종걸음치며 건륭은 어느새 웃는 얼굴을 하고 있었다. 서쪽 모퉁이를 막 돌아선 건륭은 그러나 다른데 정신을 두고 걸어오던 궁녀와 부딪치고 말았다. 상대는 놀랍게도 내낭이었다. 웃음을 지어 보이려던 건륭이 짐짓 근엄한 표정으로 말했다.

"자네, 짐의 발을 밟았네!"

"노비가 죽을죄를 지었사옵니다, 폐하!"

건륭을 알아본 내낭이 두렵고 난감하고 창피하여 어찌할 줄을 모르며 급히 무릎을 꿇어 사죄를 했다. 그리고는 기어 들어가는 듯한 경성연어(鶯聲燕語)로 아뢰었다.

"태후부처님께서 폐하께서 계신 곳을 찾아보라고 하셔서 이년이 허둥대다가 그만……."

분홍색 적삼을 입고 가랑이에 매화꽃을 수놓은 남색 바지를 입은 내낭의 엎드린 어깨가 동그마니 예쁘기도 했다. 앞머리를 가지런하게 잘라 내리고 길게 땋은 머리채와 어깨너머로 빨간 댕기를 드리운 모습이 얌전하면서도 귀여웠다. 얼굴이 발갛게 상기된 채 내낭은 건륭의 눈길을 피하여 뭐라 알아듣지도 못할 말로 중얼거렸다.

"풋사과처럼 곱기도 하구나! 두려워하지 말아라. 일부러 밟은 게 아니니……."

빨갛게 익은 얼굴과는 선명한 대조를 이루는 우윳빛 목이 잔주름 하나 없이 매끈하여 흰 비단 같았다. 이제 막 봉오리가 생기기 시작한 작은 앞가슴이 숨찬 새가슴처럼 달싹거렸다. 건륭이 꿈틀대는 충동을 이기지 못하고 쭈그리고 앉았다. 정욕에 불타기 시작하는 눈빛으로 탐욕스레 내낭을 바라보던 건륭이 새끼손가락으로 내낭의 이마를 덮고 있는 머리카락을 살짝 걷어올렸다. 그리고는 내낭의 오른쪽 이마에 나있는 조그마한 흉터를 만지며 자상하고 온화하여 솜털 같은 어투로 말했다.

"어디 넘어졌었니? 많이 아팠겠구나. 머리에 가려 처음엔 잘 안 보이더니……."

손을 내리던 건륭이 순간적으로 내낭의 봉긋한 젖무덤을 스쳤다. 그리고는 불에 덴 듯 손을 움츠렸다.

내낭은 건륭이 쭈그리고 앉아 자신을 뚫어지게 바라보고 있다는 것이 그리 싫진 않았다. 그러나 가슴은 더욱 세차게 오르락내리락 춤을 췄다. 건륭의 손은 벌써 내낭의 적삼을 비집고 들어갔다.

움켜쥐어도 만져지는 느낌이 성에 차지는 않았지만 그래서 더욱 색다른 것 같았다. 용암처럼 분출하는 욕정을 참지 못하여 건륭이 막 내낭을 껴안으려고 할 때 갑자기 등뒤에서 발자국 소리가 들려왔다. 왕치를 비롯한 태감들일 거라고 생각한 건륭이 일부러 목청을 돋워 훈계하듯 말했다.

"짐의 발을 밟았으면 어서 시중을 들어야지, 엎드려 있으면 만사대길인가?"

그러나 뒤를 돌아보니 아직 발소리만 들릴 뿐 사람은 보이지 않았다.

"자식이!"

건륭은 재빨리 내낭의 머리를 쓰다듬어 내리고는 짐짓 아무런 일도 없었던 것처럼 태연스레 정전을 향해 걸어갔다. 내낭은 가슴이 밖으로 튀어나올 것만 같았다. 쿵쿵 방아찧는 소리가 들리고 몸이 오그라들어 일어날 수가 없었다.

한편 꼬불꼬불한 유랑(遊廊)을 따라 정전으로 향하던 건륭은 멀리 궁전 안에서 들려오는 까르르 웃는 소리만으로도 황후는 오지 않았다는 걸 점칠 수가 있었다. 궁전 입구에 다다르니 안에서 나라씨의 목소리가 들려왔다.

"날이 무덥다고? 날이 더운 게 무슨 상관인가! 우리가 부처님을 모시고 가면 그 사람들이 커다란 여객선을 만들어줄 텐데. 운하에서 천길 강바람을 시원하게 맞으며 황홀한 주변 경관도 구경하고, 배 안에서 연극도 보고, 따자마자 받쳐 올리는 싱싱한 과일도 먹고……. 아! 그 기분 상상만 해도 날아갈 것 같네. 부처님, 아직 이런 복을 누려보신 적은 없지 않사옵니까? 이번 기회에 함께 거동을 하셔야 소인들도 원님 덕에 나팔이라도 불어보죠. 부처님께서 거동을 아니하시면 폐하께오서 소인들을 데리고 가실 리가 만무하옵니다. 예? 태후부처니~임!"

나라씨가 있는 아양 없는 애교를 다 떨고 있을 때 건륭이 궁전 안으로 들어섰다. 나라씨가 황급히 손으로 입을 틀어막았고, 태후를 병풍처럼 둘러싸고 있던 빈비들도 어느새 제자리로 돌아갔다. 일제히 엎드려 꾀꼬리처럼 청아한 목소리로 문후를 올렸다.

"다들 그만 일어나게!"

건륭이 이같이 말하며 태후에게로 다가가 예를 갖추어 문후를 올렸다.

"일어나세요, 황제!"

함박웃음을 지으며 태후가 손잡이에 기대고 있던 오른팔을 살짝 들어 일어나라는 신호를 보냈다.

"이 사람들이 지금 이 늙은이에게 떼쓰고 있어요! 지난번 황제께서 남순(南巡) 의사를 밝힌 후부터 어미는 이처럼 성화를 받고 있답니다. 이위(李衛)가 선제(先帝)에게 올렸다는 강남화(江南畵)를 돌아가며 빌려보더니 이게 갖고 싶다, 저것이 먹고 싶다 야단법석을 떠는 겁니다. 그런데 황제는 어딜 다녀오시는 겁니까? 단오명절이라 오늘 하루 휴조(休朝)하는데, 몸과 마음을 푹 쉬게 하시죠. 방금 종수궁에서 장정옥의 아들이 문후 올리러 들겠노라 뵙기를 청한 걸 이 어미가 돌려보냈습니다. 듣자니 여기서 푸헝이랑 언성을 높이며 다투었다고 하던데, 지금은 괜찮습니까?"

"어머니, 푸헝이 어찌 감히 소자와 다투겠사옵니까? 언성이 좀 높으니 그리 오해를 했나 봅니다."

웃으며 이같이 말하던 건륭이 가볍게 한숨을 지으며 나친과 장 광사가 올린 상주문에 대해 간추려 들려주었다. 그리고는 덧붙였

명신(名臣)과 명노(名奴)

다.
 "소자는 이 때문에 초조하고 불안하여 궁원(宮院) 여기저기를 돌아다니며 머리를 식혔습니다."
 건륭에게서 나친이 금천에서 일을 그르쳤다는 소식을 전해들은 궁인들은 삽시간에 저마다 낯빛이 새파랗게 변하고 말았다. 태후 역시 놀란 기색이 역력했다. 나친의 증조부(曾祖父) 어이는 그녀의 종숙조(從叔祖)이자 귀비 뉴구루씨의 증조부였다. 나친과 귀비 뉴구루씨는 같은 증조부를 둔 셈이었으니, 태후도 나친과는 그리 먼 사이가 아니었던 것이다. 평소에 왕래가 잦은 편이고, 입궐하여 문후를 올릴 때도 나친은 설령 태후가 손님을 접견하고 있을지라도 회피하는 경우가 없었다. 그런 나친이 크게 패하여 송강으로 퇴각하여 누란지위(累卵之危)의 나날을 보내고 있다는 사실에 태후와 귀비의 얼굴은 광채를 잃었다. 한참 후에야 무거운 침묵을 깨고 태후가 물어왔다.
 "그래, 황제께선 어찌 벌하실 생각이십니까?"
 "아직은 군정(軍情)이 불투명하니 어떤 식으로 나친의 죄를 물어야 할지는 두고봐야겠습니다. 소자는 이미 그에게 쇄경사를 수복하라고 하명했습니다."
 "장광사는?"
 "장광사는 대죄입공의 명목으로 나친의 군무를 협조해온 사람입니다. 그 역시 좀더 지켜봐야 할 것 같습니다. 왕법은 무정합니다. 차사에 차질을 빚었다면 누구를 막론하고 법에 따라 처벌해야 함은 주지하는 바입니다."
 태후가 뭔가 할말이 있는 듯 입가를 실룩거렸으나 더 이상 입을 열지 않았다. 건륭은 방금 한 말이 너무 무뚝뚝하여 태후에게 상처가 됐을지도 모른다는 생각이 들자 곧 말투를 온화하게 바꿨다.
"소자는 부처님의 심사를 헤아리고도 남음이 있습니다. 전에 옹화궁(雍和宮)에서 글공부를 함께 해오며 소자와 나친은 각별한 사이였죠. 국어(건륭이 말하는 국어는 곧 만주어)에 능한 나친을 좋아하여 소자는 늘 호수를 비롯한 호젓한 곳으로 나친을 데리고 가 국어로 대화를 나누곤 했었습니다……."
건륭의 심사는 대단히 무거워 보였다.
"물론 나친이 군기대신의 반열에 오르게 된 것은 그 옛날의 사적인 정분과는 무관합니다. 차사에 충실하고 성품이 강직하고 청렴하며 변하지 않는 충정이 돋보였기 때문에 소자는 그를 택함에 있어서 추호도 주저하지 않았습니다. 지금도 가끔씩 그때의 추억을 떠올리면 마냥 소중하게 느껴집니다……. 어마마마! 어찌 벌할지는 추후의 일입니다. 소자가 어마마마께 드리고 싶은 말은 천하의 억만백성들의 어버이인 소자의 입장을 이해해 주십사 하는 것입니다. 소자는 사사로운 친분 때문에 억만의 질서를 무시할 수 있는 범인(凡人)이 아닙니다. 나친이 무사하기를 바라는 마음은 어마마마와 다를 바가 없습니다……."
간곡한 표정이 서려 있는 건륭의 얼굴을 보며 소리 없는 한숨을 짓던 태후가 씁쓸한 미소를 지었다.
"친정에서 사고가 나니 나랑 귀비는 얼굴 둘 데를 모르겠습니다. 다같이 무사하기를 두 손 모아 비는 수밖에 무슨 수가 있겠습니까! 내일 대각사(大覺寺)로 가서 부처님께 향을 사르고 나친이 개선장군이 되어 돌아오길 간절히 발원해야겠습니다……."
"사람이 일념을 간직하고 있으면 하늘이 이를 알고 소원을 들어준다고 합니다. 우리 함께 기대해봅시다!"

건륭이 마냥 우울해 보이는 태후를 보며 자신도 무겁긴 마찬가지였으나 애써 위로의 말을 건넸다.

"어마마마, 오늘은 단오명절입니다. 좋은 얘기 나누며 즐겁게 보내셔야죠. 아까 남순에 대해 열을 올리는 것 같던데, 양강총독의 상주문에 의하면 남경, 소주, 항주, 양주에 행궁들이 곱게 단장하고 우리를 기다리고 있다 합니다. 어마마마께서 그곳 경관을 보시면 크게 반하실 겁니다. 오죽하면 한인(漢人)들이 '하늘에는 천당이 있고, 지상에는 소주와 항주가 있다[上有天堂, 下有蘇杭]'고 했겠습니까? 가보시면 입이 다물어지지 않을 것입니다……"

이같이 말하던 건륭이 문득 행궁을 새롭게 단장시키는데 내무부에서 무려 은자 5백만 냥을 쏟아 부었고, 이는 당초 행궁을 지을 때의 예산에서 두 배에 해당하는 액수라던 말이 떠올랐다. 얼마나 많은 흑심을 품은 관리들이 사사로운 이익을 챙겨 '팔자를 고쳤'는지 모른다고 했다……. 가까스로 돋우었던 건륭의 흥은 또다시 깨지고 말았다. 얼굴엔 미소를 걸었으나 눈꺼풀이 무거워 보이는 태후를 보며 건륭이 말했다.

"어마마마……, 피곤하시면 소자가 궁으로 모셔다 드리겠습니다……"

건청궁에서 물러난 푸헝은 곧추 집으로 돌아가지는 않았다. 류통훈과 함께 군기처로 돌아와 건륭이 내린 지의를 조목조목 분류하여 호부, 형부, 이부, 병부, 예부, 공부로 내려보냈다. 자신들의 차사에 있어서는 물샐 틈이 없는 게 두 사람의 본색이었다.

"소심등화(小心燈火) 하천량(下千兩)!"

문이 닫히는 고함소리가 멀리서 가까이 다가오다가, 가까이에서 멀리로 울려 퍼질 때서야 푸헝은 비로소 군기처를 나섰다. 먼발치에서 뒤돌아보니 따라나서겠다던 류통훈은 책상 위에 엎드린 채 뭔가 부지런히 붓을 날리고 있었다. 등불에 비친 그림자가 선명했다.

마음이 무거운 채로 집에 도착해보니 부저(府邸) 안팎은 벌써 등롱(燈籠)이 휘황찬란했다. 대기실에서 언제부터 기다렸는지 모를 십여 명의 도대(道臺), 지부(知府)들이 인기척을 듣고는 우르르 달려나왔다. 각자 문후를 올리는 일치하지 않은 소리로 뜰은 잠시 소란스러웠다. 심신이 극도로 지쳐있었던지라 시덥잖은 표정으로 사람들을 쓸어보니 모두가 미리 서찰을 보내 접견을 예고했던 관원들이었다. 게다가 그 속에는 만만하여 적당히 화풀이를 할 수 있는 자신의 문하는 하나도 없었다. 겨우 웃음을 지어내며 푸헝이 말했다.

"이거 오래 기다리게 해서 미안하오! 오늘 휴조일(休朝日)이라 시간이 넉넉할 줄 알았는데, 폐하께 불려가서 여태 있다가 이제야 돌아왔소. 그래서 대단히 미안하지만 지의를 받고 급히 처리해야 할 사안이 있으므로 오늘은 그냥 돌아가 주어야겠소. 내일저녁 다시 와 주었으면 하오."

이같이 말하고 난 푸헝이 물었다.

"다들 저녁은 드셨소?"

그때까지 배를 쫄쫄 굶고 있었지만 그들 중 어느 누구도 감히 먹지 못했다는 말은 하지 못하고 적당히 때웠노라고 입을 모았다. 사람들이 물러가고 두어 걸음 바래주는 시늉을 하고 난 푸헝은 곧추 서화청으로 향하며 마름 왕씨에게 지시했다.

"자네 마누라더러 들어가서 부인에게 내가 귀가했다고 아뢰라

하게. 오늘밤은 서재에서 밤을 새워 일해야 하네. 복강안(福康安), 복령안(福靈安), 복륭안(福隆安) 세 아이들이 저녁 공부가 끝나면 오늘은 문후를 올리지 않아도 괜찮다고 이르게."

"알겠습니다, 어르신!"

왕씨가 뒤따라오며 대답하고는 물었다.

"아직 식전이시죠, 어르신?"

"군기처에서 같이 먹었네. 좀 있다 야식(夜食)이나 들여보내게."

"예, 어르신! 쇤네가 주방에 그리 분부해두겠습니다……."

월동문 앞에서 멈춰선 푸헝이 고개를 돌리더니 웃으며 말했다.

"자네가 직접 챙기지 않아도 되네. 아랫것들에게 시키게. 가인들더러 때가 되면 잠자리에 들라고 하게. 같이 날 새우느라 하지 말고."

그러자 왕씨가 말했다.

"대단히 불경스럽사오나 쇤네는 그 명엔 따를 수가 없습니다. 태존(太尊, 상대의 아버지에 대한 존칭)께서 생존해 계실 때 손님을 접견하시고 연회를 베푸시어 그 자리가 새벽까지 이어져도 어르신께서는 꾸벅꾸벅 졸음과 싸우면서도 편히 주무신 적이 없었습니다. 그런데 쇤네들이 어찌 감히 두 다리 뻗고 편히 잠을 잘 수가 있겠습니까? 세 도련님을 섬기는 계집들만 제외하고 나머지는 어르신과 함께 밤을 지새워야 마땅하다고 생각합니다……."

푸헝은 마름 왕씨의 고집을 꺾느라 허비할 시간이 없는지라 마음대로 하라고 손사래를 치며 서둘러 서재로 들어갔다. 한 통, 한 통 각 성의 총독, 순무, 제독들에게 보내는 편지가 완성되는데는 그리 긴 시간이 걸리지 않았다. 건륭의 지의를 요약하여 전달하고 각자의 위치에서 지의에 대한 소견을 군주에게 상주할 것을 건의했다. 거의 비슷한 내용의 편지를 5, 60통 쓰고 나니 멀리서 닭이 홰를 치는 소리가 들려왔다.

순간 머리가 어지럽고 손이 무거워졌다. 붓을 내려놓고 접시에서 과자 하나를 집어 입안에 넣었다. 소가 여물을 먹듯 질겅질겅 기계적으로 씹고 있으니 서재의 시동(侍童)인 내복(來福)이 말했다.

"어르신, 그만 쉬시옵소서. 복도련님(복강안)께오서 평소에 어르신의 필체를 모방하여 서예연습을 해오시어 가끔 대필하시는 경우도 있지 않았습니까? 복도련님을 모시어 어르신께서 구술하시고 도련님께서 대필하시는 게 어떨까 싶사옵니다."

"그렇게 하지……."

푸헝이 힘겹게 자리에서 일어나며 말했다.

"사람을 시켜 강아를 불러오도록 하라."

시큰하고 감각이 없는 오른팔을 크게 원을 그려 흔들며 서재를 나선 푸헝은 처마 밑에서 길게 심호흡을 했다. 팔다리를 움직이고 약간 한기가 느껴지는 새벽 공기를 힘껏 들이마시고 나니 정신이 한결 맑아지는 것 같았다. 잠시 서재로 들어가는 것도 잊은 채 푸헝은 푸른 이끼가 낀 서재 앞의 돌담길로 내려섰다.

하늘은 구름 한 점 없이 맑았다. 검푸른 주단 같은 높은 하늘에 소밀(疏密)이 일정하지 않은 별들이 깜빡깜빡 숨바꼭질을 하고 있었다. 계곡물로 씻어낸 듯한 초승달이 중천에 걸려 그려 놓은 것 같았다. 연한 자주색 달무리가 있는 듯 없는 듯 초승달을 감싸고 있었다. 처마 밑에 매달려 있는 철마(鐵馬)도 바람 한 점 없어 조용했고, 담벼락을 타고 올라간 나팔꽃이 벌써 이불을 차고 일어나 이른 기지개를 켜고 있었다. 짙고 자극적인 석류꽃 향기와 수많은 꽃들의 향기가 어우러져 지친 푸헝의 심폐를 깨끗이 씻어내고 있었다.

"아버님, 소자를 부르셨습니까?"

등뒤에서 복강안의 목소리가 들려왔다. 그랬노라고 짧게 말하고 난 푸헝이 한참 후에야 등을 돌렸다. 열 다섯 살밖에 안 된 어린 나이지만 복강안은 어느새 키가 푸헝보다 컸다. 달빛에 긴 그림자를 끌고 나타나 차가운 새벽 공기 속에서 늠름하게 서 있는 그 모습은 의젓하고 당당하여 한번 본 인상이 쉬이 잊혀지지 않는 형상이었다. 푸헝과 당아(棠兒) 둘 다 세 아들 중에서 유난히 편애하는 복강안이었다. 온화한 눈매로 지긋이 아들을 응시하던 푸헝이 이윽고 아비의 위엄을 회복하여 물었다.

"자고 있었어?"

"아닙니다. 소자는 아버님의 명을 어길 순 없습니다."

"여태 잠을 못 잤으니 졸립지 않겠냐?"

"괜찮습니다! 소자는 형과 아우보다 몸이 한결 튼튼한 편입니다."

푸헝이 뒷짐을 진 채 서재로 들어갔다. 책꽂이에서 손에 집히는 대로 책 한 권을 뽑아내더니 서동(書童)에게 지시했다.

"촛불 하나 더 밝히거라!"

그리고는 따라들어 온 아들에게 말했다.

"〈진천선생집(震川先生集)〉의 17부이니라."

푸헝이 아무렇게나 펴 복강안에게 주며 말했다.

"이 부분은 약 1천 자 정도 되겠네? 이걸 외워봐!"

복강안은 편지를 쓰는 줄 알고 왔는지라 다소 의외라는 표정을 지었다. 그러나 그는 곧 대답과 함께 책을 받아들었다. 열심히 들여다보며 입을 실룩거려 묵독하던 복강안이 다시 책을 두 손으로 푸헝에게 돌려주었다. 자신만만한 그 표정을 보며 복강안의 과목불망(過目不忘, 한번 보면 잊어버리지 않는다)을 시험하는 푸헝은 내심 아이의 명민함이 이 정도인 줄은 몰랐는지라 속으로 적이 놀랐다. 안락의자에 파묻힌 채 뚫어지게 바라보는 아비의 시선에 다소 불안한 듯 복강안이 혀를 내둘러 입술을 적시며 외우기 시작했다.

항척헌(項脊軒), 옛날엔 남각자(南閣子)라고 불렸다. 크기가 방장(方丈)밖에 안 되어 한 사람만 수용할 수 있었다. 백년이나 된 노옥(老屋)이라고는 하지만 먼지가 쌓이고 지붕이 뚫려 비가 새니 책상 들고 이리저리 피해 다니다 날이 어두워지고 말았다고 한다……. 정원에 계수나무며 대나무가 울창하고 난초는 청초하니 서향(書香)이 그득하고 새소리, 물소리, 바람소리 찾아와 동무해주는데, 비가 새면 어떻고 먼지 쌓이면 어떠랴…….

토씨 하나 틀림이 없었고, 낭랑한 글소리는 옥판(玉板)을 구르는 구슬 같았으니 숙였다 올리는 고갯짓이 예사롭지 않았다. 흥분하여 일어선 푸헝은 그러나 곧 '엄부(嚴父)'임을 자각하며 다시 큰기침하며 자리에 앉았다. 찻잔을 들어 홀짝이며 귀를 기울였다.

……그 뒤로 6년, 내 아내가 먼저 죽고 가세는 더욱 기울어 볼품이 없었다. 또 2년이 흘러 병들어 누우니 제자들이 정성을 모아 남각자를 수선해주었다. 모양이 예전의 그대로가 아니니 정이 가지 않아 밖에

서 보내는 나날이 많아졌다.

어느새 복강안은 무난히 다 외우고 나더니 자신감이 넘치는 눈빛으로 푸헝을 바라보았다. 잠시 묵묵히 앉아있던 푸헝이 말했다.
"이 정도는 더 빨리 정확하게 외워낼 수 있는 사람들도 많아. 듣자니, 네가 사가(謝家)네 화원에서 몇몇 황자마마들과 회문(會文)놀이를 하여 두각을 나타냈다며? 박수갈채를 받아 으쓱하고 기분이 좋았겠지만 자신의 재주를 밖으로 드러냈다는 것은 곧 네가 군자의 본성을 잃었음을 뜻한다는 걸 잊지 말거라. 선제 때의 류묵림(劉墨林)이 책을 읽는데 있어 일목(一目)이면 십행(十行)이요, 과목(過目)이면 불망(不忘)하는 인재라는 소문이 자자하더니, 결국엔 기화(奇禍)를 입어 날개를 접는 불운을 겪고 말았지 않았느냐. 아비가 일찍이 그런 가르침을 내리지 않았더냐?"
복강안의 내리깐 눈꺼풀이 깜빡거렸다. 몰래 아버지를 훔쳐보고 싶었지만 감히 눈을 들 수가 없었다. 당(唐)의 이필(李泌), 명(明)의 장거정(張居正), 대청(大淸)의 고사기(高士奇)와 장정옥(張廷玉)은 모두 젊었을 때 그 시대를 대표할 만큼 비상한 두뇌를 가졌어도 그 무슨 '기화(奇禍)'를 입진 않았었다. 일목십행(一目十行)의 재주를 칭찬하지는 못할지언정 외우라고 해놓고 훈계하는 건 또 뭔가? 속으로 복강안은 불만스러웠다. 그러나 겉으로 내색하지 못하고 마음에도 없는 소리를 했다.
"아버님의 금옥양언(金玉良言)을 소자는 가슴 깊이 아로새기겠습니다!"
"아비를 그리 각박한 인간이라곤 생각하지 말거라."
푸헝이 덧붙여 말했다.

"네가 방금 외운 내용은 귀유광(歸有光)의 상승작(上乘作)은 아니지만 사람으로 하여금 본분을 망각하지 말고 현실에 안주하라는 뜻을 전하고 있단다. 작가의 깊은 뜻을 잘 음미한다면 '우물 안의 개구리'들이 그리 주제넘게 남의 앞에 나서는 걸 자제해야겠지. 됐어, 서안 앞에 가 앉아. 그리고 내가 구술하는 걸 써봐!"

복강안이 급히 절을 올리고는 서안 앞으로 다가가 앉은 다음 붓에 먹을 찍어 조용히 기다렸다.

"단정한 해서체(楷書體)로 써야 돼."

푸헝이 강조했다. 안락의자에 반쯤 기대어 한 손으로 조금 열이 느껴지는 이마를 쓸어 내리며 잠시 생각하더니 천천히 말했다.

"원장(元長, 윤계선의 호) 형, 그간 별고 없으셨소? 사념이 사무치오……."

건륭의 말을 복술하여 이치(吏治)를 쇄신하고 재정질서를 확립하는 데 있어 해이해진 기강을 바로잡고 관원들의 교화에 심혈을 쏟는 것만이 능사라고 강조하면서, 조정에서 곧 이에 따른 일대변혁을 예고하는 조치가 있을 거라고 했다. 윤계선은 조정을 떠받치는 돌기둥같이 든든한 존재였다. 백관의 본보기로서 훌륭한 표상으로 손색이 없어야 한다는 간곡한 글귀도 남기고 나서 푸헝은 말했다

그밖에, 금천(金川)의 군사(軍事)가 또 말썽인 것 같은데, 천위(天威)가 진노하고 있소. 이대로라면 나친이 자칫 경복의 전철을 밟을 우려가 있소. 이와 관련해 아우, 난 사천순무 김휘의 소식을 기다리고 있는 중이오. 김휘와 양강총독 김홍이 친척 사이라도 되는지 모르겠소. 며칠 전 폐하를 뵙는 자리에서 폐하께오선 원장 형을 다시 강남

명신(名臣)과 명노(名奴)

(江南)으로 부르실 의사를 피력하셨소. 군사도 그렇고 여러 가지로 조정 안팎이 어수선한 때라 인사조정이 불가피한 것 같소. 아무튼 조정에서 원장 형에게 거는 기대는 여전히 각별한 것 같았소. 그때 가서 서두르는 것보다 지금부터 광주(廣州)에서의 사무를 마무리지으면서 발령을 기다리는 게 좋을 것 같소.

잠시 멈추었던 푸헝이 촛불을 응시하여 가만히 앉아있더니 몇 마디 덧붙였다.

광주엔 현재 서양 코쟁이들의 교회당이 세 곳 있다고 들었소. 모두 특지윤허(特旨允許)를 받고 대국(大國)으로 온 양인(洋人) 무역상들이 예배를 보는 곳이라고 하오. 근자에 꽤 많은 중국인들이 그들의 선동과 유혹을 못 이겨 입교(入敎)하는 경우가 비일비재하다고 하니 반드시 색출하여 법의 심판을 받게 해야 할 것이오. 사소한 일 같지만 결코 그렇지 않은 것이 종교사술(宗敎邪術)의 마력이라오. 폐하께오선 사교(邪敎)의 움직임에 각별히 민감하시니 이 점 유의해 주기 바라오. '일지화'의 위협에서 우리 모두가 완전히 자유로운 건 아니오. 강남 쪽에서 일지화가 다시 기지개를 켜고 있다는 소문이 돌고 있어 성심(聖心)은 사교 소탕에 소극적인 양강총독 김홍에게 불만을 품고 계신 것 같소.

말을 마친 푸헝은 복강안이 붓을 멈추자 손을 내밀었다. 종이를 받아들고 보니 과연 자신의 필체와 기가 막히게 닮았다. 어떤 글자의 운필(運筆)은 자신을 능가하는 것 같았다. 흡족한 표정으로 머리를 끄덕이며 푸헝이 말했다.

"이제 너의 아계(阿桂) 삼촌에게 보낼 편지가 남았거든? 앞부분은 거의 비슷하니 말은 네가 적당히 알아서 변통하여 써보거라. 폐하께오서 일전에 그에게 군기처 차사를 맡기실 의사를 피력하셨느니라. 아직 경력이 짧아 염려는 하셨다만 인재를 구함에 있어 이제부터는 자격에 너무 치중하지 않겠다는 뜻으로 풀이되는구나. 그밖에 운귀장군, 감숙 순무와 감숙제독, 복건수사제독 등 아직 열 몇 통은 더 써야겠다. 지의 전달사항은 비슷하니 거기에 짤막한 인사말만 보태거라. 양강총독 김홍과 하도총독에게 보내는 서찰에는 내 말을 덧붙이거라. 운하에 새로이 건축하기로 한 교량은 수면에서 20척 이상의 높이는 돼야 한다고 하고, 여유를 두어 상의하는 어조로 하라. 알겠느냐?"

"무슨 말씀인지 잘 알겠습니다."

복강안이 급히 대답했다. 그리고는 물었다.

"아버님, 교량의 높이가 너무 높지 않습니까? 건축비용도 만만찮고 수레와 말, 행인이 통행하기에도 불편할 텐데……."

피곤해 보이는 푸헝의 두 눈에 일말의 어두운 그림자가 스쳤다. 자리에서 일어나며 그는 말했다.

"어가(御駕)의 남순 때를 대비한 거야. 다리가 낮으면 용주(龍舟)가 통과할 수 없지 않겠느냐. 너도 벌써 시위의 반열에 올랐으니 천천히 차사를 배워나가야 할 것이니라. 너의 사려가 부족함으로 인하여 백성들에게 피해를 입히고 나라의 재산에 손실을 입히는 일은 없어야 하지 않겠느냐. 아들아, 계속 쓰거라. 난 졸음이 몰려와 더 이상 앉아 있을 수가 없구나. 밖에 나가 바람을 쐬고 들어와 읽어볼 테니……."

평소에 칭찬에 인색하고 가르침이 혹독하여 늘 말투와 표정이 무뚝뚝하고 차갑기만 하던 푸헝이지만 이 시각만큼은 평소의 당아의 어투를 닮아가고 있었다. 멀게만 느껴졌던 아버지의 따뜻하고 자상한 어투에 복강안은 내심 의아스러워하면서도 가슴이 훈훈해지며 콧마루가 찡해졌다. 다소 목이 멘 목소리로 복강안이 말했다.

"심려 놓으십시오, 아버님! 준엄하신 아버님의 훈육을 명심하겠습니다. 이제 날이 밝아 오니 주무시지도 못하시고 입궐하셔야 할 텐데, 소자가 인삼탕을 끓여 올리겠습니다."

"그래, 그렇게 하거라!"

아들의 미묘한 감정의 변화를 감지하지 못한 채, 심지어 자신이 어제의 모습이 아니라는 걸 느끼지도 못한 채 푸헝은 길게 하품을 하며 서재를 나섰다. 같이 밤을 지새운 가인(家人)들이 낭하의 긴 걸상에 나란히 앉아 감히 꾸벅거리지도 못하고 집요하게 달라붙는 눈꺼풀을 깜빡거리고 있었다. 푸헝이 나서자 드디어 고역이 끝났다는 생각에 안도하며 일제히 일어나 아침 문후를 올렸다. 동쪽 하늘을 보니 물고기의 배처럼 희뿌옇게 동이 트고 있었다. 뜰에 가득한 만목백화(萬木百花)들이 서서히 본색을 드러내기 시작했다. 실소를 터트리며 푸헝이 말했다.

"평소 같았으면 지금이 기상시간일 텐데! 같이 밤을 지새우느라 자네들도 수고가 많았네. 1인당 은자 두 냥씩 상을 내리고 오늘 하루 쉬게 하라고 소칠(小七, 마름 이름)에게 이르게. 그런데, 소칠이 이놈은 어디 갔기에 여태 안 보이지?"

그러자 가인 하나가 대답했다.

"아뢰나이다, 어르신! 소칠은 착오를 범하여 왕 마름에 의해 벌을 받고 있사옵니다. 아마 밤새도록 돌을 이고 무릎 꿇고 있었을 것이옵니다!"

 푸헝이 놀란 기색을 하여 소상히 물으려 할 때 멀리서 막대기 끝에 달아맨 작은 유리등을 앞세우고 몇몇 계집종들이 모습을 드러냈다. 당아가 오고 있다는 것을 알아챈 푸헝이 서둘러 다가갔다. 계집종들이 몸을 낮춰 아침 문후를 올리는 사이 푸헝이 밝은 얼굴로 당아에게 말했다.

 "어찌 이리 일찍 일어났소? 풀잎에 맺힌 이슬에 바짓가랑이까지 적셔가면서. 강아가 하룻밤을 새웠으니 당신이 사갈(蛇蝎)이라도 본 듯 기겁을 하고 달려나올 줄 짐작은 하고 있었지만!"

 당아가 자신의 바지를 내려다보았다. 유난히 치장을 즐기고 옷매무새에 신경을 쓰는 당아였다. 과연 금실로 매화꽃을 수놓은 노란색 바짓가랑이가 시커멓게 젖어 있었다. 약간 노란색이 비치는 망토를 풀어 하녀에게 넘겨주며 당아가 말했다.

 "이게 다 어르신 때문이 아니겠어요? 통로에 풀이 허리를 넘는데도 하나도 못 쳐내게 하니 이럴 수밖에요! 강아는 워낙 체력이 좋아 하룻밤 새는 것쯤은 문제될 게 없겠지만 어르신은 하루에 고작 세시간밖에 주무시지 않는 분이 이렇게 날을 꼬박 새가며 일해도 괜찮은 거예요? 강아는 지금 어디 있어요?"

 "아직 일이 덜 끝났소. 들어가지 마시오."

 푸헝이 시원한 새벽공기를 힘껏 들이마셨다. 두 팔을 흔들고 허리를 돌려 간단히 체조를 하며 가인들에게 명령했다.

 "이제 그만 다들 들어가서 쉬게. 난 마님이랑 산책 좀 해야겠네."

 말을 마친 푸헝은 곧 인공호수 쪽으로 천천히 발걸음을 옮겼다. 당아는 몰래 창가로 달려가 창문으로 아들을 엿보고서야 이슬을 밟으며 푸헝의 뒤를 따라왔다.
 부부는 단둘이서 영롱한 아침이슬을 밟으며 산책하는 것이 얼마만인지 몰랐다. 호숫가를 따라 흐드러지게 휘어진 버드나무가 저들이 푸른 비를 내리고 있는 것 같았다. 융단 같은 잔디밭을 거닐며 둘은 잠시 아무 말도 없었다. 인기척에 놀란 청개구리가 "풍덩!" 소리를 내며 물 속으로 뛰어 들어가는 소리가 가끔씩 들려왔다. 버드나무가 우거진 산책로에 이제 막 잠에서 깨어난 갖은 새들이 재잘대며 아름다운 화음을 만들어 내고 있어 이른 아침의 적막감을 깨트렸다. 한참 후에 당아가 먼저 입을 열었다.
 "어제 입궐하여 황후마마를 뵈었어요?"
 "응."
 푸헝이 생각에 잠긴 채 짤막하게 대답했다.
 "내일이 황후마마의 성탄이세요. 강서(江西)로 사람을 보내어 특별히 구입해온 도자기며 몇 가지 서양물건들이 조양문(朝陽門) 부두에 도착했다고 하네요. 우리 농장에서 보내온 가축들도 오늘은 도착할 터인데, 공납하기 전에 어르신께서 한번 확인하셔야죠."
 "응? 아······."
 다른 생각에 잠겨 있던 푸헝이 그제야 웃으며 당아를 향해 고개를 돌렸다.
 "새들이 지저귀는 소리가 하도 좋아 정신이 팔렸었소! 예단을 미리 보아서 알고 있소. 누님께선 형제간에 예물이 많다, 적다 따지실 분이 아니잖소."
 당아가 두어 걸음 다가가 푸헝의 머리에 내려앉은 버드나무 잎을 털어 냈다. 그리고는 나무라듯 말했다.

"사람이 말을 하는데, 새소리에나 혼을 빼앗기고 그래도 되는 거예요? 제 말이 새가 지껄이는 것보다 못하다는 뜻이에요? 장친왕(莊親王), 이친왕(履親王), 이친왕(怡親王), 과친왕(果親王)의 복진(福晉)들이 우리의 눈치만 살피면서 사람을 보내 예단을 얼마나 하나 염탐을 한다니깐요? 얼마나 얄미운데! 우리 장단에 맞추겠다는 거 아니겠어요? 그러니 우리가 허술하게 한다면 황후마마를 욕되게 하는 것과 다름이 없지 않겠어요. 못해도 귀비나 다른 빈비들보다는 뭔가 색달라야 한다고 봐요."

푸헝은 그 말에 일리가 있다고 생각했다. 버드나무 잎을 뜯어 입안에 넣고 질근질근 씹으며 푸헝이 물었다.

"우리가 준비한 예물은 은자로 치면 가격대가 어느 정도나 되지?"

당아가 손을 꼽아가며 계산하더니 이내 대답했다.

"3, 4천 냥은 될 것 같네요. 거기다 도자기로 만든 관음보살상은 아직 정확한 가격대를 모르겠어요……."

"3천 냥을 초과해선 아니 되오."

푸헝이 상의할 여지가 없다는 듯이 단호하게 잘라버렸다.

"잘 따져봐서 서양물건을 비롯하여 금그릇과 은그릇들을 빼버리시오. 우리 농장에서 키운 가축이나 농산물로 충당하는 게 좋겠소. 무슨 말인지 알겠소?"

갑자기 정색하여 목청을 높이는 바람에 깜짝 놀란 당아가 흠칫하며 멈춰 섰다. 그리고는 어처구니없다는 듯 내뱉었다.

"갑자기 왜 그러세요? 깜짝 놀랐잖아요! 우리가 정정당당하게 벌어들인 은자로 예물을 올리는데, 뭐가 그리 잘못됐다고 그러세요?"

동그랗게 치뜬 아내의 두 눈을 지그시 들여다보던 푸헝이 피식 웃으며 말했다.

"이럴 때 보면 영락없는 토끼야! 언제 봐도 우리 당아는 귀엽기만 하단 말이야."

푸헝이 일부러 샐쭉해 있는 당아의 손을 잡아 당겨 품에 안았다.

"이치(吏治)가 또다시 나락으로 떨어지고 있소. 폐하께서 조만간 칼을 뽑아 드실 게 분명하오. 지금 잘난 척 해봤자 나중에 칼맞는 1순위밖에 더 되겠소? 이럴 때일수록 우린 더더욱 몸을 사리고 조심해야 한단 말이오. 누구보다 사태관망에 능하신 우리 누님이 아우가 고가의 예물을 올리지 않는다고 흠잡으실 분이오? 잊었소? 전에 혜빈(惠嬪)의 생신 때 고항(高恒)이 금불(金佛)을 들여보내니 폐하께서 불상을 손가락으로 퉁기며 뭐라고 하셨던가를? '인혈(人血), 인고(人膏)로 만들었는데도 이런 소리가 난단 말이지?' 혜빈이 혼비백산하여 그날로 자녕궁 태후마마께 불상을 올려보냈지 않았소. 그 비싼 금불상을 제발, 제발 하며 바쳐 올리고도 부족하여 오그라든 간담을 펴는데 시일이 꽤 걸렸다고 하지 않소. 왜 돌 들어 자기 발등을 까는 미련한 짓을 하나 이 말이오."

푸헝의 말에 내심 탄복을 하면서도 순순히 잘못을 뉘우치고 싶지 않은 당아가 주위에 사람이 있는지 없는지를 확인했다. 그리고는 손가락으로 푸헝의 이마를 힘껏 밀어내며 애교 섞인 눈웃음을 쳤다.

"알았사옵니다, 푸상! 아녀자가 어찌 명신(名臣)의 찬란한 전정을 가로막겠사옵니까!"

한껏 과장된 당아의 말투에 푸헝이 껄껄거리며 웃었다. 힘주어 당아를 껴안으며 푸헝이 물었다.

"소칠이 무슨 잘못을 했기에 돌을 이고 밤새도록 무릎을 꿇고 있었다는 거지?"

그러자 당아가 말했다.

"그건 왕 마름의 특별한 아들교육법이겠죠. 어제 몇몇 친왕의 자제들이 다녀갔어요. 소칠이 석류를 따서 한 사람 앞에 하나씩 서재에 갖다 놓았나봐요. 도련님들이 잠깐 밖에 나가서 노는 사이 왕 마름의 손자, 그러니까 소칠의 아들이죠. 지난번 복숭아나무에 기어올라갔다가 떨어졌던 그놈 말이에요. 창문너머로 손을 내밀어 하나를 훔쳐냈다고 하네요. 그런데 공교롭게도 융(隆)도련님한테 들켰나봐요. 융도련님도 그렇지 그 주먹만한 것에게 따귀를 때렸대요. 그랬더니 아이가 갑자기 무서운 기세로 달려들더니 융도련님의 손을 물어뜯었다지 뭐예요. 그 소식을 접하고 달려온 소칠이 아이를 혼을 내고 융도련님에게 손이 발이 되게 빌고 야단법석을 떨었대요. 왕 마름 그 성질에 자식교육 그따위로 했다고 소칠이를 가만히 두었겠어요?"

당아가 웃으며 말을 이었다.

"그 주인에 그 종인가 봐요. 왕 마름도 어르신을 꼭 닮아가는 걸 보면!"

"아니, 그런 일이 있었단 말이오? 대여섯 살밖에 안 되는 놈을 때리는 쪽이나 죄 없는 아비에게 분풀이를 하는 영감탱이나 다 똑같네!"

푸헝의 얼굴에 웃음기가 사라졌다. 오던 길로 발걸음을 돌리며 푸헝이 따라오는 당아에게 말했다.

"우리는 폐하의 노비이고, 그네들은 우리의 노비요. 장상이 이렇게 말했소. '군주가 신하를 수족으로 여겨야 신하도 군주를 아버지처럼 받들 것이며, 군주가 신하를 초개같이 여긴다면 신하는 군주를 원수처럼 대할 것[君視臣如手足, 臣視君如父兄. 君視臣如草芥, 臣視君如怨讎]'이라고 말이오. 심오한 것 같지만 간단한 말이오. 어서 가봐야겠소!"

둘은 발걸음을 재우쳤다.

푸헝의 가노(家奴)인 왕칠(王七)의 집은 푸헝네 동쪽 뜰 한 모퉁이에 있었다. 자손 대대로 푸헝네 가문의 종으로 살아왔고, 부저 전체의 총관 역할을 하는 왕씨네였기에 왕칠이 혼인을 하자 푸헝은 따로 살림집을 내어주었던 것이다. 푸헝이 의문 앞에 다다르니 왕 마름이 직접 가인들을 데리고 처마 밑에 걸린 등불을 끈다, 통로를 빗자루로 쓴다 하면서 바쁘게 움직이고 있었다. 두 사람이 들어서자 가인들이 하던 일을 멈추고 예를 갖춰 문후를 올리는 가운데 늙은 왕 마름이 엉거주춤하게 다가와 정중하게 인사를 올렸다.

"어르신! 마님! 밤새 강녕하셨습니까!"

"고주망태기가 이젠 노망이 들었나?"

푸헝이 다짜고짜 웃음 섞인 욕설을 하며 말했다.

"어쩐지 밤새도록 소칠이가 안 보인다 했어. 밤새도록 무릎을 꿇었다는데, 지금 어디 있어? 앞장 서, 어서!"

뭉그적거리며 앞서가는 왕 마름을 따라 푸헝이 포도 넝쿨이 무성한 골목으로 들어갔다. 나팔꽃이 울타리에 가득 덮인 왕 마름의 뜰로 들어선 푸헝은 흠칫 놀라 멈춰서고 말았다. 소칠이 평소에 식탁으로 쓰는 석탁(石卓) 옆에 무릎을 꿇고 있었던 것이다. 석탁 위에 놓인 접시에는 다과 몇 개가 아직 남아 있었다. 소칠의 마누라가 옆에서 숟가락으로 물을 떠 먹이고 있었다. 문제의 꼬마원숭이가 나이가 엇비슷해 보이는 두 계집아이와 함께 아비의 옆에 울상이 되어 서 있었다. 할아버지가 주인(主人)과 주모(主母)를 데리고 들어서자 눈물을 참느라 입을 비죽거리던 사내아이가 "으앙!" 하고 울음을 터트리며 푸헝의 발 밑으로 다가와 무릎을 꿇었다. 작은 두 팔로 푸헝의 다리를 껴안고 애걸했다.

"어르신…… 흑흑흑…… 어르신…… 다시는…… 까불지 않겠사옵니다…… 흑흑…… 이놈이 커서 어른이 되면…… 어르신을 잘 모시고 할아버지의 말씀도 잘 들을 테니…… 아버지를 용서해 주세요……."

어린것의 눈물겨운 하소연에 푸헝도 콧마루가 찡해졌다. 벌써 눈물을 훔치고 있던 당아가 다가가 소칠의 머리 위에 이고 있던 돌을 받아 내렸다.

"어르신과 마님께서 용서를 해주시었는데, 머리 조아려 사은을 표하지 않고 뭘 해?"

왕 마름도 목소리가 많이 누그러진 것 같았다. 그러나 낯빛은 여전히 푸르죽죽하게 보였다. 소칠이 눈물을 비오듯 흘리며 앞으로 푹 꼬꾸라지더니 버둥거리며 일어나려 했으나 허사였다. 목과 허리가 굳어져 마비됐던 것이다.

"됐네, 왕씨."

당아가 말했다.

"이러다 사람잡겠네. 똥오줌도 겨우 가리는 아이가 몰라서 잘못을 저질렀거니 생각하고 적당히 훈계하면 됐지, 이리 혹독하게 할 것까진 뭐 있소?"

그러자 왕 마름이 눈물이 범벅이 된 채 길게 탄식을 내뱉었다.

"자비로우신 주인어른 밑에서 자손 대대로 아쉬울 게 없이 살아

왔사옵니다. 천추에 길이 남는 명신(名臣)이 되기 위해 어르신께서는 밤을 새워 차사에 전념하고 계시옵니다. 명신을 섬기는 종들이 '명노(名奴)'가 되지 않고서야 어찌 주인의 하늘과 같은 은혜에 보답할 수 있겠사옵니까?"

왕 마름이 지어낸 '명노(名奴)'라는 말에 푸헝이 터져 나오는 웃음을 애써 참았다.

"그놈, 대단히 영악하게 생겼는데?"

푸헝이 허리를 숙여 꼬마원숭이의 가느다랗게 땋아 내린 머리채를 쓸어 내리며 물었다.

"몇 살 먹었어? 정식으로 이름을 지었어?"

자상한 푸헝의 말투에 눈물을 쓱 닦아내며 아이가 무릎을 꿇었다. 그리고는 익살스럽고 천진난만한 얼굴을 들어 배시시 웃으며 말했다.

"이놈 올해 여섯 살이옵니다, 어르신. 원숭이라고만 불러 다른 이름이 있는지는 모르겠사옵니다."

또릿또릿한 눈빛만큼이나 또랑또랑한 대답에 푸헝이 대단히 흡족해했다. 그리고는 아이를 요모조모 뜯어보며 말했다.

"누가 이름을 물을라치면 넌 이제부터 '길보(吉保)예요'라고 대답하는 거야, 알았지? 너의 아비가 나를 시중들 듯이 너도 커서 세 도련님을 잘 섬겨야 하느니라. 잘하면 언젠가 출세하는 날이 있을 것이다!"

푸헝의 말이 떨어지기 바쁘게 아이는 쿵쿵 소리나게 머리를 조아렸다. 푸헝과 당아는 물론이었고, 왕 마름과 아비 소칠이도 적이 놀란 표정이었다. 이마가 벌겋게 피멍이 든 아이는 전혀 아픈 내색도 없이 앙증맞은 입에 힘을 줘가며 대답했다.

"망극하옵니다, 어르신! 길보는 커서 반드시 어르신의 은혜에 보답하겠사옵니다! 도둑놈들이 물건을 훔쳐가지 못하게 집을 잘 지키겠사옵니다. 지켜봐 주시옵소서."

"하하! 고놈, 제법인데! 네가 왕 마름의 손자가 맞느냐?"

푸헝이 대단히 흡족하여 연신 아이의 머리를 쓰다듬으며 싱글벙글했다. 그리고는 일어서면서 덧붙였다.

"오냐, 참으로 갸륵하구나! 이제부터 월례(月例)를 받아가며 도련님들의 서재에서 필묵을 시중들거라! 될성부른 나무는 역시 다르구나!"

말을 마친 푸헝은 곧 안주머니에서 회중시계를 꺼내보았다. 어느새 입궐할 시간이 다 되어가고 있었다. 푸헝은 곧 왕 마름에게 몇 마디 가르침을 내리고는 수레를 타고 집을 나섰다. 서화문에 도착하여 늘 그렇듯이 돌사자 옆에서 내려 걸어 들어갔다. 서화문 밖에는 접견을 기다리는 외관(外官)들이 여기저기 삼삼오오 모여 있었다. 그들은 푸헝이 다가오는 걸 보고는 감히 말도 붙이지 못하고 한 쪽으로 다소곳이 물러났다. 푸헝이 보니 그 속에는 어젯밤 자신의 집으로 와서 기다렸던 십여 명의 관원들도 섞여 있었다. 미소를 지어 그들을 향해 머리를 끄덕여 보이고 대문 안으로 들어가려던 푸헝은 멀리서 각 부원(部院)의 상서(尙書), 시랑(侍郞)들을 한 무리 달고 느릿느릿 걸어오는 류통훈을 발견하고는 멈춰섰다. 군기처 대장경(大章京)인 기윤의 모습도 보였다. 푸헝이 몇 걸음 다가가 류통훈과 기윤의 손을 하나씩 잡고는 말했다.

"수고했소! 어젯밤 군기처에서 밤새 회의를 한 모양이지? 한숨도 눈을 붙이지 못했겠군!"

"회의는 했습니다만 저희가 감히 저 많은 사람들을 전부 대내

(大內)로 불러들일 수가 있었겠습니까?"

류통훈이 웃으며 말을 이었다.

"폐하께서도 어젯밤엔 늦게까지 군기처에서 보고를 받으시고, 나중엔 기윤과 독대를 하시어 4경(四更)이 다 되어서야 침수에 드셨다고 합니다."

푸헝이 웃으며 기윤에게 말했다.

"오랜만이오. 축하하오!"

그러자 기윤이 당치도 않다는 듯 수줍은 미소를 지었다.

"축하라니요! 무슨 말씀이십니까? 그리고 불과 사흘 전에 뵈었었는데, 어찌 오랜만이라고 하십니까?"

그러자 푸헝이 말을 꺼냈다.

"문화전 대학사로 발령났소. 예부에서 발령을 알리는 표(表)도 작성한 상태요. 이것도 축하 받을 일이 아니오? 그리고 하루가 삼추(三秋)라고 했는데, 사흘이면 구추(九秋)이니, 그래도 '오랜만'이 아니란 말이오?"

푸헝의 억지에 세 사람은 모두 웃고 말았다. 다만 금원(禁苑)에서 감히 크게 소리를 내지 못할 뿐이었다. 아들 류용이 새 관복을 정히 차려입고 먼발치에서 공손한 자세로 이곳을 바라보고 있는 걸 발견한 류통훈이 "먼저 실례하겠다"며 떠나갔다. 그러자 기윤이 말했다.

"아들이 오늘 단독으로 폐하께 인견(引見)된다고 하니 아비가 더 긴장이 되는 것 같습니다!"

"대학사가 된 걸 진심으로 경하드리오."

푸헝이 거듭 축하인사를 건넸다.

"소식이 발표되면 술을 사라고 아우성들일 텐데, 처음부터 약점

잡혀 어사들의 붓끝에서 허우적대지 말고 각별히 조심해야겠소! 아계가 북경으로 발령이 나면 늦더라도 내가 조촐하게 연회를 차려줄 테니, 그리 알고 있으시오."

그러자 기윤이 답례를 올렸다.

"늘 관심을 가져주시고 배려해주신 덕분입니다, 중당 어른."

깍듯이 예를 갖춰 인사하는 기윤의 등을 가볍게 밀며 푸헝이 말했다.

"자네는 명민해서 남의 돈으로 잔치를 벌이고 뒤통수 얻어맞는 짓은 하지 않을 것으로 믿지만 노파심에서 하는 소리이네."

6. 40년 재상의 과욕

　푸헝이 군기처로 들어서자마자 당직 태감은 곧 두툼한 주장(奏章) 뭉치를 들고 왔다. 그리고 네다섯 개의 노란색 밀주함도 조심스레 옮겨왔다. 단단히 밀봉된 열 몇 통의 편지도 있었다.
　"농차 한잔 내어오게, 아주 짙은 차로 말일세!"
　이같이 분부하고 난 푸헝은 서둘러 밀주함을 열어보았다. 다시 주장을 올린 목록을 보니 어디에도 고대하고 기다리는 김휘, 이시요와 러민의 밀주문은 없었다. 밀주함에는 윤계선과 김홍 등 몇 사람의 밀주문이 들어있을 뿐이었다. 못내 실망스러워 이번에는 편지를 한 통씩 넘겨가며 보던 푸헝의 눈빛이 심지 돋군 등잔불처럼 확 살아났다. 러민의 편지가 눈에 띄었던 것이다. 두어 통을 더 넘기니 '시요(侍堯) 근배(謹拜) 푸 중당 친수(親受)'라고 적힌 편지도 한눈에 안겨왔다. 모두 화칠(火漆)로 봉한 밀함(密函)이었다. 조심스레 가위로 김휘의 편지 겉봉을 자르고 속지를 꺼내고 있을 때 군기처의 대장경(大章京)인 쉬룬이 들어왔다.

"푸상, 외임 현령으로 발령이 난 류용(劉鏞) 외 열 몇 명이 들었습니다. 어디서 인견(引見)을 대기하고 있어야 할지 분부 내리십시오. 전도(錢度) 어른도 들어와 있습니다. 원명원(圓明園)을 재건축하는 데 있어 은자를 조달하는 건에 대해 드릴 말씀이 있다고 합니다. 어제 연청 어른과 상의했으나 합의를 보지 못했다며 푸상의 결재를 부탁드린다고 했습니다."

"내가 편지 몇 통 뜯어 볼 동안 전도더러 옆방에서 기다리라고 이르게. 나머지 인견을 대기하는 사람들은 건청문 밖 천가(天街)에서 기다리고 있으면 좀 있다 기윤이 데리고 면성(面聖)하러 갈 것이네."

천천히 속지를 펴들던 푸헝이 뭔가 생각이 난 듯 다시 물었다.

"방금 연청 공을 봤는데, 왜 전도를 만났다는 얘기가 없었지? 둘은 또 어찌하여 합의를 못 봤을까?"

쉬룬이 웃으며 자신의 서안 위에 널려있는 문서들을 정리하며 대답했다.

"저도 상세한 내막은 잘 모르겠습니다. 태감들에게서 들으니 연청 공의 태도가 냉담하게 보이고, 전도더러 푸상에게 말씀드리라고 했다 합니다."

"차가운 거야 그 사람 본색이고! 물론 처음부터 원명원 재건축을 반대한 사람이지."

푸헝이 이같이 말하며 사천순무 김휘의 편지에 시선을 박았다. 언급한 내용은 많았지만 정작 중요한 부분은 의견이 분명하지 않아 코에 걸면 코걸이요 귀에 걸면 귀고리였다. 사천성 동부지방에 봄가뭄이 심각하여 어찌어찌 힘겹게 파종을 마쳤으며, 종족간의 불화로 인한 칼부림 사건이 발생하여 수사를 하느라 경황이 없었다는 둥 푸헝이 보기에 그리 중요하지도 않은 사실에 필묵의 대부분을 허비하고 있었다. 푸헝의 시선은 그런 내용을 무시하고 쭉쭉 미끄러져 내려갔다. '금천군사(金川軍事)' 네 글자만을 찾고 있던 푸헝의 눈에 장편대론의 끝부분에 와서야 겨우 언급이 있었다. 김휘는 이같이 적고 있었다.

금천의 전사(戰事)는 아직 불투명합니다. 쇄경사는 여전히 사뤄번이 장악하고 있습니다. 나친 중당과 장광사 장군은 또 다른 양도(糧道)를 개척하여 아직 우리 군은 군량조달에 특별한 어려움은 겪고 있지 않습니다. 다만 먼길을 돌아오다 보니 채소 수송이 늦어져, 민공(民工)들의 말에 의하면 송강(松崗)까지 도착하면 채소가 반 이상은 부패하여 내다버릴 수밖에 없다고 합니다. 나 중당께서 사천에 주둔하고 있는 녹영병을 쇄경사 공략에 투입시켰으면 한다고 몇 번이고 서찰을 보내왔사오나 병권은 병부에 있고, 또한 폐하의 지의 없이는 감히 일병일졸도 맘대로 움직일 수 없기에 그 청을 들어드릴 수가 없었습니다. 나 중당의 서찰에 따르면 하채(下寨)가 아직 우리 수중에 장악되어 있어 막판의 반전은 얼마든지 가능성이 있다고 합니다. 사뤄번이 운 좋게 뒷발질로 쥐를 잡았으나 지구전에 돌입하면 오래 견디지 못하고 투항하게 되어 있다고 합니다. 하관(下官)은 군량수송에 전력을 다할 뿐 군무엔 생소하오니 감히 더 이상의 망발은 할 수가 없음을 양지하여 주십시오. 하오나 사뤄번이 보통 강적이 아님은 사실인 것 같습니다.

"잔머리만 굴리고 앉아 허튼 소리만 하는 걸 좀 봐!"

푸헝이 집어 내치듯 편지를 한쪽으로 밀어버렸다. 후유! 그는 긴 숨을 내쉬어 마음을 안정시키고 다시 러민의 편지를 뜯어보았다. 단 몇 행밖에 안 됐지만 러민은 은폐하고 왜곡하는 것 없이 자신의 소신을 뚜렷이 밝히고 있었다.

우리 대군이 처한 상황에 있어 상세한 내막은 알 수가 없습니다. 몇 번 송강으로 떠났으나 번번이 중도에서 장병(藏兵)들에게 막혀 되돌아오고 말았습니다. 사천순무 김휘에게 물으니, 대승(大勝)을 위한 소패(小敗)라고만 했습니다. 송강 쪽에서 나오는 병정들도 없어 못내 초조하고 불안한 마음 이루 형언할 수 없습니다. 하관은 솔직히 우리 군이 더 이상 반전을 시도할 여력마저 상실하여 사뤄번과 암암리에 양해 각서를 체결하는 건 아닌지 심히 우려되옵니다. 하오나 아직 증거가 미비하여 뭐라 말씀 올릴 수가 없습니다.

러민의 편지를 읽고 난 푸헝은 뭔가 크게 잘못돼 가고 있음을 직감적으로 느꼈다. 황급히 이시요의 편지를 뜯고 있을 때 문지기 태감이 들어와 아뢰었다.
"대동지부(大同知府) 학영귀(郝永貴)가……."
울화통이 치밀어 뱃속 가득 불길이 타 번지고 있던 푸헝이 책상을 힘껏 내리치며 버럭 고함을 질렀다.
"학영귀인지 호방귀인지 뭐가 어쨌단 얘기야? 썩 물러가!"
화가 나서 씩씩거리며 펼쳐든 이시요의 서찰은 더욱 놀라운 사실을 알리고 있었다.

푸상께 비밀리에 아룁니다. 조후이와 하이란차가 밤을 타 군영을 뛰쳐나와 하관에게로 달려 왔습니다. 그들의 증언에 의하면 우리 군은 차례로 하채, 송강, 쇄경사에서 대패하여 병력이 3분의 1밖에 남지 않아 사뤄번이 인정사정 없이 공략을 해올까 봐 전전긍긍하고 있다 합니다. 우리 군이 처한 처절하고 참혹한 정경을 설명하며 두 사람은 통곡을 금하지 못했습니다. 솜이불 없이는 떨려서 들을 수가 없는 모골이 송연한 사연이 많았습니다. 두 사람에 의하면 나친은 패배의 원인을 조후이, 하이란차에게 떠넘겨 둘을 죽여 없애려고 밀모를 꾀하기까지 하여 어쩔 수 없이 도주했다 합니다. 너무나 황당하고 불가사의하여 하관은 도저히 믿을 수가 없었습니다. 두 사람이 북경으로 가 폐하께 진실을 아뢰고자 하는 마음이 간절하다 하니 노자를 마련해 보냈습니다. 오늘 나친으로부터 두 사람을 붙잡아 송환하라는 장령(將令)을 받고 하관은 무슨 속셈이 있어 두 사람을 빼돌린 것 같아 불안한 마음을 금할 수가 없습니다. 중당께서는 하관을 이끌어 주시고 키워주신 은사이십니다. 감히 추호도 중당 어른을 기만할 수가 없습니다. 믿어주시고 금천 소식을 접하는 대로 다시 밀함을 보내겠습니다.

거기까지 읽고 난 푸헝은 마음속이 거울처럼 밝아지는 것 같았다. 세 사람 모두 서찰형식을 택한 걸로 보아 다들 진퇴의 여지는 적당히 남겨놓고 있었다. 각자의 이해관계에 따라 바라보는 시각도 달랐다. 그러나 관군의 패배가 자신의 상상을 훨씬 뛰어넘는다는 사실만은 아프지만 엄연한 현실이었다. 푸헝은 서신을 정리하며 태감에게 분부했다.
"밀주함을 폐하께 올리거라. 그리고 왕치더러 내가 즉각 폐하를 알현해야겠다고 이르거라!"

푸헝이 온돌에서 내려서며 쉬룬에게 말했다.

"나친이 금천에서 죽도록 얻어맞았다고 하네. 서쪽에서 올라오는 금천군무(金川軍務) 관련 상주문은 절략(節略, 상주문의 주요 내용을 요약함)을 쓰지 말고 원본 그대로 올려보내도록 하게."

"또……?"

쉬룬이 붓을 멈추더니 미세하게 떨었다. 두 눈이 휘둥그레져 푸헝을 바라보니 어느새 그는 주렴을 힘껏 젖히고 밖으로 나간 뒤였다. 밖에선 저만치 금항아리 앞에 대동지부인 학영귀가 여전히 기다리고 서 있었다. 마음 같아서는 달려가 목덜미를 잡고 따귀라도 힘껏 때려주고 싶었으나 푸헝은 애써 참았다. 잠시 멈춰서서 눈을 지그시 감고 숨을 고른 푸헝은 그에게 다가가 어깨를 두드려주며 웃는 얼굴로 말했다.

"자네도 나름대로 마음이 급해서 이리 닦달을 하겠지만 난 그보다 훨씬 더 급한 일이 있다네. 일전에 얘기했던 대동(大同) 도대(道臺)자리 때문에 그러는 게 아닌가? 이부(吏部)에서 '탁이(卓異)'라는 고어(考語)를 달고 나오지 못하면 나도 입장이 난감하다고 얘기했지 않은가. 그럼, 이렇게 하지. 대동은 차마(茶馬)의 교역이 활발한 곳이니 중추절에, 아니 그전에 내게 군마(軍馬) 1천 필만 효도할 수 있다면 내가 힘을 써보겠네."

푸헝의 심기가 대단히 불편하다고 전해들었는지라 밖에서 기다리는 마음이 내내 불안했던 학영귀는 의외로 말투가 온화한 푸헝을 보며 황감해하는 기색이 역력했다. 그는 연신 허리를 굽실거리며 대답했다.

"감사합니다, 중당! 하관은 말씀하신 군마 외에도 스무 필의 말을 특별히 선발하여 푸상께 올릴 것을 굳게 약조 드립니다

……."
 그의 말이 끝나기도 전에 푸헝은 알았다는 듯이 머리를 끄덕여 보이며 벌써 저만치 걸어나갔다. 군기처 모퉁이 방을 지나고 있으니 전도는 벌써 나와 기다리고 있었다.
 "지금 입궐하시렵니까, 중당? 육부(六部)에서 원명원 건축비용을 둘러싸고 저에 대한 공격이 만만치가 않습니다. 이러다 몰매 맞아 죽는 건 아닌지 모르겠습니다. 사이직(史貽直)은 병상(病床)에서 골골대면서까지 저에 대한 참핵안을 올렸다 합니다. 저더러 군주에 아부하는 무원칙한 소인배라고 비난하고 있습니다."
 그 말이 끝나기도 전에 푸헝이 잘라버렸다.
 "지금은 원명원 타령이나 하고 있을 때가 아니라는 것만 알고 있게. 내가 따로 할말이 있으니 가지 말고 내가 나올 때까지 기다리게. 자네도 불려 들어갈지 모르네."
 멀리서 태감 왕치가 달려오며 불렀다.
 "폐하께서 들라고 하십니다, 푸상!"
 "알았네!"
 푸헝이 발걸음을 재우쳤다.
 절기상 단오명절이 지났고 오랫동안 비 한 방울 내리지 않아 진시(辰時)밖에 안 됐으나 지열은 벌써 후끈후끈 달아오르기 시작했다. 푸헝이 양심전 대원(大院)으로 들어섰을 때 속곳은 벌써 땀에 흥건히 젖어 있었다. 이름을 말하고 궁전 안으로 들어서니 후끈한 열기에 숨이 막힐 것 같았다. 동난각 밖에서 머리 조아려 문후를 올리고 난 푸헝은 그제야 온돌마루 옆 의자에 앉아 건륭과 대화를 나누고 있는 장정옥을 발견했다. 그 옆 작은 걸상에는 마흔살 가량 되어 보이는 중년사내가 앉아있었다. 넓은 이마에 양볼이 수척하고 몸이 마른 남자는 회색 비단 두루마기에 검정색 비단 마고자를 입고 있었다. 난데없이 웬 잠신(簪紳, 청대의 세습관리)? 푸헝이 속으로 생각하며 의아스러워하고 있을 때 건륭의 말소리가 들려왔다.

"푸헝, 자네 왔나? 일어나게, 일어나 노작(盧焯)의 옆자리에 가서 앉게."

"예, 폐하!"

멀리서 본 그 사람이 바로 노작이라는 말에 푸헝은 속으로 크게 놀라며 머리를 조아리고 일어났다. 허리를 구부정하게 숙이고 가까이 가보니 노작이 틀림없었다. 전에는 왕래가 비교적 잦았던 사이였던 것이다. 전정이 구만리였던 노작은 은자 3만 냥을 뇌물로 챙긴 죄로 사형장에까지 끌려갔고, 형 집행을 눈앞에 두고 황후 부찰씨의 은사(恩赦)를 받아 죽음을 면하게 되었던 것이다. 수년간 잊고 살았던 노작이 몇 년 동안의 우리야수타이 유배생활 끝에 특별사면을 받아 돌아온 것은 치수(治水)에 그만한 인재가 없기 때문이라고 푸헝은 생각했다. 몇 년 동안의 풍진세상이 배짱두둑하고 패기 넘치던 삼십대 초반의 젊은이를 늙고 초췌하고 무기력해 보이는 중년의 사내로 만들었다는 사실에 푸헝은 가슴이 아파졌다. 그렇다고 돌아앉아 어깨 감싸안고 위로해줄 수 있는 처지도 못 됐다. 두 사람은 그저 눈빛으로 그 동안의 안부를 주고받을 뿐이었다. 건륭의 하문에 어찌 대답할지 푸헝이 속으로 생각하고 있을 때 건륭이 장정옥을 향해 말했다.

"짐이 요즘 다망하여 얼굴을 자주 보지 못했는데, 기껏 오랜만에 만나서 어찌 그리 실망스러운 말부터 꺼내는 건가? 이보게, 형신! 경은 선제께서 유일하게 태묘(太廟)에 묻힐 수 있도록 유명

(遺命)을 남기신 신하이자 유일하게 생존해 있는 삼조(三朝)의 원로이네. 아직 일월이 중천인데, 어찌 향리로 돌아가겠다고 떼를 쓰는 겐가?"

벌써 고래희(古來稀)의 나이를 훌쩍 넘긴, 일흔 네 살의 나이임에도 장정옥은 아직 기력이 왕성해 보였다. 허리가 좀더 휘어지고 말할 때 바람 새는 소리가 들릴 뿐 입만 열면 언변은 여전했다. 태사(太師) 의자에 앉아 건륭의 말을 듣고 있는 그의 호두껍질 같은 주름 덮인 얼굴은 거의 무표정했다. 하얀 수미(壽眉)가 눈꺼풀을 덮고 있어 눈빛조차 읽을 수가 없었다. 건륭의 말이 끝나자 의자에서 몸을 앞으로 숙이며 장정옥이 말했다.

"노신은 현재 이부(吏部)의 차사까지 겸하고 있사옵니다. 늙은 말의 힘으로는 수레가 너무 무겁게 느껴지옵니다. 칠십(七十)에 현차(懸車)는 고금의 통의(通義)이옵니다. 송나라, 명나라 때에 태묘에 묻히는 특권을 행사하던 노신들도 신의 나이에는 향리로 돌아가게끔 윤허를 받았사옵니다."

"경은 고문대신(顧問大臣)이 아닌가!"

높다란 관모(冠帽)에 조주(朝珠)까지 격식을 차려 입은 조복(朝服)이 대단히 더워 보였다. 건륭은 땀을 질펀하게 흘리면서도 바로 옆에 있는 부채를 부치지 않고 다리를 괴고 곧게 앉은 채 마치 대빈(大賓)을 맞는 자세로 말했다.

"사람도 다 같은 사람이 아니듯이 같은 원로대신이라 할지라도 그들이 처한 시대적 상황에 따라 다른 법이네. 경의 말대로 칠십에 반드시 현차한다면 어찌 '팔십장조(八十杖朝)'라는 말이 있겠는가?"

푸헝은 그제야 두 사람이 '신경전'을 벌이는 이유를 알 것 같았다. 장정옥은 급류용퇴(急流勇退)를 하고자 했다. 시작과 끝이 완벽한 '전시전종(全始全終)'의 삼조 원로로 영원히 남고 싶은 욕심도 컸겠지만 지의를 받고 전문적으로 자신의 병구완에만 매달리고 있는 아들들의 전정이 염려되었기 때문일 것이다. 자신이 물러가지 않으면 아들들의 호시절은 다시 오지 못할 것이기 때문이었다. 한편 건륭이 그의 은퇴를 윤허치 않는 데는 그가 대청(大淸)으로 하여금 백년의 흥성가도를 달리게 한 삼조의 공신이었고, 명실상부한 '일인지하 만인지상(一人之下, 萬人之上)'의 충신이기 때문이었다. 장정옥이 골골대며 병상을 지키고 있든, 흰 눈썹 드리우고 군기처에 송장처럼 앉아있든 건륭은 그가 곁에 있어 주는 것만으로도 치열하고도 찬란했던 과거로 회귀하는 힘과 용기를 얻곤 했다. 건륭이 전혀 은퇴를 윤허할 의사가 전무함을 분명히 했으니 장정옥은 으레 사은을 표하고 물러갔어야 했다. 그러나 그는 여전히 주름살 하나 밀어 올리지 않은 채 바위처럼 굳은 표정이었다.

'사람이 늙으니 저리도 겁이 없어지는구나……'

푸헝이 속으로 이같이 생각했다.

긴히 처리해야 할 사안이 산적해 있어 건륭은 마음이 급했다. 그러나 젖 달라고 떼쓰는 어린아이처럼 장정옥이 입을 철대문처럼 꾹 닫고 바위처럼 버티고 앉아 있으니 화를 낼 수도 없고 달랠 수도 없어서 난감하기만 했다. 가볍게 한숨을 쉬며 건륭이 대단히 간곡하고 온화한 말투로 입을 열었다.

"성조와 선제께서 경에게 얼마나 깊고 크신 성은을 내리셨나! 경들이 입에 담고 다니는 말 중에서 뼈를 빻아서라도 군주의 은총에 보답하겠다는 말이 짐은 가장 맘에 드네. 그만큼 조정(朝廷)과 군부(君父)와 종묘사직(宗廟社稷)을 향한 충정이 깊으며 더불어 살고 더불어 죽겠다는 뜻이 아닌가? 긴말 필요 없네. 짐은 아직 경을 필요로 하고 있네. 힘에 부칠세라 이부에 이름만 걸어놓고 크고 작은 차사를 하나도 맡기지 않았네. 절대 귀찮게 굴어선 아니 된다고 짐은 신하들에게 단단히 일러두었네. 짐이 이리 갈까 저리 갈까 대사를 앞두고 고민할 때만 결책(決策)에 도움을 주는 고문이 되어 주게. 끝까지 붙잡고 싶네, 은퇴라는 말은 거두게!"

장정옥이 다시 뭐라고 입을 열려고 하자 건륭은 온돌을 내려서며 그 어깨를 주무르듯 잡아주며 말했다.

"경까지 나서서 돕지 않아도 짐은 요즘 충분히 고달프네. 짐을 설득하느라 부족한 기력이나마 소모하지 말고 돌아가게. 짐이 오늘 시를 써 경에게 하사하겠네!"

어르고 달래고 결국 장정옥이 백기를 드는 순간이었다. 고집을 꺾을 것 같지 않던 장정옥이 마침내 자리에서 일어나 무릎을 꿇어 사은을 표했다. 그리고는 태감 두 명의 부축을 받으며 조심조심 걸음을 떼어놓으며 궁전을 나섰고 노작도 함께 물러났다. 조금씩 멀어져 가는 장정옥의 늙은 뒷모습을 보며 건륭이 긴긴 숨을 몰아쉬었다. 그리고는 고개를 돌려 실소를 터트렸다.

"인간 노릇이 힘들지만 완인(完人)이 된다는 건 하늘에 오르기보다 더 힘든 것 같네. 짐의 마음을 뉘라서 헤아려줄까! 보아하니 더 골치 아픈 일이 짐을 기다리고 있는 것 같은데, 잠깐만 기다려보게. 먼저 형신에게 하사할 시 몇 수를 써놓아야겠네……."

건륭이 이같이 말하며 돌아서니 기윤과 류통훈이 들어섰다. 마침 잘 됐다는 듯이 건륭이 말했다.

"잘 왔네. 예는 면하고 붓과 먹이 준비된 그 탁자 앞에 앉게. 짐이 시를 지을 테니 경이 적었다가 참작해주게."

"대단하신 아흥(雅興)이시옵니다, 폐하!"

예를 면하라 건륭이 하명했음에도 류통훈과 기윤은 엎드려 머리를 조아렸다. 그리고는 탁자 앞의 걸상에 앉아 붓을 들었다. 푸헝과 노작도 조용히 앉아 건륭의 입에서 시어(詩語)가 나오기만을 기다렸다. 그러나 건륭은 시 읊을 생각은 하지도 않고 두 손으로 땀에 절은 관복 깃을 당겨 흔들며 난각 옆에 대기하고 있는 태감 복인(卜仁)에게 분부했다.

"장정옥이 물러갔으니 수건을 얼음물에 담갔다 내어 오너라. 저들에게도 하나씩 내어주거라. 궁전 안이 찜통 같네."

말을 마친 건륭이 이번에는 부채를 들어 힘껏 바람을 일구었다. 세 사람은 그제야 건륭이 찌는 더위에도 관복을 정제하고 다리를 괴고 위좌(危坐)해 있었으며 땀이 흥건하도록 부채를 부치려 하지 않은 이유를 알 것 같았다. 그것은 곧 삼조원로에 대한 깍듯하고 정중한 예의의 차원이었다! 뼛골까지 시원해지는 차가운 물수건을 받아든 세 사람은 감히 얼굴을 힘껏 문질러 닦지는 못하고 대충 닦는 시늉을 하고 수건을 내려놓았다. 궁전 안을 거닐며 생각에 잠겨 있던 건륭이 손가락 세 개를 펴 보이며 말했다.

"짐은 짧은 시 세 수를 형신에게 하사하겠네."

말을 마친 건륭은 곧 목청을 다듬어 읊기 시작했다.

성세(盛世)의 견인차가 되어 앞만 보고 달린 그대,
부앙(俯仰)간에 군은(君恩)을 생각하는 마음뿐이네.
만천하의 본보기, 근신하는 만년(晩年) 노신(老臣),
정백(精白)의 소신으로 음양을 다스리네.

기윤이 붓을 날리는 사이 건륭이 두 번째 시를 읊었다.

　　살을 태워 등잔불 삼아,
　　혼신을 다해 촌척(寸尺)을 다투네.
　　상죽(湘竹)에서 기품 밝고,
　　초동(焦桐)에서 금운(琴韻)이 나래 뻗네.

"이게 두 번째이고……."
건륭이 웃으며 자신만만하게 세 번째 시를 읊어나갔다.

　　삼조(三朝)의 공훈 높이 치하하니
　　40년 보정(輔政) 세월 천추에 길이 빛나리.
　　늙었노라 개탄치 아니함이
　　성심을 위로하는 고굉(股肱)이리니!

건륭의 말이 떨어지는 동시에 기윤도 붓을 거두었다. 그리고는 입김을 후후 불어 먹을 말린 다음 두 손으로 건륭에게 받쳐 올렸다.
다시 한번 읽어보고 난 건륭이 손을 내밀어 붓을 받아들고는 끝 부분에 이 같은 한 줄의 글자를 남겼다.

　　삼등백작 장정옥에게 건륭이 친히 시를 지어 하사함.

주머니에서 '원명거사(圓明居士)'의 옥새를 꺼내어 힘껏 눌러 찍고는 흡족한 표정으로 말했다.

"아주 잘된 것 같네. 왕치, 자네가 얼른 전해주고 오게. 경들은 들을 만했는가?"

세 사람이 듣기에 건륭이 자신감이 충만해 읊은 짧은 시들은 결코 엄지를 내두르며 호들갑 떨 수 있는 수준은 아니었다. 그러나 건륭이 스스로 흡족하여 "아주 잘된 것 같다"고 하니 비위를 맞춰주는 수밖에 없었다. 류통훈이 먼저 입을 열었다.

"신은 작시엔 문외한이오나 듣는 귀는 그리 부실하지 않다고 나름대로 생각하옵니다. 신이 듣기에 폐하의 시는 대단히 훌륭한 것 같사옵니다."

그러자 기윤이 말했다.

"진수성찬에 미주(美酒)를 마신 개운하고 담백한 느낌이옵니다. 신하를 향한 군부의 깊고 거룩하신 마음이 진하게 묻어나고 있사옵니다. 기윤이 폐하의 발뒤축에만 따라간다고 해도 한림문사(翰林文士)로 부족함이 없겠사옵니다!"

기윤에게 뒤질세라 푸헝도 급히 말을 이었다.

"성심(聖心)의 드높은 위상이 느껴지면서도 춘풍이 언 가슴을 녹이는 인간적인 따스함도 다분하옵니다. 신이 가끔씩 긁적대는 건 이에 비하면 경박하기 이를 데 없사옵니다······."

이들은 마음에도 없는 소리로 건륭의 비위를 맞추느라 안간힘을 쓰고 있었다. 서로 뒤질세라 칭송의 수위를 높여가니 건륭은 어느새 이태백, 두보를 능가하는 불세출의 시인이 되어 있었다. 조용히 듣고만 있던 건륭이 피식 실소를 터트렸다.

"어찌 다들 말이 그리 가벼운가. 짐이 스스로의 수준이 어느 정도 되는지도 모르는 줄 아는가? 짐이 요즘 들어 무척 우울해 보이니 경들이 일부러 기분을 돋우어 주려고 그랬던 걸로 좋게 받아들이겠네. 시 얘기는 그만하고 푸헝, 이젠 차사에 대해 말해보게. 기윤, 자네도 가까이 와 앉게."

시를 받아 적었던 탁자 옆에 꼿꼿이 서 있던 기윤이 급히 대답하고는 푸헝의 아랫자리에 앉았다. 온돌마루에 올라 다리를 괴고 앉은 건륭의 표정은 벌써 엄숙하고 장중하게 변해 있었다. 건륭이 먼저 한숨을 지었다.

"정무에 대해 논하려 하니 벌써부터 숨이 막혀오는군. 짐은 간밤에 전전반측하며 한숨도 잠을 이루지 못했네. 아무리 생각해봐도 금천의 전사(戰事)는 짐의 상상을 초월하는 패전을 한 것 같네. 그런 불길한 예감이 집요하게 파고들어……."

이같이 운을 떼며 건륭은 찻잔을 들었다. 쓰디쓴 약을 머금은 듯 미간을 찌푸렸다.

"쥐꼬리만한 금천의 사뤄번이라는 토사(土司)가 이다지도 우리 조정을 골탕 먹일 줄은 미처 몰랐네! 푸헝, 마음의 준비를 단단히 해두게. 금천으로 갈 차비를 하라는 얘기네. 생각 같아선 아계를 보내고 싶지만 경복에, 나친에 이어 덩치 큰 이들의 지휘봉을 물려받는 데 있어 아계는 아직 부하들을 일휘지하(一揮之下)에 거머쥘 수 있는 힘이 부족할 것 같아 경을 택했네. 아계는 경험을 더 쌓아야 하니 군기처로 들여 짐의 참모 역할을 하게끔 하겠네!"

"망극하옵나이다, 폐하!"

어찌된 영문인지 홀연 형언할 수 없는 상심이 몰려왔다. 푸헝은 걸상에 앉은 그대로 상체를 숙였다.

"신은 아직 정식으로 대군의 패망을 알리는 소식은 접하지 못했사옵니다. 하오나 김휘, 러민, 이시요로부터 밀함이 도착했사옵니다. 세 사람의 견해는 조금씩 차도를 보였사오나 크게 패한 것은 틀림없는 것 같았사옵니다. 신이 몇 번이고 금천 출정(出征)을 주청올린 것은 군부의 우려를 씻어 드리지 못하는 신하는 충신의 자격이 없다고 생각했기 때문이옵니다. 신은 총칼을 베개 밑에 베고 자며 명을 기다려 왔사옵니다. 언제든지 폐하께서 지의를 내리시면 달려갈 태세를 취하고 있사옵니다. 신의 밑으로 악종기(岳鍾麒)를 딸려보내 주시옵소서, 폐하! 1년 내에 결단을 내지 못하면 신의 머리를 떼어 보내겠사옵니다! 이것이 신의 군령장(軍令狀)이옵니다!"

푸헝이 떨리는 손으로 가슴속을 더듬어 세 통의 편지를 꺼냈다. 그리고는 새우등처럼 허리를 굽혀 두 손으로 건륭에게 받쳐 올리며 약간 울먹이는 목소리로 말했다.

"이 편지들을 읽으면서 신은 주체할 수 없는 상심에 가슴이 아렸사옵니다. 나친이 군주를 기만한 것이 사실로 드러난다면 이는 곧 사직의 수치요, 군부의 굴욕이옵니다. 저런 자와 한때 머리 맞대고 일해 왔다는 사실이 수치스럽사옵니다!"

눈물까지 머금고 얼굴빛이 참담하여 처절히 호소해오는 그 모습에 류통훈과 기윤은 편지내용이 크게 궁금해졌다. 둘은 눈을 크게 뜨고 멍하니 건륭을 바라보았다.

불길한 예감에 사로잡혀 있었고 미리 마음의 준비가 있었던 터라 건륭은 다만 용안이 다소 혈색이 덜해 보일 뿐 전날보다는 훨씬 안정돼 보였다. 천천히 봉투를 열어서 세 통의 편지를 꺼내 나란히 펴놓고 비교해가며 읽어보았다. 허리를 곧게 펴고 자리에 앉은 세 사람은 약속이라도 한 듯 황급히 건륭에게서 시선을 거뒀다. 감히 용안(龍顔)을 바라볼 수가 없었던 것이다. 커다란 양심전에는 미세하게 자명종 소리만 들릴 뿐이었다. 심장이 오그라드는 긴장감에 잔뜩 숨죽인 푸헝이 재빨리 눈꺼풀을 밀어 올리며 건륭을 훔쳐보았다. 미간이 깊게 패인 건륭은 그러나 진노가 폭발할 모양은 아니었다. 몰래 안도의 숨을 몰아 쉬고 있노라니 가벼운 발소리와 함께 심부름 갔던 태감 왕치가 돌아왔다. 절을 하고 오리 같은 목소리를 끌어올리며 아뢰었다.

"폐하, 장정옥에게 하사하신 시를 전해주고 왔사옵니다. 장정옥의 둘째아들 장약정(張若澄)이 망극하신 성은에 사은을 표하겠노라며 함께 왔사옵니다. 그리고 봉천으로 파견 갔던 군기대신 왕유돈(汪由敦)도 지의를 받들어 돌아 왔노라며 뵙기를 청하였사옵니다!"

"됐네!"

건륭이 단번에 잘라버렸다. 실망과 좌절, 그리고 분노가 소용돌이치는 가슴을 애써 눅자치며 순간적으로 생각을 달리한 건륭이 이를 악물어 가까스로 웃음을 지었다.

"부임한 지 얼마 안 되는 군기대신이니 이런 자리에 빠질 순 없겠지. 들라 이르게. 장약정도 함께 들이게."

편지를 접어 한 쪽에 밀어놓던 건륭이 이미 어람을 마쳤으니 푸헝더러 보관하라며 건네주었다. 그리고는 덧붙였다.

"원래는 어람을 거치면 곧바로 황사성(皇史成)에 들어가게 돼있지만 잠시 경이 보관하고 있게. 군무에 참작이 될지 모르니……"

그 사이 왕유돈과 장약정이 들어서자 건륭은 더 이상 길게 말하지 않았다. 두 사람이 예를 갖추길 기다려 건륭이 왕유돈을 향해 물었다.

"길에서 고생 많았을 터이지, 그래 몸은 견딜 만한가?"

"견마(犬馬)의 몸뚱아리이옵니다. 당치도 않사옵니다."

왕유돈이 황감해마지 않아 하며 말했다.

"봉천장군(奉天將軍) 캉커지, 봉천제독(奉天提督) 장용(張勇), 이밖에 봉천에 주재하시는 간친왕(簡親王), 과친왕(果親王), 동친왕(東親王), 예친왕(睿親王)께오서 신을 십리정(十里亭)까지 바래다 주셨사옵니다. 신더러 대신 폐하께 문후를 올리고 성의껏 장만한 예물을 대신 공납해줄 것을 부탁했사옵니다. 이는 그분들의 청안상주문(請安上奏文)과 공품이 적힌 종이이옵니다."

왕유돈이 이같이 말하며 노란 비단으로 겉봉을 한 상주문을 받쳐 올렸다.

"음!"

건륭이 짤막하게 소리를 내고는 상주문을 손으로 쓸어 내렸다. 그리고는 말했다.

"고궁을 재건축하는 차사가 잘 되어가고 있다고 들었네. 황릉(皇陵) 주변에 식수(植樹)를 하여 천연 방호벽이 그 어떤 장벽 못지 않게 일어섰다고 캉커지와 장용으로부터 얼마 전에 상주문을 받았네. 그 둘은 상주문에서 경이 맡은 바 차사에 빈틈이 없고 청렴하고 근면한 자세로 일관하며 고생을 두려워하지 않는다며 칭찬을 아끼지 않았네."

이에 왕유돈이 말했다.

"봉천 주재 여러 친왕들께오선 성은에 감지덕지하는 언사 외에는 달리 언급한 부분이 없사옵니다. 싸움꾼 장용은 동북지역에 야전(野戰) 기회가 없어 몸이 달아 있었사옵니다. 러시아가 외흥안령(外興安嶺) 일대에 출몰하여 몰래 수렵을 하고 인삼을 훔쳐가는 사례가 있긴 하오나 캉커지가 병사를 이끌고 나서면 삼십육

계 줄행랑을 놓는다고 하옵니다. 사적인 자리에서 장용은 선대부
터 조정의 국록을 먹고 여태 잘 살아왔음에도 아직 성은에 보답할
기회가 없어 여간 초조해하는 게 아니었사옵니다. 그의 말을 빌리
자면 금천에는 자신 같은 무식한 칼잡이가 필요하오니 폐하께 청
을 드려 주십사 신에게 간곡히 부탁했사옵니다."

그 말을 듣고 난 건륭이 관심을 가졌다.

"장용이라면 장옥상(張玉祥)의 막내아들이지?"

"아뢰옵니다, 폐하! 장용은 넷째이옵고 밑으로 아우가 있는 걸
로 알고 있사옵니다."

"장옥상은 어떠하던가? 아직 거동은 할 수 있는가?"

"아흔이 낼모레인데도 아직 말을 타고 다닐 정도로 정정하옵니
다. 다만 말이 많아 한번 앉으면 두 시간인지라 사람들이 두려워
가까이 가길 꺼려하옵니다. 자신의 애마(愛馬) 자랑에, 근력 자랑
에, 자식들에 대한 불만에 끝이 없사옵니다······."

푸헝은 공덕이 깊고 위망 높은 대장군 장옥상을 본 적이 있었다.
눈처럼 흰 수발(鬚髮)을 떨어가며 손짓발짓까지 곁들여 신나게
열변을 토로하던 그 모습을 떠올리며 잠깐 입가에 미소가 걸렸으
나 곧 거둬들였다. 잠시 침묵하던 건륭이 입을 열었다.

"성경(盛京, 봉천의 다른 이름)은 우리 대청이 용틀임을 시작한
곳이고, 러시아와 접경을 하고 있어 짐이 각별히 유의하는 곳이네.
중원(中原)의 퇴락한 풍기가 전염될까 염려했었는데, 아직 그 옛
날의 투지가 살아 있는 것 같아 안심이네. 중원에는 청을 넣어서라
도 출전하고 싶어하는 장군들을 아직껏 하나도 못 보았네. 경은
봉천의 군무를 전담하는 군기대신이니 장용에게 편지를 보내어
이르게. 그런 마음자세만 간직하고 있다면 필요로 하는 곳이 얼마

든지 있을 터이니 열심히 훈련에 전념하라고 말이네. 장약징, 경은 부친을 대신하여 사은을 표하고자 입궐하였다고 했는가?"

"그러하옵니다, 폐하!"

건륭이 돌연 자신을 향해 물어오자 잠시 어리둥절해있던 장약징이 급히 머리를 조아렸다.

"폐하께오서 시를 하사하시어 노신을 위로하시니 신의 아비 장정옥은 가문의 노소를 거느리고 궁궐을 향해 머리 조아려 융은(隆恩)에 심심한 사의를 표했사옵니다. 또한 신을 파견하여 폐하께 머리를 조아리라고 이르셨사옵니다."

"기분은 괜찮아 보이던가? 돌아가서 뭐라도 좀 음식을 먹던가?"

"가부(家父)께오선 폐하를 알현하시고 돌아오는 발걸음이 가벼워 보였사옵니다. 정신도 한결 맑아 보였사옵고, 오찬(午餐)도 평소보다 많이 드셨사옵니다. 자제들을 슬하로 불러모으시어 폐하의 하해와 같은 성은에 자손들이 보답해야 할 때라고 훈육을 내리셨사옵니다!"

이같이 말하며 장약징은 연신 머리를 조아렸다. 건륭은 듣는 둥 마는 둥 하며 손가락에 찻물을 찍어 서안(書案) 위에 뭔가를 쓰고 지웠다. 그리고는 담담한 어투로 입을 열었다.

"장정옥과 장옥상 둘 다 성조 때부터 조정에 기여해온 노신들이지. 장정옥은 야전의 공로 없이 백작의 반열에까지 올랐으니 대단한 인물이 아닐 수 없네. 세종(世宗, 옹정제)께서 장정옥을 백작으로 봉하실 때 짐이 옆에 있었지. 그 당시 커룽둬는 문신에게 작위를 내린 전례가 없으니 재고해 주십사 주청을 올렸었네. 그러나 세종께선 이를 수용하지 않으시고 이렇게 말씀하셨네. '총대 메고 싸우는 병사들보다 군막에 앉아 호령하는 장군이 대단한 법이고, 일선에서 풍운을 가르는 영웅보다 후방에서 묵묵히 집안살림 잘 해주는 안사람이 위대한 법이네. 몇 십 년 동안 한결같이 자신의 자리를 충실히 지키고 특유의 충정과 근면으로 짐의 문치(文治)에 크게 기여한 또 하나의 영웅이거늘 그 공로를 인정해 주어야 하네' 그 당시 세종의 말씀은 아직 짐의 귓가에 쟁쟁하네. 자넨 그만 물러가게. 가서 아비를 잘 시봉하고 몸을 진중히 하라 이르게……."

장약징이 물러간 뒤에도 몇몇 신하들은 방금 건륭의 말을 곰곰이 되씹고 있었다. 설핏 들으면 삼조 원로에 대한 극진한 배려와 자상한 위로로밖에 들리지 않았지만 다시 한번 곱씹어보니 이밖에도 시사하는 바가 컸고, 군사에 일가견이 있어 자나깨나 군공(軍功)을 노리고 있는 신하들에 대한 준엄한 경고가 그것이었다. 푸헝, 기윤, 류통훈 셋은 마음속 깊은 곳에서 올라오는 한기를 느끼며 숨죽이고 있었다. 그러나 왕유돈은 오랜만에 황제를 뵙는 자리인지라 말이 고파 보였다. 누구처럼 황제의 깊은 뜻을 되씹을 여유도 없이 말했다.

"장정옥은 대단히 유복한 사람이라 사려되옵니다. 삼조의 원로로 수십 년간 보정대신의 영광을 누려오다가 이젠 선시영종(善始榮終)하게 되었사오니 끝까지 군은(君恩)이 따사로이 깃드는 삶이 만인의 부러움을 사기에 충분하옵니다. 신은 무장(武將) 출신으로서 운좋게 발탁되어 영명하신 폐하를 가까이에서 섬기게 되었사오니 심기일전하여 큰사람이 되도록……."

왕유돈이 여기까지 말했을 때 푸헝이 몰래 옷자락을 잡아당겼다. 눈치가 그리 무디지 않은 왕유돈은 곧 말머리를 돌렸다.

"장옥상, 장정옥과 같은 신하가 되도록 노력하겠사옵니다!"
기윤과 류통훈은 왕유돈이 뭔가 여과 없는 소리를 하여 건륭의 심기를 다치게 할세라 은근히 손에 땀을 쥐고 있었다. 그러나 이들의 걱정과는 달리 건륭은 별다른 표정변화가 없었다.
"푸헝, 남의 옷자락은 왜 당기고 그러나?"
건륭이 야유하듯 말했다.
"짐이 아무리 번뇌에 차 있다지만 이제 막 지방에서 상경하여 전후 사연을 잘 모르는 신하의 말꼬투리를 잡아 혼내줄 정도로 어리석은 군주는 아니네."
자신의 몰래한 손동작이 들통난 푸헝은 두렵고 창피한 마음에 얼굴이 벌겋게 달아올랐다. 급히 자리에서 일어나 사죄했다.
"신이 달리 불경스런 속셈이 있었던 건 아니옵니다. 부디 통촉하여 주시옵소서……."
한편 왕유돈은 건륭이 말한 '전후 사연'이란 대체 무엇을 뜻하는지 몰라 도움을 청하는 눈빛으로 류통훈을 바라보았다. 그러나 류통훈과 기윤은 입을 굳게 다문 채 돌처럼 그림자가 드리운 마룻바닥에 시선을 박고 있었다.
"짐은 참으로 고달프네!"
건륭이 길게 숨을 내쉬며 천장을 바라보았다. 뭔가를 찾아 헤매듯 두리번거리던 그가 다시 고개를 숙여 머리를 저었다.
"경들은 직급의 높낮이를 떠나 결국은 짐의 심부름꾼에 불과하지. 천하의 대소사(大小事)는 모두 짐의 어깨에 얹혀 있네. 어제 천단(天壇)에서 제를 지냈네. '총리하산(總理河山) 신(臣) 홍력(弘曆)'으로 시작되는 제문(祭文)은 짐이 듣기에 한 글자도 그릇됨이 없었네!"

40년 재상의 과욕

건륭이 차 한 모금을 마셔 목을 축였다. 가슴속에서 이는 파도를 잠재우며 말을 이었다.

"태평, 태평 염원하여 극성시대가 도래했건만 신하들의 도덕은 해이해지고 갈수록 돈밖에 모르고 꿈도 야망도 없는 무골충(無骨蟲)들이 되어 가는 현실이 안타깝네. 가진 자는 더 가지고 싶어 없는 자의 것을 빼앗는 형국이 비일비재하고, 돈이면 귀신도 불러 맷돌을 갈게 할 수 있다는 말이 공공연히 나돌고 있으니 이를 어찌하면 좋을꼬? 인심이 돈벌레에 좀먹고, 준재(俊才)가 용재(庸才)로 전락하니 날개 없이 추락하는 조정의 위상을 어찌 되살릴 수 있을까! 예부 관원 누구의 수필(手筆)인지 모르지만 어제 천단에서의 제문은 구구절절 어지러운 현실에 대한 성찰이고 일침이었네……."

장시간 다리를 포개고 앉아 불편해진 몸을 움직이며 건륭이 코웃음치듯 말했다.

"상, 하첨대에 이은 금천의 전사에 백성들의 혈세 1천만 냥을 쏟아 부었고, 서너 명의 장군에 한 명의 재상이 목숨을 잃었네. 그런데 자신만만하게 큰소리치며 나간 수석재상이 짐에게 또 한 번의 굴욕을 안겨주고 있네! 황하(黃河)의 조운(漕運)에 퍼부은 은자도 성조(聖祖, 강희제) 때의 두 배가 넘지만 때만 되면 여전히 범람하고 백성들의 고통은 하루가 다르게 심각해지고 있네. 한심하고 기가 막혀 말문이 열리지 않지만 안휘성(安徽省) 무호(蕪湖)의 도대(道臺)인 오문당(吳文堂)은 재해복구비로 내려보낸 은자로 고리대금을 놓아 그 이자만으로 얼렁뚱땅 이재민들의 아우성을 틀어막았다고 하네! 덕주(德州)에 그 이름이 멋있어 피충신(皮忠臣)이라는 현령이 있는데, 염다도아문(鹽茶道衙門)에서 은자를 빌려 도자기 장사에 나섰다가 운하에서 배가 뒤집히는 바람에 크게 손해를 보고는 결국 나랏돈에 검은 손을 뻗치고 말았다하네. 군정, 민정, 재정이 이리 썩어있는데도 삼조의 원로라는 사람은 자신의 사후만 걱정하여 태묘(太廟)를 향유할 수 있게끔 한다는 선제의 유명도 못미더워 번번이 짐을 졸라 백지흑자(白紙黑字)로 만천하에 조서를 내려달라고 심란하게 만들었으니 정말 한심하기 그지없네. 설령 선제께서 그리 유명을 남기셨더라도, 그래서 장정옥이 뜻대로 태묘에 일신을 뉘었다 하더라도 짐이 마음먹기에 따라 도로 끄집어 낼 수도 있다는 걸 모르는가!"

건륭의 입가에 쓰디쓴 미소가 번졌다. 눈길이 꼿꼿하여 어딘가에 시선을 박은 채 건륭은 기윤을 불렀다.

"기윤, 지금 당장 장정옥에게 내리는 지의를 작성하도록!"

아무리 천위(天威)는 불측(不測)이라고 하지만 갑작스런 급회전을 하여 칼을 뽑아드는 건륭의 서슬에 네 신하는 벌써 크게 놀라 가슴이 벌렁벌렁 팥죽 끓듯 끓고 있었다.

"예, 폐하!"

기윤이 대답과 함께 급히 벌벌 기듯 서안 앞으로 다가왔다. 붓을 든 손이 주체할 수 없이 떨렸다.

"이렇게 쓰게……."

건륭이 금방이라도 불이 붙을 것 같이 메마른 목소리로 말했다.

"어제 짐을 면성(面聖)한 자리에서 경은 체통에 금이 가도록 군부(君父)가 극구 만류함에도 불구하고 사사로운 이유를 들어 삼조 원로로서의 자격이 의심스러운 언행을 보였으나 짐은 너그러이 이를 수용했네. 그만큼 조정과 짐에게 필요한 존재였다고 봐야하겠지. 그래서 짐은 태묘 향유권을 다시금 확인시켜주고 시까지 하사하여 그 동안의 노고를 치하하고 변함없는 보좌를 당부했었지. 그런데 경은 신하를 애양(愛養)하는 짐의 정성을 끝까지 무시했네. 엎어지면 코 닿을 지척에 있으면서도 직접 허리 굽혀 사은을 표하러 오지 않고 군부에 대한 노골적인 불만과 멸시를 드러냈네! 짐은 줄 수도 있고 준 것을 도로 빼앗을 수도 있다는 걸 미처 생각지 못했는가? 이런 식으로 써서…… 태감 왕례(王禮)를 시켜 지의를 전달하게끔 하게!"

푸헝, 류통훈, 왕유돈은 때아닌 청천의 벽력에 그만 저마다 사색이 되어버리고 말았다. 약관의 나이에 중추기관에 들어 강산이 네댓 번 바뀌고 군주가 세 번 교체되는 장구한 세월에 걸쳐 그 충정과 유능함을 만천하에 과시한 40년 재상이 사후의 명분에 지나치게 집착하고 군주의 성의를 무시했다는 이유로 한순간에 천 길 낭떠러지로 추락하는 현실에 할말을 잊고 말았다. 죽은 듯한 정적을 깨고 왕유돈이 두루마기 자락을 바스락대며 자리에서 물러나 무릎을 꿇었다. 그리고는 머리를 조아려 간곡히 아뢰었다.

"신은 폐하께서 명을 거둬주시옵길 간절히 주청 올리는 바이옵니다."

"뭐라?"

"장정옥의 체면을 살려주시옵소서, 폐하!"

"그 사람이 짐의 체통을 무시하는데 짐이 어인 이유로 그 체면을 봐주겠나? 돌을 들어 자기 발등을 치겠다는데 무슨 수로 말리겠나!"

어느새 푸헝과 류통훈도 자리에서 나와 무릎을 꿇어 연신 머리를 조아렸다. 류통훈이 말했다.

"장정옥의 일생을 살펴보면 크게 책잡힐 일이 없었음을 통촉하여 주시옵소서. 노망이 들어 사리분별에 둔감하여 군주에 이같이 무례를 범한 것 같사오니 부디 하늘과 같은 인덕으로 용서하여 주시옵소서. 이대로 지의가 내려지면 선제의 지인지명(知人之明)에도 타격을 입게 될 것이옵니다."

어려서부터 장정옥의 집을 자주 왕래하며 남다른 정분이 있었던 푸헝은 벌써 눈물이 흥건했다. 코를 훌쩍여 울먹이며 푸헝이 말했다.

"부디 통촉하여 주시옵소서. 사해를 포용하시는 아량으로 장정옥의 노망을 용서해 주시옵소서……."

세 신하가 체읍하여 간절히 주청을 올렸으나 건륭은 여전히 묵묵부답이었다. 그 역시 마음이 편하진 않았다. 같은 원로이면서도, 나이 들어 노망이 들었다고 쳐도 장옥상이 훨씬 더 추태를 보여야 마땅할 터이지만 어찌 사람은 이리도 다를까? 잘해주면 줄수록 티를 내고야 마는 것이 장정옥의 한계인가?

"폐하……."

앞서 체읍하여 주청 올린 세 사람 모두 건륭의 마음을 제대로 헤아리지 못했다고 생각한 기윤이 건륭에게로 다가갔다. 작성한 지의를 건륭에게 받쳐 올리고는 침착하게 무릎을 꿇었다. 그리고는 머리를 조아렸다.

"신의 무례를 헤아려 주시옵소서. 잠깐 드릴 말씀이 있사옵니다. 전에 신은 폐하를 호종(扈從)하여 목란(木蘭)으로 추렵을 떠났던 적이 있사옵니다. 그때 장정옥은 이미 몇 번이고 향리로 돌아가게 해 주십사 청을 넣었던 걸로 기억하고 있사옵니다. 신이 겁없이 어인 연으로 그의 은퇴를 윤허치 않으시온지 여쭈었더니, 폐하께오선 한숨을 지으시며 대청 개국 이래 제1호 선시선종(善始善

終)의 재상을 배출시킬 욕심이 있어 그러신다고 하셨사옵니다. 폐하께오선 천고의 완인(完人)이 되어 후세자손들에게 널리 모범을 보이시고자 하는 큰 뜻을 품으셨던 것이옵니다. 물론 장정옥의 체통 따위는 중요치 않사옵니다. 다만 늙은 장정옥이 폐하께서 큰 뜻을 이룩하시는데 걸림돌이 되어서야 아니 되지 않겠사옵니까? 늙으면 작아지고, 작아지면 몸도 마음도 생각도 모든 것이 옹졸해지게 되어 있사옵니다. 폐하께오서 하해와 같으신 아량으로 이를 포용하신다면 백관이 마음의 위로를 받는 것은 당연지사이고, 폐하의 형상도 더욱 거룩하게 비춰질 것이옵니다. 신은 폐하께오서 정무가 여의치 않아 심서(心緒)가 혼란스러우신 탓에 다소 흥분하신 것 같사옵니다. 이 지의를 하루만 눌러두었다가 내일도 성심의 변동이 없으시다면 그때 가서 처리하는 것이 어떨까 하옵니다."

충분히 설득력이 있는 기윤의 주청에 건륭의 얼굴에 먹구름이 한 겹씩 걷히고 있었다. 지의 원고를 손바닥에 올려놓고 마치 무게를 가늠하듯 올렸다 내리던 건륭이 한 주먹으로 움켜쥐었다. 그리고는 한숨을 내뱉었다.

"짐이 애중히 여기는 신하들이 눈물로 호소하고 설득력 있는 언변으로 간권하니 한 사람을 두고 여러 사람의 마음이 이리 일치하기는 드문 것 같네. 짐이 소싯적부터 존경해왔던 장정옥이 어쩌다 저리 됐을까 서글프고 안타깝네."

천천히 온돌에서 내려선 건륭이 물을 가져오게 하여 입을 헹구어냈다. 그리고는 분부했다.

"얼음도 좀 내어오게. 너무 더운 것 같네."

언제 청천벽력을 내렸나 싶게 느릿느릿 걸음을 떼며 부채를 부치는 건륭의 모습에서 사람들은 마음속으로 크게 안도의 한숨을 내쉬었다.

"군무에 대해선 더 이상 기다릴 수가 없네."

건륭이 신하들더러 자리로 돌아가 앉으라고 명했다.

"푸헝, 자넨 호부와 병부의 낭관(郎官)들을 불러 이시요의 서찰 내용을 근거로 다시 전략을 짜보게. 결과는 짐에게 따로 보고 올린 연후에 시행하도록! 짐은 이제 마음의 여유가 생겼네. 최악의 경우 편갑(片甲)이 돌아오지 않는 대패를 했다 하더라도 조정은 악질상대를 만나 무예 연습을 하다 일격을 당한 걸로 생각하겠네. 세부적인 것은 이 자리에서 논할 수 없고…… 푸헝, 자네 할말이 있으면 해보게."

푸헝은 경복에 이어 나친까지 패배를 거듭하는 걸 지켜보며 나름대로 나라면 저렇게는 안 했을 것이라고 생각했던 부분들을 꼬집어가며 보완책을 세세히 설명했다. 군향(軍餉) 조달에서부터 양초(糧草) 공급 및 양도 확보, 차마(車馬)의 배치에서 대본영의 위치와 남로, 서로, 북로 각 병마간의 장령(將令) 전달방식, 그리고 사뤄번의 병력 실사 및 번번이 패한 조정에 대한 속마음과 대처법 등등 반시간도 넘게 말했다. 나머지 세 사람은 그의 치밀함에 못내 탄복하는 눈치였다. 연신 머리를 끄덕여 찬성을 표하면서 건륭은 내심 애초에 푸헝을 파견하지 못한 것을 후회했다. 말미에 푸헝은 한마디 더 덧붙였다.

"금천의 적군은 '일지화'와는 본질적으로 다르옵니다. 사뤄번은 조정에 대적하여 정치적인 큰 음모를 꿈꾸는 건 아니옵니다. 그는 토사(土司)의 안정을 확보하여 한 모퉁이에서 조용히 살고 싶은 것이 욕심이라면 욕심일 것이옵니다. 그가 번번이 강화의 여지를 남겨 두는 것도 그 때문이옵니다. 나친이 아직 금천에서 버티고 있는 것은 그가 반전을 시도할 여력이 남아서가 아니라 폐하의 하늘과 같은 위복(威福)에 힘입었기 때문이옵니다!"

여기까지 말한 푸헝은 잠시 건륭을 바라보았다. 건륭의 눈빛에서 격려를 읽은 그가 다시 말을 이어나갔다.

"군량을 충족하게 확보하고 벌레나 해충에 대비한 약을 충분히 비축하여 병력을 분산시키지 말고 10만 대군이 파죽지세로 쳐들어가야 하옵니다. 설령 쳐들어가 싸우지 않더라도 양도를 차단시키고, 소금과 약의 반입을 철저히 막아버린다면 1년 내에 사뤄번은 백기를 들고 말 것이옵니다!"

"아주 좋은 발상이네!"

건륭이 자신감에 눈빛을 반짝였다.

"며칠동안 가슴이 답답했었는데, 십년 묵은 체증이 쑥 내려가는 느낌이네."

푸헝에게로 다가가며 건륭이 덧붙였다.

"경은 출병을 앞두고 있고, 짐은 경을 후작(侯爵)으로 봉할 그 날이 오길 기대하겠네!"

건륭은 마음속에 켜켜이 쌓여있던 울분을 토해내듯 크게 한숨을 내쉬었다.

"연청과 왕유돈은 도찰원과 호부를 소집하여 각 성의 번고(藩庫) 지출현황을 세세히 파악하고 국고에 검은 손을 뻗친 혐의자들을 색출해내도록! 그러나 '관정(寬政)'이라는 큰 틀이 흔들려서는 아니 되니 민심이 황황하게 떠들지 말고 모름지기 수사에 박차를 가해야겠네. 3천 냥 이상을 횡령한 탐관들은 반드시 정법에 처하여 적당히 관대하고 적당히 엄한 선을 지켜야겠네!"

"명심하겠사옵니다, 폐하!"

"짐은 이미 노작을 하도총독(河道總督)으로 임명하였네."

건륭이 자신의 생각에 따라 지시해 나갔다.

"연청, 자네는 회의가 끝나는 대로 노작과 함께 하도(河道)로 내려가 몇 년 동안의 치수 경비의 사용내역에 대해 조사에 착수하게. 이치(吏治)와 병행하도록. 경의 아들 류용은 덕주, 무호로 파견하여 피충신과 오문당 두 사건을 수사하도록 했네. 그의 풍골과 재주가 어느 정도인지 이참에 시험해 볼 것이네. 이참에 군정, 민정, 법사, 재정 모든 분야에 걸쳐 철저한 물갈이를 할 참이네!"

건륭의 심기일전에 네 사람은 흥분하여 가슴이 뛰었다.

"신들은 반드시 성명(聖命)을 받들어 모시겠사옵니다!"

일제히 머리 조아려 외치는 목소리가 궁전을 메아리쳤다.

7. 침석지환(枕席之歡)

건륭이 양심전으로 돌아왔을 때는 유시(酉時) 정각이었다. 새벽 다섯 시에 기침하여 여태 상주문을 어람하고 외관(外官)을 접견하고 정무회의를 주최하는 등 대단히 바쁘게 보냈다. 장정옥 때문에 분노를 터트리고 나서 신하들의 도움으로 겨우 감정을 추스렸으나 양심전으로 돌아와 보니 또다시 머리 속이 복잡해지기 시작했다. 나친의 가증스런 얼굴이 떠올랐고, 황하(黃河)와 회하(淮河)의 조운(漕運)은 다시 순항을 재개했는지, 윤계선은 자신의 주비유지(硃批諭旨)를 받아 보았는지 궁금증이 꼬리를 물었고, 아계가 북경에 도착할 때가 됐지 않나 속으로 날짜도 꼽아보았다. 대접해줄수록 자꾸만 멀어지려고 하는 장정옥의 괘씸한 언동이 스쳤고, 덕주에서 터진 사건에 한숨이 나왔다.

'염정아문(鹽政衙門)이 바로 산동성 덕주에 있는데, 혹시 고향과 무슨 물밑거래가 있는 건 아닐까……'

그런 의구심도 들었고, 날로 그 진가를 유감없이 발휘하는 푸헝이 대견스러운 마음도 들었다. 푸헝에게 딸려 있는 당아(棠兒)의 앙증맞은 모습이 떠올랐고, '강아(康兒)는 얼마나 컸는지'도 궁금했다······. 따뜻한 물결이 가슴을 적시는가 하면 일순 차가운 서북풍이 기승을 부렸다. 분노가 욱 치밀어 오르더니 다시 감격이 물결쳤다······. 수많은 감정들이 뒤죽박죽이 되어 형언할 수 없이 복잡했다. 양심전 현관 앞에서 멍하니 생각에 잠겨 있을 때 등뒤에서 태감 왕효가 아뢰는 소리가 들렸다.
 "폐하, 저녁수라는 동난각으로 들일까요, 어디로 들일까요?"
 "응? 음······."
 건륭이 그제야 사색에서 헤어나며 두 손으로 깍지를 껴 앞으로 쭉 뻗어 몸을 움직였다. 태감 왕지가 녹패(綠牌)가 들어 있는 쟁반을 받쳐들고 왔다. 잠시 들여다보던 건륭이 아무 생각없이 궁녀 영영(英英)의 패를 뽑았다. 그리고는 왕효에게 말했다.
 "수라상을 내어올 건 없다. 돈비(惇妃)더러 야식이나 간단하게 준비해 들여보내라 이르거라."
 분부를 마친 건륭은 천정(天井)에서 관모며 마고자를 벗어 던지고 그 자리에서 부쿠(일종의 무예) 연습을 했다. 한참 치고 박고 차고 돌고 나니 등골에 땀이 흥건했다. 다시 태극권으로 바꿔 몸동작을 유연히 하여 기 수련을 하니 몸과 마음이 한결 가벼워지는 것 같았다. 이제 그만 궁전 안으로 들어가려던 건륭이 동쪽 배전(配殿) 처마 밑에서 오른쪽 팔에 대나무바구니를 끼고 하염없이 자신을 바라보는 돈비를 발견하고는 웃으며 물었다.
 "이곳 수라간에 채소가 없을까봐 거기서부터 준비해 오는 건가?"

돈비 왕씨(汪氏)는 보기에 공들여 치장하고 나온 것 같았다. 하얀 적삼에 보라색 조끼를 받쳐입고 밑에는 크게 부풀어오른 연한 노란색 주름치마를 길게 끌고 있었다. 미풍이 팔랑이는 치마 밑으로 홍실로 수놓은 매화가 화사한 꽃신이 반쯤 보였다. 높게 쪽을 져서 올려 옥비녀를 꽂은 머리에 빨간 나비 모양의 장식물이 꽂혀 있었다. 우유로 씻어낸 듯한 뽀얀 얼굴은 갸름하니 고왔고, 맑은 살구눈에 애절함이 넘쳐흘렀다. 아침이슬을 머금고 활짝 피어 있는 연꽃을 연상케 하는 그 모습에 새삼스레 반해버린 건륭이 잠시 넋을 놓고 뚫어지게 응시하고 있었다. 왕씨가 쑥스러운 듯 다소곳이 고개를 숙이고 날아갈 듯 가볍게 몸을 낮춰 문후를 올렸다.

"이곳 수라간에도 채소는 많사오나 새로 다듬어야 하겠기에 폐하께오서 시장하실까 염려되어 먼저 다과를 좀 내어와 보았사옵니다……."

"오! 그래, 잘했네!"

건륭이 다시금 아래위로 왕씨를 훑어보고는 얼굴 가득 웃음을 지었다.

"들여보내게. 짐이 주장을 읽으면서 몇 조각 먹어볼 테니. 그사이 얼른 요리 몇 가지를 올려야 하네?"

말을 마치고 곧 궁전 안으로 들어간 건륭이 태감을 불러 명했다.

"복의, 동난각이 너무 어두워. 등촉을 하나 더 밝히거라. 그리고 대야에 얼음을 담아 온돌 위에 올려놓거라. 오늘따라 유난히 궁전 안이 갑갑하군."

온돌마루 위의 작은 서안 위에 높이 쌓여있는 상주문을 바라보며 건륭은 탐탁하지 않은 표정을 지었다. 펴 보고 싶은 마음이 없었던 것이다. 누군가에게 억지로 떠밀리듯 온돌로 올라간 건륭이 후유! 하고 한숨부터 지었다. 그리고는 한 손으로 주장(奏章)을 끌어당기고 한 손에 주필(硃筆)을 들었다.

몇몇 순무들이 올해의 농작물 수확량이 감소했다는 내용의 상주문이 있었지만 건륭은 특별히 유의하지 않았다. 그의 관심은 오로지 섬서, 감숙과 양강에 있었다. 섬서와 감숙은 겨우내 폭설이 끊이지 않았고, 3월엔 땅속 깊이 스며들 정도로 속시원한 비가 내려주었기 때문에 비록 4월에 강수량이 적었다고는 하지만 큰 풍재(風災)가 덮치지 않는 한 올 여름은 대풍작을 기대할 수 있을 것 같다고 했다. 양강은 수재로 인해 피해를 본 지역도 있었지만 대부분은 '대풍'이 기대된다고 했다. 건륭은 두 눈을 스르르 감으며 안도했다. 다른 상주문들에는 간단히 잘 받아보았노라고 몇 글자 적어주었지만 감숙성에서 올린 주장에는 이같이 주비(朱批)를 달았다.

주청을 올린 사료와 땔감은 짐이 산서에 명하여 관가(官價)에 팔게끔 조치하겠네! 이같이 사소한 일은 한 지역을 책임진 부모관(父母官)으로서 경의 응분의 차사이거늘 어찌 짐에게 주청을 올려 노심(勞心)하게 만드는가. 그곳은 회민(回民)과 한족(漢族)들이 잡거하다 보니 생활습성과 문화의 차이로 분쟁이 야기될 가능성이 크다 하겠네. 민족분쟁으로 비화되지 않도록 사소한 다툼에도 신경을 써서 조율을 잘해야겠네.

다 쓰고 난 건륭은 이번에는 김홍(金鉷)의 상주문을 찾아들었다. 자세히 읽어보고 빈 공간에 이같이 적어 내려갔다.

이재민들에 대한 구호작업이 순조롭게 이뤄지는 것 같아 다행이라 생각하네. 모든 일은 비가 오기 전에 우산을 준비하는 자세가 필요하다는 것이 입증되었으니 앞으로 좋은 경험이 될 것이네. 짐은 곧 남순(南巡)을 떠나겠지만 모든 준비는 나라의 법규정에 따라야 하네. 부하 관원들에게 단단히 일러두게. 짐의 남순을 빌미로 여러 가지 혈세를 낭비하는 일을 벌여서는 아니 되겠고, 그 와중에 백성들을 괴롭히고 검은 재물을 챙기는 자들이 있으면 엄벌에 처한다고 말일세. 이미 윤계선을 양강총독으로 귀환하게끔 지의를 내렸네. 조만간 그리로 돌아갈 것이니 즉각 업무를 인수 인계하도록 하게. 경은 광록사(光祿寺) 정경(正卿)으로 발령을 내었으나 서둘러 북경으로 돌아올 것 없이 남경에서 짐을 기다리게. 경을 광록사로 발령을 낸 것은 양강은 역시 윤계선이라는 생각이 들었기 때문이고, 경은 풍부한 경력이나 나이로 미뤄 광록사가 적합하다고 판단했기 때문이네. 달리 의구심을 품을 필요는 없겠네. 그리고 궁금한 건 사천순무 김휘(金輝)와 경은 과연 소문대로 친척간인가? 그렇다면 경은 김휘의 됨됨이를 어찌 생각하고 있는가? 밀주문을 올려 주하도록 하게.

건륭이 이미 어람을 마친 상주문 더미를 뒤져 윤계선(尹繼善)의 문안 상주문을 찾아냈다. 그리고는 주비를 달았다.

일전에 경이 주했던 바대로 남경 등지에는 아직도 아편(鴉片)을 흡입하는 자들이 있다고 하네. 전에 경이 양강을 떠나기 전의 대처방안이 아주 바람직하다고 생각되네. 선박으로 밀수되는 아편은 모두 해관(海關)에서 약물로 취급하여 중과세를 안김으로써 민간에 확산되는 것을 막아야 하네. 서양의 무역선(貿易船)들이 꼬리를 물어 현재 그 교역량은 건륭 초의 40배도 더 된다는 통계가 나왔네. 광주(廣州)에도 서양인들이 대량으로 유입되어 인구가 몇 년 사이에 10배는 증가되었다고 하네. 중외(中外, 중국인과 외국인)가 잡거하고 화이(華夷)가 공존하면 시일이 흘러갈수록 사단이 일어날 위험이 크고, 양교(洋敎)가 침투하여 아편 이상의 정신적 피해를 불러올 수 있다는 걸 간과해선 아니 되겠네! 영국(英國)에서 상관(商館)을 개설하게 해주십사 청이 들어왔는데, 우리측에 유리한 조건을 제시하여 수용이 가능하다면 허락해도 무방하겠네. 비적과 양인들이 결탁하는 검은 사슬을 제때에 발견하여 차단시켜야 하며 허락없이 사사로이 양인들과 접촉하는 자들에 대해선 가차없이 정법에 처하여 일벌백계의 교훈을 내리도록 해야겠네.

여기까지 쓰고 잠시 붓을 멈추었던 건륭이 잠깐 생각 후에 다시 붓을 놀렸다.

비단수출 해금(解禁) 건에 대해 일전에 올린 주청을 받아들여 즉각 해금을 시행하겠네. 호부(戶部)와 협의하여 배 한 척에 선적할 수 있는 양을 정하게 하여 이를 엄격히 준수하게끔 하게. 그러나, 두잠호(頭蠶湖)에서 생산하는 비단은 여전히 해외반출금지 사항에 포함되니 법규정을 어기고 밀반출 하는 자들은 엄벌에 처하도록. 양강으로 귀환한다고 광주의 해외무역 업무에 소홀히 해선 아니 되겠네. 간곡히 당부하네!

드디어 붓을 내려놓고 나니 벌써 해시(亥時)가 다 된 늦은 시각이었다. 돈비 왕씨가 칸막이 병풍 앞에 두 손을 모으고 서 있는 걸 본 건륭이 온돌을 내려섰다. 그리고는 웃으며 물었다.

"짐의 저녁수라는 준비됐는가? 칠보단장하고 짐을 맞으러 나온 자네를 본의 아니게 냉대했네. 자, 이리 오게. 짐의 오른쪽 손목을 좀 주물러주게……."

이같이 말하며 건륭은 손을 내미는 척하며 돈비의 풍만한 젖무덤을 살짝 건드렸다. 궁전 안에서 시중들던 태감들은 벌써 왕효의 눈짓을 알아차리고는 서둘러 물러갔다.

"냉대라뇨, 폐하! 당치않사옵니다."

왕씨가 살짝 얼굴을 붉혔다. 가늘고 매끈하게 뻗은 섬섬옥수로 건륭의 오른손을 받쳐 가볍게 눌러가며 문질렀다. 건륭이 식탁 앞으로 다가가자 따라가며 손을 안마해주던 돈비가 아쉬운 듯 손을 풀고는 한 쪽에 살포시 꿇어앉았다. 그리고 박씨같은 이를 드러내며 말했다.

"폐하께서 하시는 큰일에 비하면 소인의 상차림 따위는 일도 아니옵니다……. 폐하께오선 육류와 기름기를 꺼리시니 담백하게 몇 가지 만들어보았사옵니다. 알록달록한 색깔만큼이나 폐하의 구미에 맞으셨으면 좋겠사옵니다!"

건륭이 보니 과연 크고 작은 깨끗한 접시가 한 상 가득 정성껏 줄을 맞춰 배열되어 있었다. 빨강, 노랑, 파랑, 검정, 백색 다섯 가지 색깔의 배합이 화려하고 맛깔스러워 보였다. 머리와 꼬리를 떼어낸 녹두와 빨간 고추무침, 목이버섯 등심볶음, 죽순 간장조림, 오이 계란노른자볶음 등 다섯 가지 모두 건륭이 평소에 즐겨 먹는 것들이었다.

"역시 자네 솜씨가 최고로군!"

건륭이 젓가락으로 죽순을 집어 한 입 베어먹었다. 천천히 맛을 음미하며 잘근잘근 씹는 건륭의 얼굴에는 희색이 만면했다.
"폐하, 이것도 좀 맛을 보시옵소서."
건륭의 칭찬을 받아 마냥 즐거운 왕씨가 히죽히죽 웃으며 작은 공기에 국수를 두어 젓가락 덜어 건륭의 앞에 받쳐 올렸다. 그러자 건륭이 말했다.
"웬 국수? 그냥 국수가 아닌 것 같은데, 당면(唐麵)인가?"
말없이 생글거리며 웃기만 하는 왕씨를 정겹게 바라보던 건륭이 젓가락에 한가락을 걸어 후루룩 빨아들였다. 가만가만 씹어 맛을 보던 건륭의 얼굴이 경이로운 표정으로 바뀌었다. 연신 두 젓가락 크게 집어 후루룩후루룩 먹어버리고 더 달라는 뜻으로 공기를 내밀며 건륭이 말했다.
"무슨 국수가 아삭아삭하게 씹히는 맛도 그렇고 입안이 상큼하게 담백한 맛도 그렇고, 맛이 특별한데? 짐은 국수를 많이 먹었어도 이런 국수는 처음이네."
그러자 옆에서 시중들던 왕씨의 표정이 한껏 밝아졌다.
"맛있게 드시니 소인은 정성이 헛되지 않은 것 같아 너무 행복하옵니다. 이는 소인의 고향에서 나는 호박국수라고 하옵니다. 안팎 모두 영락없이 호박같이 생겼사옵니다만 뜨거운 불로 찌고 나면 호박이 전부 국수 가락이 되어 나옵니다. 소인이 화원 한 모퉁이에 몇 년 전부터 심어 보았사오나 번번이 실패하고 올해에야 세 개가 열렸지 뭡니까? 그래서 폐하께 올리고 싶어서 이 순간을 고대했사옵니다……."
건륭은 땀까지 흘려가며 맛있게 먹었다. 어느 접시에든 젓가락이 가지 않는 곳이 없었다. 돈비는 옆에서 부채질을 한다, 수건을 건넨다, 양칫물을 부어 올린다 부지런히 시중들면서도 까르르 웃기도 하고 이런저런 이야기도 해가며 마냥 즐거워했다. 건륭은 모처럼 포만감을 느끼도록 음식을 먹었다. 멀리서 진미미(秦媚媚)가 다가오는 걸 본 건륭이 웃으며 돈비의 어깨를 다독여주었다.

"짐이 오늘 맛나는 음식을 즐겁게 먹었으니 모두 자네 덕분이네. 자네도 짐에게 바라는 것이 있는 줄 아네. 오늘밤은 다른 처소를 찾기로 했으니 내일을 기대하게. 내일 밤은 너무 시원해서 정신이 아찔하게 해줄 테니…… 짐은 황후의 처소로 가봐야겠네. 짐을 따라가 줄 텐가?"

"당연히 소인이 폐하를 모시고 가야죠."

왕씨가 목소리를 낮춰 거의 귀엣말 가까운 소리로 말했다.

"…… 약조하셨으니 내일 밤을 어기시면 소인이 대단히 슬퍼할 것이옵니다. 지난번에도 철석같이 약조를 하셔놓고 귀비 나라씨께서 머리채를 땋아 주신다고 하니 귀비전에 들어 계시지 않으셨나이까. 소인…… 달거리도 막 끝났사옵니다……."

"그래, 알았네! 이번에는 약조를 어기지 않을 것이니 안심하게!"

말을 마친 건륭은 곧 궁전을 나섰다. 왕씨가 종종걸음으로 뒤따랐다.

황후 부찰씨는 정침(正寢)으로 저수궁(儲秀宮) 정전(正殿)을 쓰고 있었다. 귀비 나라씨가 서편전 북쪽 끝에, 혜비 뉴구루씨는 원래 남쪽 방에 있었으나 회임(懷妊)을 한 까닭에 서남쪽은 여름에 통풍이 잘 안 된다 하여 부찰씨의 배려로 정전 서난각으로 처소를 옮겼다. 서난각은 호수와 마주하고 있어 개미날개같이 얇고

투명한 사창(紗窓)으로 호수바람이 불어와 방안이 한여름에도 더운 줄을 모를 정도로 서늘했다.
 건륭이 저수궁 광량문(廣亮門)을 들어서니 정원은 고요하니 정적이 감돌았다. 등촉이 환한 창문마다 고운 윤곽들이 비쳤다. 정전 낭하에 열 몇 명의 야경 태감들이 시립해 있었고, 궂은일에 부리는 두 다리 튼튼한 궁녀들이 지게로 나무물통을 지고 각각의 방으로 더운물을 나르고 있었다. 그럼에도 발끝을 들고 조심스레 다니니 거의 인기척이 들리지 않았다. 건륭의 등뒤에서 따라오던 태감 진미미가 한발 앞서 들어가 황후에게 고하고자 하니 건륭이 웃으며 제지시켰다. 그리고는 까치발을 하여 돌계단으로 올라 친히 문을 밀고 정전 대문 안으로 들어갔다.
 황후 곁에서 시중드는 내낭을 비롯한 다섯 궁녀들은 황후가 이미 침수에 들었고 궁문(宮門)도 닫아걸었는지라 누군가 불청객이 찾아오리라고는 전혀 예상치 못했다. 저마다 겉옷은 다 벗고 속곳만 입은 채 동난각 문앞 궁전 모퉁이에 숨어 발을 씻고 수건으로 몸을 닦고 있었다. 그런데 난데없이 황제가 돌연 모습을 드러내니 다급해진 이들은 터져 나오는 비명을 손으로 꽁꽁 누르며 옷을 입을 수도 없고, 예를 갖출 수도 없어 환한 촛불이 비추는 창문 밑에서 어찌할 바를 몰라했다. 얼굴이 빨갛게 달아올라 쥐구멍을 찾고 있던 내낭이 급기야 대야에서 발을 빼고 나와 무릎을 꿇었다. 궁녀들 모두 속옷차림으로 꿇어앉았다.
 건륭은 환호라도 지를 태세였다. 내전(內殿)을 가리키며 황후가 알아서 좋을 게 없으니 입을 다물라는 식으로 손가락을 입에 대고 쉬쉬했다. 쑥스럽고 창피하여 건륭이 어서 들어가 주기만을 기다리는 고개 숙인 궁녀들은 숨죽여 바들바들 떨고 있었다. 그러

침석지환(枕席之歡)

나 이들의 바람과는 달리 건륭은 아예 바로 코앞으로 다가와 탐욕스런 눈을 번들거리며 한 사람씩 즐기며 감상했다. 그리고는 소리 죽여 웃으며 입을 열었다.

"신체발부(身體髮膚)는 수지부모(受之父母)라 했느니, 이다지도 황홀한 몸매로 어찌 쑥스러워하느냐. 제아무리 미녀목욕도(美女沐浴圖)를 잘 그렸다고 해도 이보다 더 예쁠까!"

그는 특별히 내낭에게서 시선을 뗄 줄 몰랐다. 뽀얗고 가느다란 목선이며 빨기만 해도 육즙이 배어 나올 것만 같은 오동통한 허벅지, 그리고 얇은 하얀 속곳에 비친 팥 같은 젖멍울이 앙증맞고 탐스러웠다. 내낭은 뚫어질 듯한 건륭의 눈빛에 창피한 나머지 가슴이 튀어나올 것만 같았다. 무엇으로든 치부를 가리고 싶었으나 아무 것도 없었다. 두 손으로 가슴을 움켜쥔 채 내낭은 고개를 푹 떨구고 눈을 질끈 감아버리고 말았다.

"이런 경우는 실례가 아니네."

건륭이 탐욕스런 눈길을 거두고는 미소를 지었다.

"쥐구멍을 찾지 말고 어서 들어가 보게!"

눈요기로 충분하다는 듯 손사래를 치며 건륭은 내전으로 들어갔다. 그사이 황제가 처소로 걸음을 하였다는 소식을 접한 황후는 벌써 의복을 정제하고 기다리고 있었다. 건륭이 들어서자 부찰씨는 공손히 예를 갖춰 문후를 올렸다.

"영영의 거처로 거동하실 거라 하시더니, 여긴 어찌……."

황후가 곧 자신의 실수를 깨닫고는 혀를 홀랑 내밀더니 말끝을 흘리며 얼굴을 붉혔다. 황후가 쑥스러워하며 얼굴을 붉히는 건 흔한 일이 아니었다. 서른을 갓 넘긴 황후는 용색이 미려한데다 드물게 교태까지 곁들이니 건륭은 가슴이 울렁거리며 욕정이 꿈틀대기 시작했다. 침대에 걸터앉아 황후를 당겨 품어 안으며 건륭이 속삭이듯 말했다.

"황후가 오늘처럼 아녀자답게 보인 적이 없었소. 늘 멀고도 가깝고, 가깝고도 멀어 보였소. 한 점 흐트러짐도 없어 부담스러웠지. 이런 모습을 자주 볼 수 있었으면 좋겠소. 영영에게야 황후와 만리장성을 쌓고 나서 가면 되지, 그게 뭐가 대순가······."

건륭은 다짜고짜 황후를 침대로 쓰러뜨려 눕혔다. 허겁지겁 입술을 덮친 건륭의 손은 벌써 속곳으로 비집고 들어가 미끄럼을 타고 있었다······. 엉겁결에 못 볼 것을 보고 난 태감들과 궁녀들은 황급히 뒷걸음쳐 물러가고 말았다.

불같이 뜨거운 운우지정(雲雨之情)은 건륭이 만족스런 신음과 함께 미끄러져 내려 대자로 누우니 곧 서서히 식어갔다. 꼭 다문 입으로 야릇한 신음을 깨물며 흥분에 몸부림치던 황후가 건륭의 목을 껴안은 채 촉촉하게 젖은 목소리로 말했다.

"······서둘러 일어나지 마시고 잠깐 누워 계시옵소서. 기다리는 영영이 목이 좀 길어지면 어떻사옵니까······. 신첩은 아들을 둘씩이나 잃었사옵니다. 자식 욕심은 아직 여전하옵니다······."

부찰씨의 긴 머리카락을 쓸어 내리던 건륭이 손으로 이마에 배인 땀을 닦아주었다.

"황후는 아직 젊고 또 이다지도 성정이 선하고 온화하니 황천보살께서 굽어살피시어 머지 않아 귀한 아들을 점지하실 것이오. 이게 그리우면······."

건륭이 황후의 손을 당겨 여전히 딱딱하게 일어서 있는 자신의 아랫도리를 만지게 하며 말을 이었다.

"언제든지 좋으니 진미미를······ 아니, 내낭을 보내시오, 내낭

침석지환(枕席之歡) 185

을……. 짐은 항상 황후를 영순위에 놓고 있다는 걸 잊지 마오
……."

건륭이 일어나 앉자 따라 일어나 옷매무새를 바로잡던 황후가 갑자기 피식 웃었다.

"어찌 웃었소, 황후?"

"소인도 그 까닭을 모르겠사옵니다. 실은 두려움이 있사온데 어찌 웃음이 튀어나왔는지."

"두렵다니?"

"내낭을 보냈다가 꿩 구워 먹은 자리가 될까봐 걱정이옵니다."

황후가 농을 하듯 웃으며 덧붙였다.

"신첩은 침석지환(枕席之歡)에 자신이 없사옵니다. 매번 끝나고 나면…… 따끔거리며 아프옵니다."

이같이 말하고 난 부찰씨가 어느새 근엄한 황후의 자세로 돌아오며 정색하며 말을 이었다.

"여염집의 여식으로 태어나 입궐하여 폐하를 가까이에서 섬기는 비빈(妃嬪)들은 그 유복함이 어찌 말로 형언할 수가 있겠사옵니까? 세인들의 눈에 신첩들은 신선과 같은 존재일 것이옵니다. 하오나 개중에도 삼육구등(三六九等)의 차별과 설움이 있음을 그네들이 어찌 알겠사옵니까? 체통 있고 격이 있는 황귀비, 귀비에서부터 일반 비, 빈, 귀인, 답응, 상재와 궁녀들에 이르기까지 폐하와의 거리를 얼마나 좁히고 폐하의 성총을 얼마나 받느냐 하는 것은 그가 황자를 생산하느냐 못하느냐에 달려있음은 주지하는 바이옵니다. 신첩은 육궁(六宮)의 살림을 맡아오며 여기에 얽힌 수많은 사연을 들어왔사옵니다. 어찌 보면 불쌍한 족속들이옵니다. 지금 이 시각에도 나라씨는 분명히 궁전 밖에서 '산책'을 하고

있을 것이옵니다. 영영이도…… 그 단짝 언홍이도 폐하께서 총애하시고 관음보살께서 아기씨를 점지해 주시기만을 고대하고 있을 것이옵니다……. 하오나, 폐하의 옥체는 결코 강철이 아니옵니다. 정을 적당히 내리시고 존체강녕을 염두에 두셔야 하실 것이옵니다."

이같이 말하고 난 부찰씨는 가벼운 한숨을 내쉬었다. 건들거리는 촛불을 바라보며 말이 없었다.

우수에 젖은 황후를 보며 건륭이 빙그레 웃었다. 그리고는 손을 잡고 보들보들한 손등을 쓸어 내리며 말했다.

"황후가 우려하는 것이 무엇인지 잘 알겠소. 짐이 자주 들를 터이니 황후는 황자를 생산할 만반의 준비만 하고 기다리면 되겠소."

"과연 신첩이 회임을 하여 황자를 생산한다면 이는 곧 모든 이들의 복일 것이옵니다."

건륭의 말에 기분이 좋아진 황후가 웃음을 머금었다.

"신첩이 괜히 내낭에게 질투를 느꼈나 보옵니다. 하오나 자질이 괜찮은 아이임에는 틀림이 없어 보이옵니다. 신첩을 섬기는 정성이 갸륵하옵니다. 그 아이의 생진팔자를 가지고 사주를 점쳐보니 '의남상(宜男相)'이라고 하였사옵니다. 격이 고귀한 장래가 점쳐진다고 하였사옵니다. 평소에 유심히 뵈오니 폐하께오서도 그 아이에게 각별하신 것 같사오니 조만간 머리를 올려주어 '답응(答應)'의 대우를 받게 함이 마땅할 것 같사옵니다……."

말을 마친 황후는 곧 밖을 향해 명령했다.

"내낭은 안으로 들거라!"

건륭이 어린애처럼 좋아하며 황후의 얼굴을 받들어 이마에 입을 맞추었다. 그리고 목소리를 낮췄다.

"짐이 독촉한 것도 아닌데, 그리 서두르지 않아도 되겠소. 천천히 하지……. 아무튼 황후는 참으로 아량이 넓은 사람이오!"

내낭이 주렴을 걷고 들어오는 소리가 들리자 건륭은 흠흠! 하고 마른기침을 하며 입을 다물었다.

"폐하께오서 승건궁(承乾宮)으로 거동하실 것이다."

즉석에서 사연을 설명하고 언질을 주려던 황후가 순간적으로 생각을 달리했다.

"모시고 가거라. 탁자 위에 꽃신 문양이 있으니 가는 길에 언홍이에게 가져다 주거라. 낮에 보내주기로 했는데, 깜짝 잊었구나."

한밤중에 홀연 파견한 '차사(差使)'치고는 누가 들어도 억지스러웠다. 차사는 '핑계'이고 '모시는' 것만이 황후의 진의라는 것을 눈치 빠른 내낭은 순간적으로 깨달았다.

"예, 황후마마! 그리하겠사옵니다."

얼굴이 홍당무가 된 채 고개를 숙이고 내낭이 기어들어가는 목소리로 대답했다. 그리고는 건륭의 뒤를 밟으며 궁전을 나섰다.

밖에는 과연 나라씨가 기다리고 있었다. 서쪽 담장 근처에 긴 그림자를 끌며 서성거리던 나라씨가 급히 다가와 예를 갖춰 문후를 올리는 모습에 건륭이 자상한 미소를 지었다. 그리고는 온화한 어투로 말했다.

"밤이슬이 차가운데, 여태 월색을 감상하고 있었나? 침궁으로 들어가게, 감기 걸릴라!"

달빛을 등지고 있어 신색이 또렷하지 않은 나라씨가 외로움에 겨운 목소리로 나직이 답했다.

"폐하께오서도 한기를 조심하시옵소서……."

어깨가 축 늘어진 채 마지못해 긴 그림자를 끌며 걸어가는 나라씨의 발걸음이 무거워 보였다.
　다시 걸음을 옮겨놓으며 기운 없는 나라씨의 뒷모습을 바라보는 건륭도 마음이 편치 않았다. 빈비들 중에서 건륭은 여태 나라씨의 처소를 가장 많이 찾아 주었었다. 짧으면 3일, 길어야 5일에 한 번 꼴로 그녀의 처소에 들어 '침석지환(枕席之歡)'을 나누었다. 하지만 천연두로 두 황자를 연이어 잃고 까닭 모를 우환으로 세 살짜리 공주까지 잃은 뒤로 나라씨에게는 더 이상 태기가 찾아올 줄 몰랐다. 몇 년 사이에 생떼 같은 자식을 셋씩이나 잃고 저리 마음둘 데를 몰라하는 나라씨가 안쓰러웠다……. 마음이 울적하여 발길이 닿는 데로 가고 있으니 옆에서 등롱(燈籠)을 들고 밤길을 안내하던 내낭이 겁에 질린 눈으로 건륭을 힐끗 훔쳐보고는 주춤거리며 아뢰었다.
　"폐하, 이쪽이옵니다……."
　건륭이 그제야 웃으며 다시 북으로 꺾어들었다. 등뒤의 태감을 힐끔 바라보며 건륭이 물었다.
　"내낭, 짐이 무슨 생각을 하고 있었는지 어디 맞춰봐."
　"노비가 어찌 감히 폐하의 사려를 허투루 맞추겠사옵니까? 폐하께오선 당연히 천하대사(天下大事)밖에 염두에 두고 계시지 않으시리라 생각하옵니다……."
　"잘 맞췄네! 군주에겐 소사(小事)가 없는 법이지. 황후가 생산했던 두 황자를 각각 두 살, 아홉 살의 유년에 천연두로 잃고 말았네. 나라씨 귀비의 소생이었던 두 황자도 먼저 하늘나라로 갔지. 지금 짐에겐 첫째와 셋째 황자밖에 없어서 짐의 슬하가 허전하다네……."

이럴 때는 어찌 대답해야 하는지 몰라 잠시 입술을 달싹이며 생각하던 내낭이 겨우 입을 열었다.

"자식은 하늘이 점지해주신다고 들었사옵니다. 황후마마, 귀비 마마를 비롯한 마마님들께서 아직 젊으시고, 영명하시고 인덕(仁德)이 하늘같이 높으신 폐하께오서 이같이 강녕하시온데 어인 성려시옵니까?"

다시 잠깐의 침묵이 흐르고 건륭이 웃으며 물었다.

"자네는 지금 무슨 생각을 하고 있는가?"

"달리 생각하는 바는 없사옵니다…… 좀 이상한 것 같사옵니다."

"이상하다니?"

"그렇지 않사옵니까? 폐하께오서 궁전을 나서시는데, 여느 때와는 달리 황후마마께서 밖으로 배웅 나오신 모습이 안 보이시니……."

"오늘은 누운 채로 꼼짝 않고 있는 것이 이상하다 이 말인가?"

"망극하옵니다, 폐하."

건륭이 허허 크게 웃으며 한 손으로 내낭의 어깨를 껴안았다. 연신 껄껄 웃으며 건륭이 나직이 말했다.

"바보 같은 계집 같으니라고! 황후는 그게…… 흘러나올까 봐 그러는 게 아니냐……."

"그게…… 흘러나오다니…… 무슨 말씀이온지……."

건륭이 더 크게 웃으며 내낭의 귓불을 살짝 깨물었다. 그리고 속삭이듯 말했다.

"이는 사직강산의 대사이자 인륜지대사를 위해서란 말이야. 황후가 자네를 빈으로 들이겠다고 했네. 때가 되면 짐이 가르쳐

주지 않아도 잘 알게 될 거야."

 이제 어렴풋이 무슨 말인지 알아들을 것 같은 내낭이 흥분과 긴장으로 터질 것만 같은 가슴을 작은 두 손으로 꼭 눌렀다.

 아계(阿桂)는 예정보다 5일이나 늦어서야 북경에 도착했다. 조실부모하여 홀로 살아온 데다 아직 혼인 전이어서 마땅히 찾아볼 가족이 없는 그는 서편문 내에 있는 역관에 행낭을 풀었다. 푸헝과 전도를 비롯한 벗들은 내일 황제를 배알한 후에 보기로 하고 이미 북경에 당도했다는 소식을 군기처에 전하고 난 아계는 대충 저녁상을 물리고는 몇몇 막료들을 데리고 산책을 나섰다.
 몇 년만에 돌아온 북경은 많은 변화를 보여주고 있었다. 역관동쪽의 과수원 일대에는 어느 왕공의 저택인지 모를 거대한 건물이 나지막한 언덕에 우뚝 솟아 있었고, 여기저기 봉분이 질서 없이 무성한 잡초를 덮어쓰고 있어 황량하기 이를 데 없던 서남쪽 백운관(白雲觀) 주위도 이제는 민가들이 옹기종기 즐비하게 들어앉아 있었다. 집집마다 회자나무, 유자나무, 버드나무며 백양나무를 울타리 삼아 두르고 있어 집의 형태는 잘 보이지 않았다. 바람이 불어오는 곳에서 백운관 처마 밑에 매달린 방울끼리 부딪치는 맑은소리가 들려왔다. 백운관에서 서북쪽으로 멀리 바라보니 청범사(淸梵寺)를 끼고 있던 우거진 송백과 오구나무 숲만은 떠나기 전 그대로였다.
 마지막 남은 한줌의 저녁놀이 산너머로 꼴깍 넘어가니 둥지로 돌아가는 지친 새들의 날갯짓이 빨라지는 것 같았다. 저녁밥 짓는 연기가 자욱한 골목골목에 아이들이 뛰노는 소리며 개 짖는 소리가 정겹게 어우러져 백초(白草)가 쓸쓸하고 황사(黃砂)가 해를 가리는 서부전선에서 돌아온 아계를 격세지감에 감개무량하게 만들었다. 순간 이곳 풍경을 닮은 조설근(曹雪芹)의 집이 떠올랐다. 붓끝에 마지막 피 한 방울을 묻혀 〈홍루몽(紅樓夢)〉에 종지부를 찍고 한 많은 세상을 차버리고 이승을 떴다는 지인의 형상이 떠올라 또다시 마음이 아파졌다. 불세출의 재주꾼이 평생 회재불우(懷才不遇)하여 참담한 일생을 처량하게 마쳤거늘 한낱 별볼일 없는 말단 관원이었던 자신은 무슨 덕으로 개부건아(開府建牙)의 영광스런 날을 맞았는지 기쁨보다는 무거운 마음이 앞섰다.

그의 옆에는 섬주(陝州)의 죄수들의 반란 때부터 그를 따라왔던 막료 우림(尤琳)이 있었다. 뒷짐을 진 채 말없이 먼 곳을 응시하고 있는 젊은 장군의 조각한 듯 분명한 옆얼굴을 바라보며 우림이 웃으며 물었다.

"가목(佳木, 아계의 호) 군문, 내일 폐하를 알현하여 무엇을 어찌 주해야 할지 생각하시는 겁니까?"

"그거야 사실대로, 느낀 대로 아뢰면 되지."

아계가 사색을 거둬들였다. 그리고는 덧붙였다.

"폐하께서 나를 다시 금천으로 파견하실지 그게 궁금하오. 생각 같으면 전부 내가 키워낸 병력으로 물갈이 해버리고 싶지만 대부대를 교체하려면 은자도 만만찮게 들어갈 테니 폐하께오서 윤허하실지 모르겠소. 그렇다고 저대로 가만 놔두면 사뤄번에게 겁먹은 자들이 기가 죽어 총대나 제대로 메겠는지 의문이오."

그러자 우림이 웃으며 말했다.

"서로군과 남로군의 사기는 그런대로 괜찮은 것 같습니다. 다시 금천으로 돌아가시게 되면 북로군을 전부 사천의 주둔군으로 교체해버리고 군문을 따라 적들의 심장부인 괄이애로 들어갔던 세 사람에게 맡기면 실망케 하는 일은 없을 것입니다. 하지만 이는 뒷얘기이고, 제 생각엔 폐하께서 군문을 군사(軍事) 담당 보좌관으로 눌러 앉히실 것 같습니다. 푸헝이 이 차사에 눈독들인 지 오래됐거든요."

이에 아계가 소탈한 웃음을 지어 보였다.

"푸상도 영웅기질이 다분한 호쾌한 남아이니 당연히 이 차사에 관심을 갖고 있겠지. 그렇다면 난 굳이 푸상과 줄다리기 할 생각은 없소. 총대 메고 나갈 기회는 얼마든지 있으니 말이오."

십 수년간 아계를 보좌해오며 우림은 눈빛만 보아도 그 속내를 점칠 수 있을 정도로 아계를 잘 알고 있었다. 군기대신이 된다는 것은 곧 천자와의 거리가 가까워짐을 뜻했고, 앞으로 문치(文治)의 재주를 드러낼 수 있는 기회가 열렸음을 의미했다. 전쟁터에서 아무리 뒹굴어보았자 대장군 이상의 영예는 기대할 수 없다는 생각을 했기에 아계는 푸헝과의 줄다리기에 한 발 물러서 있을 거라는 것을 우림은 점치고 있었다.

갑자기 멀리 서쪽에서 거대한 수레바퀴가 내리막길을 굴러가는 듯한 천둥소리가 들려왔다. 차가운 비린내를 머금은 비바람이 불어와 오싹 소름이 끼치게 했다. 어느새 시커먼 먹장구름이 하늘을 무겁게 덮고 있었다.

"비가 한바탕 시원하게 퍼부으려나 보군."

아계가 두 팔을 벌려 습기가 가득한 바람을 힘껏 들이마시며 싫지 않은 기색을 보였다.

"우박이 쏟아질 것 같은데요. 어서 역관으로 돌아가시죠, 군문!"

우림이 걱정스레 하늘을 쳐다보며 재촉했다. 이때 먼발치에서 역승(驛丞)이 달려오는 모습이 보였다. 영문을 몰라 서 있으니 역승이 소리높이 외쳤다.

"군문 어른……, 내정(內廷)에서 기윤(紀昀) 중당께서 방문하셨습니다. 역관에서 기다리고 계십니다……."

거친 숨을 몰아쉬며 가까이 온 역승이 허리를 깊숙이 숙여 예를 갖추며 덧붙였다.

"역관에서 사람들이 총출동했는데, 여기 계셨군요……."

역승의 말이 끝나기도 전에 아계는 벌써 발길을 돌렸다. 번개가 번쩍이며 먹장구름 무거운 하늘에 나뭇가지를 그리고 사라졌다. 때를 같이하여 누군가 항아리를 던져 깨는 듯한 우렛소리가 진동을 했다. 대지가 드르르 떨며 차가운 우박이 뒤집어진 키에서 쏟아지는 콩알처럼 와르르 머리며 얼굴을 강타했다. 굵기가 일정치 않은 우박은 크게는 달걀 만한 것도 있어 몸에 맞는 느낌이 적당히 얼얼한 정도가 아니었다. 역승이 "아이고!" 하며 머리를 싸매고 정신없이 달려갔다. 뒤돌아보니 수행원들은 여전히 한 점 흐트러짐 없이 요도(腰刀)에 손을 얹고 바싹 뒤따라오고 있었다. 만족스레 입을 다시며 태연스레 우박 속을 걸어가고 있으니 수행원들 중에 화신(和珅)이라고 부르는 막내 친병이 앞으로 달려나와 말했다.

"군문, 모자를 쓰고도 머리에 구멍이 날 것 같은데, 맨머리로 계시면 어떡합니까? 손바닥만하지만 하관의 모자라도 쓰고 계시죠!"

아직 앳되어 코흘리개 같은 친병을 바라보며 모자를 받아든 아계는 온화한 미소를 지었다.

"자식, 될성부른 나무는 떡잎부터 알아본다더니 젖 냄새도 가시지 않은 것이 주인 섬기는 데는 최고로군! 이 모자를 날 주고 나면 너 어쩔 거야?"

모자를 손에 든 채로 화신을 유심히 뜯어보며 아계가 말을 이었다.

"장가구(張家口) 대영의 거룽 유격(遊擊)이 추천해 보냈던 것 같은데, 계집애처럼 얌전하게 생겨가지고 이 바닥에서 버틸 수가 있겠냐? 열댓 살밖에 안 된 것 같은데."

화신의 머리를 쓰다듬으며 아계는 다시 모자를 아이에게 씌워주었다. 그리고는 총알처럼 빗발치는 우박 속을 태연스레 걸어갔다.

화신도 모자를 벗어 쥐고 씩씩하게 아계의 등뒤에서 따라가며 앳된 목소리로 말했다.

"전 여자처럼 이렇게 닭 모가지 하나 못 비틀 게 생겼지만 실은 고생도 무지하게 했고 겁나는 구석이 없습니다! 부모님께서 제가 여덟 살쯤 됐을 때 경쟁하듯 가버리시고 어린 저는 밥 동냥질도 했고, 친척집의 닭도 훔쳐냈고, 도박판에서 사환노릇도 하고⋯⋯ 못해본 일이 없습니다. 믿어지지 않겠지만 3년 전 채가네 도박장에서 그 개새끼를 죽여버린 것도 저였습니다⋯⋯. 그 당시 류통훈 어른께서 재판을 하셨는데, 워낙 악명 높은 놈을 죽였고, 또 제 나이가 열두 살밖에 안 된 점을 감안하시어 저를 처형하지 않고 장가구 병영으로 유배를 보내셨던 것입니다. 바람이 불면 주먹만한 돌덩이가 날아다니는 장가구에서도 버텨왔는데, 이깟 우박이 두려울 게 뭐가 있겠습니까!"

"그럼 몇 년 전 세상을 떠들썩하게 했던 사건의 주인공이 바로 너였단 말이냐!"

아계가 깜짝 놀라 화신을 향해 돌아섰다. 그리고는 아이의 어깨를 덥석 부여잡고 대견한 표정을 지었다.

"그때 누군지 속시원하게 잘해주었다고 생각했었는데, 이게 어쩐 인연이냐? 내가 너희 대장한테 명령하여 너를 내 곁으로 보내달라고 하는 건 어떻겠나?"

"그거야 두말 할 것 없이 대찬성이죠!"

화신이 좋아라 박수까지 쳐가며 선 자리에서 뜀박질을 해댔다. 그리고 말했다.

"아랫것으로서 주인 잘 만나는 이상의 행운이 어디 있겠습니까? 대단한 군문을 모시는 덕분에 잘 나가는 사람들을 대단히 부러워 했었거든요. 물은 낮은 데로 흐르고, 사람은 높은 데로 솟아오른다는 옛말이 있듯이 이걸 싫어할 사람이 어디 있습니까……."

아이가 다섯 손가락을 모아 꿈틀거리며 위로 올라가는 듯한 시늉을 해 보이며 말했다. 귀여운 그 모습에 아계가 껄껄 크게 웃었다.

일행이 역관으로 돌아왔을 땐 우박도 멈추었다. 대신 보슬보슬 보슬비가 내려 땅바닥에 쌓인 우박을 녹이기 시작했다. 촛불 훤히 밝힌 정방의 창가에 반쯤 기대어 앉은 기윤이 커다란 곰방대를 뻑뻑 빨아대는 모습이 비추었다. 서둘러 안으로 들어간 아계가 예를 갖춰 인사하고는 웃으며 말했다.

"죄송합니다, 중당! 본의 아니게 오래 기다리게 해드렸습니다! 제가 돌아온 줄은 어찌 아셨습니까?"

이같이 말하던 아계가 그제야 한 쪽에 서 있는 전도를 발견하고는 반색을 했다.

"요 짠돌이도 왔네……. 안 그래도 찾아가서 따질 일이 있었는데, 제발로 잘 찾아왔어!"

"오랜만이오, 아계!"

기윤이 곰방대를 털어 끄고는 한 쪽 무릎을 꿇어 군례를 올리고 난 아계를 일으켜 세웠다.

"무슨 장군이 물에 빠진 병아리가 돼버렸는가! 어서 의복이나 갈아입게!"

말이 끝나기도 전에 화신이 벌써 마른 옷을 한아름 안고 들어왔다. 화신의 시중을 받으며 옷을 갈아입는 아계를 향해 전도가 말했다.

"보자마자 웬 시비요? 따질 일이 있으면 내가 있지, 왜 그쪽이 그리 푸르퉁퉁해서 그러오. 4개월 전에 영양(羚羊)의 뿔 몇 개 수소문해 놓으라고 편지를 보냈었는데, 여태 꿩 구워먹은 자리였잖소. 아무리 바빠도 그렇지 답장 하나 안 해주는 게 어디 있소?"

만나자마자 입씨름 벌일 태세부터 취하고 있는 두 사람을 향해 히죽 웃어 보이며 기윤이 말했다.

"군기처에 알렸으면 다 알고 있는 거지. 지금쯤은 폐하께서도 보고 받으셔서 알고 계실 거요. 백관들도 여러 경로를 통해 거의 소식을 접했을 테고. 신임 군기대신에게 잘 보이고자 나도 뒤질세라 주먹 쥐고 달려왔다는 거 아니오."

옷을 갈아입은 아계가 주안상을 봐 오라며 화신을 보내고는 전도에게 말했다.

"우리 군중에 군마가 2백 마리 정도 부족하거든. 그래서 돈 좀 꿔달라고 사정했더니, 뭐? 이자를 내어놓으라고? 그런 말은 안 하는 게 좋을 뻔했지. 우리 사이에 내가 이자나 슬쩍 하려고 떨어지지 않는 입을 떼었겠소?"

침석지환(枕席之歡)　197

그러자 전도가 웃으며 답했다.

"나도 내 돈이라면 그냥 꿔주고 싶지. 돈을 금고 가득 채워 놓고 있어도 나랏돈이지 내가 맘대로 할 수 있는 내 돈은 아니잖소! 지난번에 여기저기서 거둬들인 이자로 채소며 고기를 사서 군중으로 보내준 건 왜 시치미를 뚝 떼고 있소?"

그 말에 아계도 할말이 궁해진 듯 머쓱하게 웃어버리고 말았다.

그사이 주안상을 보러갔던 화신이 크고 작은 식합을 두 손 가득 들고 들어섰다. 식탁 위에 하나씩 올려놓고 상차림을 하는 솜씨가 예사롭지 않았다. 음식도 기름기 번지르르한 육류 위주였다. 방안은 삽시간에 군침 도는 냄새가 넘쳤고, 고기라면 오금을 못 쓰는 기윤이 벌써 일어나 홀린 듯 식탁을 들여다보며 화신에게 물었다.

"이게 다 역관 주방에서 만들어낸 건가? 어쩌면 귀신같이 내 입맛에 맞추었지?"

"중당 어른께서 육식 즐기시는 걸 만천하에 모르는 사람이 어디 있겠습니까?"

화신이 비위맞추는 데는 자신 있다는 듯이 싹싹하게 웃으며 덧붙였다.

"아랫것들이 귀하신 어르신들의 구미도 맞추지 못하면 어느 짝에 쓰겠습니까? 사실 역관에서 만든 건 아니고요, 제가 옆집 녹경루(祿慶樓) 주방으로 들어가 손님상에 올릴 음식을 슬쩍 빼돌렸습니다. 그 주인도 이 사실은 모르고 있습니다!"

그러자 기윤이 석연치 않은 눈빛으로 화신을 바라보았다. 그리고는 웃으며 말했다.

"이게 또 나랑 아계 군문의 얼굴에 똥칠을 한 건 아니지? 손님상에 오를 음식을 빼돌리면 그 주인이 알고 가만 놔두겠어?"

"그런 염려는 안 하셔도 됩니다!"

화신이 웃으며 술 주전자를 들어 일일이 술을 따라주며 대답했다.

"제가 어찌 어르신들의 명성에 누를 끼치는 짓을 하고 다니겠습니까? 요즘 세상에 돈 몇 푼 던져주면 안 되는 일이 어디 있겠습니까? 사환은 술값이라도 챙겼으니 주인에게 따귀 얻어맞아도 싱글벙글할 것이요, 저는 어르신들의 비위를 잘 맞춰드려 기분이 좋고요. 여러모로 나쁠 게 없지 않습니까……."

어린아이의 영악한 계산에 술잔 든 세 사람은 연신 머리를 끄덕이며 웃었다.

주량은 자신할 수 없지만 고기접시 비우는 데는 게눈 감추듯 하는 기윤이 팔을 걷어 올렸다. 크게 한 입 베어 대충 우물거려 넘기고는 입가로 흘러내린 기름을 쓱 닦아 손수건에 문지르고 다시 게걸스레 뜯어먹어 어느새 팔뚝만한 돼지 뒷다리가 뼈만 앙상히 남는 모습을 넋을 잃고 바라보던 화신이 얼른 손 씻을 더운물을 받쳐 올렸다. 그러자 기윤이 대견스레 화신을 올려보며 말했다.

"꼬맹이가 제법인걸? 출세하겠어……. 난 배불렀으니 여러분들은 천천히 드시오. 아까 상서방에서 나오면서 배가 출출해 삶은 고기 두 덩어리 먼저 먹었거든!"

이에 눈이 휘둥그레진 전도가 웃으며 말했다.

"소문에 중당께선 오곡은 멀리하시고 하루 세 끼 고기만 드신다더니, 과연 그러시네요! 하관은 옆에서 보기만 해도 배가 부를 것 같습니다."

"부모님이 이렇게 낳아주셨으니 나도 어쩔 수 없는 것 같아. 난 물러나 앉을 테니 천천히 드시오."

"돼지 뒷다리 생각이 나서 다망하신 와중에 걸음 하시진 않았을 테고……."

아계가 젓가락을 내려놓으며 말을 이었다.

"설령 어느 총독이 왔다고 해도 얼굴 볼 시간조차 없으실 분이 장시간 기다리고 계셨다니, 무슨 일일까 대단히 궁금하네요."

그러자 기윤의 검은 얼굴이 진지해지기 시작했다. 근엄한 표정을 회복하여 두 손을 들어 공수를 해 보이며 기윤이 말했다.

"사실 난 가목 공이 북경에 도착하자마자 만나보라는 폐하의 지의를 받고 왔소. 내일은 그대가 폐하를 알현할 것이고, 건청궁은 이목이 많아 대화할 분위기가 못될 것 같아 작심을 하고 기다리고 있었지."

지의를 받고 왔다는 기윤의 말에 아계와 전도는 벌떡 일어났다. 전도가 말했다.

"그럼 두 분이 얘기를 나누십시오. 전 먼저 물러가 있겠습니다."

"그럴 거 없소. 폐하께오선 두 사람을 같이 만나보라고 하셨소."

기윤이 웃으며 두 사람과 함께 술자리를 떠나 조용한 곳으로 왔다. 화신이 차를 내오고 물러가기를 기다렸다가 기윤이 그제야 아계에게 물었다.

"아계, 자네는 러민, 이시요와는 잘 아는 사이로 알고 있는데, 과연 그러한가?"

기윤은 어느새 건륭의 말투로 변해 있었다. 금천 패배의 책임소재를 밝히려는 건륭의 의중을 점친 아계가 잠시 고민에 빠졌다. 뻔히 가까운 사이임을 알고 있는데 거짓말을 할 수는 없었다. 또한 막역한 사이임을 고백해도 상관없을 터였다. 하지만 두 사람이 금천의 전사(戰事)가 저리 엉망진창이 된 것에 어떤 역할을 미쳤는지는 알 수가 없었던 것이다. 잠시 생각 끝에 아계가 대답했다.
"저희는 가까운 사이이긴 하오나 술자리에서의 벗일 뿐이옵니다. 전도도 알다시피 만나면 술 마시고 해롱대는 것이 전부이옵니다."
"그 이상 그 이하도 아닙니다."
아계가 조심스러워하는 이유를 알 것 같은 전도가 급히 맞장구를 쳤다. 기윤이 미소를 지으며 다시 아계를 향해 물었다.
"그 두 사람의 인품이며 재능에 대해서 자네는 어찌 생각하는가?"
"가끔씩 만나 술을 마시며 회문(會文)하여 시간을 때우는 것이 고작입니다. 차사를 같이 한 적도 없고 사적인 자리에서 깊은 얘기를 나눠본 기억도 없어 잘 모르겠습니다. 객관적으로 지켜볼 때 이시요는 명민하고 결단력 있고 호쾌한 반면에 자신의 재량을 과시하여 가끔 오만불손하다는 느낌을 주는 단점이 엿보입니다. 러민은 매사에 근신하고 부지런하며 침착한 성정을 지녔으나 또 지나치게 소심한 것 같아 조금 아쉬워 보입니다."
기윤이 머리를 끄덕여 보였다. 그리고 이번에는 전도를 향해 고개 돌리며 물었다.
"자네 두 사람이 처한 상황에 대해선 폐하께서 잘 알고 계시오. 그리고, 장우공(莊友恭)이란 사람은 어떤 것 같소?"
느닷없는 질문이라는 듯 전도는 잠깐 당황한 표정을 지었다. 어찌 답변해야 할지 몰라 망설이고 있을 때 갑자기 밖에서 우박이 녹아 고여 있는 흙탕물을 질척이며 들어서는 발자국 소리가 들려왔다. 웃고 떠들며 우루루 몰려드는 기척이 스무 명 정도는 될 것 같았다. 어찌된 영문인지 아계가 물으려 할 때 화신이 들어와 아뢰었다.

"군문, 한 무리의 관원들이 군문을 뵙겠노라며 찾아왔습니다. 쉰네가 물으니 예부 당관도 있고, 한림원에서 나오신 분도 있고, 군문의 친척이라는 분도 있습니다."

"얼굴 보는 건 급한 일이 아니니, 먼저 돌아가라 이르거라."

아계가 근엄한 음성으로 덧붙였다.

"지금은 중당 어른과 중요한 대화를 나누고 있는 중이니, 내일 폐하를 알현한 다음에 보자고 하거라."

그러자 화신이 난감한 표정으로 말했다.

"쉰네가 그리 말했습니다. 그럼에도 어르신들께서는 모두가 군문과 절친한 사이시라며 오늘 꼭 만나 뵈어야겠다고 합니다."

그러자 기윤이 전도를 향해 말했다.

"얼굴보고 싶다며 찾아오는 사람이 많은 건 좋은 일이지. 잘 나가고 있다는 증거이니까. 죄를 지어 형구(刑具)를 쓰고 감방에 처박혀 있다면 벌써 천리만리 도망가는 게 세상 인심이 아니겠는가!"

아계가 잠시 생각 끝에 화신에게 분부했다.

"가서 이르거라. 정 그렇다면 우리가 자리를 파할 때까지 서쪽 별채에서 기다리고 있든지 하라고."

"알겠습니다, 군문!"

화신이 날렵하게 한 쪽 무릎을 꿇어 예를 갖추고는 바람처럼 사라졌다.

8. 태평성대의 그늘

아계가 의아스러워하며 고개를 갸웃하는 걸 본 기윤이 웃으며 말했다.

"아직 잘 모르나본데, 요즘 관원들은 이 동(同)자 돌림을 무척이나 좋아한다고 하오. 동년(同年), 동향(同鄕), 동관(同官)이라는 명목을 만들어 끼리끼리 놀며 그중 누구 하나 관운이 트여 승진을 했다거나 달리 좋은 일이 있으면 우르르 몰려다니며 한바탕 먹고 마시는 풍이 한창이라고 하오. 내가 군기처로 들어온 지 얼마 안 되어 자네가 뒤를 따르니 저네들이 가만히 있겠소? 태감들과 선을 대고 있어 저마다 정확한 소식통들인데!"

"이런 현상이 고질이 되어버리면 관가에 나쁜 영향을 미칠 텐데……"

아계가 걱정스런 어투로 말했다.

전도는 내내 기윤이 건륭의 지의를 받고 물어왔던 질문 사항에 대해 생각하고 있었다. 건륭은 이시요와 러민에 대해 관심을 보였을 뿐더러 장우공의 됨됨이에 대해서도 물어왔다. 이는 금천 군사의 책임 소재를 떠나 재목에 따라 인재를 발탁하려는 인재용인(因材用人)의 성의(聖意)를 엿볼 수 있는 부분이었다. 장우공을 어찌 생각하느냐는 질문에 전도는 아계처럼 조심스러워 하지 않고 솔직하게 대답했다.

"장우공과 러민은 둘 다 장원 출신으로서, 최고의 학문가임은 만천하가 주지하는 바이오. 어렵게 장원에 급제하고 환희가 지나쳐 '난 장원이요, 난 천하 제일인(天下第一人)이오'를 외치고 다녀 우스운 꼴을 자초했다고는 하지만 난 그 사람의 정직한 인품은 믿어마지 않소. 어쌴과 함께 영정하(永定河)에서 제방을 쌓고 있을 때 장상(장정옥)의 명을 받고 내려가 보았더니 장대비가 기승을 부리는데도 어쌴은 흙탕물을 뒤집어쓴 채로 삽질을 하며 앞장서 지휘하고 있고, 장우공은 민공들을 거느리고 모래자루를 등에 지고 나르고 있었소. 내가 새된 소리를 지르며 부르니 그만 뒤뚱하며 거센 물길에 휩싸여 저만치 떠내려갈 뻔했었지……. 손을 잡으니 굳은살 투성이요, 얼굴을 보니 까마귀가 벗하자고 찾아올 것만 같았소. 붓 놀리고 글쓰는 게 업인 학문가가 민공들 틈에서 영차, 영차 핏대 세워 외치는 모습을 보며 난 가슴이 뭉클하여 콧마루가 찡해지는 걸 주체할 수 없었소!"

여기까지 말한 전도는 다시금 목이 메어오는 듯 찻잔을 들어 차를 마시며 더 이상 말을 잇지 않았다.

어쌴은 공부(工部)의 시랑(侍郞)이었다. 장우공도 예부 사이관(四夷館)에서 일직을 담당하고 있어 명실공히 정4품 관원이었다. 그런 두 사람이 밖에서 민공들과 더불어 흙탕물 속에서 나뒹굴며

험한 일에 팔을 걷어 붙이고 달려들었다는 말을 듣고 아계도 적이 감동을 받은 표정이었다. 전도의 생생한 증언을 듣고 난 기윤이 한참 후에야 웃으며 말했다.

"어싼에 대해서도 궁금했었는데, 이 정도면 충분하겠소. 이 사람 저 사람 물어보는 건 그 무슨 저의가 있어서가 아니니 괜한 추측과 의심은 삼가 주었으면 하오. 〈사고전서(四庫全書)〉 편수 작업을 거들어줄 사람이 필요하여 폐하께오서 이 사람더러 적임자를 물색하라고 명하시길래 물어보았던 거요."

이같이 말하며 기윤이 다시 물어왔다.

"조후이와 하이란차 두 사람에 대해 아는 바는 없소?"

전도는 잘 모르겠다는 듯 머리를 저었다. 그러자 대신 아계가 말했다.

"일면지교(一面之交)라서 잘 알지는 못하겠소만 둘 다 병사들을 아끼는 마음이 가상하고 야전에 강하다고 들었소. 보기에 조후이는 내성적이어서 말이 없는 반면 하이란차는 좀 장난기가 있어 보였소."

"그 둘이 금천에서 병영을 이탈한 도주병이 되어 쫓기는 신세가 됐소."

기윤이 말을 이었다.

"폐하께오선 이미 사천순무 김휘, 양강총독 김홍 그리고 하남, 운귀 순무들더러 비밀리에 체포작전을 벌이라 하명하셨소. 아계, 자네도 군기처에서 금천 지역의 군사에 대한 업무를 보게 될지 모르니 이네들의 동향에 대해 촉각을 곤두세워야 할 것이오."

아계가 급히 일어나 알겠노라고 대답했다. 그러자 기윤이 문밖을 향해 큰소리로 불렀다.

"거기 누구 있나? 서쪽 별채에서 기다리고 있는 관원들더러 들어오라고 이르게!"

바깥 낭하에서 화신의 대답소리가 들려왔다. 잠시 후 의자 삐거덕거리는 소리며 발을 굴러가며 의관을 정제하는 소리가 들리는가 싶더니 종종걸음으로 정방(正房) 계단을 오르는 어지러운 인기척이 들리기 시작했다.

삽시간에 정방 안은 시끌벅적했다. 기윤과 아계, 전도 세 사람이 일어나 웃는 얼굴로 맞아주었다. 끝없이 꼬리를 물고 들어오는 사람들은 스물 네댓 명은 족히 될 것 같았다. 다양한 신분을 반영하기라도 하듯 관모(官帽)며 정자(頂子), 관포(官袍)도 저마다 달라 방안은 알록달록 화려하게 빛났다. 나이도 환갑을 넘긴 노인에서 열댓 살밖에 안 되어 보이는 새파란 젊은이까지 연령대가 다양해 보였다. 저마다 수본(手本)을 들고 뒤질세라 목청을 높여 자신의 이력을 말하고 문안인사를 올리느라 또 다른 전쟁터를 방불케 했다. 그 많은 사람들 중에서 기윤은 한 사람만 눈에 익었다. 방지학(方志學)이라는 인물로, 한림원에 적을 두고 있는데 외관(外官)으로 보내달라고 기윤을 찾아와 청을 넣었던 사람이었다. 한림원에서 일한다는 그 밖의 세 사람도 전에 방지학을 따라 자신의 집을 찾았던 것 같았으나 기억이 잘 나지 않았다. 그에 비해 아계는 어이, 어이 손짓하며 알아보는 사람이 많았다. 그 중 세 명의 서무관은 아계의 옛 동료라고 했다. 거인(擧人) 출신의 호추륭(胡秋隆), 그리고 고봉오(高鳳梧), 오달방(仵達邦). 이름까지 생생하게 기억이 나는 세 사람이었다. 빗길에 오느라 두루마기 자락은 저마다 젖어 있었다. 화려하고 고급스런 의관을 자랑하는 이가 있는가 하면 퇴색한 데다 손재주 좋은 아낙이 천을 덧대어 보일 듯 말 듯 기운 두루마기를 입고 뒤에서 얼쩡대는 이들도 있었다. 저마다 기윤과 아계를 향해 달려들어 전도는 보기 좋게 꿔다논 보릿자루 신세가 되어버리고 말았다.

그러나 기윤은 알고 있었다. 자신도 비록 군기처에 몸담고 있다지만 〈사고전서〉에만 매달려 있고, 예부에 가끔씩 얼굴을 내비치는 정도이니 이네들은 앞으로 군무를 전담하게 될 아계에게 얼굴 도장을 찍는 것이 급하다는 걸 한눈에 짐작할 수 있었다. 아계에게 시선을 돌리니 아계는 전도를 바라보고 있었다. 그러나 전도는 무표정하게 웃기만 할뿐 말없이 한 쪽에 앉아 있었다. 기윤이 곰방대를 꺼내려고 옷섶을 들추는 걸 본 전도가 웃으며 말했다.

"기윤 공이 담배 생각이 나나본데, 누가 불을 준비하지 그러오!"

그 말이 떨어지기 바쁘게 벌써 대여섯 명이 저마다 불을 켜들고 기윤에게로 경쟁하듯 달려들었다. 먼저 다가선 누군가에게서 불을 받고 두어 모금 빨아들이던 기윤이 웃음을 참지 못하고 "푸우!" 하고 웃음을 터트렸다. 그리고는 기침에 사래 걸려 눈물까지 찔끔거리며 쿨룩거렸다.

"여러분!"

가까스로 웃음을 멈춘 기윤이 웃으며 말했다.

"아계 군문은 오늘 도착하셨소. 우박까지 마다하고 이리 영접을 나와주시니 실로 감동이 물결치오."

그러자 아계가 웃으며 말했다.

"환영해주는 마음은 내가 고맙게 받겠소. 그런데 여기서 이러고 있으니 마땅히 대접할 것도 없고 인사치레가 부실해서 미안하오. 난 내일 폐하를 알현해야 하니 긴히 이 사람에게 할말이 있는 사람은 남고 그렇지 않으면 오늘은 얼굴 본 걸로 만족하고 돌아갔으면 하오. 소털같이 많은 날에 오늘만 날인 건 아니잖소!"

그러나 순순히 돌아갈 이들이 아니었다. 행색에서도 드러나듯이 대다수가 관운도 지지리 없고 사는 꼴들이 고만고만하여 전정을 위해서라면 체면도 자존심도 버린 지 오래된 이들이었다. 아계가 군기처로 발령 받아 북경으로 오고 있다는 소문이 한 입 건너 두 입 장안에 파다하게 퍼질 무렵부터 이들은 잔뜩 기대에 부풀어 있었는지라 이대로 순순히 물러갈 순 없었다. 부드럽게 축객령(逐客令)을 내리는 아계의 말에 크게 서운하여 이들은 벌집 쑤신 요란함이 따로 없이 떠들어댔다.

"아계 어른! 우리가 이 순간을 얼마나 고대했는데, 손사래 하나에 가볍게 축객령을 내리실 일이 아니죠!"

"기윤 공, 뭐라고 얘기 좀 해주시오."

"우리가 비록 관품은 낮아도 의리는 누구 못지 않다오……"

"이봐, 아계! 조강지처(糟糠之妻)를 버리면 죄받고, 빈천지교(貧賤之交)를 잊으면 안 된다고 했소! 언젠가 구숙(九叔)한테 돈 꾸러 갔다가 쫓겨났을 때 내가 주방에서 찬밥 한술이나마 훔쳐다 주었던 기억을 잊었소?"

"난 풍청표(馮淸標)요! 풍청표라고 기억 안 나오? 관제묘(關帝廟)에서 돈을 다 털리고 같이 고구마 구워 주린 창자 달래던 그때를 잊었소?"

"이보게, 효남(曉嵐, 기윤의 호)! 그대가 갖고 싶어하던 몽념(蒙恬)의 호부(虎符)를 내가 얻어왔소!"

"효남, 나도 당백호(唐伯虎)의 시녀도(侍女圖)를 가져왔소. 감상해보고 싶을 텐데……?"

"이보오, 효남……."
"아계 어른……."
"기윤 중당……."

이대로 물러갈 수는 없다는 듯 열을 올리는 사람들은 마치 굶어 죽은 한 무리의 악귀들 같았다. 전도는 최소한의 자존심도 없어 보이는 이들이 가소롭기도 했지만 한편으론 일말의 희망이라도 건져보려는 간절한 모습들이 안쓰럽기도 했다. 한 쪽에 앉아 묘한 미소를 머금고 차를 홀짝이며 지켜보고 있던 전도가 문득 사람들 틈에서 익숙한 얼굴 하나를 발견했다.

"오청신(吳淸臣)! 혹시 악준(岳濬) 순무의 형명막료(刑名幕僚) 아니오? 류강(劉康) 사건 때 우리 둘 다 증인으로 끌려와 3개월 동안 한 방에 갇혀 있지 않았소. 그새 날 못 알아보겠소?"

"아이고, 전 어른!"

아계를 향해 "그 옛날 수박밭에서 신발 끈 고쳐 매다 뒷덜미 잡혀 곤욕 치르고 열 받은 김에 수박밭 주인을 들이받고 큰 걸 두 개 훔쳐 배터지게 먹었던 그때 그 시절"을 잊었느냐며 떠들어대던 오청신이 그제야 전도를 알아보고는 반색하며 다가왔다. 예를 갖춰 인사를 했다.

"역시 우리 대청의 재신(財神)이 최고라니까! 우리 둘은 난형난제(難兄難弟) 사이이니 정분이 그 누구와도 비할 수가 없지……."

그러자 전도가 급히 두 손을 저었다.

"무슨 난형난제씩이나! 여기서 이렇게 떠들지 말고 미리 짜여진 각본에 따라 확 밀어붙이지 그래. 술을 사기로 했으면 어디 근사한 데로 가서 술을 사든가! 배고픈데 말이 무슨 소용 있다

태평성대의 그늘 209

고……."
 그러자 오청신이 웃으며 말했다.
 "우리가 거하게 한잔 사려고 왔다는 거 아니오. 바로 옆집 녹경루에서. 이번에 덕주 염도(德州鹽道)로 발령난 마 거머리가 내기로 했거든!"
 오청신이 목소리를 낮췄다. 그리고는 전도에게로 바짝 다가가 썩은 마늘냄새를 풍기며 속닥거렸다.
 "통주(通州)에서 으뜸가는 부자 마덕옥(馬德玉)이 이번에 연관(捐官)하여 도대(道臺) 자리에 앉게 됐다고 입이 귀에 걸렸잖소! 그래서 한턱 내라고 우리가 발동을 걸었지……."
 고약한 입 냄새를 못 견디고 전도가 자리에서 일어섰다. 그리고는 기윤에게 말했다.
 "오늘 이 '재앙'은 아마 피해갈 수 없을 것 같소. 웬만하면 청을 들어주는 게 좋겠소!"
 전도의 그 말에 장내는 떠나갈 듯한 환호성이 터져 나왔다. 이 우황(牛黃), 구보(狗寶)들을 어찌 떼어버릴까 골머리를 앓던 기윤과 아계도 어쩔 수 없이 전도의 말에 고개를 끄덕였다. 눈치 빠른 화신은 방안으로 들어가 술 깨는 데 효과가 크다는 해주석(解酒石) 몇 개를 가져다 전도에게 쥐어주었다. 그리고는 아계가 술잔을 많이 받아 고생할 걸 짐작하여 미리 목욕물을 끓여둔다, 해장에 좋은 매실탕을 준비해둔다, 모기장을 치고 식향(息香)을 피운다 하며 바삐 서둘렀다.
 녹경루는 역관에서 불과 몇십 보밖에 떨어져 있지 않았다. 밖에는 보슬비가 내렸지만 사람들에게 둘러싸인 아계, 기윤과 전도는 발이 거의 땅에 닿지 않지도 않은 채 녹경루에 도착했다. 독수리 날아가는 자세로 사방으로 뻗쳐 있는 처마 밑에 가는 비바람에 흔들거리는 다섯 개의 빨간 등롱이 내걸려 있었다. 기윤이 보니 굵직한 기둥에 붙어 있는 영련(楹聯)이 대단히 재미있었다.

  백치 : 세상은 원래 큰 무대요, 눈물 흘릴 필요 없는 연극무대
  바보 : 무대는 원래 작은 세상, 미친 척하기에 살 수 있는 세상

 대청 안은 등촉이 휘황찬란하여 대낮 같았고, 열 몇 개의 식탁이 즐비하게 배열돼 있었다. 북쪽으로 무대가 설치되어 있었다. 출입구에는 손님이 많아 더 이상은 사절이니 미안하지만 돌아가 주십사 하는 팻말이 내걸려 있었다. 그제야 기윤은 마덕옥이 녹경루 전체를 빌렸다는 것을 알 수 있었다. 안으로 발을 들여놓으며 기윤이 물었다.
 "마덕옥, 하룻밤 빌리는데 얼마나 들었나?"
 기윤이 물어오자 마덕옥이 급히 다가와 대답했다.
 "비싸진 않습니다. 한 2백 냥 정도? 마름이 다 했기 때문에 확실한 건 잘 모르겠습니다. 희자(戱子)들을 부르는 비용까지 합쳐도 4백 냥이면 충분할 겁니다."
 관복에 억지로 쑤셔 넣은 것 같은 비계덩어리가 출렁이는 둔중한 몸집의 마덕옥은 살에 파묻혀 보이지도 않는 눈을 찌푸려 웃으며 대수롭지 않다는 듯 말했다. 사람 보는 안목이 탁월하다고 자부하는 기윤은 뛰어난 상술을 자랑하는 산서(山西) 지방의 방언이 짙은 마덕옥이 겉보기와는 달리 대단히 명민하다고 느꼈다.
 "4백 냥이면 나의 2년 동안의 봉록이군. 그걸 하룻밤에 가볍게 날려버린단 말이지. 아무튼 대단하오. 돈이 많아 주체할 수 없는

사람이 어찌 사도(仕途)에 들어 고생을 자초하오?"

그러자 마덕옥이 웃으며 말했다.

"누가 아니랍니까! 돈이 아무리 많아도 체면 세우는 데는 역부족이니 말이죠. 향촌에 어떤 말단 관리가 방문해도 조상 받들 듯 해야 하니, 나 원 참 더러워서. 돈도 중요하지만 인간이 인간 대접 받으려면 그래도 이 바닥에서 얼쩡거려야 한다니깐요. 색기를 주체할 수 없는 계집이 기생 노릇하듯 돈보다는 즐기는 쪽이 우선이니 나쁘진 않네요!"

기윤이 하하 목을 뒤로 꺾으며 크게 웃었다.

"관가(官街)를 기방(妓房)에 비유하다니, 참으로 재미있네!"

걸어가며 기윤이 다시 물었다.

"자네는 염도에서 1년에 얼마씩 벌어들이나?"

"2만 냥 정도는 될 겁니다!"

마덕옥이 입술을 쩝쩝 다시며 말을 이었다.

"여름 한철, 겨울 한철 때가 되면 효도하는 은자를 상납하고 상사의 홍백희사(紅白喜事)에 빠지지 않고, 심지어 그 마누라의 용돈까지 다 챙기고도 그 정도는 남습니다……. 땅투기 하지 않고, 뇌물 받지 않으니 누가 장부 뒤질 일도 없겠지만 뒤져봐도 자기네들 주머니에 들어간 것뿐이고, 이 사람은 마음 편한 걸 최고로 생각합니다."

관가의 암흑상과 자신의 치부를 드러내면서도 아무렇지도 않은 마덕옥에게 흥미를 느낀 기윤이 물었다.

"정말 편하게 사는 것 같아 부럽긴 한데, 이거 너무 편한 것 아니오?"

"아무튼 내 주머니에만 검은 돈 챙겨 넣지 않으면 문제될 게 없다고 생각합니다!"

기윤이 고개를 갸웃해 보이더니 그 뜻을 알 수 없는 미소를 지었다. 녹경루 안은 벌써 상마다 진수성찬이 그득하여 미각을 자극하는 음식냄새가 코를 벌름거리게 했다. 기윤이 마덕옥을 주석(主席)에 끌어다 앉히고 아계와 전도더러 그 옆자리로 들어가라며 등을 떠밀고는 웃으며 말했다.

"오늘 여러분들이 아계 군문을 환영하여 준비한 성대한 자리에 나랑 전도가 들러리로 따라오게 되었소. 보아하니 진수성찬도 이만한 진수성찬이 드물 것 같이 잘 차렸는데, 모처럼 만났으니 즐거운 한때를 보내기 바라오. 다만 우리는 먼저 저녁을 먹었는지라 배가 불러 많이 먹지는 못하겠소. 주인의 성의에 결례가 되어선 안 되니 자리는 지켜주겠소."

"여러분!"

마덕옥이 술잔을 들었다.

"이 사람은 영웅을 흠모하고 경배하는 마음이 드높은 영웅 추종자입니다. 평소에 이 세 분의 어르신들을 뵐 기회가 주어지지 않아 아쉬웠습니다. 이번에 아계 군문……, 내 마음속의 영웅이신 아계 군문을 뵙기 위해 한림원 방지학 어른을 내세워 이런 자리를 마련할 수 있었습니다. 생각지도 않게 한꺼번에 조정의 세 기둥을 뵙게 되니 이 마아무개의 감개는 실로 무량합니다. 참고로 이 음식들은 이 사람이 정정당당하게 번 깨끗한 돈으로 내 마음이 우러러 나서 사는 것이니 혹시라도 께름직하게 생각하신다면 이 사람은 대단히 서운할 것입니다. 또한 이 사람이 어르신들에게 전정(前程)을 부탁하고자 마련한 자리도 절대 아니오니 누군가 뒤에서 혓바닥을 잘못 놀렸다간 나 마 거머리는…… 악착같이 들러붙어 피를 다 뽑아버리는 수도 있겠습니다!"

　말을 마친 마덕옥은 먼저 한 잔을 쭉 들이켰다.

　마덕옥의 말투와 행동에 사람들이 웃음보를 터트렸다. 아계와 전도도 술잔 든 손을 드르르 떨며 웃었다. 그러나 잠깐 동안의 대화를 통해 마덕옥이 그 깊이를 가늠할 수 없는 성부(城府)를 지닌 예사내기가 아니라는 생각에 기윤은 그저 담담히 미소를 지을 뿐이었다. 마덕옥이 흐뭇하게 웃으며 박수를 쳐 보이자 무대 양쪽에서 비파, 생황, 퉁소 등 악기를 든 여섯 아가씨들과 여섯 명의 희자(戲子)들이 구름 같은 긴치마를 끌며 등장했다. 알록달록한 긴소매를 무지개처럼 흔들며 꾀꼬리 같은 목소리로 노래를 부르기 시작했다.

　　　망망한 건곤(乾坤)에 또 한 해가 이슥해지는데,
　　　소소한 백발 날리는 곳에 노홍(老江)이 말라있구나.
　　　소슬한 찬바람 지나가고 봄은 쉬이 오건만,
　　　높아진 담벼락 넘어 그 사람 보기는 힘이 드네.

　무대 위에서는 노랫소리가 한창이나 밑에선 술자리가 무르익어가고 있었다. 아계는 내일 면군(面君)을 앞두고 있는지라 조금 홀짝이는 시늉을 하고는 물러나 앉았다. 이튿날에도 별다른 일이 없는 전도는 그러나 잔이 차기 바쁘게 들이부었다. 연거푸 몇 사발을 비우고 나니 벌써 취기가 몽롱해지기 시작했다. 무대 위의 열두 아가씨들은 각각 문관(文官), 우관(藕官), 애관(艾官), 규관(葵官), 두관(荳官), 방관(芳官), 옥관(玉官), 영관(齡官), 예관(蕊官), 악관(藥官), 보관(寶官), 가관(茄官)이라고 이름을 붙여 모두가 이팔의 나이였다. 그러나 그중 우관, 방관, 옥관이 진짜 여자일 뿐 나머지는 모두 여장을 한 남자들이었다. 곱게 칠보단장하고 머리채까지 길게 드리우니 미색이 여자 뺨치게 황홀했다.

술에 취하여 두 눈이 게슴츠레해진 오청신이 그중 하나를 불러 술을 따르게 했다. 전도는 그가 남자를 더 좋아하는 변태기질을 갖고 있다는 걸 익히 알고 있는지라 말없이 웃기만 했다. 가까이 다가온 두관을 껴안고 오청신이 기름기 번지르르한 입을 맞추려 하자 쑥스러운 듯 몸을 비틀며 두관이 아양을 떨었다.

"어휴, 입 냄새! 입을 맞추시려면 먼저 양치나 하고 오세요, 어르신!"

오청신을 보기 좋게 무안주어 밀어내고 두관은 손수건에 술잔을 받쳐 올려 전도의 입가에 가져가며 애교를 부렸다.

"전 어른……, 동행하신 두 분 어른께서 못 드시는 대신 전 어른께서 몇 잔 더 받으셔야죠……."

여자보다 더 여자 같은 두관의 통통한 엉덩이를 쓸어 내리며 전도가 꺼억꺽 술트림을 해가면서도 연신 술사발 세 개를 더 비웠다. 그리고는 두관을 껴안고 입을 맞추기에 급급했다.

아계가 둘러보니 무대 위에서 내려온 열두 명의 소녀, 소년들이 온갖 추잡스런 작태를 보이며 유혹을 해왔고, 그에 미친 관원들도 한둘이 아니었다. 아계는 구역질이 나 차마 그 장면들을 지켜볼 수 없었다. 슬그머니 기윤에게 눈길을 돌리니 그는 곁눈질 한번 하지 않고 조용히 찻물만 홀짝이고 있었다.

"오늘 별 해괴망측한 꼴을 다 보네."

아계가 웃으며 말을 걸어오자 기윤이 미소를 지으며 답했다.

"난 이번이 벌써 세 번째요. 의외로 이런 변태 같은 짓에 오금

못 쓰는 자들이 많거든. 그러니 어쩌겠소. 양(梁) 효왕(孝王)의 토끼 농장에 왔으니, 토끼 구경을 하는 수밖에!"

두 사람이 자신들의 인내를 시험하며 가까스로 자리를 지키고 앉아 있을 때 화신이 종종걸음으로 들어오더니 아계에게 귀엣말을 했다. 그러자 아계가 기윤에게 전해들은 바를 말했다.

"푸상이 역관에 와서 우릴 기다리고 있다 하오. 중요한 일이 있나 보오······."

두 사람이 동시에 자리에서 일어섰다. 그러자 전도도 따라 일어났다.

"오늘 주인의 환대에 잘 먹고, 눈요기 잘했소!"

기윤이 어느새 옆자리로 다가온 마덕옥을 향해 말했다.

"우리는 볼일이 있어 먼저 가봐야겠소. 얻어먹었으니 우리도 조만간 여러분을 초대하겠소. 나오지는 마오."

말을 마친 기윤은 곧 좌중을 향해 머리를 끄덕여 보이고는 아계, 전도와 함께 자리를 떴다. 느닷없이 자리를 차고 일어난 세 사람의 등뒤에서 의아스러워 하며 사람들이 한마디씩 인사말을 했으나 셋은 뒤도 돌아보지 않았다.

두 사람을 따라 몇 발짝 걸어가던 전도는 그러나 곧 멈춰 섰다. 푸형이 아계와 기윤을 불렀는데, 고작 호부 시랑인 주제에 쫄래쫄래 따라간다는 것도 우스웠기 때문이다. 벌써 그 생각을 짚어낸 듯 아계가 히죽 웃었다.

"왜 그러고 섰소? 수레도 아직 역관에 있잖소! 푸상과도 흥허물없이 잘 지냈으면서 그대로 가버리면 되레 어색하고 이상하지 않겠소?"

이에 기윤도 맞장구를 쳤다.

"그럼! 여기까지 왔으니 만나봐야지. 푸상께서 무슨 말을 할지도 모르겠고."

어쩔 수 없이 전도는 다시 발걸음을 옮겨 둘을 따라갔다.

비는 그쳤으나 먹장구름은 가시지 않고 있었다. 등롱이 희미하게 내어 걸린 역관 마당에서 뒷짐을 진 푸헝이 천천히 거닐고 있었다. 그 모습을 보고 기윤이 멈춰 섰다.

"푸상, 이 날씨에도 방안이 갑갑하게 느껴지나 봅니다?"

"빨리 왔네."

푸헝이 그제야 고개를 돌려 세 사람을 바라보며 말했다.

"이놈의 날씨가 또 우박을 쏟을까봐 묵묵히 기도하고 있었네. 전도도 마침 잘 왔네."

푸헝이 세 사람을 정방으로 안내했다.

"산서순무 김휘가 나친과 장광사를 탄핵하는 상소문이 도착했소."

푸헝의 말투가 납덩이처럼 무거웠다.

"우리 군은 2만 5천 명의 인명피해를 보았고, 송강에 갇혀 있는 병마는 5천도 되나마나하오……. 나친이 저리 무능하고 파렴치한 족속인 줄은 몰랐소. 또한 한 귀퉁이에 박혀 사는 사뤄번의 토사(土司)가 저토록 길들여지지 않을 줄도 몰랐소……."

금천에서 뭔가 불길한 사태가 벌어진 줄은 알고 있었지만 '2만 5천 명의 인명피해'란 말에 세 사람은 그만 가슴이 철렁 내려앉고 말았다. 기가 막히니 말문이 열리지 않았다. 한참 무거운 침묵이 흐른 뒤에야 기윤이 비로소 물었다.

"폐하께선 그 상소문을 어람하셨습니까?"

"그렇소."

눈빛이 우울한 푸헝이 한숨을 길게 내쉬었다.

"이런 상소문은 지체할 수 없소. 폐하께오선 지금 심기가 최악이오. 장정옥이 사죄하러 입궐했다고는 하지만 엎드려 절 받는 격이 되고 보니 석연치가 않은데다 태감 왕효가 원명원 재건축에 일임을 담당한 계청(桂淸)이란 자와 결탁하여 뇌물을 받아 챙겼다는 어사들의 탄핵문까지 겹쳤지 뭐요. 설상가상으로 우박까지 쏟아져 민가의 피해를 염려하신 폐하께오서 흠천감(欽天監)을 부르니 술에 취해 인사불성이 되어있고, 순천부윤(順天府尹)을 부르니 어디 가서 처박혔는지 찾을 수가 없다고 하지 뭐요……. 일이 꼬여도 오늘처럼 꼬여본 적은 없었소. 폐하께오서 진노할 법도 하셨지. 왕효는 그 자리에서 곤장에 맞아 죽고, 계청도 체포령이 떨어진 상태요. 내가 들어갔을 때는 왕효의 시신을 밖으로 들어내고 있었고, 태감과 궁녀들은 사색이 되어 바들바들 떨고 있었지……."

푸헝이 마른침을 꿀꺽 삼켰다. 그리고 떨리는 목소리로 말을 이어나갔다.

"난 어려서부터 폐하를 섬겨왔지만 오늘처럼 불을 뿜어가며 진노하는 모습은 처음 봤소. 용안도 폭풍취우의 하늘이 아무 것도 아닐 정도로 무섭게 일그러져 있었소. 그 앞에 못 박혀 숨소리조차 못 내고 서 있었던 몇 분이 지금 생각하니 마치 몇십 년은 되는 것 같소……."

푸헝은 어느새 눈물을 글썽거렸다.

"그대로 쓰러질까봐 두려워 급히 무릎걸음으로 다가가 다리를 껴안았소. 그리고 울면서 말했소. '폐하, 제발 고정하시옵소서……. 아랫것들이 죄가 있어 죄값을 받는 건 마땅하옵니다. 폐하의 만금지체(萬金之體)가 염려되옵니다……. 나친은 만고의 죄인이니 북경으로 연행하여 엄정한 군법의 심판을 받아 마땅할 것이옵니다. 하오나 군기처에서 군무를 보면서 제때에 그 엄청난 패망을 점치고 바로 잡지 못한 신의 착오도 있사옵니다……. 이번에 신이 금천으로 가서 필히 폐하의 잃어버린 체면을 찾아드리겠사옵니다……'라고 말이오."

　푸헝은 이같이 방금 전 건륭에게 했던 말을 다시 들려주며 온몸을 부들부들 떨었다. 시뻘건 두 눈에서 피같은 눈물이 흘러내렸다. 군주의 아픔은 곧 신하된 굴욕이요, 군주의 굴욕은 곧 신하의 죽음이었다. 그래서 평소에 마냥 도도한 신사로 비쳐지던 푸헝도 저리 눈물을 주체할 수 없이 쏟는 게 아닌가. 비록 상하 존비의 차이는 엄연하지만 허물없는 벗으로 지내온 셋은 어깨를 들썩이며 감정에 북받쳐 있는 푸헝을 껴안고 함께 눈물을 흘렸다.

9. 될성부른 나무

한참 후에야 기윤은 비로소 생각의 갈피를 잡기 시작했다. 도처에 재해가 잇따르고 탐오, 횡령, 뇌물수수 등 관리들의 부패도 속출했다. 게다가 심궁(深宮)에서는 황후의 건강이 변덕을 부리고 황자를 생산하여 황제의 총애를 독차지하고 싶어하는 빈비들의 명쟁암투가 치열했고, 황후 소생의 두 황자마저 병으로 죽고 말았다. 이것만으로도 건륭은 충분히 괴롭고 고달팠을 것이다. 설상가상으로 금천 전역은 단순한 '패배'가 아닌 전군의 궤멸에 가까운 참패였으니 건륭이 뇌정(雷霆)의 분노를 터뜨린 것은 어찌 보면 당연했다.

그는 문득 오늘저녁 녹경루 연회석에 자리한 사람들 중에는 나중에 안 일이지만 순천부(順天府)의 동지(同知)인 뇌경(雷瓊)도 있었고, 보군통령아문(步軍統領衙門)의 몇몇 당관(堂官)들도 있었다는 생각이 뇌리를 스치며 불안해졌다. 안팎으로 어수선하기 그지없는 이때, 업무와 하등 관련이 없는 초대를 받아 질펀하게 어우러진 추잡스런 작태의 현장에 함께 있었다는 사실이 밝혀지면 아직 관직이 낮은 전도와 이제 막 북경에 돌아온 아계 보다는 군기대신인 자신에게 훨씬 큰 문책이 따를 것이라는 생각이 들었던 것이다……. 초조하고 불안하여 입술이 바싹바싹 탔다. 그는 용기를 내어 푸헝에게 말했다.

"푸상, 금천 전역이 우리 군의 대패로 치욕스런 결말을 고하게 된 데는 군기대신으로서 저의 책임도 크다고 생각합니다. 폐하께오선 군국치안(軍國治安)에 국궁진력(鞠躬盡力)하시고 민생현안에 노심초사하시느라 불면의 밤을 지새우시는데, 이 못난 사람은 개인의 영달에만 급급한 무리들과 어울려 술이나 마시고 있었으니 참으로 폐하께 죄스럽고 푸상에게도 뵐 면목이 없습니다!"

옆에서 시립하고 있던 화신은 기윤이 자신의 착오에 대해 조금이나마 털어 내고자 하는 마음에서 이같이 어려운 입을 열었다는 것을 미뤄 짐작하고 있었다.

푸헝이 벅차 올랐던 감정을 추스르기 시작하자 화신은 급히 준비해두었던 찬 물수건을 건넸다. 푸헝이 얼굴을 닦으며 울음이 덜 가신 목소리로 말했다.

"내가 오늘 경망스런 행동을 보이고 말았소. 폐하께서 문책하실까 두려워서 그런 건 아니오. 솔직히 우리같이 못난 신하들을 두신 폐하께서 너무 안 되어 보였소!"

"폐하께서 달리 지의를 내리신 건 없으십니까?"

전도는 원명원 재건축 사안에 대해서 궁금했던 것이다. 뇌물수수로 물의를 빚었다는 계청은 전도와 가까운 사이였다. 며칠 전에 여름철 효도라며 은자 3천 냥을 보내왔었다. 물론 아직 봉투를 뜯지도 않은 채 그대로 있지만 계청이 모진 심문 끝에 발설이라도 하는 날엔 자신의 전정은 이대로 접어야 할지 모른다는 두려움에 가슴이 벌렁거렸다. 기윤이 물었다.

"푸상께서 나친의 지휘봉을 대신 잡는 데 대해 폐하께선 최종적으로 윤허를 하신 겁니까?"

이에 푸헝이 말했다.

"감히 여쭈지도 못했소. 류통훈, 악종기와 아계더러 내일 패찰을 건네라고 하명하셨소. 그리고 류통훈더러 도주병 조후이와 하이란차에 대한 체포령을 내리라고 명하셨소. 이밖에 화친왕 홍주더러 장정옥의 집을 수색하여 폐하께서 여태 그에게 내리셨던 조유(詔諭)와 하사하셨던 물품들을 전부 압수하라 지의를 내리셨소!"

찬바람이 회오리를 치며 처마의 빗방울을 휘감아 창문을 때리고 지나가는 소리가 들렸다. 습기에 눅눅해진 창호지가 배가 불룩하여 밀려들어왔다. 이어 달구지 굴러가는 듯한 먼 우렛소리가 들렸다. 소리 없이 명멸하는 번개 빛이 딱딱하게 굳어진 얼굴들을 석고처럼 비추었다. 기윤이 오랜 침묵을 깨고 물어왔다.

"폐하께선 어찌 왕유돈을 부르지 않으셨죠? 장정옥은 또 어찌 그리 급전직하하고 말았는지 궁금하네요."

푸헝이 머리를 저었다. 아래 입술을 지그시 깨물었다.

"그건 나도 모르겠소. 장정옥의 속물근성에 혐오감을 느끼신 건 사실이나 마음을 푸시는 듯 하시더니 어인 연으로 분을 삭이지 못하시는지 모르겠소. 왕유돈도 말리든 것 같고…… 이 일은 내일 폐하를 알현하고 나서 상황을 지켜봅시다. 내가 찾아온 건 아계에게 내일 입궐하라는 지의를 전하고 기윤 자네의 〈사고전서〉 편수 작업이 어느 정도 진척을 보이고 있는지 알아보고자 함이오. 전도도 내일쯤 부르려고 했는데, 잘 됐소. 만난 김에 몇 가지 물어보겠소."

전도가 자리에서 일어나려 하자 푸헝이 그대로 있으라는 시늉을 하며 말했다.

"우리끼리 있을 때는 허례허식 같은 건 필요 없소. 호부에서 올해 해관세(海關稅)를 비롯하여 식량, 소금의 조운세(漕運稅)를 얼마나 징수했는지, 왕년에 비해 징수율이 높은지 낮은지가 궁금하고 재해복구에 곧바로 지원할 수 있는 식량이 얼마나 비축돼 있고 아직 제구실을 하는 각 지역의 의창(義倉)은 몇 군데나 되는지, 이밖에 군량은 어느 정도 확보할 수 있는지 말해 보오. 장황하게 늘어 놓을 거 없이 대략 숫자만 보고하면 되겠소. 소문에 유림(楡林) 양고(糧庫)에서 한꺼번에 곡물을 5만 석이나 썩혀버렸다는데, 그게 과연 사실이오?"

"그래서 제가 직접 내려가 실태를 조사해 보았습니다."

전도가 당치도 않다는 듯 웃음을 터트렸다.

"그곳은 숨쉬기도 힘들 정도로 건조한 지역입니다. 양고 건물은 크고 단단하게 지은 데다 통풍까지 잘 되어 있는 데다가 웬만하면 장기간 보존이 가능한 곡물들을 보관하는데 그 곡물들이 썩었다는 것은 그야말로 어불성설입니다. 성조께서 친정(親征)하시면서 지었던 유림창고 아닙니까? 그때의 곡물도 풍화되어 손으로 문지르면 바스러지는 수는 있어도 아직 곰팡이 하나 끼지 않았습니다. 모르긴 해도 어떤 속셈이 시궁창인 놈이 뒤로 빼돌리고 당치도 않은 핑계를 대어 조정을 농락하고 있는 것 같습니다!"

"반드시 진상을 철저히 규명해야겠소!"

매섭게 부릅뜬 눈길을 어딘가에 박은 푸헝의 이마에 힘줄이 불거졌다.

"호부와 병부 무고사(武庫司)에서 사람을 파견하여 내려가 보게! 계속해서 말해보오."

전도가 의자에 앉은 채 몸을 약간 숙여 보이며 정중하게 보고했다.

"해관세의 징수는 해마다 사정에 따라 다릅니다. 올해는 잠사(蠶絲), 칠기(漆器), 목면(木棉), 황백사(黃白絲) 등 지방 특산물의 수출이 왕년 대비 몇 할은 늘었습니다. 소주, 항주 쪽에 직기(織機)의 보급이 배는 늘었고, 뽕잎도 성장세가 아주 좋았기 때문이라고 합니다. 수출이 증대하고 무역이 활발해진 덕분에 해관세는 전년 대비 3할은 증가했습니다……."

전도는 자신의 업무에 있어선 손금 보듯 훤히 알고 있었다. 비단, 자기, 약재, 찻잎 등 주요 수출품목에 대해 조목조목 짚어가며 십 단위의 숫자까지 정확히 보고 올렸다. 그리고는 말미에 덧붙였다.

"각 성의 수지 불균형으로 인한 예산부족 액수는 어림잡아 2천에서 3천만 냥 정도 될 것 같습니다. 이는 성조 말년과 세종 연간에 비하면 상황이 훨씬 좋은 편입니다."

3천만 냥! 결코 작은 액수는 아니었다. 장정옥은 강희 42년 전국의 예산부족액이 1천 5백만 냥에 달한다는 보고를 호부로부터 받는 순간 기겁한 나머지 의자에서 미끄러져 주저앉고 말았다. 그런데 몇십 년이 흐른 지금 그 배에 달하는 숫자에도 놀라는 사람은 아무도 없었다. 조정의 세수는 연간 5천만 냥이었다. 해마다 조금씩 지방예산을 지원해준다면 불과 몇 년 내에 수지 불균형을 만회할 수 있다고 생각했기에 사람들은 그리 놀라는 법이 없었다. 아계가 말했다.

"인덕(仁德)이 하늘과 같으신 폐하께오서 해마다 크고 작은 재해지역의 전량을 면제해 주시다 보니 조정의 국고에 여유가 좀 덜할 겁니다. 그렇지만 않다면 그까짓 3천만 냥이야 새 발의 피 아니겠습니까!"

그러자 기윤이 담배연기를 길게 뿜어내며 말을 받았다.

"그런 무사안일주의가 무섭단 말이오! 천길 방죽도 미꾸라지 한 마리 때문에 무너진다고 했소. 선제께서 강희 46년부터 이치(吏治)를 정돈하고 국고환수작업에 팔을 걷어붙이셨소. 선제의 재위 기간 13년까지 합치면 조정은 거의 30년 동안 멀고도 험한 국고환수작업에 매달려왔소. 나랏돈은 눈먼돈인 줄 알고 겁 없이 국고에 손을 뻗쳤던 관원들이 얼마나 죽어나갔고, 그 과정에 나라 전체가 얼마나 홍역을 치렀소? 엄청난 대가를 치러가면서 가까스로 이치가 정상 궤도에 들어서는 줄 알았는데, 고삐 느슨해진 세월이 몇 년이나 됐다고 사람들이 벌써 국고 근처에서 얼쩡댄단 말이오. 그자들은 지금 국고에 손을 넣었다 뺐다 하면서 조정의 눈치를 보고 있을 거요. 지금 이 상태에서 방치한다면 4천만, 5천만…… 급기야 국고가 거덜나는 것도 시간문제요. 돈이라면 간도 쓸개도 다 빼버리고 체면도 염치도 염가에 처분해버리는 것이 요즘의 관원들이오. 몸 팔고 웃음 파는 기생들도 정과 의리는 지킨다는데, 이건 어찌 돈밖에 모르는지!"

그사이 마음을 어느 정도 추스른 푸헝이 기윤의 말을 듣고는 씁쓸한 표정으로 탄식했다.

"맞는 말이오. 이치란 초장에 잡아야지 한번 내리막길을 걸을라 치면 바로 잡기에 힘이 드는 법이오!"

그러자 기윤이 말했다.

"폐하께오선 영명하시어 후궁과 태감들이 정무에 간여하지 못하게끔 단단히 쐐기를 박아두셨기에 큰 사회적인 문제를 야기시키는 일은 없을 것입니다."

사람들은 고개를 끄덕이며 공감을 표했다. 전도는 인편을 통해 받은 편지 때문에 요즘 마음이 울적했다. 늙은 기생이 남경에서 혼자 애 키우기 힘들다며 가내방직공장을 처분하고 북경으로 오고 싶다고 하였는데, 그것이 자신의 전정을 가로막을까봐 지레 겁이 났던 것이다. 멍하니 생각에 잠겨 있던 전도를 향해 푸헝이 물었다.

"보원국(寶源局, 화폐국) 공서(公署)는 현재 어디에 두고 있소? 산하에 주전공장(鑄錢工場)은 몇 개나 되지?"

전도가 급히 잡다한 생각을 떨쳐내며 대답했다.

"철영(鐵英)의 탄핵상주문이 호부로 전해진 것을 보았습니다. 그가 상소 올린 내용은 사실과는 다릅니다. 보원국은 옛날 주전사(鑄錢司)를 개조해 쓰고 있습니다. 그 산하에 네 개의 주전공장이 있습니다. 동쪽으로 사조(四條) 골목에, 남쪽 전량(錢糧) 골목에, 서쪽 천불사(千佛寺) 뒤편에, 북쪽 삼조(三條) 골목에 각각 하나씩 위치해 있습니다."

듣고 난 푸헝이 다시 물었다.

"매달 주전(鑄錢)에 들어가는 구리는 얼마나 되는가?"

"한 달에 4백만 근 가량 들어갑니다. 1년이면 어림잡아 5천만 근 내외로 보면 됩니다."

"민간에서 동전을 녹여 놋그릇을 만드는 소굴에 대한 단속은 제대로 이뤄지고 있는가?"

"한마디로 간담이 서늘해진다고 합니다."

전도가 자신만만한 표정으로 말을 이었다.

"운남(雲南) 동정사(銅政司)에서 3백 명 가량 목을 쳐냈지 않습니까? 저만 보면 벌벌 떨어요. 전처럼 놋그릇 공장 같은 건 없을 겁니다. 있다면 아직도 미련을 못 버린 자들이 집구석에 숨어 몇 개씩 만들어내는 경우일 것입니다."

전도가 말하는 동안 고개를 갸웃거리던 푸헝이 말했다.

"어중간한 규모의 공장도 아직은 있을 것 같소. 다만 교묘하게 은폐되어 우리가 아직 색출해내지 못했을 가능성이 크오. 내가 조사해 본 바로 남경에서만 작년에 성조 때 최고액의 스무 배에 달하는 동전 수요가 있었소. 그런데, 정작 무역거래에선 얼마 통용되지도 않았소. 이것이 무얼 뜻하는지는 불 보듯 뻔한 일 아니겠소? 수사의 고삐를 늦춰선 아니 되겠소! 이부에서 곧 자네에게 형부 시랑을 겸직하라는 표(表)가 내려질 거요. 호부와 형부 시랑의 신분으로 남경으로 가서 양강총독 김홍과 공조하여 수사에 착수하도록 하오. 난 '일지화' 악당들이 이런 수법으로 돈을 긁어모으지 않나 걱정되네!"

긴 숨을 내쉬며 푸헝이 말을 이었다.

"누군가 밀주문을 올렸는데, 요즘은 동(銅)을 캐는 것보다 사들이는 것이 더 이문이 남는다더군. 이에 대해 전문가인 자네는 어찌 생각하나?"

일지화(一枝花). 이 세 글자만 들으면 전도는 언제부턴가 심장이 오그라드는 긴장감에 사로잡히곤 했다. 자신의 아들까지 낳아준 늙은 기생이 일지화의 역영(易瑛)과 틀림없이 불가분의 관계가 있을 것이라는 생각이 집요하게 파고들었던 것이다. 푸헝이 물어오는, 동(銅)을 채굴하는 것과 동을 파는 문제에 있어서도 그는 동을 외부로부터 사들이는 것이 이문이 남는다는 진실을 말할 수가 없었다. 이시요의 동정사에서 은자 1만 냥을 빌려 늙은 기생에게 생활비 명목으로 대주었으나 아직 갚지 못했던 것이다. 이시요는 벌써 몇 번째 독촉을 해오고 있었다. 만약 동을 채굴하는 것보다 사들이는 것이 낫다고 하면 동정사는 존재의 이유를 잃게 되고 말 것이며 그리되면 자신이 공금에 손을 댄 사실은 곧 백일하에 드러나게 될 터였다……. 당황하고 혼란스러워 좌불안석이던 전도는 그러나 자신에게 형부 시랑 직을 겸하게 될 거라는 푸헝의 말에 적이 안도했다.

"서양 동(銅)은 대부분이 일본에서 수입하는데, 가격대가 1백 근에 은자 17냥 5전입니다. 운남에서 채굴하는 동은 원가가 11냥입니다. 거기에 운송비용까지 합쳐도 16냥 5전이니 아무래도 운남 현장에서 채굴하여 쓰는 것이 수지타산에 맞을 것 같습니다."

"운남에서 채굴하여 내지로 운반하는 데 따른 인건비는 계산하지 않았잖소!"

푸헝이 전도의 말은 무시한 채 자신의 생각대로 말했다.

"인건비니 뭐니 다 합치면 내가 보기엔 거기서 거기요……. 몇 십만 명의 광공(鑛工)들이 산 속에 집단적으로 거주하는 것은 늘 불씨 같은 존재요."

그제야 전도는 푸헝이 폐광을 염두에 두고 있다는 걸 눈치채고는 당황한 나머지 등골에 식은땀이 쫘악 돋았다. 그렇다고 지위가 천양지차인 푸헝과 노골적으로 의견충돌의 양상을 보일 순 없었다. 겨우 진정하며 전도가 말했다.

"천만 지당하신 말씀입니다. 바로 광공들이 불씨만 닿으면 확 폭발해버리는 위태로운 존재이기 때문에 동광 단속은 고삐를 늦출 수 없고, 동정사에 살인권을 주어야 마땅하다는 겁니다. 양동(洋銅)은 부족한 분량을 채우는 데는 한몫 하겠지만 전부 의존할 수는 없습니다. 일본의 동광은 이미 거덜나고 있다고 합니다."

공사(公私)가 반씩 반영된 전도의 그럴싸한 이론에 사람들은 머리를 끄덕이며 공감을 표했다. 푸헝이 말했다.

"경제에 대해서야 자네가 스승이니 무슨 말인지 알겠소. 누군가 폐하께 동광(銅鑛)을 철폐해야 마땅하다며 주청을 올렸나 보오. 그래서 폐하의 지의를 받들어 물어봤을 뿐이오."

이같이 말하며 시계를 꺼내 보던 푸헝이 웃으며 자리에서 일어났다. 그리고 말했다.

"시간이 벌써 이렇게 됐소? 자시(子時)가 다 됐네. 돌아가서 편지 몇 통 써야 하는데, 어서 가봐야겠소. 여러분들도 내일 폐하를 알현해야 하니 오늘은 이만 헤어지지! 아계, 자네는 준비를 단단히 해두는 게 좋을 거요. 폐하께오서 군무에 대해 하문하실 터이니."

세 사람을 배웅하고 돌아온 아계는 대충 씻고는 자리에 누웠다. 금천의 지리, 기후, 지세에 대해 떠올려보았고, 경복과 장광사가 병력배치를 어떻게 했으며, 사뤄번의 변화무쌍한 용병술에 놀아날 수밖에 없었던 상황을 머리 속에 재연해보았다. 황제가 무얼 어떻게 하문할지 자신은 어떻게 적절한 답변을 할 것인지 생각에 생각을 거듭했다. 무작정 진실을 말하는 것이 능사는 아닐 것 같았다…… 썩어도 준치라고, 십수 년 동안 막중한 권력을 행사해오면서 친신(親信)과 문생(門生)들이 조정 구석구석 포진돼 있지 않은 곳이 없는 실력파 나친이었다. 그가 처형당하지 않는다면 언젠가 동산재기(東山再起)하지 말라는 법도 없지 않은가? 생각이 갈팡질팡했다. 스르르 피곤이 몰려오며 러민, 이시요와 함께 조설근의 집으로 쳐들어가 박주산채(薄酒山菜)에 술 한잔씩 나누며 세상사를 논하고 시흥에 북받쳐 밤이 새는 줄도 모르고 떠들어대던 순간의 편린들이 하나둘씩 모아지는가 싶더니 어느새 엉뚱하게 '도망자'의 낙인이 찍혀 쫓기는 신세가 돼버린 조후이와 하이란차가 떠올랐다······.

창밖엔 다시 가느다란 빗소리가 들리기 시작했다. 차분히 대지를 적시는 소리가 자장가 같았다······. 이리 뒤척 저리 뒤척 하던 중 몽롱한 새벽잠에 빠져드니 홀연 죽었다던 조설근이 종이꾸러미 하나를 옆구리에 낀 채 문을 밀고 들어왔다. 언제나 그렇듯이 다 해어져 볼품없지만 깨끗하게 빨아 입은 두루마기 차림이었다. 넓은 이마 높은 관골에 큰 입, 영락없이 푸줏간 백정의 얼굴이었다. 식탁에 앉아 조심스레 종이봉지를 내려놓으며 웃는 얼굴로 말했다.

"이보게 가목, 관운이 트이려니 어찌 그리 순간이오? 벌써 풍상과 비견되는 반열에 올랐다니 실로 경하드리오. 그런데, 문턱이 너무 높아 이제부터는 자주 못 오겠소!"

"무슨 소리요, 설근!"

아계가 반색하여 두 손을 덥석 잡아 흔들었다. 그리고는 종이꾸러미를 풀어헤치며 말했다.

"세상사람들이 다 속물딱지로 변한다고 해도 우리는 질박한 무리들이잖소. 내 어찌 황주(黃酒) 한잔에 시름을 달래며 우정을 꽃피웠던 순간들을 잊겠소……. 그런데, 이거〈홍루몽〉이잖소?"
조설근이 냉차 한 잔을 비우고는 입가를 쓱 닦으며 말했다.
"하기야 푸상과 가목 같은 사람이 또 어디 있겠소? 언제 어디서나 항상 일편단심이지, 그게 늘 눈물나게 고마웠소! 편지에서 홍루몽 전집을 보고 싶다고 하기에 북경에 도착했다는 소식을 듣자마자 책을 싸들고 달려왔지 뭐요. 잘 보이려고!"
이같이 말하며 조설근은 어린애처럼 맑게 웃었다.
"사람을 똑똑하게 만들어주는 책이지!"
아계가 아기를 안듯 소중히 책을 감싸 안으며 말했다.
"음풍농월과 한낱 남녀간의 무병신음(無病呻吟)으로 오인되기 십상이지만 실은 세태와 인심을 따끔하게 꼬집고 삶의 지침을 제시하는 인생의 교본이 되기에 손색없는 책이오! 난 군기처에 들어가 오로지 군부와 백성들에 필요한 사람이 되기 위해 노력할 거요. 폐하의 치평성세(治平盛世)에 조금이나마 도움이 된다면 이 사람은 세상에 나와 놀다가는 보람이 있을 것 같소."
조설근은 웃기만 할 뿐 말이 없었다. 이에 아계가 물었다.
"내 말이 틀렸소? 어찌 웃기만 하오."
"그 무엇에도 너무 빠져 버릴 필요는 없소."
조설근이 말했다.
"세상만사는 모두 인연으로 실핏줄처럼 연결되어 있소. 인연이 닿으면 모든 일은 저절로 엉킨 실타래 풀리듯 풀리게 돼 있지만 그렇지 않을 경우엔 아무리 발버둥쳐보아도 소용이 없는 법이오……."
조설근의 미소 띤 부드러운 얼굴이 홀연 간 데 없이 사라지고 말았다. 아계가 허공을 잡으려고 허우적대니 밖에서 화신이 들어와 부르는 소리가 들렸다.

"군문, 군문…… 기침하시어 입궐 준비를 하셔야죠!"

……아계가 눈을 떠보니 창호지문은 허옇게 밝아오고 있었다. 빛을 잃은 청등(靑燈)이 주렴을 밀고 들어오는 새벽바람에 꺼질 듯 펄럭이고 있었다. 꿈을 꾼 것이었다…….

벌떡 일어나 하품을 하며 기지개를 켜던 아계가 아직 잠이 덜 깬 목소리로 물었다.

"얼마 안 잔 것 같은데, 벌써 시간이 이렇게 됐어?"

"새벽녘에야 주무시는 것 같았습니다, 어르신."

화신이 세숫물의 온도를 맞추고 양칫물을 떠놓으며 말했다.

"어젯밤에 어르신들께서 아침 일찍 자금성으로 들어오라고 하시는 것 같기에 큰일을 그르칠세라 용기를 내어 깨워보았습니다."

아계가 세수를 마치기 바쁘게 화신이 다과접시를 받쳐 올렸다. 아계가 하나를 집어 냉큼 입안에 던져 넣었다.

"잘했어! 군사를 이끄는 장군이 지각하면 말이 안 되지!"

그사이 역관에서는 4인교(四人轎)를 대기시켜 놓고 있었다. 떠날 채비를 마친 아계는 조복을 정갈히 차려입고 의관을 정제하고 밖으로 나갔다.

밤새도록 내리던 여름비는 어느덧 말끔히 그쳤고, 하늘은 비누로 씻어낸 것 같이 맑게 개어 있었다. 일년 중 낮이 가장 길다는 하지(夏至)인지라 인시(寅時)가 끝날 무렵에는 벌써 날이 제법 밝았다. 한여름이라고는 하지만 바람이 서늘하여 늦봄의 어느 이른 아침과 닮아있었다. 대교(大轎)는 '문관하교(文官下轎), 무관하마(武官下馬)'라고 쓰여 있는 팻말 앞에서 내려앉았다. 아계가 수레에서 내려보니 여명이 덜 가신 서화문 밖에 2, 30명의 관원들이 모여 있었다. 어렴풋이 푸헝과 기윤의 모습도 보이는 것 같았다. 다행히 늦지 않았다는 생각에 아계는 후유! 하고 안도의 숨을 내쉬었다.

큰 걸음으로 서화문 쪽을 향해 걸어가던 아계는 그러나 홀연 너무 빨리 걸으면 무게감이 없어 보일지도 모른다는 생각이 들었다. 다시 속도를 조금 늦춰 걸으니 그제야 길 서쪽으로 장정옥의 집 근처에 담장을 따라 세 발 간격으로 칼을 찬 교위(校尉)들이 그린 듯이 못 박혀 있는 게 보였다. 모두가 다 보군통령아문과 순천부에서 나온 친병들이었다. 장정옥의 집에 대한 압수수색이 시작되었다는 걸 직감적으로 느끼며 아계는 가슴이 오싹해졌다. 서화문 남쪽 돌사자 옆에 항쇄(項鎖)를 쓰고 수갑을 찬 채로 무릎 꿇어 있는 봉두난발의 사내가 있었다. 아계가 의아스러워 하며 기웃거리고 있을 때 푸헝이 웃으며 손짓을 했다. 아계는 곧 달려가 예를 갖춰 인사를 올렸다.

"죄송합니다, 푸상! 늦어서 대단히 불경스럽게 됐습니다!"

"한발 늦긴 했지. 당직 군기(軍機)들은 5경(五更)에는 입궐해야 하거든."

푸헝이 웃으며 말을 이었다.

"황자마마들께서 4경(四更)이면 육경궁(毓慶宮)으로 글공부 하러 들어가시거든. 폐하께오선 그전에 벌써 기침하시어 부쿠 연습, 독서를 마치시고 황자마마들의 글공부하는 모습을 둘러보신 연후에 군기대신을 불러 밤새 들어온 주장이 있나 없나 확인하시는 것으로 하루 일과를 시작하시오. 그러니 군기대신들이 늦잠은 꿈도 꾸지 말아야 하오. 하지만 오늘 같은 날은 괜찮소. 폐하께오서 장상의 두 아들을 먼저 접견하신 연후에 우리더러 들라고 하셨으니 말이요!"

아계가 힐끔힐끔 서화문 앞에 꿇어있는 사내를 훔쳐보자 푸헝이 목소리를 낮춰 말했다.

"바로 조후이라는 사람이오. 양강총독아문으로 가서 자수한 걸 김홍이 압송해 왔다고 들었소. 가서 몇 마디 위로의 말이라도 해주든가. 우린 이미 보고 왔소."

아계가 머리를 끄덕였다. 그리고는 말없이 조후이에게로 다가갔다. 순간 모든 관원들의 시선이 일제히 아계의 뒷덜미에 꽂혔다. 그러나 누구 하나 수군거리며 힐끗거리는 이는 없었다. 그사이 조후이는 장시간 꿇어있어 감각이 없는 무릎을 조금씩 움직이며 설핏 자신을 향해 다가오는 아계를 보았다. 그는 아예 눈을 질끈 감아버리고 말았다.

조용히 조후이 앞으로 다가온 아계가 가벼운 한숨을 내쉬며 말했다.

"화보(和甫, 조후이의 호), 오랜만이오……."

조후이는 아무런 응답도 하지 않았다. 확인하듯 눈을 잠깐 뜨더니 이내 다시 감아버렸다.

"어디 다친 데는 없는 것 같은데, 길에서 고생 많았겠소."

"괜찮소. 마음을 써줘서 고맙소."

"하이란차는 안 보이네? 같이 있지 않았소?"

조후이가 눈을 크게 뜨고 아계를 바라보았다. 한 시간 넘게 꿇어있는 동안 푸헝, 기윤, 전도 등이 다가와 잠깐 위로의 말을 건네고는 서둘러 비켜갔다. 그런데 아계는 사실의 자초지종을 알고 싶어 하는 것 같았다. 잠시 생각하던 조후이는 머리를 저으며 말을 아꼈다. 아계는 그제야 문득 자신의 실언을 감지하고는 말투를 달리하여 진지하게 말했다.

"위로해준다는 것이 지나친 관심을 보인 것 같소. 전에 장가구(張家口)에서 함께 황양(黃羊)을 사냥하고, 성도(成都)에서 우연히 해후하여 오복루(五福樓)에서 날새는 줄 모르고 술잔 기울이던 기억이 어제 같은데, 이게 어찌된 일이오."

"과거지사 말해보았자 무슨 소용이 있겠소. 난 지금 항쇄를 찬 죄인이오!"

조후이가 퉁명스레 이같이 내뱉고는 되물었다.

"그런데 조주(朝珠)도 걸지 않은 채 그대로 폐하를 알현할 셈이오?"

무슨 소리냐며 고개를 내린 아계는 깜짝 놀라지 않을 수 없었다. 온몸을 만져보아도 조주는 없었다. 급히 오느라 깜빡했던 것이다. 사람들을 보니 전부 조주를 걸고 있었다. 당황한 아계가 급히 조후이에게 말했다.

"나중에 시간 내어 천천히 얘기 나누지. 폐하를 알현하여 그동안의 자초지종을 잘 주해 올리도록 하오."

말을 마친 아계가 푸헝에게로 달려와 난감한 표정을 지었다.

"통 정신이 없습니다. 잊을 게 따로 있지 조주를 깜빡하고 왔지 뭡니까? 다시 돌아갔다 올 시간은 없고 폐하께 잘 말씀드려 주십시오, 푸상!"

그 동안 어떤 도사(道士)와 나직이 대화를 나누고 있던 기윤이 아계가 조주를 잊고 왔다는 말을 듣더니 대뜸 도사를 끌고 와 웃으며 말했다.

"자, 내가 소개할게. 이 분은 아계 군문이고, 이 분은……."

"난 도장(道長)을 알고 있소."

아계가 웃으며 말을 이었다.

"백운관(白雲觀)의 장태을(張太乙) 진인(眞人)이잖소. 천하도인들의 수령이고! 지금은 느긋하게 얘기 나누고 있을 경황이 없소. 조주도 걸지 않고 폐하를 알현한다는 것이 얼마나 결례인 줄 아오?"

그러자 기윤이 대수롭지 않게 웃으며 말했다.

"여기 장 진인더러 만들어내라고 조르면 될 걸 가지고 뭘 그리 심각하게 생각하오!"

팔괘의(八卦衣)를 입고 뇌양건(雷陽巾)을 두른 장 진인은 예사내기가 아닐 것 같은 인상을 풍겼다. 수염을 쓸어 내리며 미소를 짓고 있던 그는 기윤의 말에 적이 놀란 기색이었다.

"기윤 공, 빈도가 없는 걸 만들어내는 재주가 어디 있다고 그러십니까? 당치도 않습니다!"

"법술인가 뭔가 한가닥 한다며?"

기윤이 덧붙였다.

"폐하께서 재앙을 물리쳐 주십사 불러들이셨으니 여부가 있겠소? 방금 전에도 도술을 익히면 호풍환우하여 천리 밖의 물건을 불러오는 건 기본이라고 떠들어대더니, 왜 멍석을 깔아주니 하던 짓도 하기 싫소? 그러지 말고 아계를 한번 도와주는 셈치고 재주를 부려보오!"

푸헝과 전도 그리고 몇몇 관원들이 모두 웃었다. 장 진인은 난감한 기색을 숨기지 못했다.

"남은 조급해 죽겠는데, 기윤 공은 무슨 그런 농담을 하고 그러시오?"

아계가 볼멘소리를 했다. 그러자 기윤이 말했다.

"이렇게 많은 사람들이 한꺼번에 불려 들어갈 것도 아닌데, 정 안 되면 하나 빌리지 뭘 그까짓 것! 저, 서기 저 사람…… 호부의 곽씨 아니오? 이보게 곽 어른, 아계랑 관품이 같은 곽 어른이 조주를 먼저 빌려주면 되겠구먼!"

조주 때문에 아계가 속이 타 안절부절못하고 있을 때 갑자기 길 남쪽에서 급한 말발굽 소리가 들려왔다. 사람들이 고개를 돌려보니 달리는 말에 채찍을 가하며 줄달음쳐오는 사람은 다름 아닌 화신(和珅)이었다. 멀리 철패 앞에서 고삐를 당겨 멈춰 서며 말에서 굴러 내리는 그의 손에는 아계의 조주가 들려 있었다. 헐레벌떡 달려오며 화신이 말했다.

"군문, 깜빡하고 조주를 걸지 않고 가셨길래 가져왔습니다……."

아계가 반가운 기색을 숨기며 조주를 받아 걸었다. 그리고 웃으며 말했다.

"빌렸어! 그렇다고 내가 폐하를 알현하러 들지도 못할 줄 알았나?"

"아휴, 뭐 그렇기야 하겠습니까!"

화신이 재고 날렵한 동작으로 한쪽 무릎을 꿇어 문후를 올렸다. 저마다 의관이 찬란한 지체 높은 관원들을 향해 연신 허리를 굽실거리며 인사를 하고는 웃으며 말했다.

"물론 빌려서 걸고 들어가실 줄은 생각했습니다. 하지만 군문의 이 조주는 폐하께서 하사하신 진귀한 조주라고 몇 번 들은 바가 있습니다."

말을 마친 화신은 곧 물러갔다. 그 모습을 찬찬히 뜯어보던 장 진인이 계수(稽首)하며 말했다.

"무량수불(無量壽佛)! 길인(吉人)은 타고 나는 것입니다!"

"법도(法度)에 따라 폐하의 하문에 대답하지 않고 허튼 소리를 쳤다간 내가 가만 놔두지 않을 거요!"

푸헝이 그러는 장 진인에게 위협조로 단단히 못을 박았다. 그러자 기윤이 말했다.

"장 진인을 보니 우리 고향집 자하관(紫霞觀)의 어떤 도사가 생각나네. 귀신 쫓고 액운을 물리치는 데 능하다고 하여 현지인들이 '산월신선(山月神仙)'이라고 부르더라고. 한밤중에도 아낙들이 떼지어 찾아가 집에 귀신이 붙어 잠이 안 오니 귀신을 퇴치해 달라는 둥 아우성을 떠는데, 아주 볼만하더군……"

기윤이 귀신 이야기를 꺼내자 먼발치에 있던 관원들이 우르르 몰려왔다. 그 틈에서 예부 주사인 진봉오(秦鳳梧)를 발견한 푸헝이 손짓으로 불렀다. 그리고는 나직이 물었다.

"어제 마덕옥이 초대한 술자리에 자네도 있었는가?"

이에 진봉오가 대답했다.

"예, 잠깐 다녀왔습니다. 아계 군문을 초대한 자리이고, 다들 동년배들인지라 오랜만에 얼굴이나 보려고 갔다가 금방 나와버렸습니다……. 그네들과 자리가 길어보았자 무슨 좋은 일이 있겠습니까?"

그러자 푸헝이 말했다.

"그 일은 어디까지나 자네의 사생활이니 내가 간섭할 바는 못되네. 하지만 자네는 폐하께오서 유심히 지켜보시는 '묘목(苗木)'이라는 걸 일러두고 싶네. 이 사람더러 자네를 잘 이끌어주고 건실하게 키우라고 하명하셨단 말이오. 이부에서는 벌써 자네를 대만지부(臺灣知府)로 발령을 내놓고 있네! 지부라면 어떤 자리인 줄

아나? 조정에서 가장 신임하는 관원들만 파견하는 자리가 바로 지부라는 걸 명심하게! 어제 같은 그런 자리에는 두 번 다시 발을 들여놓아선 아니 된다는 걸 자각하고 있다니 길게 말하지는 않겠네."

푸헝의 말에 진봉오가 급히 상체를 숙였다.

"푸상의 깊으신 훈회 말씀 가슴에 명기하겠습니다! 하오나, 기윤 공께서 환례하는 차원에서 그네들을 초대할 거라고 하셨는데, 그럴 때는 어찌 처신해야 하는지 가르침을 주십시오."

"기윤 공이 마련하는 자리라면 가보아도 무방하지 않을까?"

푸헝이 말을 이었다.

"요즘 풍기가 너무 문란하니 전정이 구만리인 사람이 괜한 희생양으로 인생 종칠까봐 미리 옆구리 찔러 두는 바이네. 자중자애하는 마음만 밑바탕에 깔려있다면 어떤 경우라도 올바로 처신할 수 있을 테지."

푸헝이 연신 허리를 굽실거리며 명심하겠노라고 다짐하는 진봉오에게 몇 마디 당부의 말을 더하려고 할 때 서화문 입구에서 태감의 오리같은 목소리가 들려왔다.

"지의가 계신다! 푸헝, 기윤, 장태을은 양심전으로 들라. 조후이도 압송하여 들이거라!"

지의를 받은 푸헝과 기윤은 곧 조후이를 일으켜 세워 함께 서화문으로 들어갔다.

양심전 수화문 입구에 다다르니 때마침 젊은 관원 하나가 물러나오고 있었다. 류퉁쉰의 아들 류용이었다. 조후이를 힐끗 일별하며 류용이 푸헝과 기윤에게 예를 갖춰 인사하고는 말했다.

"폐하께서 들라 하십니다! 지금은 장상의 두 아들을 접견 중이

될성부른 나무 239

신데, 곧 끝날 것 같습니다."

세 사람은 알겠노라고 대답하고는 의관을 정제하고 마음을 편히 하여 차례로 들어갔다. 맨 끝에서 항쇄를 뒤집어 쓴 채로 족쇄소리도 요란하게 내며 뒤따라 들어가는 조후이를 보며 태감, 궁녀들은 일제히 놀라고 의아한 표정을 지었다.

잠시 후 안에서 건륭의 목소리가 들려왔다.

"날도 더운데, 푸헝 등은 어서 들게. 조후이도."

"예, 폐하!"

네 사람의 목소리가 일치하지 않았다. 들어가 보니 건륭은 다리를 포갠 자세로 동난각 온돌마루에 앉아있었다. 마루 밑의 작은 걸상 옆에 두 명의 4품 관리가 무릎을 꿇고 있었다. 둘 다 마흔 살 중반의 나이로 보였다.

"방금 얘기했던 대로 짐은 자네들의 아비 장정옥에게 대단히 실망했네."

건륭은 눈가가 검푸른 색을 띠어 피곤해 보였으나 말투는 부드러웠다.

"원래 사람이란 기대가 크면 실망도 큰 법이지. 장정옥에 대해 짐은 삼조원로(三朝元老)로서의 대접을 할만큼 해주었다고 생각하네."

장씨 형제가 연신 머리를 조아렸다.

"가부(家父)께선 이마가 깨지도록 머리를 조아려 천은(天恩)에 감사의 뜻을 표하라고 하셨사옵니다. 잘못을 깊이 반성하고 두 번 다시 폐하를 노엽게 해 드리는 일이 없도록 자중자애 하겠노라고 맹세했사옵니다."

"짐이 뼈저린 교훈을 느끼라는 뜻에서 집을 수색하라 명하였으니, 충분히 죄를 뉘우쳤다면 곧 철수시키겠노라고 전하게. 죽은 뒤에 태묘(太廟)를 향유할 수 있는 자격도 여전하고 대학사(大學士)의 지위도 불변이니 너무 겁먹지는 말라고 이르게. 대중들의 시선을 받는 사람일수록 그만한 책임이 따른다는 걸 철저히 뉘우치는 계기가 됐으면 한다고 하게. 아비의 착오로 자네들을 주련(株連)하는 일은 없을 것이니 그리 알고 물러가게."

10. 도망자

장정옥의 두 아들이 물러가자 건륭은 그제야 푸헝과 기윤에게 자리를 내렸다. 그리고는 장태을을 향해 말했다.

"강소(江蘇) 이북과 회하(淮河) 이북의 몇 곳이 연이어 수해를 입었고, '일지화'의 악당들이 도처에서 사교(邪敎)를 전파하여 벌써 산동(山東) 남부까지 만연했다고 들었네. 화친왕(和親王)이 자네가 재앙을 물리치는 데는 달인이라며 추천한 걸로 알고 있네. 짐은 자고로 경천외명(敬天畏命)하여 공맹(孔孟)을 숭상하고, 유도(儒道)로 나라를 다스려 왔네. 백행(百行) 중에 효(孝)를 우선시 하는지라 그리 내키진 않으나 태후의 의지(懿旨)가 계셨으니 그 명을 높이 받들어 자네를 들이라 지의를 내렸던 것이네. 어디는 수해를 입어 아우성인데 하남, 산동, 산서에는 또 가뭄이 들어 다 말라죽어 간다고 하니 짐은 도가(道家)의 법술로 어떻게 이 재화를 물리칠 수 있을지 묻고 싶네."

"아뢰옵니다, 폐하."

장태을이 꼿꼿하게 꿇어앉은 채 오체투지(五體投地)하듯 엎드려 절을 했다. 그리고는 아뢰었다.

"화친왕께오서 세 차례 백운관으로 걸음 하시어 각 지역의 재해 상황을 빈도에게 전하시면서 빈도더러 시기(時氣)를 추이하여 길흉을 점치라고 명하셨사옵니다. 하오나 빈도는 황관(黃冠)의 말단이온데, 어찌 감히 천수(天數)를 예측하여 망발을 퍼뜨릴 수가 있겠사옵니까? 대도(大道) 금단(金丹)의 내결(內訣)에 비춰보면 천간(天干)의 음양(陰陽)이 일치하면 길하옵고, 그렇지 못하면 흉하다고 했사옵니다. 양이 음을, 음이 양을 칠 경우엔 좋은 시기를 기대할 수 있겠사오나 양과 양이, 음과 음이 상충할 때는 올해처럼 재화(災禍)가 끊이지 않는다고 보고 있사옵니다. 올해는 태백(太白)의 기가 성한 금년(金年)이옵니다. 동남목(東南木)은 청룡(靑龍)의 땅이오니 금수상생(金水相生)의 원리에 따라 동남쪽은 물이 넘쳐 수재를 입게 됐다고 보여지옵니다. 게다가 육성(六星)이 갑오(甲午)에 삼궁(三宮)을 비추니 백호(白虎)가 창궐하여 병사(兵事)가 순조롭지 못한 걸로 점쳐지고 있사옵니다."

사람들은 기윤을 제외하곤 그 말을 알아듣는 이가 없었다. 너무 난해하고 어려워 저마다 오리무중에 빠진 표정들이었다. 건륭도 예외는 아니었으나 그 '무지(無知)'를 드러내고 싶지는 않았다. 기윤에게 시선을 두니 그 뜻을 알아차린 기윤이 입을 열었다.

"들어보니 적송자(赤松子)의 설을 풀이한 것 같은데, 마지막에 말한 부분은 순 사이비 이론이라고 단정짓겠소. 당신은 금천(金川)의 병사(兵事)가 순조롭지 못함을 미리 알고 역으로 추리를 했을 뿐이오. 사실 〈적송자〉에서는 육성이 갑오에 삼궁을 비추는 것을 두고 비조(飛鳥)가 동굴 속으로 내리 꽂히는 대길(大吉)한 상(象)으로 보고 있소. 적송자는 이를 '비조가 땅에 내려앉으니 운룡(雲龍)이 취합하여 군신(君臣)간에 단합되어 나쁜 세력의 거동을 제압한다'고 했소. 이렇게 쉬운 말도 어찌 잊어버릴 수가 있단 말이오! 모르면 모른다고 이실직고할 것이지 감히 당치도 않은 망발로 국사(國事)를 운운하다니, 이게 무슨 짓이오!"

그 해박한 학식에 사람들은 감탄해마지 않았고 담담함 속에 내포돼 있는 위엄에 놀랐다. 장태을은 반론을 제시할 엄두도 못 낸 채 건륭을 향해 연신 머리를 조아렸다.

"기 어른의 말씀이 천만 지당하시옵니다. 빈도는 변변치 못한 학문으로 망발한 죄를 물어 마땅하옵니다. 용서해 주시옵소서, 폐하!"

"자네가 정무에 간섭을 하고자 해서 한 것이 아니니 짐은 개의치 않네."

건륭이 미소를 지었다. 그리고는 덧붙였다.

"백운관은 도교(道敎) 전진유파(全眞流波)의 산실이지. 성정을 다스림으로써 헛된 망상을 버리고 영적인 감응을 키우게 하는 부분은 유학(儒學)과 상통하는 데가 있다고 보네. 복지, 밖에 있느냐? 장 진인을 자녕궁 태후부처님 전으로 안내하거라."

"예, 폐하!"

태감 복지가 응답과 함께 구르듯 들어오더니 장태을을 데리고 나갔다. 벌써 불가마가 화염을 토하기 시작하는 궁전 밖을 내다보며 건륭이 조후이를 향해 입을 열어 하문하려고 할 때 기윤이 돌연 자리에서 나와 무릎을 꿇어 머리를 조아렸다.

"폐하, 신…… 신은 폐하께 몇 마디 간언 올릴 말씀이 있사옵니다……."

"일어나 앉게."

건륭이 미간을 모은 채 온돌에서 내려섰다. 바닥이 두꺼운 가벼운 실내화를 신고 천천히 궁전 안을 거닐며 입을 열었다.

"무슨 말이 하고 싶은지 짐은 벌써 알고 있네. 이 도사를 접견하지 말았어야 한다는 얘기 아닌가?"

그러자 기윤이 급히 대답했다.

"그렇사옵니다, 폐하! 신은 바로 그 부분에 대해 간언을 드리고자 하옵니다."

이에 건륭이 말했다.

"그런 내용이라면 두 말이 필요 없겠네. 짐이 아무려면 전명(前明)의 가정황제(嘉靖皇帝)를 닮을까봐 그러나? 태후부처님과 황후가 이런 걸 믿으시네. 저자가 황관(黃冠)의 말단이어서 쥐도 못 잡는 고양이 꼴이라고 할지라도 어마마마가 원하신다면 짐은 마다할 이유가 없네."

건륭의 효행에 숙연해진 기윤이 답했다.

"천만 지당하신 말씀이옵니다! 신의 생각이 짧았사옵니다. 진정한 충효성경(忠孝誠敬)은 바로 인정(人情)에서 비롯된다는 걸 미처 몰랐사옵니다."

"핵심을 제대로 짚어내는군. 충효의 근본도 모르는 주제에 충효를 밥먹듯 외치고 다니는 자들이 얼마나 많은가!"

건륭이 가볍게 냉소를 터트렸다.

"선제(先帝) 때는 이불(李紱)이 충효를 입에 바르고 다니면서 막판에 뒤통수를 치더니, 이번에는 나친이라는 자가 짐을 바보군주로 만들어버렸어."

문득 걸음을 멈추고 홱 고개를 틀어 칸막이 앞에서 무릎을 꿇고 있는 조후이를 매섭게 노려보며 건륭이 말을 이었다.

"사나운 개를 마당에 매놓고 뒷거래를 막아 두 소매가 깨끗함을 과시해왔지. 스스로를 그렇게도 못 믿고 무슨 큰일을 한다고! 금천을 한 손에 움켜쥐고 뒤흔들듯이 망언을 일삼더니 고작 저런 파렴치한 패잔병들이나 키워내는 주제에!"

악에 받힌 건륭의 질타가 대전을 메아리쳤다. 외전(外殿)에서 시중들던 태감들조차 두려운 나머지 경련을 일으키듯 다리를 후들거렸다.

건륭의 얼굴에 소름 돋는 미소가 번졌다. 말붙이기도 두려웠으나 푸헝은 진화에 나서지 않을 수 없었다.

"고정하시옵소서, 폐하! 나친, 하이란차, 조후이 저네들은 응분의 죄를 받게 될 것이옵니다. 존체가 염려되오니 그만 화를 거두시옵소서……"

"화?"

건륭이 코웃음을 치며 걸음을 돌려 온돌마루 앞에 있는 수미좌로 가서 앉았다. 다소 평상심을 회복한 듯 찻잔을 들어 뚜껑으로 물위에 뜬 찻잎을 밀어내며 말을 이었다.

"흥, 짐이 화를 낸다고 생각하나? 나친 때문에? 어림도 없지, 짐을 이 꼴로 비참하게 만들어버린 자 때문에 짐이 화를 내? 그럴 값어치라도 있는 자라면 좋겠네! 경들이 알고 있는지 모르겠으나 하이란차는 성조를 따라 서정(西征)길에 올랐다가 몸에 화살이 무려 열 개씩이나 꽂혔어도 죽는 순간까지도 용맹하게 싸워주었던 대영웅 두라얼 장군의 손자라네. 조후이 역시 성조 때 커뿌둬 전역에서 거얼단의 맹적들을 열 일곱 명이나 쓰러뜨리고 장렬한 최후를 마친 조부의 혈통을 지닌 사람이지. 옛말에 피는 못 속인다고 하거늘 어찌 하늘을 떠받치는 기개를 떨치고 간 영웅들에게서 도망자 자손이 생겨났는지 짐은 안타깝고 수치스러울 따름이네!"

치도곤을 백 대 얻어맞은들 이보다 더 아프고 괴로우랴. 잔뜩 숨죽이고 있는 기윤과 푸헝은 벌써 속옷이 흥건히 젖어 있었다. 궁전 안은 한밤중의 묘지를 방불케 하는 모골이 송연한 정적이 감돌았다! 푹 꺾여 있던 조후이의 무거운 머리가 천천히 들렸다. 격분과 억울함, 흥분과 수치심에 절은 수척한 얼굴에는 두 줄기의 피눈물이 흘러내렸다. 목각처럼 표정 하나 없이 외면하고 있는 건륭을 보며 가슴이 세차게 오르내리던 조후이가 마침내 폭 꼬꾸라지듯 땅바닥에 쓰러지며 쿵쿵 머리를 조아려가며 목을 놓아 울었다.

"폐하, 부디 이놈의 하소연을 들어주시옵소서……. 끝까지 하소연을 하게 해주신 연후에는 사약을 내리셔도 이놈은 여한이 없겠사옵니다……."

그는 곧 죽을 듯한 고통에 몸부림쳤다. 애절한 통곡소리는 오장육부가 갈가리 찢기어 시뻘건 선지피를 울컥울컥 토해내는 것 같았다. 사냥꾼에게 치명타를 입고 황량한 벌판에서 피를 철철 흘리며 울부짖고 다니는 승냥이 그 자체였다. 주장(奏章)을 한아름 안고 들어서던 태감 복의가 흠칫 놀라며 손을 놓아버리고 말았다. 주장이 땅에 떨어져 종잇장들이 사방에 어지러이 날렸다. 서둘러 복의를 도와 종이를 주워 올리는 태감들의 손이 부들부들 떨렸다. 찻잔을 잡으려던 기윤의 손이 움츠러들었고 꼼짝 않고 앉아있는 푸헝의 가슴은 벌렁벌렁 끓어 넘치는 죽가마가 따로 없었다. 눈앞의 이 광경을 어찌 수습해야 할지 방책이 서질 않았다.

건륭도 안색이 창백하게 질려 있었다. 지방순시를 떠났을 때 참혹한 민생의 현장에서 목놓아 울며 하소연하는 백성들은 몇 번 보았으나 누군가 이토록 혼신을 다해 오열하는 모습은 처음이었던 것이다. 순간적으로 당황했으나 건륭은 곧 '도망자'라는 세 글자 뒤에 뭔가 커다란 의혹이 숨어 있음을 간파했다. 여전히 차가운 목소리로 건륭이 말했다.

"경을 불러들였을 때는 당연히 그 말을 들어보고자 함이지. 경은 병사들을 거느리는 무장(武將) 출신임을 잊지는 말게. 짐이 설령 군전실의(君前失儀)의 죄를 묻지 않는다손 치더라도 총대 메는 사람으로서 이게 무슨 해괴망측한 짓인가!"

조후이는 크게 흐느끼며 눈물을 비오듯 흘렸다. 울음소리를 삼키느라 애쓰는 모습이 역력했다. 신음하듯 울음을 삼키며 연신 머리를 조아렸다.

"신은 폐하께 주하고 싶은 말이 너무 많아 어디서부터 말문을 열어야 할지 모르겠사옵니다. 배속 가득한 울분에 숨이 막힐 것 같아 터뜨리기에 급급하여 그만…… 실의(失儀)를 하고 말았사옵니다……. 나친, 그자는 한마디로 오늘날의 장사귀(張士貴)이옵니다!"

욕혈분전(浴血奮戰)하여 싸웠건만 결국엔 은혜를 원수로 갚으려는 나친에게 쫓겨 하이란차와 함께 멀고도 험난한 천리 도주길에 올라 간난신고(艱難辛苦)를 겪었던 과정을 떠올리며 조후이는 억울하고 분한 마음을 삭이지 못해 하염없이 눈물을 쏟았다.

"형구(形具)를 풀어주거라!"

칠척(七尺)의 사내가 오죽 분하면 저리 눈물을 거두지 못할까. 건륭은 마침내 마음의 빗장을 풀기 시작했다. 태감 복례더러 형구를 풀어주라 명하고 난 건륭이 기윤을 향해 물었다.
"이보게 효남, 장사귀가 누군가?"
 소설책과 연극을 싫어하여 대체 장사귀가 누군지 알 길이 없는 기윤이 잠시 머뭇거리는 사이 눈치 빠른 푸헝이 조심스레 대신 대답했다.
 "장사귀는〈백포장(白袍將)〉에 나오는 인물이옵니다. 현능(賢能)한 자를 질투하여 해치려드는 천상천하 유아독존의 대명사이옵니다. 효남은 이런 책은 별로 좋아하지 않사옵니다."
 그러자 덕분에 위기를 무사히 넘긴 기윤이 아뢰었다.
 "요즘은 폐하께서 내리신 차사 때문에 책 속에 묻혀 살다시피 하는데, 정작 폐하의 하문에도 답해 올리지 못하다니······."
 기윤이 웃으며 말끝을 흐렸고, 건륭은 짐짓 모르는 척했다. 몇 마디 말이 오가고 나니 방금 전의 무거웠던 분위기는 조금 숨통이 트이는 것 같았다. 형구에서 풀려나 날아갈 것 같은 조후이가 건륭에게로 다가가 삼궤구고(三跪九叩)의 대례를 올려 사은을 표했다. 그리고는 작전 개시를 앞두고 소집했던 군무회의에서 있었던 몇 가지 의견충돌에서 비롯하여 전황(戰況) 판단에 미숙한 나친과 장광사의 무리한 전략전술을 꼬집었고, 그럼에도 부하 장령들의 간곡한 조언을 무시하고 끝까지 제멋대로 일관하여 패배를 불러오게 된 자초지종을 세세히 아뢰었다. 또한 나친과 장광사가 자신들의 죄를 덮어 감추고 군주를 기만하기 위해 자신들을 죽여 없애려 했던 밀실획책의 음모도 낱낱이 고발했다. 궁지에 내몰렸어도 구차한 목숨을 부지하기보다는 진상을 규명하고 진정한 죄인들을 단두대에 올리기 위해 사선을 탈출했노라 고백했고, 탈영하기에 앞서 북경이 있는 방향을 향해 머리 조아려 사죄를 표했음도 진솔하게 밝혔다. 마치 부실한 작전이 파국으로 치닫는 장면을 눈앞에 직접 보는 것 같이 생동감이 있었다. 또한 자신들의 죄를 죄 없는 부하에게 전가시키려 했던 소름끼치는 음모의 현장이 눈앞에 되살아나는 것 같았다.

분노와 비애가 밀물처럼 밀려왔다. 울분이 치밀어 오른 건륭의 얼굴이 벌겋게 달아올랐고 으스러지게 움켜쥔 손에 식은땀이 고였다. 미간이 잔뜩 구겨진 기윤은 연신 머리를 절레절레 저으며 가벼운 한숨을 토해냈다. 충격을 금할 수가 없었다. 그러나 푸헝은 분노하고 충격에 휩싸이기 전에 김홍, 김휘, 러민, 이시요로부터 받았던 주장내용을 떠올려 조후이가 실토한 내막과 대조해보느라 바빴다. 그 사이 조후이의 피눈물 서린 하소연은 끝나가고 있었다.

"……폐하! 신들은 결코 사뤄번의 손에 망한 것이 아니옵니다. 신들은 두 주장(主將)으로 인해 치욕스런 종말을 고하게 되었사옵니다! 사뤄번이 의외로 전술이 허술하지 않았던 건 사실이오나 우리 군이 무능하고 어리석었사옵니다……."

"그래, 하이란차는 지금 어디 있나?"

건륭이 마침내 무거운 입을 열었다.

조금씩 진정을 찾아가는 듯 조후이가 눈물을 닦고 훨씬 안정된 목소리로 대답했다.

"김휘는 나친의 일당이옵니다. 그자가 추격해 올 것이 두려워 저희는 무창(武昌)에서 헤어졌사옵니다. 그는 한수(漢水)를 따라 북상하여 북경으로 향했사옵고, 신은 폐하께오서 남순 길에 오르셨다는 소식을 듣고 장강(長江)을 거쳐 동하(東下)하여 남경(南京)으로 오게 되었사옵니다. 하오나 막상 남경에 도착해보니 어가(御駕)는 아직 당도해 있지 않았사옵니다. 그렇게 신은 벼랑 끝에 내몰린 심정으로 총독아문으로 가서 자수하게 되었사옵니다. 하이란차는 역수(逆水)를 거슬러 오게 되오니 지금쯤은 아직 하남성(河南省) 남양(南陽)이나 낙양(洛陽) 일대에 있지 않을까 생각되옵니다."

건륭이 오랜 침묵 끝에 다시 물었다.

"들리는 소문에 의하면 경들이 군향까지 빼내왔다는데, 과연 사실인가?"

"사실이옵니다, 폐하!"

조후이가 머리를 조아리며 대답했다.

"송강(松崗)의 군향창고(軍餉倉庫)는 언제 적들의 수중에 넘어갈지 모르는 위태로운 상황에 노출돼 있사옵니다. 군향을 그대로 방치하는 것은 곧 적들에게 대군에 대적할 수 있는 힘을 키워주는 것과 마찬가지라 생각했사옵니다. 그리하여 상의 끝에 신이 황금 5백 냥을 소지했다가 총독아문에 자수하면서 바치기로 했사옵니다. 하이란차는 10만 냥 짜리 은표(銀票)를 소지하고 있사옵니다. 신보다 훨씬 영리한 친구이오니 심려 거두셔도 괜찮을 것이옵니다."

조후이의 말을 듣고 난 건륭의 시선이 푸헝에게로 향했다.

이들이 군향을 소지하고 있다는 사실은 러민이 이틀 전에 푸헝에게 보낸 편지에서 드러났다. 그러나 김홍과 김휘의 주장에선 그 어디에도 한 마디의 언급조차 없었다. 조후이가 이미 황금 5백 냥을 양강(兩江) 총독부(總督府)에 상납했음에도 김홍(金鉷)이 함구하고 있다는 것은 무엇을 뜻하는 것일까? 그가 감히 이 돈을 착복하려는 걸까! 그러나 아직은 섣부른 판단이라 생각하며 푸헝이 말했다.

"황금 5백 냥이라면 시가(市價)로 은자 1만 2천 냥에 맞먹는 금액이니 결코 적은 액수가 아니옵니다. 조사에 착수해야겠사옵니다."

"물론 조사해야지!"

건륭이 이를 악물었다.

"짐이 관정(寬政)을 표방하는 것은 백성들과 더불어 휴양생식을 하기 위함이었네. 물론 세종 연간의 강도 높은 개혁조치로 지나치게 움츠러들어 있는 관가의 분위기를 진작하기 위한 일환이기도 했지. 헌데 오냐오냐하면 기어오른다더니, 이치(吏治)는 어느새 바닥으로 떨어지고 있네! 보아하니 피를 보지 않고선 정신을 못 차리는 것 같은데, 몇몇 거물들 명줄이 얼마나 질긴지 한번 시험해봐야겠네!"

회중시계를 꺼내보고 난 건륭이 조후이를 향해 말했다.

"경의 말은 어디까지나 일면지사(一面之詞)이네. 나친을 압송하여 양쪽의 말을 다 들어본 연후에 각자 책임을 묻도록 하겠네. 복신, 조후이를 양봉협도(養蜂夾道)로 압송하여 류통훈(劉統勛)더러 잠시 데리고 있으라고 이르거라."

조후이가 태감 복신을 따라 물러가자 푸헝은 땀에 흠뻑 젖어 밖에서 애타게 차례를 기다리고 있을 관원들을 떠올리며 마음이 조급해졌다. 입을 열어 말하려 하니 건륭이 먼저 물어왔다.

"윤계선은 남경으로 출발했다고 하던가?"

이에 푸헝이 급히 아뢰었다.

"어제 출발한다는 전갈을 받았사옵니다. 하오나 양인(洋人)들이 들어오면서 광동(廣東)의 군정, 재정, 민정이 예전 같지가 않아 정력의 반 이상을 그쪽에 쏟아 부어도 부족하다고 전에 편지를 보내와 하소연을 했사옵니다."

건륭이 웃으며 말했다.

"그 문제라면 밀주문에서도 몇 번 하소연을 했었네. 해금(解禁)이 되어 바닷길이 훤히 트이니 또 그런 골칫거리가 생기는구먼. 그래서? 계속 말해 보게."

"윤계선은 광주(廣州)로 내려가기 전에 남경(南京)에서 몇 번이고 다 잡은 '일지화'를 놓치고 만 것이 늘 유감인가 보옵니다. 도둑잡는 데는 이위(李衛)보다 못하다며 실의에 빠져있는 것 같았사옵니다."

푸헝이 말을 이었다.

"그래서 황천패(黃天覇)를 총독아문으로 영입하여 3년 내에 '일지화'를 잡지 못하면 죄를 물어 흔쾌히 물러나겠노라고 선언했다 하옵니다. 현재 광주에서도 화이(華夷)가 잡거하니 '양인(洋人) 일지화'가 씨를 뿌릴까봐 전전긍긍하고 있사옵니다. 쓸만한 통역관이 없어 언어소통에도 불편을 겪고 있는 모양이옵니다."

"관원들 중에 서어(西語)를 잘 하는 사람이 없나?"

건륭이 기윤을 향해 고개를 돌리며 물었다. 다른 생각을 털어내며 기윤이 급히 아뢰었다.

"있사옵니다. 서이관(四夷館)에서 외이(外夷)들을 전문적으로 담당하는 서무관들이 서어를 곧잘 하옵니다. 하오나 그네들은 조정(朝廷)과 어가(御駕)의 전용이오니 그쪽으로 보낼 순 없을 것 같사옵니다. 아, 한 사람 있사옵니다. 한림원의 가치군(賈治軍)이라는 자가 어려서부터 광주에서 양인들과 장사하는 이모 밑에서 자라오면서 영국 말, 프랑스 말을 몇 마디씩 지껄이는 것 같았사옵니다. 지난번에도 영국시인의 시라며 한 단락 읊어주는데, 신은 전혀 알아들을 수가 없었사옵니다. 그자가 적임자일 것 같사옵니다."

"가치군이라?"

건륭이 덧붙였다.

"어디서 들어본 이름인데?"

그러자 기윤이 조심스레 웃으며 끼어들었다.

"폐하께오선 역시 총기가 뛰어나시옵니다! 3년 전 관원들을 상대로 치른 시험에서 백지를 냈던 자이옵니다. 폐하께오선 그자를 부르시어 따끔하게 훈회를 내리셨사옵니다."

그제야 건륭이 머리를 끄덕였다.

"그렇게 말하니 기억이 나네. 소가 여물을 씹듯 입안에서 한참 우물대고 나서 윙윙대며 말하던 그자 말인가?"

이에 기윤이 대답했다.

"바로 그자이옵니다. 웃는 것도 늘 반 박자 느린 데다가 마치…… 요강단지 비우는 것 같은 소리가 나서 곧잘 놀림을 받곤 하옵니다."

기윤의 농에 건륭이 하하 뒤로 넘어가며 손가락으로 기윤을 가리켰다.

"자네는 참…… 언제 그 버릇 고치려나? 하기야 가끔씩 이렇게 긴장을 풀어주는 사람이 있는 것도 나쁠 건 없지!"

그러자 푸헝이 웃으며 말했다.

"기윤 공은 많이 달라졌사옵니다. 오늘은 폐하께오서 성려(聖慮)가 조금 무거워 보이시니 끼가 다시 발동한 것 같사옵니다."

건륭이 한결 홀가분해진 표정으로 말했다.

"경들의 마음은 짐이 다 알지. 방금 그 부분은 기록문서에 넣지 말게. 그럼 광주 통역관은 가치군으로 정하지. 나중에 한번 데리고 와보게."
　말을 마친 건륭이 다시 푸헝에게 말했다.
　"계속 말해보게."
　"김홍과 윤계선을 맞바꾸기로 했사오나……."
　푸헝이 웃음기를 거둬들이며 말을 이었다.
　"김홍은 아무리 생각해 보아도 여러모로 윤계선의 상대가 못된다고 사려되옵니다. 조후이가 상납했다는 황금 5백 냥에 대해서도 조사를 해봐야 하오니 신은 윤계선이 떠난 광주총독 자리를 어찌해야 마땅하올지 폐하의 성재(聖裁)를 부탁드리옵니다."
　이어 푸헝은 금천 패전의 책임을 물어 유죄를 받은 관원들을 부의(部議)에 넘겨 죄값을 치르게 해야 마땅하며 김휘는 즉각 파면조치를 취해야 할 것이라고 주청을 올렸다. 또한 유림창고의 양곡이 부패하여 폐기했다는 설에 대한 질의를 했고, 운남 동광과 강남 방직공들이 파업하는 사태가 빈번한 데 대한 대책마련을 주청 올렸다…….
　처음에 귀기울여 듣던 기윤은 그러나 점점 머리 속이 혼잡스러워졌다. 건륭이 자신의 차사에 대해 물어올 것을 대비하여 속으로 〈사고전서〉의 편수현황에 대해 떠올리니 아직 미흡한 점들이 많아 어찌 주해야 할지 여간 혼란스러운 게 아니었다…….
　그러나 건륭은 중간 중간에 의문점을 짚고 넘어가며 열심히 귀를 기울였다. 궁전 안이 후덥지근하여 푸헝과 기윤이 땀을 흘리고 있으니 건륭은 태감들에게 부채바람을 쐬어주게끔 했다. 그렇게 푸헝은 거의 반시간을 숨 한번 돌리지 않고 말했다. 오랫동안 다리를 포갠 채로 정좌하여 꼼짝도 하지 않고 있는 건륭의 총기 영롱한

도망자　255

눈빛을 보며 기윤은 못내 그 의지에 탄복했다. 이때 잠자코 듣고만 있던 건륭이 입을 열었다.

"보아하니 경은 할말이 무척 많은 것 같은데, 아계가 내일부터 군기처로 나오기로 했으니 일부 사안에 대해선 두 사람이 잘 상의하여 다시 주하도록 하게. 황천패가 유능하고 배짱도 좋다고 하니 참장(參將) 자격을 주어 남경 윤계선의 밑으로 보내주게. 그리고 오할자(吳瞎子)라는 자는 형부 원외랑(刑部 員外郞) 자리에 앉히고 시랑(侍郞) 계급을 주어 민간의 이 방(幇), 저 파(派)들간의 의견조율을 책임지게끔 하게. 기윤, 자네는 멍하니 앉아 무슨 생각을 그리하는가?"

"예? 예…… 폐하!"

기윤이 급히 정신을 가다듬으며 입을 열었다.

"신의 차사에 대해 생각하고 있었사옵니다, 폐하!"

기다렸다는 듯이 차사를 추진해 나감에 있어 부딪치는 어려움을 호소하고 난 기윤이 덧붙여 말했다.

"도서를 징집하는 일은 잘해도 정적(政績)을 인정받기 힘들고, 못하면 자칫 사람들에게 미운 털이 박히기 십상이라며 적극적으로 뛰어드는 경관(京官)이나 외관(外官)들이 가뭄에 콩 나듯 하는 실정이옵니다……"

가소로운 미소를 띠우며 건륭이 말했다.

"경의 어려움은 여태껏 올린 주장에 여실히 드러나 짐은 익히 알고 있네. 이제부터 경은 〈사고전서〉의 총재직을 내놓고 부총재직을 맡게!"

기윤이 〈사고전서〉 편수작업을 총괄하는 건 만천하가 주지하는 바이거늘 어찌 갑자기 앞에 '부(副)'자를 달아준단 말인가? 흠칫 놀란 푸헝이 궁금증을 참지 못하고 그 영문을 여쭈려 하니 건륭이 말했다.

"총재직은 짐이 직접 맡겠네. 육부상서(六部尙書), 삼경(三卿), 모든 대학사(大學士)들이 전부 부총재 직을 겸하게 될 것이며, 경이 이들의 의견을 반영하도록 하게. 돈이 필요하면 호부에 얘기하고, 차사에 비협조적인 자들은 도찰원(都察院)에 알려 탄핵안을 올리도록 하게. 그리고 〈사고전서〉 편수작업에 참여하지 않았던 관원들은 빠짐없이 남위(南闈)와 북위(北闈)의 과고(科考, 과거시험에서 향시(鄕試)에 응하려는 자가 받는 예비시험)와 순천부의 대고(大考)에 시험관으로 갈 수 없다고 쐐기를 박아두게. 이제부터는 너도나도 일 시켜 주십사 문턱 닳게 찾아들 테니. 단, 이 차사를 추진함에 있어 경이 탐묵(貪墨)하여 물의를 빚는다면 짐은 더 큰 죄를 물을 것이네!"

"망극하옵나이다, 폐하!"

기윤이 길게 엎드려 절을 했다. 그리고는 싱글벙글했다.

"이제부터는 차사에 날개가 돋칠 것 같사옵니다. 이리 되면 너도나도 차사를 맡겨달라고 기웃거릴 것이 틀림없사옵니다. 신은 결코 박하지 않는 봉록 외에도 폐하와 황후마마께오서 안거할 집과 먹고살기에 충분한 농장을 상으로 내려주셨사옵니다. 그럼에도 만족하지 못하고 공금에 검은손을 내뻗친다면 그건 돈에 환장한 경우가 아니겠사옵니까? 하오나, '탐묵(貪墨)' 두 글자는 신의 천성이옵니다."

앞뒤 말이 달라 건륭이 의아스러워 하고 있자 기윤이 웃으며 해석했다.

"신은 세 살 적부터 한서(寒暑)를 막론하고 서예연습을 하고

도망자 257

일기 쓰고 문장 실력을 연마하느라 하루도 묵과 씨름하지 않은 적이 없사옵니다. 이제 〈사고전서〉를 편수하는 차사까지 맡게 되었사오니, 어찌 '탐묵'하지 않고 견디겠사옵니까!"

장난기 다분한 그 말에 건륭과 푸헝은 둘 다 웃었다.

밖에서 오시(午時)를 알리는 종소리가 들려왔다. 푸헝과 기윤이 물러가려는 듯 자리에서 엉덩이를 떼자 건륭이 웃음을 머금었다.

"짐이 서두르지 않는데, 경들이 어찌 들썩이는가? 오늘은 중요한 차사에 대해 즐겁게 논의했으니 짐을 동무하여 오찬을 같이 하세. 왕치, 거기 있느냐! 수라간에 3인분을 만들어 내라 이르거라. 가짓수는 적되 먹음직한 걸로 내어 오너라."

왕치가 명을 받고 나가자 건륭이 누군가 태감 왕치에게 '왕팔치(王八恥)'라고 이름을 고쳐주었다는 우스운 이야기를 들려주었다. 두 신하는 비실비실 터져 나오는 웃음을 겨우 참고 조용히 웃었다. 건륭이 말했다.

"짐은 경들같은 고굉(股肱) 신하들에게는 마음을 열고 무릎을 맞대어 이같이 담소를 나누지만 후궁과 태감들은 무섭게 다룬다네. 그리 할 수밖에 없네. 후궁이 정무에 간섭하는 사례가 적발되면 반드시 엄벌에 처함이 마땅하고 태감이 입을 잘못 놀리고 다녔다간 가차없이 목을 쳐내야 하네. 한(漢), 당(唐), 명(明) 모두 이들에 대한 단속이 부실하여 망했다고 볼 수 있지."

건륭의 용안이 밝아 보였고 말투가 온화했다. 그 틈을 타 푸헝이 입을 열었다.

"장정옥은 몇 세대를 걸쳐온 신하이옵니다. 노망이 들어 말을 가려 하지 못하고 사태파악이 제대로 안 되는 등 분별력이 떨어진 것 같사옵니다. 두루 못마땅한 점이 많은 줄로 아옵니다만 폐하께오서 하늘 같은 인덕과 하해와 같으신 아량으로 널리 용서해 주셨으면 하옵니다······.”

"삼조원로라서?”

건륭이 태감 복례가 받쳐 올린 차가운 물수건으로 얼굴을 닦으며 말을 이었다.

"나이 먹는다고 다 저리 주제파악을 못하는 건 아니지. 장정옥은 성조와 선제께서 어찌어찌 잘해주었던 것만 생각하고 짐의 배려는 염두에도 없는 사람이지. 짐의 오늘이 있기까지는 자기의 공로가 크다는 걸 너무 우려먹으려고 들어. 적당히 하면 누가 뭐라나! 성조, 선제와 비교하여 짐이 마치 자기한테 엄청난 빚을 지고 있는 것처럼 툭하면 버티고 앉아 떼를 부리고······. 그 마음가짐이 틀렸다 이 말이네. 왕유돈은······, 선탁(膳卓)을 정전(正殿)에 차리라. 왕유돈은 여태 차사에는 게을리 한 적이 없었네. 군기처에 입직(入直)하고부터는 모름지기 제2의 장정옥이 되고자 노력하는 것 같았네. 그래서 이번에 장정옥이 위태로워지니 토사호비(兎死狐悲)의 측은지심이 생겨 짐이 사석에서 했던 말을 장정옥에게 몰래 날라 장정옥으로 하여금 울며 겨자 먹기로 ‘친히’ 죄를 청하러 오게 했던 것이네. 어찌 됐건 짐을 배신한 죄는 용서할 수 없어. 왕유돈은 군기처에서 물러나 산질대신(散秩大臣)으로 만족해야 할 것이네.”

푸헝과 기윤은 그제야 왕유돈이 건륭의 눈 밖에 난 이유를 알게 되었다. 새삼 천심불측(天心不測)이라는 말이 실감이 났다. 자신들도 몸가짐, 마음가짐에 추호라도 흐트러짐이 있다면 언제 왕유돈의 전철을 밟게 될지 내심 두렵고 불안했다. 그런 두 신하의 속마음은 아랑곳하지 않고 수라상이 올라오자 건륭은 웃으며 말했다.

"기 대학사, 푸 대장군! 짐이 내리는 음식이니 어려워하지 말고 편히 앉아 배불리 먹게. 식후에 경들이랑 할 얘기가 아직 남아 있네."

건륭이 온돌에서 내려서길 기다려 조심스레 난각을 나와 정전으로 따라가며 둘은 말했다.

"신들은 폐하께오서 정오에 잠깐 휴식을 취하시는 걸로 알고 있사옵니다. 신들은 물러갔다가 폐하께오서 부르시면 다시 와서 의사(議事)하는 것이 어떨까 하옵니다."

"오늘은 예외이네."

정전에 도착하여 수라상을 마주하여 앉은 건륭이 두 신하를 양측에 앉으라 명하고는 말을 이었다.

"경들만 알고 있게. 짐은 북경을 떠나 바깥바람을 좀 쐬고 올까 하네."

막 수저를 들었던 푸헝이 깜짝 놀라 아뢰었다.

"폐하, 곧 삼복철이옵니다. 이 더위에 어찌 하시려고 그러시옵니까. 전에 이위가 폐하를 모시고 하남으로 갔다가 폐하께오서 중서(中暑)하시는 바람에 크게 경을 칠 뻔했다고 들었사옵니다. 떠올리는 것만으로도 끔찍하옵니다……."

건륭이 히죽 웃으며 죽순 하나를 집어 밥그릇에 올려놓았다. 그리고는 말했다.

"그래도 지금 가봐야 하네. 이치(吏治)와 하공(河工) 둘 다 직접 보고 와야겠네. 듣는 것과 보는 것은 분명 다를 테니까. 어쩔 수 없네!"

태감 복신(卜信)은 조후이를 양봉협도에 위치한 옥신묘(獄神廟)로 데려다주고 지의를 전하면 임무가 끝나는 걸로 생각했다. 그러나 옥신묘를 관장하는 전옥(典獄)이 난색을 표했다.
　"공공(公公, 환관에 대한 존칭), 이 사람이 감히 지의를 받들지 않을 순 없소. 하지만 천(天), 지(地), 현(玄), 황(黃) 네 개 방이 꽉 찼으니 대책이 없구만. 원래는 황방에 자리가 몇 개 있었는데, 어제 산서(山西)에서 한 무리의 범관(犯官)들을 압송해오는 바람에 지금은 어디 발 디딜 틈도 없다오. 이를 어쩌지?"
　"난 지의를 전할뿐이오. 그건 당신네들이 알아서 할 일이지 어찌 나한테 되묻는 거요?"
　"이걸로 차라도 한잔……."
　전옥이 잽싸게 주머니에서 은자 두 냥을 꺼내어 복신의 손에 쥐어주며 사정했다.
　"상부에서 지시가 있었소. 이제부터 압송되는 범인들은 순천부(順天府)의 감옥에 일단 보내라고 말이오."
　그러나 복신은 은자를 뿌리쳤다.
　"지의에는 류통훈 어른에게 인계하라고 하셨으니 난 모르겠소. 가서 류통훈 어른을 모셔오시오. 그때까지 기다리고 있을 테니."
　그러자 전옥이 두 손을 싹싹 비벼가며 매달렸다.
　"얼옥사(讞獄司)의 당관이 방금 다녀갔는데, 연청 어른은 지금 사건 수사차 보정(保定)으로 가고 안 계시다고 하오. 모레는 되어야 돌아온다고 들었소. 아니면 수고스럽지만 돌아가서 이 상황을 아뢰고 다시 지의를 받아오는 것이 어떻겠소."
　조후이는 전옥이 무엇을 원하는지 알 수 있었다. 환경이 훨씬 열악한 순천부 감방으로 가고 싶지 않으면 뒷돈을 내라는 뜻일 터였다. 울컥 화가 치민 조후이가 내뱉듯 말했다.
"씨팔, 가라면 못 갈 것도 없지. 됐어, 순천부로 데려다 줘!"
"사람을 맡겼으니 내 임무는 끝났소. 알아서 하오!"
복신이 퉁명스레 내뱉고는 떠나가 버렸다. 조후이가 눈을 부라리며 배짱을 부리자 한풀 꺾인 전옥이 다가와 직함과 범죄 사유를 물었다. 조후이가 절차상 필요한 줄로 알고 대충 대답을 하자 당장 표정이 확 바뀐 전옥이 배시시 웃었다.
"어쩐지 대단하신 분 같았습니다. 절대 오해하지 마십시오. 소인은 추호도 어르신을 무례하게 대할 마음은 없었습니다……. 현실적으로 어려운 상황입니다……. 어르신같이 지체 높으신 분을 오라 가라 할 순 없지 않습니까……. 이곳에 오는 분들은 대부분이 대관(大官)들이어서 이러고 있다가도 은지(恩旨) 하나 내려지면 크게 빛을 발하는 경우가 비일비재하거든요. 한 다리를 들었다 놓아도 소인의 키보다 높으신 분들이온데……. 그러니 어쩌겠습니까? 잠시 그쪽으로 가 계시고 류 중당께서 돌아오시는 대로 대책을 강구하여 다시 모셔오도록 하겠습니다……."
그렇게 해서 조후이는 다시 승장(繩匠) 골목에 위치한 순천부 감옥으로 이송되었다.
'도망친 장령(將領) 한 사람을 보내오니 당분간 부탁함. 이름: 조후이'라고 쓴 쪽지를 읽어보던 순천부의 전옥은 옥신묘의 전옥처럼 좋은 낯으로 대해주지 않았다. 아침 굶은 시어미 상통을 하고 아래위로 훑어보고는 대충 출생지와 범죄사유를 확인했다. 그리고는 옥졸에게 소리쳤다.
"호부귀(胡富貴), 수의를 입혀 6호방에 갖다 넣어!"
감방 안은 대단히 어두웠다. 호부귀와 두 명의 옥졸에 의해 쑤셔 박히듯 콧구멍 만한 감방에 떠밀려 들어가니 "쾅!" 하고 문이 굳게 닫혀버렸다. 철창 속에 갇힌 신세가 실감이 나기 시작했다.

천장에 조그맣게 난 창문으로 스며드는 한줌의 빛을 빌어보니 문 어귀에 악취를 풍기는 요강이 놓여 있었고, 그 옆으로 길게 짚으로 엮은 멍석이 깔려 있었다. 눅눅하니 썩은 냄새가 코를 찔렀다. 옆방과는 가운데가 트여 있었다. 조후이만 단칸방에 갇혀 있고, 동서 양쪽 방에는 몇 명씩 갇혀 있었다. 양쪽 방의 죄수들은 모두 방금 형을 당하고 난 듯 피멍든 몰골들이 말이 아니었다. 피비린내, 땀냄새, 발냄새, 요강냄새가 어우러져 뭐라 형언할 수 없는 악취에 정신이 혼미할 지경이었다.

서쪽 방에는 두 죄수가 꼼짝도 않고 죽은 듯 멍석 위에 엎드려 있었다. 등골에 피가 질펀하게 배어있는 걸 보니 아직 혼수 상태에 있는 것 같았다. 한쪽으로 돌린 얼굴에도 피가 흥건하여 정체를 알아볼 수 없었다. 파리떼들이 까맣게 들러붙어 있어 무척 괴로울 테지만 물리칠 손동작 하나 못하고 있었다. 피고름이 뭉친 발가락에 하얀 쌀 같은 벌레가 득실거렸다. 달걀 크기 정도로 뭉쳐져 있는 그것은 구더기였다. 우욱! 헛구역질을 하며 조후이는 고개를 돌렸다. 그리고는 반대편으로 다가와 철창 사이로 동쪽 방을 기웃거렸다.

그곳에는 무려 열 몇 명이 수용되어 있었다. 지저분하고 구역질이 나긴 마찬가지였으나 혹형의 흔적은 아직 보이지 않았다. 얼굴이 구레나룻으로 덮인 사내가 족쇄를 질질 끌고 다니며 싯누런 옥수수떡을 뚝뚝 뜯어먹고 있었다. 다른 이들이 군침을 흘리며 가엾게 쳐다보거나 말거나 게눈 감추듯 떡을 먹어 치우고 난 사내가 손을 툭툭 털며 말했다.

"똑바로 앉아, 이것들아! 하늘이 무너졌어 땅이 꺼졌어? 신삼(申三)아, 넌 희자(戱子) 출신이니 한 곡조 뽑아보거라. 이 위(韋) 어른이 어디 좀 들어보자꾸나!"

조후이는 그제야 이곳에 갇혀 있는 죄수들 중에서도 3, 6, 9등의 차별이 있다는 걸 알 것 같았다. 그렇다면 이 '위 어른'이 곧 이곳의 대장격일 터였다. 대장의 명을 받은 신삼이라 불리는 자가 목을 빼들고 창을 하기 시작했다.

　　아버지 말씀에ㅡ, 겨울이 가면 봄이 온다고 하셨다네. 엄동설한이 닥쳐 춥고 배고파도 따스한 봄이 온다는데 뭐가 두려우랴. 언땅이 풀리고 설상가상(雪上加霜)이 녹아 내리는 날 다함께 더덩실 춤이나 추자꾸나…….

"좋아, 좋아!"

방안 가득한 죄수들의 함성이 터져 나왔다. 조후이가 창살 사이로 손을 내밀어 등돌리고 앉아 있는 노인의 어깨를 건드렸다. 왁자지껄하게 떠드는 와중에도 꾸벅꾸벅 졸고 있던 노인이 화들짝 놀라며 퀭하고 멍청한 눈으로 조후이를 돌아다보았다. 그리고는 허옇게 말라붙은 입술을 드르르 떨며 두려움에 찬 눈빛으로 조후이를 바라보며 물었다.

"내가…… 내가 뭘…… 잘못했습니까?"

"그런 게 아니오. 저쪽 방에 두 사람이 다 죽도록 얻어맞은 것 같은데, 왜 그런지 아는가 싶어서……."

"나도 어제 들어 왔소."

노인이 벌겋게 부어오른 코를 실룩거리며 입안에서 우물거리며 말했다.

"강서(江西)에서 붙잡혀온 백련교(白蓮敎) 일당이라고 하는데, 구름을 타고 날아다니는 비상한 재주들을 지녔다 하오! 벌써 세 번째 저리 죽도록 고문을 받고도 아직 자백하지 않았나 보지 뭐, 후유……."

구름을 타고 날아다닌다는 자들이 붙잡혀? 조후이가 속으로 코웃음을 쳤다. 그리고 노인을 향해 다시 물었다.

"노인네는 무슨 죄를 지어 들어왔소?"

노인은 땅이 꺼져라 한숨을 지으며 말을 이었다.

"농사가 하도 빌어먹게 돼서 소작세를 못 냈더니 주인이 찾아와 집을 허물어 버리고 딸년을 겁탈하는 바람에……."

노인의 말이 끝나기도 전에 어디선가 벽력같은 고함소리가 들려왔다.

"이봐, 하경금(何庚金)! 뭐라고 나불대는 거야!"

노인이 흠칫 놀라 고개를 돌렸다. 옥졸이 아닌 그 위 어른이라는 자였다. 음흉한 웃음을 띄우고 악의에 차 노려보는 그 눈길에 주눅이 들어버린 노인이 더듬거리며 물었다.

"내가…… 또 뭘 잘못했습니까?"

"어제 들어올 때 정해준 '규칙'을 잊은 게로군."

위 어른이라는 자가 음흉한 눈빛으로 조후이를 노려보더니 하경금을 향해 으르렁거렸다.

"내가 분명히 쐐기를 박았을 텐데? 여기는 집이 아니고 감옥이니 맘대로 말하고 맘대로 지껄일 자유가 없다고 말이야!"

조후이가 움푹하게 꺼져들어간 두 눈으로 매섭게 위씨를 노려보았다. 그러자 위씨가 어이없다는 듯 피식 웃음을 터뜨렸다.

도망자 265

"뭘 봐, 이 새끼야? 눈깔 생긴 거 하고는 꼭 쥐새끼 같은 게!"
그러자 조후이가 맞대꾸를 했다.
"오줌물에 너의 꼬락서니나 비춰봐라, 이놈아. 패악무도한 악질 지주 얼굴을 해 가지고…… 네놈이나 나나 다 같은 처지에 누굴 업신여겨 깔아뭉개려 드는 거야?"
"말은 또 달변이네. 먹물 좀 먹었다 이거야?"
위씨가 냉소를 머금으며 뇌까렸다.
"이 안에서 나 위천붕(韋天鵬)을 모르는 사람이 있는 줄 알아? 난 말이야, 당신같이 글공부 좀 했노라고 껄떡거리는 자들을 제일 싫어해! 삼진삼출(三進三出) 위천붕, 난 이 지옥(地獄)의 건륭(乾隆)이야! 오후에 바깥바람 쐴 때 내가 군기 좀 잡아야겠구만!"
조후이는 이가 갈리고 주먹이 불끈거렸다. 결국에는 소름끼치는 웃음을 터뜨리며 소리쳤다.
"당신 같은 작자는 내 손에서 가루가 되어 풀풀 날릴 것이니, 어디 한번 붙어보지!"
스스로 '지옥의 건륭'이라고 칭하던 위천붕이 냉소하며 자신의 '어좌(御座)'로 돌아가 앉았다. 얼굴을 무섭게 일그러뜨린 채 "탁!" 소리나게 허벅지를 내리치니 죄수들이 덜덜 떨며 무릎을 꿇었다. 위천붕이 먹다 흘린 떡 부스러기를 손가락으로 찍어 먹던 신삼이 외쳤다.
"위 어른께서 승당(昇堂)하신다!"
"죄수 하경금을 끌어들이거라!"
'건륭'의 추상같은 명이 떨어지자 두 명의 죄수가 다짜고짜 하경금 노인을 위천붕의 발 밑으로 끌어갔다.
"묻는 대로 답하거라. 네놈은 이름이 뭐고 몇 살이며 어디서

왔느냐?"

 하경금이 마치 진짜 공당(公堂)에 끌려온 듯 혼비백산하여 머리를 조아렸다.

 "소인은…… 소명(小名)이 하경금이라 하옵고, 올해 나이 쉰셋이며, 직예(直隸) 통주(通州) 사람입니다……."

 "무슨 죄를 지어 들어왔느냐, 말해!"

 "그게……."

 하경금이 마른침을 꿀꺽 삼키고는 대답했다.

 "3년 전에 못 낸 소작세가 이자에 이자가 붙어 쌀 네 석이 넘었습니다. 올해 소작료까지 합치면 모두 열 석 안팎이오나 가뭄으로 인해 올 농사를 망쳤지 뭡니까. 주인 요귀성(姚貴盛) 어른에게 사정 얘기를 했지만 받아주지 않았습니다. 겨우 바람막이나 하는 초가집을 다 헐어 대들보를 빼가고 도련님을 시켜 소인의 셋째딸년을 빚 대신 데려가겠노라고 막무가내로 끌고가길래 소인이 말린다는 것이 손이 빗나가 그만 도련님의 다리를 분질러 놓고 말았습니다. 빚을 졌으니 무슨 죄를 물어도 할말은 없으나 절대 딸년만은 내놓을 수 없습니다!"

 "아하, 그랬었구나!"

 위천붕이 몇 가닥 안 되는 수염을 쓸어 내리며 낄낄거렸다. 신삼이 뱁새눈을 치켜 뜨고 다그쳐 물었다.

 "영감 딸 예뻐? 젖통이 커?"

 "하하하하……."

 삽시간에 죄수들이 벌렁벌렁 뒤로 넘어가며 웃어댔다.

 창살을 으스러지게 붙잡은 조후이의 울퉁불퉁한 주먹이 울었다. 한바탕 왁자지껄하게 떠드는 와중에 대문의 자물쇠가 열리는

도망자 267

소리가 났다. 호부귀가 등뒤에 바구니를 팔에 낀 겁먹은 소녀를 데리고 왔다. 소녀를 보자마자 하경금이 덮치듯 달려가며 애절하게 불렀다.

"운이야, 애비 여기 있다!"

딸이 갈아 입을 옷이며 먹을 것을 가지고 왔다는 걸 눈치챈 죄수들은 또다시 온갖 지저분한 소리로 지껄이기 시작했다.

"하, 고 계집 꽤나 먹음직하게 생겼는데!"

"먹을 것 갖고 왔냐? 우린 너만 먹으면 되는데!"

"지난번에 먹은 마 과부보다는 백배로 맛있게 생겼지, 안 그래?"

귀가 따갑고 얼굴이 뜨거워 차마 들을 수 없었지만 호부귀는 낄낄거리며 위천붕네와 하나가 되어 놀아났다. 참다 못한 조후이가 한마디 던졌다.

"이봐, 호부귀! 당신은 조정의 봉록을 먹는 옥졸이오. 이것들이 이다지도 무법천지이거늘 어찌 단속은 않고 같이 히히거리는 거요?"

그러자 호부귀가 세모눈을 치켜 뜨고 조후이를 쏘아보며 뇌까렸다.

"쓰면 안 보면 될 거 아니야? 누가 여기 들어오라고 손짓했어? 내가 초대했어?"

조후이의 눈에 불꽃이 튀었다. 한데 엉켜 서럽게 울고 있는 하경금 부녀를 보니 가슴이 미어지는 것 같았다. 당장 불을 토할 듯하더니 어느새 눈물이 글썽글썽 맺혀 있는 조후이를 쳐다보며 호부귀가 말했다.

"여기 있는 동안은 싱겁게 이 일, 저 일 끼어들어 괜히 긁어 부스럼 만드는 건 똑똑한 처사가 못 되지! 위천붕더러 썩을 놈이라고 아무리 욕해도 나를 대신하여 이 많은 죄수들을 관리해주는데, 내겐 벗이나 다름없어!"

말을 마친 호부귀는 곧 떨어질 줄 모르는 부녀를 발로 차며 고함쳤다.

"시간 다 됐어! 정신 사나워 죽겠네. 여기서 울다가 뒈진들 무슨 소용 있을 줄 알아?"

11. 황당친왕(荒唐親王)

 운이 처녀가 감방 문을 나서기 바쁘게 죄수들은 벌떼처럼 바구니를 덮쳤다. 하경금이 갈아입을 옷을 꺼내어 저만치 내던지고 그 밑에 숨겨놓은 먹거리를 꺼내느라 머리가 깨질 지경이었다. 밀가루 떡 열 몇 개, 그리고 절인 반찬 조금과 두 개의 찐 달걀이 고작이었다. 빼앗길세라 냉큼 달걀을 집어든 신삼은 그러나 감히 먹을 엄두를 내지 못했다. 대신 밀가루 떡을 한 입 크게 떼어 쩝쩝 소리나게 씹어먹으며 그가 말했다.
 "고년이 음식솜씨도 그만인걸. 맛있다! 둘이 먹다 하나가 죽어도 모르겠네. 위 어른, 이 달걀은 당연히 어르신께서 드셔야죠, 여기 있어요!"
 정작 하경금은 하나도 입에 대지 못한 채 그렇게 떡과 달걀은 단숨에 거덜나고 말았다. 손가락까지 쪽쪽 빨아가며 떡을 게눈 감추듯 먹어 치우는 광경을 창살 사이로 멍하니 바라보던 운이가 그만 땅바닥에 퍼질러 앉아 엉엉 울어버리고 말았다. 호부귀가 시끄럽다며 어르고 달랬지만 아이는 일어날 줄을 몰랐다. 한 손에 달걀 하나씩을 들고 위천붕이 머리 하나는 넉넉히 드나들 정도로 사이가 넓은 칸막이 창살로 다가왔다. 그리고는 한 손을 내밀어 조후이의 약을 올렸다.

"이봐, 이거 먹을래? 먹고 싶어서 혀 깨물지 말고 좋게 말할 때 하나 처먹지!"

"……!"

조후이는 온몸의 피가 거꾸로 솟구치는 것 같았다. 몸이 부르르 떨리고 눈앞이 핑그르르 돌았다. 달걀을 내밀고 징글맞게 웃고 있는 가증스런 그 얼굴을 노려보는 두 눈에 불기둥이 치솟았다. 이 불한당을 어찌 징벌하면 좋을지 잠시 생각하는 사이 위천붕이 갑자기 달걀을 던지고 그 손으로 목에 감은 조후이의 머리채를 사납게 낚아채어 확 잡아당겼다. 전혀 무방비상태였던 조후이는 꼼짝없이 끌려갔고, 그 머리는 어느새 나무창살 사이에 끼어 옴짝달싹 못하게 돼 버리고 말았다.

"호 어른은 직책상 손을 못 대지."

위천붕이 땅바닥에 낙지처럼 우악스레 들러붙은 운이를 떼어내느라 발로 차고 등 떠밀며 눈을 부라리는 호부귀를 힐끔 쳐다보며 말했다.

"몰랐지? 우리 둘은 죽고 못사는 의형제 사이야! 팔이 안으로 굽지 밖으로 굽는 걸 봤냐?! 내가 호형을 대신하여 네놈 손 좀 봐줘야겠다!"

그리고는 등뒤에서 나불대는 몇몇 죄수들을 향해 소리쳤다.

"이 자식 힘 좀 쓸 것 같다. 자, 다같이 와서 힘 닿는 대로 실컷 때려줘!"

 말이 떨어지기 바쁘게 굶주린 이리떼처럼 죄수들이 달려들었다. 위천붕이 꽉 움켜쥔 머리채를 놓칠세라 손에 칭칭 감았다. 창살 사이에 꽉 끼인 채 꼼짝 못하는 조후이의 머리며 얼굴에 빗방울 같은 주먹세례가 쏟아졌다. 가슴팍이며 배에도 발길질이 이어졌다. 그 광경까지 보게 된 운이는 땅바닥에 반쯤 드러누운 채 사색이 되어 있었다. 고소하다는 표정을 지어 뒷짐을 진 채 다가와 주위를 어슬렁대며 호부귀가 말했다.
 "아랫도리는 차지 마! 집구석에 은자를 산처럼 쌓아 놓고 사는 자들이 털 하나 안 뽑으려드니 그 괘씸죄는 말해서 뭘 하겠냐만 씨를 말릴 수는 없잖아!"
 곤경에 처한 한 사람을 두고 비인간적인 구타는 계속됐.
 아무리 사막을 종횡무진 누빈 맹장(猛將)이라곤 하지만 수중에 무엇 하나 없이 몸까지 움직일 수 없는 이 경우엔 달리 방도가 없었다. 경황이 없는 와중에 조후이의 눈에 설핏 도자기 사발 하나가 들어왔다. 허리를 굽힐 수 없으니 손이 닿을 리가 없었다. 몸을 조금씩 움직여 발을 힘껏 뻗으니 다행히 사발이 발가락에 걸렸다. 날렵하게 다리를 올려 공중에 뜬 사발을 오른손에 받아 쥔 조후이는 두 손으로 힘껏 눌렀다. "딱!" 하는 소리와 함께 그릇은 두 쪽으로 예리하게 갈라졌다! 한 손에 한 조각씩 움켜쥐니 그것은 곧 비수나 다를 바 없었다. 인정사정 볼 것 없이 힘껏 팔을 내둘러 마구 찔러대니 벌써 눈이며 목에 치명타를 입은 두 죄수가 "아이고!" 하는 비명을 지르며 나자빠졌다. 그 광경에 혼백이 반쯤 나간 위천붕이 손에 칭칭 감은 조후이의 머리채를 조금씩 풀며 뒷걸음쳤다. 다른 죄수들도 감히 가까이 오지 못했다. 상황이 점점 악화

되는 광경을 지켜보던 호부귀가 그제야 버럭 고함을 질렀다.
"다들 그만하지 못해? 이것들이 법도 없어!"
"너도 법을 운운하냐?"
머리채가 아직 위천붕의 손에 감겨 있어 겨우 고개를 호부귀 쪽으로 조금 튼 조후이가 분노로 일그러진 얼굴로 노려보며 이를 악물었다.
"호아무개, 너 잘 걸렸다. 내가 살아있는 한 네 놈을 없애버리지 않으면 사람이 아니다!"
말을 마친 조후이가 피가 철철 흐르는 손에 움켜쥔 '비수'로 뒤를 향해 힘껏 찔렀다. 다급해진 위천붕이 손을 놓고 비명을 지르며 저만치 달아났다. 감각이 없어진 머리채를 어깨너머로 힘껏 던져 넘기며 조후이가 휙 돌아서 '비수'를 던졌다.
휘잉! 소리를 내며 날아간 날카로운 그릇조각은 위천붕의 목쪽을 힘껏 강타하고는 땅바닥에 떨어졌다. 경동맥(頸動脈)이 무사할 리가 없는 일격이었다. 제때에 응급조치를 하지 못한다면 이는 목을 베는 것과 다름이 없을 터였다. 크게 비명 한 번 지르지 못하고 쓰러진 위천붕의 목에서 핏줄기가 분수처럼 치솟았다. 헉헉거리며 가쁜 숨을 몰아쉬던 위천붕이 급기야 두 눈을 희번덕거리며 발버둥쳤다. 발 밑으로 흘러내린 피가 사방으로, 사방으로 번질 즈음에 위천붕은 자신이 쏟은 피 위에 고개를 처박고 말았다. 낭자하게 흘린 피가 꺼멓게 굳어지도록 그는 미동도 하지 않고 그대로 굳어갔다.
죄수들은 저마다 얼빠진 사람처럼 멍하니 죽은 위천붕과 아직 이를 갈고 있는 조후이를 번갈아 보았다. 얼굴이 창백하게 질린 호부귀가 문을 열고 들어왔다. 장작처럼 굳은 위천붕을 바로 뉘이고 코끝에 손을 대보고 눈꺼풀을 들쳐보니 숨은 이미 끊어져 있었다. 방금 전까지만 해도 기가 세 발이나 살아 길길이 날뛰던 사람이 등잔불 꺼지듯 목숨이 끊어졌으니 기가 막힐 노릇이었다. 한동안 충격에서 헤어나지 못하듯 눈을 질끈 감고 쭈그려 앉아 있던 호부귀가 감방 문에 자물쇠를 잠그는 것도 잊은 채 정신없이 뛰쳐나오며 고래고래 고함을 질러댔다.

"여기 사람이 죽었어. 도주병 조후이가 사람을 죽였어! 여봐라, 저놈에게 항쇄를 씌우고 수족을 묶어라! 저놈을 때려 죽여라!"

그 고함 소리와 함께 열 몇 명의 옥졸들이 벌떼처럼 몰려들어 대수롭지 않게 무릎을 세워 안고 앉아 있는 조후이에게 40근도 넘는 자작나무 항쇄를 덜컹 덮어씌웠다. 옆방에서는 혈흔을 닦는다, 시체를 들어낸다 어수선한 가운데 반항할 생각이 조금도 없는 조후이에게 세 아역의 채찍세례가 이어졌다. 가죽채찍이 내리치는 곳마다 피와 살이 엉켜 붙었으나 눈을 꼭 감고 아픔을 참는 조후이의 입에서는 신음소리 하나 들리지 않았다. 밖에서 창살을 부여잡고 눈물범벅이 된 운이가 애절하게 사정을 했다.

"때리지 마세요. 더 때리면 죽어요······. 제발 부탁이에요······."

옆방에서 운이의 아비 하경금도 울면서 사정했다.

"호 어른······, 모두 이 늙다리 탓입니다. 때리려면 차라리 날 때려주시오······."

"운이 처녀, 난 괜찮으니 그만 돌아가오!"

가까스로 눈을 뜬 조후이가 파랗게 질려 발을 동동 구르며 울고 있는 운이를 향해 말했다.

"내가 목숨이 끊기지 않는 한 자네 부친을 반드시 구해줄 거요!"

그 말에 호부귀가 코가 떨어져 나가도록 코웃음을 치며 뇌까렸다.

"주제에 계집은 꽤나 밝히네! 정신차려, 당신은 조정에서 체포령까지 내렸던 도주병이야. 제 코가 석자나 빠진 주제에 누굴 구해주겠다고?"

이같이 지껄이며 호부귀는 운이를 발길질하여 저만치 걷어내며 눈을 부라렸다.

"썩 꺼지지 못해? 연놈들 때문에 내가 벌봉(罰俸)당할지도 모르겠어!"

두 옥졸이 밀고 끌고 우악스레 덤벼드는 운이를 끌어내자 분을 삭이지 못한 호부귀가 횡하니 감방 안으로 들어오더니 채찍을 들어 기진맥진해 있는 조후이를 무자비하게 후려쳤다. 이성을 잃고 채찍질을 해대던 호부귀가 드디어 스르르 채찍을 떨어뜨리며 말했다.

"하경금을 이쪽으로 끌어다 한 굴에 가둬. 위천붕을 때려죽인 공범들이니까. 장인이 사윗감을 좀 잘 보살피겠어?"

무차별한 채찍세례에 조후이는 어느새 혼절하여 인사불성이 되어 있었다. 그래도 성에 차지 않은 듯 호부귀가 비스듬히 쓰러져 있는 조후이의 옆구리를 걷어찼다.

"뒈진 척 하지 마. 소금물에 두어 번 담갔다 나오면 정신이 번쩍 들 것이야!"

말을 마친 호부귀는 쾅 문을 닫아걸고 떠나가버렸다.

그날 오후, 몇몇 옥졸들을 데리고 다시 나타난 호부귀는 여전히 살기 등등해 있었다. 뭔가 준비를 단단히 해온 것 같았다. 다짜고짜 동아줄로 조후이를 묶어 땅바닥에 반듯하게 엎어놓았다. 그리고는 얇게 쪼갠 대나무 회초리에 소금물을 묻혀 서너 명이 번갈아 가며 후려치기 시작했다. 일명 '소금물에 죽순을 끓인다'는 고문이었다. 오전의 무자비한 채찍세례와 다른 것은 이번엔 소금물이 상처에 배어 들어가면서 마치 화덕 위에 올려놓고 기름이 찔끔찔끔 나오도록 굽는 것처럼 고통이 극심하여 차라리 죽여주는 것이 나을 것 같았다. 한 번씩 내리칠 때마다 심장이 금세 박동을 멈출 것만 같았고, 피가 살점과 범벅이 되어 사방으로 튀어나갔다. 기절했다 깨어나고 다시 기절하기를 반복하면서 끝까지 신음소리 한 번 내지 않은 조후이는 '내가 이 감옥에서 나가는 날이 바로 호부귀 네놈의 제삿날이다'라고 속으로 외치고 또 외쳤다.

처음엔 재미난 구경거리라도 생긴 듯 고개를 한껏 빼들고 이리저리 기웃거리며 구경하던 죄수들은 언제부턴가 쥐 죽은 듯 조용해졌다. 저마다 안쓰러운 표정으로 바뀐 채 가슴을 졸이며 사태를 지켜보고 있었다. 그중 누군가가 "진짜 호한(好漢)이야!" 하고 외치자 여기저기서 수십 명의 죄수들이 "호한! 호한!"을 소리높이 외치며 조후이에게 힘을 북돋아주었다. 그러나 조후이는 눈앞이 아찔하다 싶은 순간 다시금 기절해 버리고 말았다……

조후이는 그런 상태에서 사흘 밤낮을 혼수상태에 빠져있었다. 가까스로 눈을 떠보니 원래 갇혀있던 감방이 아니었다. 훨씬 크고 깨끗한 독방이었다. 자신은 침대에 편히 누워있을 뿐 아니라 머리맡에는 자그마한 탁자가 놓여 있었고 그 위에 물주전자며 찻잔, 그리고 약봉지까지 있었다. 목도 이리저리 자유롭게 돌아갔고 발에도 절렁거리는 족쇄소리가 들리지 않았다. 몸에는 흰 붕대가 감겨 있었다. 혹형을 당한 것까지는 기억나지만 지금 이곳이 어디인지는 알 수가 없었다. 두리번거려 보니 발 건너편 어디선가 누군가 고문을 당하는 듯한 애처로운 비명소리가 간간이 들려왔다. 그제야 조후이는 자신이 아직 그 끔찍한 감방을 벗어나지 못했고 다만 어딘가로 자리가 바뀌었음을 알 수 있었다…….

"후우! 후우!"

입으로 불씨를 불어 살리는 듯한 소리가 들려 소리나는 쪽으로 고개를 돌려보니 저만치 구석에 하경금이 엉덩이를 치켜올리고 약탕관에 약을 끓이느라 여념이 없었다. 빠끔히 열린 문 밖에서는 뭔가를 비벼 씻는 것 같은 소리가 들렸다. 조그마한 꽃신이 왔다갔다하며 바쁘게 움직이는 걸 보니 여자가 있는 것 같았다. 조후이는 그제야 길게 숨을 몰아쉬며 혼잣말처럼 말했다.

"아직 감방이구나……."

"조 어른, 아이고 조 어른! 드디어 깨셨네!"

하 영감이 좋아서 어쩔 줄 모르며 엉금엉금 다가와 다그쳐 물었다.

"갈증나시죠? 시장하진 않으십니까?"

조후이가 미처 대답하기도 전에 밖에서 운이 처녀가 문을 열고 안도의 한숨을 내쉬었다.

"나무아미타불 관세음보살! 무사하니 다행이네요……. 얼마나 가슴을 졸였는지 몰라요. 꼬박 3일 밤낮을 인사불성이시니……."

그 말에 조후이가 깜짝 놀라며 물었다.

"내가 3일 동안 죽었다 살아났다 이 말이오?"

"엄밀히 말하면 4일입니다."

하영감이 한숨을 지으며 말을 이었다.

"3일 전에 이쪽으로 옮겨왔으니 말입니다. 목숨이 간신히 붙어 있는 사람에게 호부귀놈은 끝까지 발길질을 멈추지 않았습니다……."

"어찌하여 이리로 옮겨 온 거요?"

"그건 소인도 잘 모릅니다."

하경금이 머리를 저었다.

"대우가 이렇게 하늘과 땅 차이로 달라지는 걸 보면 어르신 측에서 누군가 은자를 좀 썼다는 얘기 아니겠습니까……. 의원이 와서 진찰하고 약까지 지어준 걸 보면……."

하 영감의 말에도 일리는 있지만 아무리 생각해 보아도 그럴만한 사람이 없었다. 머리가 지끈거려 깊이 생각할 수가 없었다. 하 영감이 떠주는 물을 몇 숟가락 받아 마시며 조후이가 말했다.

"배가 고프네? 저 탁자 위에 왕만두가 있는 것 같은데, 하나 줘보오……."

"바구니 안에 있는 저 만두 말씀입니까?"

하 영감이 바구니를 가리켜 말했다.

"저건 운이가 아비 먹으라고 가져 온 건데, 어르신은 저걸 드시지 말고 여기서 내주는 흰 쌀밥에 고깃국을 드셔야 합니다. 운이야, 준비 다 됐느냐?"

"조금만 기다리세요, 다 됐어요!"

연신 대답하는 운이의 손놀림이 더욱 빨라지는 것 같았다. 잠시 후 김이 모락모락 나는 흰쌀밥과 향이 구수한 고깃국이 올라왔다. 운이가 혼자 일어나 앉으려는 조후이를 부축하여 벽에 반쯤 기대게끔 베개를 등에 받쳐 주었다. 그리고는 숟가락에 고깃국물을 떠 호호 불어가며 조후이의 입안에 떠 넣어 주었다. 난생 처음 누군가로부터, 그것도 여자로부터 음식을 받아먹는다는 사실에 조후이는 그저 어색하고 난감할 뿐이었다. 그러나 아직 손목을 제대로 쓰지 못하니 혼자 먹어 보겠노라고 고집을 부릴 수도 없었다. 따끈한 국밥이 두어 숟가락 넘어가니 한결 살 것 같았다. 입가로 흘러내린 국물을 손수건으로 조심스레 찍어내는 운이를 정겹게 바라보며 조후이가 입을 열어 뭔가 물으려 할 때 밖에서 발소리가 들려왔다.

문이 열리더니 전옥이 등뒤에 열댓 살 되어 보이는 젊은이를 데리고 들어섰다. 아직 앳된 외모지만 어딘가 모르게 어른스럽고 늠름해 보이는 젊은이는 질감 좋은 청색 비단두루마기에 자줏빛 허리띠를 두르고 있었다. 머리엔 까만 비단으로 만든 과피모(瓜皮冒, 머리에 꽉 끼는 육각형 모자)를 쓰고 있었고 호리호리한 등에 머리채가 길게 드리워져 있었다. 부드러운 얼굴에 온화한 미소가 호감이 가는 인상이었다. 가까이 다가온 전옥이 허리를 굽혀 붕대를 감은 조후이의 팔을 쓸어내리며 다정하게 물었다.

"오늘 붕대를 갈아주고 갔소? 하루에 두 번씩 갈라고 분부했는데! 그래 몸은 좀 어떠십니까?"

"선생은 뉘신지?"

조후이가 젊은이를 향해 조심스레 물었다.

"어인 일로 걸음을 하셨는지요?"

조후이가 시종 눈길 한번 주지 않았지만 전옥은 난처한 기색도 없이 급히 소개했다.

"이 분은 화신 선생이십니다. 아계 중당을 모시고 군기처에서 차사를 맡고 계시는, 전정이 천리만리이신……."

전옥의 말이 끝나기도 전에 화신이 그 말허리를 잘라버렸다.

"……아계 군문께서 특별히 분부하시어서 왔는데, 한 발 늦었습니다. 혹형을 이겨내시느라 고생하셨습니다."

조후이는 아무런 응답도 없었다. 전옥이 헤헤거리며 다가와 아첨 어린 몰골로 말했다.

"그 동안 쇤네들이 크나큰 불경을 저지르고 말았습니다. 부디 하해와 같으신 아량으로 용서해주십시오. 시키는 대로 할 수밖에 없는 쇤네들의 개 같은 처지를 너그러이 이해해 주십시오……."

조후이는 전옥의 구역질나는 몰골에 끝까지 시선 한 번 돌리지 않았다. 동네 개가 짖으면 뒤라도 돌아보련만 조후이는 전옥을 철저히 외면한 채 얼굴을 돌려 화신에게 물었다.

"하이란차에게서는 무슨 소식 없었소?"

이에 화신이 웃으며 답했다.

"저같은 말단 중의 말단이 어찌 감히 그런 걸 여쭐 수가 있겠습니까? 과연 소식이 있었다면 어르신께서 벌써 알고 계셨겠죠……. 당분간은 아무 염려 마시고 몸조리 잘하셔야겠습니다. 갑갑하시면 정원으로 나가 움직이셔도 괜찮게끔 소인이 뒤처리를 해놓았습니다. 필요한 물건이 있으시면 운이 처녀에게 부탁하세요."

말을 마친 화신은 예를 행하지 않고 대신 미소를 지어 공수해 보이고는 떠나갔다. 개꼬리를 살살 흔들며 엉금엉금 화신을 문밖까지 배웅하고 돌아온 전옥이 감방의 출입문에 쇠를 걸어놓는 것도 잊은 채 하경금 부녀를 뜰로 불렀다.

"알고 보니 이 조 어른은 예사로운 분이 아니야. 원래는 거물들이 수감되어 있는 양봉협도로 갔어야 하는데, 어쩌다 이리로 와서 팔자에 없는 고생을 한 모양이야. 위에서 지시가 내려졌으니 이제부터 조 어른은 두 부녀가 보살펴드려야겠소. 잘 모셔드리오! 보아하니 하 영감, 자네는 운수가 대통한 것 같은데! 일전에는 재해가 끊기지 않아 대사면을 실시하더니 이번에는 황후마마의 봉체

(鳳體)가 안녕치 못하시어 대사면을 할 예정이라고 하오. 대단한 어르신을 가까이에서 모시게 됐으니 사면이야 두 말 하면 잔소리이겠고, 잘하면 일보에 등천하는 행운도 차려지겠는 걸!"

조후이가 하경금을 거들어 위천붕과 맞서던 중 급기야는 위천붕을 죽이기에 이르렀다는 사실을 알고 있는 전옥은 조후이와 하경금 사이에 틀림없이 깊은 관계가 있다고 추측하여 존댓말까지 섞어가며 하경금 부녀에게 잘 보이려고 애썼다. 전옥의 말처럼 큰 바람이 있는 것도 아니고 그저 자신을 위해 저 지경이 된 조후이가 무사하기만을 간절히 바라는 하경금은 연신 고개를 주억거리며 알겠노라고 대답했다. 그러나 운이는 턱을 약간 치켜올리고 따지듯 물었다.

"조 어른께서는 대체 무슨 죄를 지었다고 이런 몹쓸 곳으로 끌려와 생고생을 하시는 거예요?"

"금천에서 패망하고 도망나온 도주장령(逃走將領)이라지 아마?"

전옥이 뒤통수를 긁적이며 말을 이었다.

"그런데, 꼭 그렇지도 않은가 봐. 뭔가 문제가 복잡하게 얽혀 돌아가는 것 같은데, 폐하의 심문을 거쳐야 최종결정이 난다는 것 같아."

"이런 말은 혀끝에 올리기도 싫지만 최악의 경우엔 어찌 되는 거예요?"

"그거야 당연히 정법(正法)에 처하겠지. 그래도 이런 사람들은 목을 칠 때 치더라도 바로 직전에 기가 막히게 뒤집히는 수가 있으니 여러 생각하지 말고 마지막 순간까지도 잘 모셔야해."

"정법에 처한다고요?"

운이의 눈이 휘둥그레졌다.
그러자 전옥이 싯누런 이를 드러내고 징그럽게 웃으며 목을 베는 시늉을 했다.
"카악! 이거 몰라? 머리통이 이사간다 이 말이야! 그런데 넌 뭐가 그리 궁금하냐? 저 사람 맘에 두고 있는 거야? 하하하, 고년이."
전옥이 부채를 부치며 낄낄대며 저만치 걸어갔다. 운이는 얼굴이 빨갛게 달아올랐다.

한편 승강 골목에서 나온 화신은 아계에게 보고 올리기 위해 숨돌릴 새도 없이 군기처로 향했다. 그러나 아계는 군기처에 없었다. 군기처 안에는 푸헝이 류통훈에게 차사를 말해주고 있었고 그 옆에 몇몇 형부의 주사(主事)와 어사(御史)들이 조용히 앉아 귀기울여 듣고 있었다. 칸막이로 가린 옆방에서는 군기처 장경들이 전국 각지에서 올라온 상주문들을 정리하느라 바빴다. 화신은 감히 입도 벙긋하지 못하고 살며시 문을 닫고 나왔다. 문 밖에 있는 태감들에게 물어서야 그는 비로소 아계가 방금 전에 장정옥의 집으로 갔다는 사실을 알 수 있었다. 아계가 없으면 군기처에서 기웃거릴 이유가 없었다. 달리 찾아가 시간을 때울만한 지인도 아직 없는지라 생각 끝에 그는 서화문에 위치한 장정옥의 집으로 아계를 찾아 나서기로 했다.
그러고 보니 불과 3일 동안에 그는 벌써 두 번째로 장정옥의 집을 찾는 셈이었다. 처음 올 때는 담 안팎에 초소가 즐비하고 보군통령아문에서 나온 어림군들이 도처에서 감시의 눈을 번뜩이고 있어 경계가 여간 삼엄한 게 아니었다. 그는 이문(二門)도 들어가지 못한 채 쫓겨났고, 아계만 내원(內院)으로 들어갔었다. 하지만 이번에는 상황이 판이하게 달라져 있었다. 그 많던 초소는 가뭇없이 사라졌고 까맣게 덮여있던 어림군들도 전부 철수한 상태였다. 비록 내무부(內務府) 신형사(愼刑司)에서 나온 몇몇 아역들이 여전히 대문을 지키고 있긴 했으나 더 이상 전날의 장검 뽑아든 험악한 분위기는 아니었다. 화신이 건넨 패찰을 확인하여 군기처에서 차사를 맡고 있는 것이 확실시되자 두말없이 통행을 허락했다. 이문을 지키고 서 있는 아역에게 찾아온 이유를 설명하니 아역은 서쪽 내원의 끝방을 가리켰다.

"아계 군문과 기윤 중당께서 들어 계십니다. 들어가 보세요."

화신이 씩씩하게 내원으로 들어서니 동쪽별채를 비롯한 여러 방들에 굳게 자물쇠가 걸려있었고 노란 종이로 봉해져 있었다. 낭하에 가득 쌓인 상자들에도 노란 종이가 붙어있었다. 장정옥이 외관을 접견하는 객청인 서쪽별채에만 문이 활짝 열려있고 주렴이 막대기로 받쳐져 있었다. 안에서 사람들의 말소리가 들려왔다. 아계의 목소리를 확인한 그는 감히 크게 인기척을 내지는 못하고 살금살금 문전으로 다가가 숨죽이고 기다렸다. 이윽고 장정옥의 늙고 쉬어 윙윙 울리는 목소리가 들려왔다.

"요즘은 많이 반성하고 있소이다. 폐하께오서 그리 말씀하셨다니 정말 황감하여 몸둘 바를 모르겠소……. 후유! 이래서 늙으면 죽어야 한다니까. 빈손으로 왔다 빈손으로 가는 세상이거늘 평생 욕심 없이 살고도 송장이나 다름없는 마당에 새삼스레 욕심을 부려 그렇지 않아도 정국이 어수선하여 노심초사하시는 폐하께 불경을 저지르다니 이를 어찌하면 좋소. 후덕하신 성은에 머리 조아려 감지덕지할 뿐이오! 두 분 어른께서 부디 이 사람의 진심을 폐하께 대신 아뢰어 주시기 바라오. 못나디 못난 이 사람은 결코 토끼꼬리 만한 공로를 들먹이며 성심을 혼란스럽게 할 생각은 추호도 해본 적이 없었고, 감히 삼조원로임을 자처하여 성의에 역행하는 생각은 감히 품어본 적도 없노라고 아뢰어주면 고맙겠소. 지금의 처벌은 나잇값 못하고 분수에 어긋난 짓을 하여 폐하를 노엽게 해드린 죄를 묻기에 너무 가볍다 사려되오니 부디 통촉하시어 무거운 죄를 내려 주십사 주청을 올리는 이 마음도 함께 전해 주셨으면 하오."

"장상, 굳이 이렇게까지 할 필요는 없지 않겠습니까?"

아계가 창 밖으로 보이는 화신의 모습에 흐뭇한 미소를 지으며 말을 이었다.

"장상을 향한 폐하의 성총은 변함이 없습니다. 더 이상 향리로 돌아가느니 어쩌니 그런 말씀은 그만 거두시는 게 좋을 듯합니다. 장상께서 고집을 꺾으셔야지, 그럼 폐하께서 성심을 거두시겠습니까? '만 마디 옳은 말보다 한번의 침묵이 소중하다[萬言萬當, 不如一默]'던 장상께서 평생 신조로 삼아오신 좌우명을 끝까지 관철하시는 훌륭하신 스승님이 되어주셨으면 합니다."

모두가 아계를 문무를 겸비한 전재(全才)라며 입을 모으는 이유를 화신은 그제야 알 것 같았다. 솜에 바늘을 감추고 있듯이 정중히 예를 갖추면서도 신하된 도리를 끝까지 해주십사 하는 따끔한 충고를 쐐기 박듯 박아두는 아계의 말솜씨에 화신은 반하고 말았다. 진짜 학문이란 겉으로 드러냄 없이 모름지기 사람을 움직이는 데 있다는 걸 화신은 깨달았다.

화신이 감개에 젖은 눈빛으로 아계를 훔쳐보고 있노라니 이번에는 기윤의 목청 다듬는 짧은 기침소리가 들렸다. 아계의 온화함이 결여된 진지하고 엄숙한 말투로 기윤이 입을 열었다.
"장상, 후생(後生)은 어려서부터 속발수교(束髮受敎)해오며 가부에게서나 스승에게서나 모두 형신(衡臣, 장정옥의 호) 재상을 본보기로 삼아 큰 사람이 되라는 가르침을 받고 자라왔습니다. 장상에게는 고산(高山)이 고개 숙여 인사하고 실개천이 발걸음 돌려 예를 갖출 거라는 지대한 경앙심을 갖고 있었습니다. 먼 훗날 어른이 되어 이다지도 답답한 마음으로 하늘같은 장상을 마주하게 될 줄은 몰랐습니다. 후생의 몇 마디 충고를 들어주실 의향이 있으십니까?"
"암요!"
장정옥이 주름 깊은 얼굴에 표정 하나 없이 차갑게 말했다.
"후생가외(後生可畏)라고 했소. 게다가 난 죄지은 몸이오. 그러니 어찌 선생의 훈회를 마다하겠소."
그러자 기윤이 앉은 그대로 몸을 앞으로 숙였다.
"말할 기회를 주시겠다니 감사합니다! 방금 아계 군문이 말했듯이 장상께서 평생을 하루같이 근로왕사(勤勞王事)하셨음은 삼척동자도 아는 일입니다. 대단히 불경스러우나 재산도 40년 재상이 그 동안 무얼 했나 싶게 호화로움과 사치와는 거리가 멀었습니다. 이는 시사하는 바가 상당히 크다고 생각합니다. 장상은 엄연한 정인(正人)이십니다. 학생이 생각하기에 장상께서는 일선에서 물러나시어 고문으로 한거(閑居)하시면서부터 폐하와 사직을 위하는 일에 심려를 덜 쏟는 반면 사후의 명성과 가문의 광영만 쫓는 협애한 마음이 비대해진 것 같습니다. 우리가 아닌 나를 위하는 일반인들의 한계를 벗어나지 못했다는 점이 대단히 유감스럽습니다. 옛말에 '노이계득(老爾戒得, 늙으면 욕심을 버려라)'이라고 했습니다. 이는 천고의 진리라고 생각합니다. 아니 그렇습니까, 장상?"

　핵심을 찌르는데 도움될 것이 없는 체면 따위는 일찌감치 걷어낸 기윤의 지나치게 솔직한 언사에 아계는 저도 모르게 낯빛이 변했다. 불안스레 몸을 움찔거리며 장정옥의 눈치를 살폈다. 아무리 죄를 지어 한풀 꺾였다고는 하지만 필경은 까마득한 선배이고 친왕들마저 대빈(大賓)의 예를 깍듯이 갖추는 살아있는 전설이었다. 못내 기분이 잡치고 고까워 등을 돌려버리고 싶었으나 장정옥은 전혀 내색하지 않았다. 인내하여 끝까지 기윤의 말을 듣고 난 그는 공허한 웃음을 지었다.

　"도리를 따지는 데야 자네를 당해낼 사람이 어디 있겠소만 내가 '노이계득'의 도리도 모르는 한심한 인간은 아니라는 점을 밝혀두고 싶소. 내가 그리 부족하고 가벼웠더라면 어찌 삼대에 걸친 경천위지(經天緯地)의 성주(聖主)들을 모실 수 있었겠소? 자네는 삼분오전(三墳五典), 팔색구구(八索九丘)를 두루 섭렵한 대학문가이고, 요즘은 〈사고전서〉 편찬의 중책을 맡고 있다 하니 황사성(皇史宬)의 금궤에 소장되어 있는 서적들은 다 뒤적여봐야 할 것이라고 생각하오. 그 중에 '계득(戒得)'을 논한 나의 책이 있으니 시간 날 때 한번 읽어보면 해가 될 건 없을 거요."

　"장상의 책을 학생이 어찌 감히 배독(拜讀)하지 않을 수가 있겠습니까?"

　장정옥의 말투로 보아 건륭의 징계에 대한 뼈저린 뉘우침 같은 건 없어 보였다. 아직 기가 저리 펄펄 살아 있으니 불측(不測)의 후화(後禍)를 어찌할꼬? 속으로 내심 걱정하며 기윤이 웃는 얼굴로 말했다.

"제 기억이 틀림없다면 '계득'을 논했다는 그 책의 제목은 〈논・삼로오경(論・三老五更)〉입니다. 이뿐만 아니라 장상께서 승덕(承德)의 피서산장(避暑山莊)에서 지으신 〈계득거기(戒得居記)〉라는 책도 학생은 이미 배독한 적이 있습니다. 외람된 말씀이오나 학생이 보기엔 이 두 책을 학생에게 권하기에 앞서 스승께서 다시 한번 열독하시며 곰곰이 사색하는 시간을 가지셨으면 합니다. 물론, 스승의 말씀이 계셨으니 학생도 다시금 배독할 것입니다. 조정의 많은 신료들이 읽어보면 대단히 유익하리라 믿어 의심치 않습니다."

〈예기(禮記)〉 '문왕세자(文王世子)'편에선 정직(正直), 강(剛), 유(柔)의 성품을 두루 지닌 노신(三老)이라면 의당 오사(五事)를 알아야 한다고 했다. '오사(五事)'란 즉, 모(貌), 언(言), 시(視), 청(聽), 사(思)를 뜻하는 바, 이 삼오지덕(三五之德)을 겸비한 노신에게 천자는 '부형(父兄)을 대하듯 애양(愛養)'하는 마음으로 효를 다하여 천하에 그 모범을 다한다고 했다. 강희 연간의 명신(名臣)이었던 탕빈(湯斌)이 소임을 다하고 향리로 돌아갈 때 성조는 이 고례(古禮)를 인용하여 탕빈에게 드높은 우월감을 심어 주었었다. 그 당시 막 기추중지(機樞重地)에 입문했던 장정옥은 탕빈이 복이 지나쳐 화를 자초하는 일이 없도록 경계하기 위해 〈논・삼로오경〉이라는 글을 써 폐하의 성은이 차 넘칠수록 신하는 자중자애의 초심을 잃어선 아니 된다고 역설함으로써 성조를 감화시켰던 적이 있었다. 덕분에 탕빈은 죽을 때까지 변함없는 영총(榮寵)을 받았고, 사후에도 '문정(文正)'이라는 시호를 하사받아 후세가 우러러 경앙하는 존재로 남게 되었다. 그러나 다른 사람에게 그런 가르침을 주었던 장정옥이 막상 자신은 '삼로오경'

의 진의를 잊고 있고 있었던 것이다. 기윤이 이를 거론하고 나서자 돌을 들어 발등을 찍은 처지를 자초한 장정옥은 곧 불안한 증세를 보이며 혼잣말처럼 우물거렸다.

"인신(人臣)으로서 주제를 알아 물러나려 함이 군주에겐 다르게 비춰질 수도 있겠네. 음…… 내가 군주의 명을 거역하는 걸로 비춰졌나봐! 난 선제께서…… 아니, 그게 아니지…… 아무튼 내가 우매하고 멍청하여 착오에 착오를 거듭한 것 같소. 뇌정우로(雷霆雨露) 그 무엇인들 폐하의 홍은(鴻恩)이 아닐까! 내가 죄인이오, 내가 잘못했소."

"너무 자책하진 마십시오."

둘이 나누는 대화의 깊이를 잘은 모르지만 장정옥이 신색에 낭패가 역력하여 말을 더듬으며 당황해하는 모습을 보며 아계가 말했다.

"폐하의 지의에 따라 하문하는 것이 아니고, 학생들이 스승을 배알한 자리이니 그리 불안해하실 것 없습니다."

아계의 말이 끝나기도 전에 밖에서 저벅저벅 발소리가 들려왔다. 문에 걸려 있는 발 사이로 내다보니 건륭의 유일한 아우인 화친왕(和親王) 홍주(弘晝)가 들어서고 있었다. 화신(和珅)은 벌써 엎드려 머리를 조아리고 세 사람은 급히 자리에서 일어나 영접할 자세를 갖추었다. 내원의 태감들과 아역들이 일제히 무릎을 꿇어 문후를 올렸다.

"강녕하시옵니까, 친왕마마!"

삼십대 중반의 나이에 접어든 홍주는 조금 말라보였으나 기색은 더없이 좋은 것 같았다. 걸음을 옮길 때마다 가랑이에 바람이 일었다. 언제 한번 병다운 병을 앓아본 적도 없었으면서도 그는 벌써 세 번씩이나 자신을 위한 '장례식'을 치러 화제가 된 '황당친왕(荒唐親王)'이었다. 10형제 중에서 장성하여 생존해 있는 형제는 이 아우 하나뿐인 건륭은 홍주에 대한 관심이 남달랐다. 타고난 성정이 구김이 없고 자유로운 아우를 배려하여 건륭은 가끔 지의를 전하고 간단한 차사를 맡기는 반면 군국대사나 여타 중책은 맡기지 않았다. 그러나 홍주는 평소의 황당한 거동과는 달리 건륭이 맡긴 차사에는 추호도 게을리 함이 없었다. 세상이 조용한 꼴을 못 본다는 어사들도 드러내놓고 문제삼을 건더기가 없어 뒤에서만 궁시렁거릴 뿐이었다.

화신은 이같이 지체 높은 사람은 아직 상대해 본 적이 없는지라 잔뜩 숨죽인 채 엎드려 있었다. 그래도 궁금증은 어찌할 수 없어 힐끗힐끗 훔쳐보니 홍주는 앞머리가 거울처럼 반들거렸고 목에 아무렇게나 걸치듯 감은 머리채는 무척 길어 보였다. 무릎에 닿을 듯 말 듯 짧은 청포장삼(靑布長衫)을 입었으면서도 바지는 고급스런 영주비단으로 받쳐입고 있었다. 게다가 높다랗게 걷어올린 바짓가랑이 밑으론 버선도 신지 않은 허연 발이 짚신 사이로 삐죽 나와 있었다. 기상천외한 옷차림에 내심 의아스러워 하며 다시 보니 두 엄지발가락에는 쇠로 만든 커다란 반지가 끼워져 있었다. 화신은 그만 고개를 떨구고 다급히 입을 막았다. 쿡쿡 웃음이 한없이 터져 나왔다. 때마침 그 모습을 본 홍주가 욕설을 퍼부었다.

"저놈이, 저게 뭘 보고 킥킥대는 거야? 질식하겠다, 큰소리로 웃어!"

장정옥이 부들부들 떨며 무릎을 꿇어 문후를 올렸다.

"죄신 장정옥이 친왕마마께 삼가 문후를 올리옵니다!"

"아휴! 몸도 성치 않은데, 뭘!"

홍주가 급히 장정옥을 부축하여 일으켰다.

"폐하께오선 그래도 아직 형신, 형신하며 정답게 불러주시던데, 어찌 그리 겁을 먹어서 꼼짝도 못하오? 아계도 일어나 앉게. 기윤, 왜 웃어? 나한테 빚진 게 생각나서 그러나? 내게 서화작품 선물하기로 했잖아?"

몸을 일으킨 기윤이 다시 한 쪽 무릎을 꿇으며 말했다.

"차림새가 참으로 특이하십니다. 어초경독(魚樵耕讀) 어느 쪽도 아닌 것 같아서 말입니다. 친왕마마를 수행한 이 분들도 어딘가 눈에 익습니다. 태감들도 아니고, 가인도 아닌 것 같고…… 가만 있자, 이쪽은 규관(葵官)이고, 그 옆은 보관(寶官), 여기는 가관(茄官)이신 것 같네요……. 연극 희자들 중에 남장을 한 여자 희자들이군요. 그리고 반지를 어찌 발가락에 끼우셨는지요?"

그러자 홍주가 대수롭지 않게 자신의 기괴한 행색을 내려다보며 말했다.

"지의를 전하러 오는 것도 아닌데 쪄죽을 날씨에 무슨 격식을 차리겠나? 이 계집애들은 내가 키우는 희자들인데, 진종일 갇혀만 있다 보니 숨이 막힌다며 바깥구경을 시켜달라고 아침부터 졸라대서 데리고 나왔을 뿐이네. 남장을 해놓으니 그런대로 비슷하네! 오리 목소리 쌕쌕대는 태감들을 달고 다니는 것보다야 훨씬 낫지! 발가락에 반지를 낀 건 태의(太醫)가 시키는 대로 했을 뿐이네. 요즘 내가 속 열이 좀 있나봐. 그래서 발가락에 실을 감고 다니라는데, 실보다야 반지가 훨씬 멋져 보이지 않겠나? 그래서 끼웠네……."

자리에 앉아 장정옥의 가복(家僕)이 받쳐 올린 차를 한 모금 마시던 홍주가 미간을 찌푸렸다.

"물맛이 왜 이래? 옥천산(玉泉山)의 샘물이 아니군. 찻잎도 몇 해 묵은 것 같고! 사람이 어찌 이렇게 사나? 죽을 때 죽더라도 끝까지 할 건 다하고 살아야지. 안 그렇소, 형신?"

홍주가 따지듯 장정옥에게 물었다.

악의가 없는 그의 말에 무겁기만 했던 방안의 분위기는 훨씬 가벼워졌다. 심서(心緖)가 복잡하게 얽혀 있던 장정옥도 마음이 어지간히 홀가분해진 것 같았다. 한숨과 함께 실소하듯 웃으며 장정옥이 말했다.

"친왕마마께선 여전하시옵니다. 이 마당에 누가 옥천수를 갖다 바치려고 하겠사옵니까? 그리고 죄인이 어찌 찬밥 더운밥 가려먹겠사옵니까? 해묵은 차라도 있으니 만족하옵니다. 아직도 향리로 돌아가 산수와 벗하며 어초경독의 조용한 나날을 보내고 싶은 마음이 지배적이옵니다. 폐하께오서 지금이라도 윤허해주신다면 더할 나위 없겠사옵니다."

잠시 숨을 돌리고 장정옥이 말을 이었다.

"하남성의 총독을 맡았던 왕사준(王士俊)이란 사람을 기억하시나 모르겠사옵니다. 재위 시절엔 기거팔좌(起居八座)하여 일호백응(一呼百應, 한 번 부르면 백 사람이 대답한다)의 권위를 자랑하더니 작년에 전도(錢度)가 귀주(貴州)로 가는 길에 찾아보니 이젠 여느 촌로가 따로 없더라고 합니다. 나이 일흔에 새끼줄을 질끈 동인 허리춤에 도끼 꽂고 땔감을 하러 간다며 산으로 오르는 모습이 그렇게 정정해 보일 수가 없다고 전도가 혀를 찹디다!"

장정옥의 얼굴에는 부러움이 가득했다.

"장상은 아무 데도 못 가! 폐하께오서 놓아주지도 않으실 뿐더러 나도 장상이 없으면 심심해서 안 되지!"

홍주가 다시 장난기 발동한 얼굴에 익살스런 웃음을 지으며 말을 이었다.

"세상만사 다 마음먹기에 달렸노라고 가르치더니만 다 늙어서 왜 이리 고집을 부리는 거요. 장상이나 나나 가고 싶으면 가고 오고 싶으면 올 수 있는 자유인이 아니잖소. 뻐길 걸 뻐겨야지. 그러지 말고 마음을 바꿔 먹어보면 어떨까. 북경을 고향 동성(桐城)이라고 생각해 보오. 장상이 어부가 되면 난 나무꾼이 되어 대랑묘(大廊廟), 서산(西山), 서해자(西海子), 원명원(圓明園)…… 발길 닿는 대로 돌아다니며 고기도 잡고 나무도 하면 되잖소. 성질 나면 단자사(檀柘寺)로 가서 며칠 절밥 쑤셔 넣고 오고, 졸리면 등짐 내려놓고 양지바른 산비탈에 누워 한숨 자고 얼마나 재미있겠소!"

말을 마친 홍주는 이마를 쓸어 올리며 하하하 크게 웃었다.

건들건들하고 단순해 보이지만 실은 대단히 영리하고 명민한 홍주임을 장정옥은 누구보다 잘 알고 있었다. 기윤과 아계는 홍주의 풍부한 내면이 점쳐지는 모습을 처음 보는지라 속으로 둘 다 적이 놀랐다. 아계가 말했다.

"역시 소문대로 화친왕께오선 대단히 멋지신 분이옵니다!"

"군기대신도 아첨 떨 줄 아는가? 난 말 그대로 '황당친왕'일뿐이네!"

홍주가 웃으며 이같이 말하고는 고개를 돌려 기윤에게 물었다.

"내가 부탁한 〈홍루몽〉 전집을 얻어놨나? 천하의 도서를 관장하는 사람이 설마 그 정도 부탁도 들어주지 못할 리는 없겠지?"

그러자 장정옥이 끼어들었다.

"소인의 아들놈에게도 30회까지는 복사본이 있는 것 같았사옵니다. 푸상과 이친왕부(怡親王府)에 전집이 있는 걸로 알고 있사옵니다."

그 말이 떨어지기 바쁘게 홍주가 머리를 팔랑개비 돌리듯 하며 말했다.

"아니야! 그건 모두 전집이 아니오! 내가 벌써 다 뒤져봤는데, 전집은 아직 못 봤소. 기윤, 자네 서두르게."

홍주는 벌써 세 번째로〈홍루몽〉전집을 얻어다 놓으라고 재촉을 하고 있었다. 그러나 기윤은 도대체 사람들이〈홍루몽〉에 미쳐 있는 이유를 알 수가 없었다. 홍주가 잊지 않고 번번이 책 타령을 할 때는 뭔가 다른 뜻이 숨어 있지 않을까 생각이 든 기윤이 의중을 떠보았다.

"〈홍루몽〉은 경사(經史)도 아니고 자집(子集)도 아니옵니다. 귀에 못 박히도록 들어오긴 했으나 소인은 아직 읽어본 적은 없사옵니다. 경세지언(警世之言)은 한 마디도 없이 단순히 야화(夜話)를 짜집기 한 최루성 소설인 걸로 알고 있사옵니다. 친왕마마께서 꼭 읽으셔야겠다면 소인이 구해오겠사옵니다. 시중에는 전집이 없사옵니다. 조설근의 미망인이 아직 북경에 살고 있다 하오니 소인이 찾아가 보겠사옵니다."

알겠노라 머리를 끄덕이던 홍주가 때마침 태감 하나가 들어서는 걸 보더니 물었다.

"오, 멀끔하게 잘 생겼는데? 이름이 뭔가?"

"소인 고봉오(高鳳梧)라고 하옵니다, 친왕마마!"

태감이 공손히 아뢰었다.

"보정(保定) 사람인가? 누가 지었는지 이름 한번 멋진데. 그 이름 석자에 손색이 없다고 생각하나?"

이에 고봉오가 연신 머리를 조아렸다.

"예…… 아니옵니다! 소인의 어머니가 소인을 낳을 때 가부께서 봉황 한 마리가 집앞 오동나무에 내려앉는 꿈을 꾸셨다고 하옵니다. 그래서 이름을 이렇게 지었다고 하옵니다……."

그러자 기윤이 웃으며 말했다.

"잘도 갖다 붙이네! 그럼 꿈에 닭(鷄)이 울타리(籬笆)를 날아넘는 걸 보았다면 계파(鷄笆, 남성의 생식기)라고 지었겠네?"

그 말에 사람들이 와하하! 하며 폭소를 터뜨리고 말았다. 홍주가 웃음을 거두며 말했다.

"내가 내무부에 명하여 이름을 고쳐주라고 할 테니, 그리 알아. 무슨 태감의 이름이 그래. 내가 몇 가지 차사를 내릴 테니 즉각 명에 따라야 하느니라."

"하명하시오소서, 친왕마마!"

"이 집에 붙어 있는 노란 딱지들을 당장 떼어내. 그리고 모든 서류들은 전부 황사성으로 옮겨 놓거라."

"네!"

"내무부와 순천부에서 나와 있는 사람들은 지금 당장 철수하라 이르거라. 소란을 피우지 말고 조용히 물러가게끔 하라. 그리고 수사를 한다며 건드려 놓은 사재물품들은 고스란히 제자리에 갖다 놓으라고 하라."

이는 사실상 장정옥의 손발을 묶어두었던 금령(禁令)을 해제시키는 것이었다. 화친왕의 지시에 따라도 되는지 잠깐 망설이던 고봉오가 용기를 내어 입을 열었다.

"하오면……."

"이놈이 왜 대답이 이 모양이야!"

홍주가 버럭 고함을 질렀다.

"장상의 부저(府底)를 이 꼴로 만들어 놓고 뭣들 하는 거야? 원상태로 해놓지 않으면 뒈질 줄 알아. 그리고, 전처럼 하루에 두 수레씩 옥천수를 공급해. 이 차사는 잠시 태감들이 맡아야겠어. 따로 지의가 내려질 때까지 내 명에 따라야겠어."

"예!"

"꺼져!"

"예!"

홍주는 그제야 일어나 장정옥에게 작별인사를 고했다. 일어나 배웅하려는 장정옥의 어깨를 눌러 앉히며 "가끔씩 입궐하여 폐하께 문후 올리는 걸 잊지 말라"고 한 후 "하늘의 뜻에 따르고 마음을 비우라"는 몇 마디 말을 당부했다. 그런 다음 돌아서 나가려 할 때 양심전의 태감 왕치가 들어섰다. 홍주가 먼저 말했다.

"무슨 일인가 왕팔치(王八恥, 왕치의 또 다른 이름. 왕팔은 거북이라는 뜻으로, 욕하는 말), 폐하께오서 또 다른 지의를 내리셨나?"

그러자 왕치가 즉시 대답했다.

"폐하께오서 악종기(岳鍾麒)의 처소로 걸음 하시면서 이놈더러 아계 중당을 찾아오라고 하셨사옵니다. 육부를 샅샅이 뒤지던 중 문득 생각이 나서 이리로 달려왔사옵니다. 지금 빨리 건너오라고 하십니다, 군문."

"알겠소!"

아계가 서둘러 일어났다. 그러자 홍주가 말했다.

"내 말을 타고 가. 그게 빠를 거네. 서화문까지 가서 수레를 타고 가려면 어느 천년에 도착하겠나?"

아계는 대답과 함께 장정옥과 홍주를 향해 예를 갖춰 인사하고는 물러갔다. 바람처럼 사라진 아계의 등뒤에서 흔들리는 문의 발을 바라보며 장정옥은 감개에 젖었다.

"내가 남쪽 서재에 들어 성조를 시중들 때가 저 나이였지……. 이젠 뒷차가 빨리 가게 길을 비켜줘야겠사옵니다……."

홍주는 그저 웃기만 할뿐 응답을 하지 않았다. 그리고는 기윤에게 말했다.

"내가 금화(金華)에서 생산된 양순대(소시지)를 두 개 보내줄 테니, 책을 빨리 구해 놓게! 듣자니 마덕옥에게서 술 얻어 마시고 환례하는 자리를 마련한다는 것 같던데, 화친왕을 초대하는 걸 잊어선 아니 되겠네! 그리고〈홍루몽〉에 대해선 견해가 좀 편파적인 것 같더군. 원래 작품이란 백이면 백 사람 입맛에 다 맞는 수는 없거든. 자기 취향이 아니라고 비하하는 건 좀 신중하지 못했던 것 같네."

기윤의 어깨를 다독이며 이같이 말하고 난 홍주는 곧 자리를 떴다.

12. 의로운 살인

하이란차는 온갖 고초를 겪고서야 비로소 서부내륙을 탈출하여 중원 땅을 밟을 수 있게 되었다. 나친의 측근인 사천순무(四川巡撫) 김휘(金輝)가 추격해 올 걱정에, 만천하 관부에 내려진 체포령으로 인한 신분노출에 대한 공포로 하이란차는 늘 인파를 피해 다녔다. 비적이 출몰하는 역관에 잘못 들어 10만 냥짜리 은표(銀票)를 빼앗길세라 그는 감히 발 편히 뻗고 잠을 잘 엄두는 내지도 못했다. 주머니에 은표 외에는 은자 한 푼 없었는지라 궁여지책으로 그는 패검(佩劍)에 박혀 있던 몇 알의 진주(珍珠)와 모친으로부터 받은 휴대용 옥으로 된 관음보살상을 내다 팔았다. 그럼에도 고작 은자 10냥에 불과했다. 북경까지 가야 하는 노자로는 턱없이 부족했다.

더 이상 방책이 없었던 하이란차는 아예 거지행색으로 동냥을 하기로 했다. 호북(湖北)에서 남양(南陽)으로, 다시 구리산(九里

山)을 지나 분수령(分水嶺)을 넘어 낙양(洛陽)으로 가는 동안 따뜻한 밥 한 끼 못 먹고 역관에 들러 잠 한 번 제대로 못 자고 그렇게 걷고 또 걸었다. 절을 보면 무작정 들어가 절밥 한 그릇 얻어먹고, 짚더미만 보면 다짜고짜 헤집고 들어가 잠을 잤다. 허기가 져서 도저히 못 견딜 때면 길옆의 가게에 들어가 국수라도 한 그릇 비우고는 다시 길을 재촉했다. 그렇게 점점 나친의 포위망에서 벗어나니 아무리 힘들고 고달파도 하이란차는 마냥 즐겁기만 했다.

　낙양에서 3일을 지내고 난 하이란차는 이제부터는 수로(水路)로 편히 가기로 했다. 주머니에 남은 돈으로 뱃삯이 대충 맞아떨어질 것 같았던 것이다. 가게 사환의 행색으로 옷을 맞춰 입고 길 떠날 차비를 했다. 황하(黃河)를 건너 산서(山西)로 들어가면 거리가 좀 단축될 것 같았지만 더 이상 걷는 데는 자신이 없었고, 비적들이 자주 출몰하는 태행산(太行山)을 무사히 통과할지도 장담할 수 없는지라 배를 타기로 했던 것이다. 여객선은 가격이 부담스러운지라 하이란차는 때마침 출항을 앞두고 있는 염선(鹽船) 한 척을 잡았다. 관부의 호송을 받으며 운항하는 염선인지라 안전했고, 뱃사공은 은자 두 냥만 받고 하남성(河南省) 개봉(開封)까지 태워주겠노라고 약속했다.

　배는 대단히 컸다. 그러나 앞뒤로 소금자루를 빽빽이 실었는지라 가운데는 두 명의 뱃사공이 바꿔가며 쉬어갈 수 있게끔 침대 두 개 놓을 만큼의 공간밖에 없었다. 선실 앞쪽에 있는 좁다란 공간은 뱃사공이 밥을 짓는 곳이라고 했다. 뱃사공까지 합쳐 세 사람이면 넉넉하진 않지만 그나마 편히 누워갈 수 있을 것 같았다. 그런데 공교롭게도 배가 정주(鄭州) 화원구(花園口)라는 곳에 이르니 또 네 사람이 비집고 올라오는 것이었다. 쉰을 넘긴 두 노인과 서너 살 가량 되는 아이가 달린 젊은 여인이었다.

어쩔 수 없이 뱃사공들은 소금자루를 이리저리 옮기고 쌓아놓은 소금자루 위에 또 쌓아 자리를 마련했다. 그렇게 겨우 다섯 승객을 앉히고 나니 하이란차는 젊은 여인과 비스듬히 마주앉게 되었다. 몹시 지치고 피곤해 보이는 여인은 맥없이 눈을 감고 소금 포대에 무거운 머리를 기대었다. 그러나 품안의 아이는 조금도 가만히 있어주질 않았다. 젖을 먹겠노라 칭얼대며 가슴을 파헤치고 달려들더니 이번에는 오줌이 마렵다고 징징댔다. 짜증스레 아이를 들쳐업고 선실 밖으로 나갔다 들어오는 여인의 다리가 휘청거렸다. 겨우 엉덩이를 붙이고 앉으니 아이가 또 물을 달라고 고사리 손을 내밀었다. 사람들도 많은데 아이가 오늘따라 별나게 군다며 여인이 급기야 엉덩이를 찰싹찰싹 소리나게 몇 번 내리쳤다. 아이가 "으앙!" 하고 울음을 터트리며 어미의 목에 감겨들었다. 그러거나 말거나 여인은 아이를 달래지도 않았다.

두 노인은 곰방대를 뻑뻑 붙여 빨며 자기네들도 고만한 손자가 있노라며 우는 아이의 엉덩이를 쓸어가며 달랬다. 안 그래도 머릿속이 복잡하여 혼란스럽던 하이란차는 그러나 아이의 울음소리가 너무 시끄러운 나머지 기분이 언짢아지고 말았다. 표정이 딱딱하게 굳어진 채 눈을 가늘게 떠 아이를 곱지 않게 흘겨보는 하이란차를 보며 여인은 가끔씩 두 노인과 간단한 대화를 주고받을 뿐 하이란차에게는 말을 걸지 않았다.

금세 울음을 그친 아이는 장난이 심했다. 배를 처음 타보는 듯 이것저것 온통 신기하기만 했다. 선실 밖으로 나가지 못하게 비끄러 매두니 아슬아슬하게 쌓아둔 소금자루 위로 오르락내리락하며 잠시도 조용히 있지 않았다. 여인이 하이란차의 눈치를 힐끔힐끔

의로운 살인 299

보며 아이를 끄집어내려 무릎에 앉혔다. 얼굴이 토실토실한 감자 같은 아이가 창 밖을 가리키며 소리쳤다.
"엄마, 저 산 위에 탑이 있다!"
"그래."
여인이 보지도 않고 대답했다. 그러자 아이가 또 말했다.
"외할머니네 집앞에 있는 게 더 멋있는데! 그렇지, 엄마?"
어미가 같이 맞장구를 쳐주지 않자 재미가 없어진 아이는 다시 무릎에서 주르르 미끄러져 내렸다. 반쯤 들린 사람들 다리 사이로 요리조리 빠져 다니며 혼자 놀던 아이가 숯덩어리 하나를 주워 들었다.
"엄마, 이거 뭐야?"
그러자 여인이 빙그레 웃으며 대답했다.
"먹을 만드는 숯이라는 거야. 이 배가 전에 숯을 실어 날랐나 봐……. 이리로 와, 엄마가 안아줄게. 땅바닥이 지저분하잖아. 옷 더럽히면 갈아입을 옷도 없는데……."
영감의 다리 사이로 기어 나온 아이가 새카만 눈을 반짝이며 이 사람 저 사람 바라보더니 갑자기 하이란차에게로 달려들었다. 그리고는 그 무릎을 흔들며 불렀다.
"아빠! 아빠……."
아이의 갑작스런 소행에 사람들은 깜짝 놀랐다. 두 노인이 어리둥절해 있다가 피식 웃었다. 하이란차가 벌떡 일어나 앉아 뜯어보니 커다란 눈망울을 깜빡이며 반쯤 흘러나온 코를 훌쩍이는 아이는 대단히 귀여웠다. 자신을 빤히 쳐다보는 아이의 머리를 쓰다듬으며 하이란차가 빙그레 웃었다.
"아가야. 난 너의 아빠가 아니야……."

"이것이 아무나 보고 아빠래. 너의 아빠는 죽었잖아."
쑥스러워 얼굴이 홍당무가 된 여인이 아이의 뒷덜미를 당겨 손가락으로 뒤통수를 찔러가며 으름장을 놓았다.
"한번만 더 허튼 소리를 했다간 이 황하에 내던져버릴 거야!"
두 노인과 뱃사공은 허허 웃고 말았다. 아이가 조용해지니 배에는 정적이 감돌았다. 끝없이 포효하는 황하의 파도소리와 낡은 배가 삐걱대는 소리만 크게 들릴 뿐이었다. 그러나 아이는 필경 아이였다. "황하에 던져버린다"는 어미의 협박이 있은 지 불과 몇 분도 채 안 되어 아이는 또다시 느슨해진 어미의 팔을 헤치고 무릎에서 미끄러져 내렸다. 그리고는 쪼르르 하이란차에게로 달려가 고개를 치켜들고 큰소리로 불렀다.
"아빠!"
사람들의 어리둥절한 표정에 몸둘 바를 몰라하던 여인이 아이를 와락 끌어가더니 엉덩이를 힘껏 때리기 시작했다.
"아이구, 요 웬수야! 이 어미 창피해서 중간에 뛰어내리든지 일을 내야겠다."
여인이 하이란차를 힐끔 훔쳐보더니 말을 이었다.
"너의 아빠가 어딨어! 아무나 보고 아빠래. 너의 아빠 귀가 저팔계 귀처럼 저렇게 못 생겼어?"
그러나 아이는 어찌된 영문인지 하이란차에게 미련을 버릴 줄 몰랐다. 울먹이며 어미를 노려보던 아이가 기를 쓰고 하이란차에게로 파고들었다.
"아빠야, 아빠. 우리 아빠란 말이야!"
어이가 없으면서도 하이란차는 일변 여인이 자신의 귀를 '저팔계의 귀'라고 빗대어 욕한 것이 그대로 넘어가기엔 마음이 내키지

의로운 살인 301

않았다. 아이의 머리를 쓰다듬던 하이란차는 은근히 장난기가 발동했다.
"아가야, 난 진짜 너의 아빠가 아니야. 엄마한테 가, 가라고. 내 입 봐, 어디 저팔계 입같이 못 생긴 너의 아빠 입을 닮았어?"
사람들은 저마다 웃음을 참지 못했다. 두 노인은 컹컹 기침까지 해가며 웃었다. 고집을 부리는 아이의 엉덩이를 죽어라 패대는 여인의 눈에서는 어느덧 눈물이 그렁거렸다.
"이것이 오늘따라 왜 이래! 하지 말라는 짓은 기를 쓰고 해요. 꼴이나 보고 아비라고 해라, 이것아!"
뺨까지 얻어맞은 아이는 또다시 울음보를 터트렸다.
"이봐요, 누님."
하이란차가 울지도 웃지도 못하겠다는 표정으로 덧붙였다.
"내가 지금 뭘 잘못했다고 그러는 거요? 내 꼴이 어때서!"
"그쪽은 왜 괜히 불쌍하게 죽은 남의 남정네를 저팔계 입이네 어쩌네 하고 시비를 걸어요?"
"내가 먼저 시비를 걸었소? 가만히 있는 내게 그쪽 아이가 아빠라며 우악스레 덤벼들었고 그러고도 미안하다는 소리 한마디 없이 내 귀가 저팔계 귀라고 욕을 한 게 누군데?"
"별꼴이야!"
"별꼴? 지금 말 다 했어?"
"다 했다, 왜! 주먹 좀 쓰게 생겼는데 어디 한번 쳐보시지!"
하이란차가 화를 주체하지 못하고 벌떡 일어났다. 당황한 노인들이 허겁지겁 하이란차를 눌러 앉혔다.
"요즘 다들 수재다 가뭄이다 해서 먹고살기 힘이 드니 성질들이 날카로워져서 그러는 것 같은데, 이럴 때일수록 참아야지. 보아하니 둘 다 막돼먹은 사람들은 아닌 것 같은데, 길 떠나 어려운 사람들끼리 잘 대해주어야지 어찌 남자가 주먹을 함부로 쓰겠나?"

여인이 아이를 안고 홱 토라져 하이란차를 등지고 앉았다. 하이란차도 느슨해진 자신의 주먹을 내려다보며 맥없이 주저앉았다.

한바탕의 소란 뒤에 무거운 침묵이 감돌았다. 자신이 오늘처럼 이렇게 못나 보이고 초라해 보이기는 처음이었다. 적들을 산적(散炙)처럼 장검에 꿰어 무찌르던 전장의 영웅이 어쩌다가 비좁은 배 안에서 힘없는 아녀자와 목청을 높이는 지경에까지 이르렀는지 생각할수록 서글프고 속상했다.

그렇게 어색하고 무거운 분위기 속에서 배는 어느덧 개봉 부두에 정박하기 시작했다. 두 노인은 내리지 않고 그대로 청강(淸江)까지 간다고 했다. 하이란차와 여인은 배에서 내려 인사말도 없이 헤어졌다. 이곳은 황하(黃河)와 운하(運河)가 만나는 곳이었다. 황하의 수위가 높아 남으로 가든 북으로 가든 모두 물을 거슬러 가지 않는 순행(順行)이었다. 그러나 몇 차례 황하수가 범람하면서 다른 배를 갈아탈 수 있는 부두는 정작 이곳에 있지 않고 여기서도 십 리 모랫길을 걸어가야 하는 곳에 위치해 있었다. 여간 불편한 게 아니었지만 달리 방책이 없었다.

한참 걸으니 하이란차는 벌써 땀에 흠뻑 젖었다. 잠시 걸음을 멈추고 땀을 식히며 뒤돌아보니 놀랍게도 여인도 멀리서 따라오고 있었다. 등에 아이를 들쳐업고 팔에는 커다란 보자기를 걸고 불가마 같은 땡볕 아래서 한 발, 한 발 내디디는 것이 대단히 힘겨워 보였다. 발까지 전족(纏足)이어서 뒤뚱뒤뚱 걷는 모습이 자칫하다간 쓰러지고 말 것 같았다. 하이란차는 걸어가면서 자꾸만 시선이 뒤로 향하는 걸 어찌할 수 없었다. 보따리를 내려놓고 아이를 고쳐 업기도 하고 다시 보니 물웅덩이 옆에 아이를 내려놓고 손으로 물을 떠 아이에게 먹이고 있기도 했다.

하이란차는 돌연 자신의 누이가 생각났다. 자신이 저 아이보다 조금 더 컸을 때 역시 이처럼 정수리 따가운 날에 둘이 함께 멀리 창도(昌都) 대영(大營)에 있는 아버지를 찾아간다며 나섰던 길에서 누이가 저렇게 두 손으로 물을 떠 한 모금씩 먹여주었던 기억이 새삼스러웠다……. 콧마루가 찡해지고 측은한 마음이 생겨 몇 번이고 돌아가 아이라도 업어주고 싶었지만 그는 씁쓸한 웃음을 지으며 끝내 머리를 저었다.

때는 밀을 수확하는 철이었다. 부두엔 배들이 적지 않게 정박하여 있었으나 모두 여객선들이어서 통주(通州)까지 은자 15냥에서 한 푼도 모자라선 안 된다며 못을 박았다. 하이란차로선 여객선은 엄두도 못 낼 일이었다. 어찌할 방도가 생각나지 않아 서성거리고 있으니, 어떤 뱃사공이 다가와 덕주(德州)까지 가는 양선(糧船)이 있는데, 다섯 냥에 가겠냐고 물어왔다. 겨우 사정하여 3냥 5푼까지 깎아 하이란차는 일단 덕주까지 가기로 했다. 아침도 거른 터라 배가 출출해진 하이란차는 가는 길에 끼니를 때울 요량으로 구운 밀가루떡 10개를 사고 소금에 절인 무도 한 봉지 샀다. 그리고는 미리 배 안으로 들어와 떡을 뜯어먹으며 배가 출발하기만을 기다렸다.

그런데 이게 웬일인가. 떡을 질겅질겅 씹으며 하염없이 창 밖을 내다보던 하이란차의 시선에 낯익은 그림자가 들어오는 게 아닌가. 원수는 외나무다리에서 만난다더니, 하이란차에게 삿대질을 해대던 그 여인이 그 장난꾸러기 아이를 데리고 이 배를 타려고 뱃사공과 뱃삯 흥정을 하고 있었던 것이다. 겨우 흥정이 끝난 듯 아이를 앞세우고 배에 올라탄 여인은 하이란차를 발견하자 못 박힌 듯 그 자리에 굳어져 잠시 어찌할 바를 몰라 했다. 그새 하이란차를 알아본 아이가 고사리같은 손가락으로 하이란차를 가리키며 좋아라 했다.

"엄마, 엄마! 아……."

미처 '빠'자를 꺼내기도 전에 아이의 입은 사정없이 틀어 막혔다. 여인은 엉거주춤 일어나 아는 체를 하려는 하이란차를 본 체 만 체하며 식량자루에 털썩 걸터앉아 눈이 말똥말똥한 아이를 재우려고 다독거렸다.

이윽고 배가 출발했다. 둘이 소 닭 보듯 하며 가기엔 뱃길이 너무도 멀고 적적했다. 전전반측하여 4척(四尺)도 되나마나한 공간에서 8, 9일을 어색하게 외면한 채 동행한다는 것은 너무 힘들 것 같았다. 하이란차는 몇 번이고 여인에게 말을 걸고 싶었지만 이런 하이란차의 속마음을 아는지 모르는지 여인은 눈길 한번 주지 않았다. 장난이 심한 아이를 다독여 재우려고 억지로 껴안고 토닥거렸으나 아이의 눈은 잠기라곤 없이 말똥말똥하기만 했다. 더 이상 '아빠'라고 부르지는 못했지만 하이란차에 대한 호기심만은 여전한 것 같았다. 하이란차를 향해 두리번거리던 아이가 문득 하이란차가 사들고 올라온 밀가루떡을 발견하고는 손가락으로 가리키며 졸라댔다.

"엄마, 엄마! 나 떡 먹고 싶어, 저거……."

"우리 게 아니야."

여인이 아이를 달랬다.

"덕주에 도착하면 엄마가 유명한 덕주 통닭 사줄게. 떡보다 훨씬 더 맛있어, 알았어?"

그러나 아이는 두 다리를 버둥대며 떼를 썼다.

"싫어…… 난 떡 먹고 싶어! 떡 사줘 엄마, 떡!"

이때가 기회라고 생각한 하이란차가 밀가루떡 세 개를 꺼내어 내밀며 웃는 얼굴로 말했다.

"누님, 아까는 미안했어요. 애가 먹고 싶어하는데……. 지금 어디 가서 살 데도 없고 이거 주세요. 그쪽이나 나나…… 속 편히 다니는 사람들은 아닌 것 같은데, 며칠이라도 서로 돕고 웃으며 갑시다!"

여인이 하이란차를 힐끔 쳐다보더니 고개를 떨구었다. 그리고는 아이에게 말했다.

"떡, 떡 타령하더니 받아…… 삼촌이…… 주시잖아……."

그렇게 두 사람의 불쾌한 감정은 봄눈 녹듯 녹아 내렸다. 누님, 동생 하면서 급속도로 가까워진 두 사람은 가끔씩 부두에 정박할 때마다 하이란차가 사들인 돼지머리고기를 나눠먹기도 하고 저마다의 고향집에 대한 이야기도 하면서 조금씩 서로의 사연을 보따리 풀 듯 풀어놓기 시작했다.

정아(丁娥)라고 하는 이 젊은 여인은 덕주의 어느 고을에 살고 있다고 했다. 그 마을의 지주인 고인귀(高仁貴)의 땅 20무(畝)를 소작 맡아 농사를 짓는데, 가뭄이 들든 수해를 입든 상관없이 해마다 양곡 2천 근씩을 소작세로 내게끔 되어 있다는 것이었다. 지병으로 수년간 투병생활을 하며 빚만 잔뜩 남겨놓고 이태 전에 남편이 먼저 떠나고 난 뒤 정아는 지주의 빚 독촉에 못 이겨 집을 통째로 넘겨주고 홀몸으로 아이를 데리고 거리에 나앉게 되었다. 오갈 데가 없어 외딴 주막에 들어가 있으니 동네 어중이떠중이들이 혼자 사는 여인이라 업신여겨 밤마다 괴롭히니 도무지 살맛이 나질 않더라고 고백하면서 정아는 하염없이 눈물을 쏟았다. 아이도 따라 울고 뱃사공도 눈가를 훔쳤다.

"그런데…… 낙양은 무슨 일로 갔었소?"

하이란차가 코를 훌쩍이며 물었다.

"친척이 있소?"

그러자 정아가 흐느끼며 답했다.

"친정엄마가 손수 키워주셨다는 외삼촌이 있소. 거인(擧人)에 급제하여 숭산현(嵩山縣) 현령으로 있는 출세한 삼촌이라며 엄마가 가보라고 해서서 패물을 저당 잡혀 노자를 만들어 겨우겨우 찾아갔더니 헛걸음만 하고 왔지 뭐요!"

하이란차가 다그쳐 물었다.

"왜, 문전박대를 당하기라도 했다는 거요?"

"그게 아니고……."

정아가 눈물을 닦고 한숨을 내쉬었다.

"외삼촌이 현령이면 뭘 하오. 째지게 가난한 걸. 몇 푼 안 되는 양렴은자(養廉銀子)로 여름, 겨울 일년에 두 번씩 위에 효도하는 빙경(氷敬), 탄경(炭敬)을 바쳐야 하죠, 현령네 집이라고 찾아드는 손님 찬밥 먹여 보낼 순 없죠, 대가족 먹여 살려야죠, 게다가 사돈에 팔촌까지 나처럼 빈대 붙으니 도무지 생활을 유지할 수가 없다고 하더군요. 어쩔 수 없이 번고(藩庫)인가 뭔가에서 몇백 냥을 꺼내 썼는데, 그걸 제때에 못 갚으면 큰일난다며 울상이 되어 있었소……. 아무튼 우리보다 나을 것도 없더라고요! 겨우 은자 열 냥을 쥐어 주며 돌아가 있으라고, 그러면 나중에 돈 좀 부쳐주겠노라고 말이라도 고맙게 하더군요……."

정아가 가볍게 냉소하며 말을 이었다.

의로운 살인 307

"어릴 적부터 엄마에게서 외삼촌이 어떻게나 똑똑하고 유능하고 인정 있고 의로운지 오른다며 칭찬을 귀뿌리 빠지게 들었소. 전에는 그랬었겠지, 누구나 관직에 오르기 전에는 그나마 사람냄새가 느껴지지만 출세만 했다 하면 그 순간부터는 사람도 아니야! 전에 우리 집에서 기거할 때는 날 그렇게 끔찍이도 귀여워하더니 이번에 가니 하녀들 방에서 며칠을 먹고 자는데, 숨이 콱콱 막혀오더군. 세상에 가장 흉한 것이 변심한 사람의 몰골인 게 아닌가 생각했소!"

하얀 얼굴이 더욱 창백하게 보였다. 긴 눈초리에 다시 눈물이 맺혀 있었다. 가까이 하고 보니 더 이상 '누님'이 아닌 품어주고 아껴줘야 할 여동생 같았다. 침묵을 깨고 하이란차가 물었다.

"그 외삼촌의 아문에서 쫓아낼 때까지 발톱 딱 걸고 버텨보지 그랬소."

"자존심이 밥 먹여주는 건 아니지만 그래도 그렇게까지 비굴하게 들러붙고 싶진 않았소!"

정아가 덧붙였다.

"집에 거의 실명을 한 늙은 어머니가 오늘일까 내일일까 손꼽아 기다리고 계실 텐데, 가봐야죠."

"내가 뭐 도와줄 순 없겠소?"

"그쪽 처지도 별로 신통해 보이진 않는데, 뭘 어떻게 돕겠소."

정아가 새까만 두 눈으로 하이란차를 그윽하게 바라보며 말을 이어나갔다.

"설령 도움을 줄 수 있을지라도 오다가다 만나서 내가 무슨 염치로 그 도움을 받겠소."

그러자 하이란차가 천진스레 웃으며 말했다.

"오다가다 만난 게 어때서? 이것도 기막힌 인연이 아니라고 누가 말할 수 있겠소. 그자들에게 갚을 빚이 아직 얼마나 남아있는지 말해줄 수 없겠소?"

그 동안의 모습으로 하이란차가 순수하고 정직하다는 점을 믿어 의심치 않는 정아가 피식 웃으며 농담조로 내뱉었다.

"만 냥! 그 돈을 내놓을 수 있다면 내가 평생 그쪽을 따라다니며 몸종노릇을 하겠소!"

여인은 가냘프게 웃는 모습이 처연하게 아름다웠다. 농담인 줄 뻔히 알면서도 하이란차는 진정으로 마음이 동하는 걸 어쩔 수 없었다. 멍하니 정아를 뚫어지게 바라보며 생각에 잠겨 있는 하이란차를 보며 정아가 물었다.

"한시도 조용할 새가 없더니, 어째 그리 절간의 불상처럼 가만히 앉아있는 게요?"

이에 하이란차가 정색을 하고 물어왔다.

"장난치지 말고 말해보오. 과연 빚이 얼마나 남았소?"

"후유! 이자가 눈덩이처럼 불어 아직 은자 1백 20냥은 남아 있을 걸!"

"걱정하지 마오, 내가 도와주겠소. 그깟 빚 가지고 몸종노릇 하네 어쩌네 구차하게 말하지 마오! 갚아줄 것도 원하지 않소. 왜 그리 째려보오? 난 나쁜 사람이 아니오. 원하는 것도 없고, 그저 사정이 딱하고 도와주고 싶어서 그러오."

두 뱃사공이 선실 밖에서 바삐 움직이는 틈을 타 하이란차가 안주머니 깊숙한 곳에서 은표 한 장을 꺼내어 정중히 내밀었다.

"3천 냥짜리 은표요! 이거면 팔자 고치고도 충분하겠지?"

"어머!"

깜짝 놀란 정아가 연신 뒷걸음쳤다. 마치 비수를 겨누는 강도를 대하듯 비명이라도 지를 태세였다. 얼굴이 하얗게 질려 입을 덜덜 떨며 아래위로 하이란차를 훑어보던 정아가 말했다.

"대체…… 뭘 하는 사람이오?…… 어찌 그리 가난한 척하고 날 상대했단 말이오?"

기절 초풍할 듯한 여인의 모습을 보며 하이란차가 껄껄 웃었다. 은표를 도로 거둬들이며 식량자루에 기댔다.

"걱정하지 마시오! 난 비적도 아니고, 강도도 아니오. 난 전장을 종횡무진 누비는…… 장군이오!"

잠시 멈칫하던 하이란차가 특유의 익살스런 표정을 지으며 말을 이었다.

"내 숨은 얘기를 할라치면…… 3일 밤낮을 꼬박 얘기해도 다 못할 거요. 천천히 날 따라가면서 의혹이 하나씩 풀릴 거요……."

일행은 마침내 덕주(德州)에 도착했다. 서쪽으로 석가장(石家莊)과 통해 있고, 동쪽으로 성도(省都)인 제남(濟南)과 맞닿아 있는 덕주는 남북으로 역도가 시원하게 뻗은 데다 운하가 있어 수륙교통의 요충지였다. 전국 각지에서 몰려드는 선박과 장사꾼들로 늘 장사진을 이루는 덕주 부두는 오늘도 사람들이 개미같이 득실거렸다.

배에서 내린 하이란차는 먼저 은자 2백 냥을 바꿔 빚을 갚으라며 정아에게 내어주고, 자신은 덕주부 아문으로 가서 자수하기로 마음을 먹었다. 정아는 형언할 수 없는 감정에 사로잡혔다. 이 돈을 받아도 되는지, 불운의 장군의 앞날이 어찌될지 불안하고 걱정스러웠다. 농담으로 '몸종' 운운했으나 어느 사이에 그녀는 염치없지만 같이 따라갈 방법은 없을까 진지하게 생각하기 시작했다. 그러나…… 홀연 시골바닥의 애 딸린 청상과부라는 자신의 처지가 떠오르며 정아는 다시 자신감이 없어졌다.

두 사람이 각자 무거운 심사를 안고 부두를 나설 때는 정오의 햇볕이 한창 따가울 때였다. 9일 동안 흔들리는 배에서 뒹굴다 나오니 흔들리지 않는 것이 오히려 부자연스러웠고 강렬한 햇살에 눈을 뜰 수가 없었다. 더운 바람이 헉헉 숨막혔고 등골에선 땀이 쉴새없이 흘러내렸다. 정아와 하이란차는 부두 서쪽의 객잔 옆에서 마주보며 말없이 서 있었다. 할말이 많았으나 어디서부터 풀어야 할지 감이 잡히지 않았다. 이때 아이가 목이 마르다며 칭얼댔다. 머리 속이 복잡하고 날이 더워 짜증스러웠던 정아가 신경질적으로 아이를 밀치며 혼을 냈다.

"요게 끝까지 사람 진을 빼요! 아까 배에서 마시라고 할 때는 안 마신다더니 그새 목이 말라? 참아! 울어? 뚝 그치지 못해?"

이별을 앞두고 신경이 날카로워진 정아의 기분을 헤아려 하이란차가 애써 웃음을 지으며 말했다.

"애가 그럴 수도 있지. 날도 더운데 화내지 마시오. 배가 부두와 가까워지니 물이 지저분하여 냄새가 나 어른들도 안 마시는데, 애가 그걸 마시려 하겠소? 저쪽에 복숭아도 팔고 참외도 팔고 하네! 나도 갈증이 나오. 내가 가서 사 올 테니 기다리고 있으시오!"

과일을 파는 수레는 객잔에서 빤히 보이는 곳에 있었다. 하이란차가 복숭아며 참외를 몇 개씩 골라들고 막 일어서려고 할 때 갑자기 등뒤에서 윽박지르는 소리, 울음소리, 비명소리가 뒤섞여 혼란스럽게 들려왔다. 귀에 익은 아이의 울음소리가 섞여 있었다. 깜짝 놀란 하이란차가 두 손을 이마에 대고 멀리 바라보니 열댓 명의 사내들이 정아를 빙 둘러싸고 있었다. 거칠게 밀치는 통에 정아는 벌써 땅바닥에 쓰러져 있었고, 그 품에 안긴 아이는 자지러지게 울고 있었다.

하이란차는 직감적으로 정아가 빚을 지고 있다는 고운귀네의 소행임을 눈치채고는 두 눈에 쌍심지를 세우고 과일을 내던진 채 정신없이 달려갔다. 정아를 짐짝 끌듯 질질 끌고 가는 사내의 뒷덜미를 우악스레 움켜잡은 하이란차가 발버둥치는 사내를 높이 들어 저만치 내동댕이쳤다. 정차해 있던 수레바퀴에 머리를 맞고 쓰러진 사내는 일어나지도 못하고 버둥거렸다. 다른 두 놈이 악을 쓰며 달려들었다. 하지만 하이란차는 추호도 당황하는 기색 없이 한 손에 하나씩 휘어잡아 무릎으로 사타구니를 하나씩 걷어차 먼저 쓰러진 사내에게로 구기듯 던졌다. 셋이 한덩어리가 되어 비명을 지르는 사이 그 일행들은 벌써 뿔뿔이 도망치고 없었다. 정아를 일으켜 세운 하이란차가 말했다.

"두려워하지 마시오, 내가 있소. 어떤 놈이든지 털끝 하나라도 건드렸다간 내가 껍질을 발라 벗겨버릴 거야!"

하이란차가 아직도 일어나지 못하고 낑낑대는 셋을 가리키며 정아에게 물었다.

"저기서 어떤 놈이 주동자요."

머리가 뜯겨 봉두난발이 되고 온몸에 먼지를 뒤집어쓴 정아가 서슴없이 손가락으로 그중 하나를 지목했다.

"바로 저자예요. 고인귀의 셋째 아들 고만청(高萬淸)이란 놈이에요! 야, 이놈들아! 너희들은 새끼도 없고 누이도 없냐? 내가 빚을 안 갚겠다고 했냐? 갚는다는데 왜 지랄이야!"

악에 받쳐 바락바락 소리지르던 정아가 땅바닥에 주저앉아 땅을 치며 통곡했다.

"이놈의 세상에 대체 왕법이 있는 거야, 없는 거야. 아무리 법보다 주먹이 먼저라고 하지만…… 이래도 되는 거야…… 개놈들아……."

"멍청하니 뭣들 하는 거야?"

처음엔 갑작스레 튀어나온 하이란차에 의해 일격을 당하고는 놀라 한데 엉켜 있던 고만청이 그제야 상대는 하이란차 하나뿐이라는 사실을 알고는 다시 기고만장하여 어디서 삽이며 낫, 곡괭이를 하나씩 들고 되돌아온 장정들을 향해 투계(鬪鷄)의 그것 같은 눈을 부릅뜨고 고함을 질러댔다.

"정아년의 새서방이야. 우리 스무 명이 저 잡종새끼 하나 해치우지 못하겠어? 덤벼라!"

소작농들을 데리고 읍내로 농기구를 사러왔던 고만청은 수레에 갖은 농기구를 싣고 있던 도중 정아와 우연히 맞닥뜨렸던 것이다. 처음엔 놀라 달아났던 장정들이 손에 무기를 하나씩 들고 돌아와 주인의 분부가 떨어지기 바쁘게 "우우!" 하고 괴성을 지르며 달려들었다. 하이란차는 코웃음을 치며 일전을 벌일 자세를 취했다. 아무리 자신만만한 하이란차이지만 나무젓가락 하나 없이, 그것도 정아 모자를 등뒤에 보호해가며 저 많은 장정들을 대적하기란 결코 쉬운 일은 아니었다. 사태는 악화일로를 치닫고 있었다.

전쟁터에서 하이란차는 이처럼 홀몸으로 적들에게 포위되는 위험에 수없이 직면했었다. 이럴 때는 적들의 대오가 흩어짐이 없이 일사불란하게 사방에서 천천히 포위망을 좁혀 오는 것이 가장 두려웠다. 그러나 한낱 농사꾼에 불과한 장정들이 그물을 치듯 포위망을 쳐야 한다는 도리를 알 리가 없었다. 주인의 명령에 거역할

의로운 살인 313

수는 없고 하이란차에게 어느 정도 주눅이 든 장정들은 앞서 덤비는 자들의 꽁무니를 따라 길게 늘어섰다.

 앞에서 낫을 든 자가 덤빌 듯 말 듯하면서 하이란차를 유혹하자 나무지팡이를 꼬나든 자가 뒤에서 하이란차를 향해 힘껏 내리쳤다. 정아가 미처 비명을 지르기도 전에 마치 뒤통수에 눈이 박힌 듯 하이란차는 앞발을 날려 낫든 자의 손을 걷어차 낫을 멀리 떨어뜨리는 동시에 홱 뒤돌아 서며 지팡이를 힘껏 낚아챘다. 비틀거리며 앞으로 끌려온 자를 머리위로 치켜올린 하이란차가 한 걸음씩 물러나는 자들을 향해 두어 걸음 다가갔다. 그리고는 곡괭이를 들고 얼굴이 하얗게 질린 채 뒷걸음치고 있는 자에게 들어올린 '물건'을 힘껏 내던졌다. 놈들이 폭탄 맞은 것처럼 산지사방으로 뿔뿔이 흩어졌고 깔려 넘어간 몇 놈은 아우성을 치며 일어날 줄을 몰랐다. 한 걸음 성큼 다가간 하이란차가 낫을 치켜들었다. 순간 치미는 살의를 억제할 수가 없었다.

 이때 작살을 든 장정이 하이란차와 정아를 한데 꿰어버릴 태세로 우악스레 덤벼왔다.

 "얏!"

 떠나갈 듯한 기세로 기합을 넣어 한바퀴 공중회전을 하며 하이란차가 발을 날려 작살을 걷어찼다. 그 서슬에 허공에서 두어 번 돌아가던 작살은 마치 눈이 달린 것처럼 작살 임자의 가슴팍을 향해 푹 들어가 박혔다. 삽시간에 피가 기둥처럼 치솟고 고통스레 꿈틀대던 놈은 곧 헐떡거리며 마지막 숨을 몰아쉬었다.

 사람이 죽어가자 대경실색한 고만청이 겹겹이 둘러선 구경꾼들을 향해 외쳤다.

 "이놈이 우리 사람을 죽였소. 이놈을 잡아 관아로 끌고 가야

해! 덤벼라. 연놈들을 때려죽여!"

 구경꾼들은 한 사람이 스무 명과 대적하는 장면을 지켜보며 더위도 잊은 채 함성을 지르며 박수갈채를 보냈다. 이때 분위기가 조금 느슨해진 틈을 타 쇠스랑을 들고 하이란차를 향해 전속력으로 달려오는 장정이 또 하나 있었다. 짐짓 모르는 척하고 있던 하이란차가 몸을 살짝 피하자 허공을 짚은 장정은 저만치 나가 넘어지며 노새의 엉덩이를 찌르고 말았다. 열 마리도 넘는 놀란 노새들이 미친 듯이 장내를 휘저으며 돌아갔다. 땅에 널브러져 있던 자들이 노새 발에 깔려 뒤죽박죽이 되는 찰나였다. 고만청은 저만치 도망갔으나 몇 명은 벌써 쇠로 된 굽을 박은 노새의 단단한 발에 얼굴이 짓이겨져 피가 낭자했다. 죄 없는 장정들이 몇몇은 죽어 가는 것 같았으나 고만청은 아우성치며 흩어지는 인파 속에 숨어 저만치 달아나고 있었다.

 그러나, 이미 살기가 등등해진 하이란차가 주범을 그렇게 놓칠 리가 없었다. 쏜살같이 쫓아가 자라모가지처럼 움츠리든 고만청의 목덜미를 덥석 잡아 홱 돌려세우며 하이란차는 피묻은 낫을 그 목에 바싹 들이댔다. 그리고는 사람들을 향해 크게 외쳤다.

 "구경꾼 여러분! 가지 말고 내 말을 들어보오!"

 노새들이 장내를 아수라장으로 만드는 통에 뿔뿔이 흩어졌던 사람들이 하나둘씩 다시 모여들었다. 몇 명 안 남은 성한 장정들이 주인의 목숨이 경각에 다다르니 혼비백산한 나머지 모두 무기를 던진 채 그 자리에서 벌벌 떨고 있었다. 노새들이 짓밟고 간 자리에는 피가 질펀한 가운데 서너 명의 장정들이 널브러져 있었고, 부두에는 수백 명의 구경꾼들이 이 참혹한 현장을 지켜보며 서 있었다. 벌써 기운을 잃고 땅에 주저앉고만 정아가 악몽에서 허우적대듯 온몸 가득 피를 뒤집어쓴 하이란차를 향해 다그쳤다.
"큰일났어요…… 저렇게 많이 죽었어요, 어서 빨리 도망가요!"
"그건 당신이 신경 쓸 바가 아니오."
하이란차가 정아를 안심시키고는 자신의 손아귀에 들려있는 고만청을 험악하게 노려보며 물었다.
"왜 사람을 그리 개 끌듯 끌고 갔어?"
사색이 되어 덜덜 떨고 있던 고만청은 멀리서 어지러운 말발굽 소리가 들려오자 아문에서 파병 나왔다는 걸 눈치채고는 금세 다시 기가 살아나는 것 같았다. 목에 힘을 빳빳이 주며 겁없이 대꾸했다.
"죽여라, 죽여! 네놈이야 살인마귀가 아니냐!"
땅에 닿지도 않는 다리를 버둥거리며 슬슬 기가 살아나는 고만청을 보며 하이란차가 피식 웃었다. 그리고는 보따리를 내려놓듯 손을 놓아버렸다. 쿵! 그 자리에 엉덩방아를 찧고만 고만청이 정아에게 삿대질을 하며 목에 핏대를 올렸다.
"저년이 우리 집의 땅을 부치면서도 소작세를 떼먹고 달아났단 말이오. 오늘 외나무다리에서 만났는데 내가 가만 놔두면 병신이지!"
"빚은 갚으면 되잖아."
하이란차가 소리쳤다.
"여긴 삼척왕법(三尺王法)이 안 통하는 데야? 빚을 안 갚으면 관부에서 법대로 처리하게끔 넘길 것이지 벌건 대낮에 사람을, 그것도 애 딸린 아녀자를 그렇게 질질 끌고 가도 되는 거야?"
"빚을 누가 대신 갚을 거요?"
"내가!"

"저 여자랑 어떻게 되는 사람인데?"

하이란차가 정아를 힐끔 바라보고는 자신있게 말했다.

"저 여잔 이 사람의 부인(夫人)이오!"

인파는 다시금 술렁거렸다. 청나라 때의 제도상 귀부인(貴婦人)은 부인(夫人), 의인(宜人), 공인(恭人), 유인(孺人), 안인(安人) 다섯 등급으로 나뉘어져 있었다. 조정의 일품대신(一品大臣)이라야 자신의 처자를 부인이라 칭할 수 있음은 주지하는 바였다. 사환 행색을 한 사람의 입에서 '부인'이라는 말이 튀어나오자 사람들은 어찌된 영문인지 궁금해하지 않을 수 없었다. 정아는 놀란 나머지 아이를 껴안고 빨갛게 달아오른 얼굴을 재빨리 숙였다.

고만청이 어안이 벙벙해져 있는 사이 하이란차가 선언하듯 좌중을 향해 외쳤다.

"난 대청(大淸) 금천초무대영(金川招撫大營)의 차기교위(車騎校尉)이자 폐하께서 친히 봉하신 이품부장(二品副將) 하이란차라는 사람이오! 미복(微服)으로 북경에 돌아가 면성(面聖)하여 주사(奏事)하고자 이곳 덕주를 경과하던 중이었소!"

이때 덕주부 아문에서 파견한 덕주 성문령(城門領)의 아역들이 첩첩이 둘러싼 구경꾼들을 거칠게 밀치며 들어왔다. 하이란차가 자신의 신분을 밝히자 감히 불경을 범할 수 없었던 아역들은 다시 자신들의 지부(知府)를 모시러 쾌마(快馬)를 보냈다.

"이 사람이 오늘 덕주 부두를 피로 물들인 데는 부득이한 사정이 있었음을 밝혀두오!"

하이란차가 자신을 영웅처럼 우러러보는 인파를 향해 큰소리로 말했다. 하이란차가 자신의 신분을 서둘러 밝힌 데는 이유가 있었다. 만인에게 자신이 누구인지를 밝힘으로써 덕주 지부(德州知

府), 나아가서는 직예총독(直隸總督)이 감히 이 사건을 밀실에서 독단적으로 처리해 버릴 수 없도록 하는 것과 정아가 자신의 '부인'임을 강조함으로써 아문에서 감히 두 모자를 괴롭힐 수 없도록 하였던 것이다. '도망자'에다 대낮의 살인사건까지 모든 죄명은 혼자 뒤집어쓰는 것으로 충분하다고 생각했다. 조정으로 끌려가 건륭이 공정한 수사를 거쳐 죄를 내리는 것은 설령 목을 친다고 해도 억울할 바가 없을 것이다. 그러나 불문곡직하고 자신을 궁지에 몰아넣을 지방관들의 손에 넘어갈 수는 없었다.

데리러 간 지부는 아직 오지 않고 있었다. 잠시 대치하고 있노라니 고만청이 다시 정아에게 삿대질을 하며 하이란차의 인내를 시험했다.

"'부인'은 무슨! 저년 궁상맞은 꼴이 어딜 봐서 '부인' 팔자를 타고난 것 같애? 말해? 빚 언제 갚을 거야? 좀 있다 지부 어른이 오시면 너희들은 꼼짝없이 감방에 처넣어지고 말 것이야!"

"이런 패악무도한 놈!"

하이란차가 소름끼치는 웃음을 웃으며 이를 갈았다.

"네 이놈, 네 어찌 조정명관의 부인을 그리 매도할 수 있단 말이냐? 누가 모르는 줄 아냐? 너희 고씨네가 이곳 덕주에서 마 과부(馬寡婦)의 세력을 빌어 갖은 패악을 저지르고 백성들을 도탄에 허덕이게 만든 장본인들이라는 걸! 너희들이 여태 이곳에서 어육향민(魚肉鄕民)의 만행을 저질러 온 것도 부족하여 감히 조정명관의 머리 위에까지 기어오르겠다는 거냐. 내가 내친 김에 너의 명줄을 따버리지 않나 봐라."

말을 마친 하이란차가 곧 좌중을 향해 큰소리로 물었다.

"여러 부모형제들! 대답해 보세요. 이자를 죽여 없애길 원합니까, 살려두길 원합니까?"

"저놈을 난도질하여 바다에 내쳐야 합니다!"

"저놈의 목을 따는 게 마땅합니다!"

"죽여! 죽여! 죽여……."

사람들의 고함소리가 하늘땅을 울렸다. 하이란차가 두말 없이 다가가 벌벌 떨며 엉덩이 걸음으로 뒷걸음치는 고만청의 뒷덜미를 덥석 집어들었다. 그리고는 죽음을 앞둔 그 항변을 들어보려 하지도 않고 서슬 푸른 낫을 들어 닭 모가지 긋듯 그 목을 그어버렸다……. 마치 썩은 고목이 밑둥째 스러지듯 고만청은 끽소리 한번 못 내고 쓰러지고 말았다. 피가 흥건한 그 자리에 낫을 던져버리고 하이란차는 대수롭지 않은 표정 그대로 웃으며 정아에게로 다가갔다.

"이제 됐소! 개도 급하면 담을 넘는다는 도리를 행동으로 보여 주었으니, 이곳 백성들을 괴롭히던 악당들이 조금은 간담이 서늘할 거요! 내가 있으니 두려워하지 마오. 부부가 함께 있으면 지옥인들 못 가겠소?!"

시종 담담하기만 한 하이란차에게서 힘을 얻은 정아가 힘껏 머리를 끄덕였다.

그사이 덕주 지부인 위지(尉遲)가 당도했다. 여기저기 널브러져 있는 몇 구의 시체를 보며 두 눈이 휘둥그레진 위지가 몇몇 아역을 거느리고 다가와 물었다.

"전부 하이란차 장군께서 죽였습니까?"

"보시다시피!"

하이란차가 담담하게 입을 열었다.

"전부 내가 죽였소. 그쪽은 덕주 지부요?"

의로운 살인 319

위지는 무서울 정도로 담담한 하이란차를 뚫어지게 쳐다볼 뿐 어찌할 바를 모르는 것 같았다. 관직을 따지면 하이란차가 까마득히 높아 자신이 참례(參禮)를 행해야 마땅했다. 아무리 '도주병'의 딱지를 달고 있다지만 먼저 들어간 조후이가 되레 황제의 보호를 받고 있고, 나친이 북경으로 압송되면서 이 사건은 얼마든지 번복될 수 있는 소지가 있다고 내정(內廷)에서 정보를 보내왔다. 이러지도, 저러지도 못하고 잠시 난감한 표정을 짓던 위지는 그러나 조정에서 체포령을 거두지 않은 이상 그는 여전히 흠명범인(欽命犯人)이라는 데 착안하여 지극히 사무적인 어투로 대했다.

"이 사람은 진사에 급제하여 작년에 이곳으로 발령받은 덕주지부 위지입니다. 어찌됐건 하이란차 장군에 대해선 조정에서 판결할 사안인 만큼 하관은 수리할 수가 없습니다. 일단 아문으로 걸음을 하시죠. 부인과 공자께서도 함께 가주셔야겠습니다. 잠시 수용소에 계시다가 조정의 조치에 따르면 될 것입니다."

"알았소. 그게 순서이지!"

하이란차가 대수롭지 않다는 듯 웃음을 머금었다.

〈제⑧권에서 계속〉